CB036311

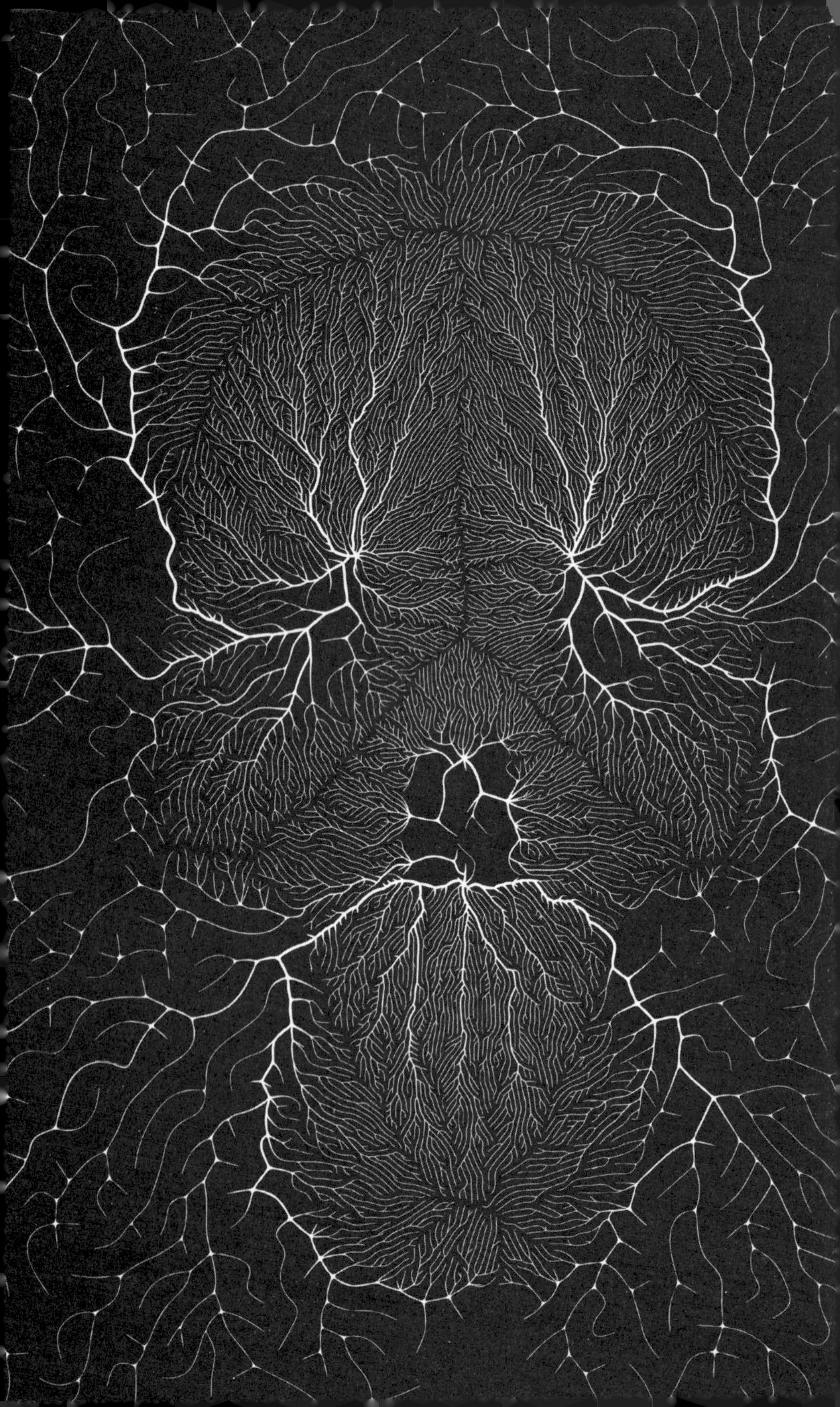

A
ILHA
PERDIDA
GULLSTRUCK

DARKLOVE.

Originalmente publicado em 2009 pela
Macmillan Children's Books, selo da Pan Macmillan.

Acervo de Imagens: © Dreamstime, © Retina78

Tradução para a língua portuguesa
© Mariana Serpa, 2023

Diretor Editorial
Christiano Menezes

Diretor Comercial
Chico de Assis

Diretor de MKT e Operações
Mike Ribera

Diretora de Estratégia Editorial
Raquel Moritz

Gerente Comercial
Fernando Madeira

Coordenadora de Supply Chain
Janaina Ferreira

Gerente de Marca
Arthur Moraes

Gerente Editorial
Marcia Heloisa

Editora
Nilsen Silva

Capa e Projeto Gráfico
Retina 78

Coordenador de Arte
Eldon Oliveira

Coordenador de Diagramação
Sergio Chaves

Designers Assistentes
Jefferson Cortinove
Nayla Gomes

Finalização
Sandro Tagliamento

Preparação
floresta

Revisão
Isadora Torres
Lúcia Maier
Carolina Rodrigues

Impressão e acabamento
Gráfica Geográfica

DADOS INTERNACIONAIS DE CATALOGAÇÃO NA PUBLICAÇÃO (CIP)
Jéssica de Oliveira Molinari - CRB-8/9852

Hardinge, Frances
A Ilha Perdida Gullstruck / Frances Hardinge ; tradução de Mariana Serpa. — Rio de Janeiro : DarkSide Books, 2023.
480 p.

ISBN: 978-65-5598-250-3
Título original: Gullstruck Island

1. Ficção inglesa 2. Ficção fantástica I. Título II. Serpa, Mariana

23-1388 CDD 823

Índices para catálogo sistemático:
1. Ficção inglesa

[2023]

DarkSide® *Entretenimento LTDA.*
Rua General Roca, 935/504 – Tijuca
20521-071 – Rio de Janeiro – RJ – Brasil
www.darksidebooks.com

FRANCES HARDINGE

Tradução | MARIANA SERPA

DARKSIDE

À minha irmã, Sophie, viajante genuína como jamais serei, que salvava vidas em vez de apreciar as paisagens e trazia de lembrança não fotografias e suvenires, mas doenças tropicais e fraturas ósseas.

Prelúdio

Era um dia radiante, sem nuvens, com um vento veemente, um ótimo dia para voar. Então Raglan Skein manteve o corpo parado, deitado na cama, a respiração lenta feito o balanço do mar, e subiu ao céu.

Levou consigo apenas visão e audição. Não havia por que levar sentidos que lhe permitissem sentir o ar frio do céu azul-safira ou a vertigem causada pela subida ligeira.

Como todos os Perdidos, ele nascera com os sentidos desatados do corpo, feito um anzol de pesca. Podia mandá-los para longe, depois trazê-los de volta e recordar todos os lugares visitados por sua mente. A maioria dos Perdidos conseguia deslocar os sentidos de maneira independente, tal e qual os olhinhos das lesmas. A bem da verdade, um Perdido podia sentir a grama sob os joelhos, saborear um pêssego, ouvir uma conversa na aldeia ao lado e sentir os aromas da cozinha numa cidade próxima, tudo ao mesmo tempo, e ainda observar velozes barracudas pintalgando um navio naufragado mais de quinze quilômetros mar adentro.

Raglan Skein, no entanto, não fazia nada de tão esquisito. Teria que conduzir seu corpo a uma jornada difícil, e provavelmente perigosa, no dia seguinte, e observava a paisagem. Era um alívio ver o mundo se afastando, tudo cada vez menor. Mais manipulável. Menos perigoso.

Espalhadas pela isolada Ilha Gullstruck, dezenas de outras mentes também estavam à deriva. Mentes de Perdidos ocupados com as questões da ilha, garantindo seu funcionamento. Procurando bandidos na mata, localizando crianças desaparecidas nas encostas, caçando tubarões nas profundezas, lendo importantes avisos comerciais e mensagens longínquas. A bem da verdade, talvez naquele exato instante algum Perdido estivesse vagando ali perto de Skein, tão indiscernível aos outros quanto ele próprio.

Ele se virou para a cadeia de montanhas que percorria a costa oeste, observando cada pico emergir do velo de nuvens. Um deles, de um colorido mais pálido, permanecia afastado dos demais, meio altaneiro. Era Mágoa, o vulcão branco, doce, puro e traiçoeiro feito a neve. Skein o evitou, rumando em vez disso na direção do marido de Mágoa, o Rei dos Leques, a maior e mais central montanha da cadeia, que ostentava em seu cume um vulcão eternamente encoberto pelas nuvens. Com o calor, o Rei estava dócil e brumoso, mas também era um vulcão, e de temperamento instável. O ar cintilante que rodeava suas encostas era pontilhado por silhuetas de imensas águias, capazes de transportar uma criança em cada pata. A cada ano, as aldeias costeiras esperavam perder pelo menos um par dos seus para as águias.

Essas águias, porém, não tinham interesse nos vilarejos que se esparramavam pela terra. A julgar pela visão das imensas aves, as cidades não passavam de animais grandalhões, com escamas de telhas e pelagem de palha de palmeira, indolentes demais para causar preocupação. As estradas lamacentas eram as veias, e os sinos de bronze no alto das torres brancas marcavam as lentas e frias batidas de seu coração.

Por um instante, Skein desejou não saber que cada vilarejo era, na verdade, uma fervilhante colmeia de animais de duas pernas, amargos e mordentes, ressentidos, ardilosos e traiçoeiros. Mais uma vez, o medo da traição lhe atormentou a mente.

Vamos falar com essa gente, anunciara o Conselho dos Perdidos. *O nosso poder é muito grande para que fiquem indiferentes.* Skein não acreditou. Dali a mais três dias, conheceria a concretude de suas sombrias suspeitas.

Lá estava a estrada que ele cruzaria nos próximos dias. Por mais que tivesse partido para a costa sem alarido e com afobação, sempre havia a possibilidade de a notícia de sua chegada ter corrido na frente e os inimigos se encontrarem à sua espera.

Não era tarefa simples espreitar os arbustos e as surpresas daquela costa, entre todas as outras. Tudo ali fedia a logro e enganação. Recifes de coral se escondiam sob a água da baía, denunciados apenas pela espuma das ondas ao longe. A própria parede do despenhadeiro era um labirinto. Ao longo dos séculos, foi se formando uma cavidade no calcário cor de creme, esmiuçando a pedra, que acabou por se transformar num labirinto de agulhas finas, frinchas e saliências pontiagudas, feito leões adormecidos. Assim era a extensão de toda a costa oeste da ilha, o que lhe garantira o nome de Costa da Renda.

A comunidade que ali vivia, conhecida como os "Rendeiros", também era cheia de volteios, curvas tortuosas, barrancos e leões adormecidos disfarçados de pedras. Era impossível saber em que terreno se estava pisando quando o assunto eram os sorridentes Rendeiros. Eles eram quase párias, não logravam a confiança de ninguém e tentavam sobreviver nos povoados pobres dos arredores ou nas poeirentas aldeias pesqueiras.

Aldeias como a que surgia ao longe, aninhada entre um penhasco e uma praia, num vale rochoso meio escondido.

Despontou, então, o destino final de Skein. A aldeia das Feras Falsas.

Era uma aldeia de Rendeiros. Skein avistou a área à primeira olhadela, embora estivesse voando muito alto para distinguir os turbantes das avós, as tornozeleiras de presas de tubarão dos rapazes, as pedras preciosas nos dentes de todos eles. A localização furtiva e as pequenas canoas usadas para caçar pérolas enfileiradas à linha-d'água não deixavam dúvidas.

Ele foi descendo até ver duas manchinhas na praia se transformarem em diminutas figuras humanas. Skein enxergou duas meninas, uma apoiada na outra.

A mais alta usava uma túnica branca, e ele no mesmo instante soube quem era. Arilou.

Arilou era a única Fera Falsa que ele conhecia pelo nome, e aquele era o único nome que ele precisava conhecer. Ela era de longe a pessoa mais importante da vila e provavelmente a única justificativa para a existência daquele lugar. Ele a contemplou por alguns segundos, então alçou voo outra vez e retornou ao próprio corpo.

Por mais espantoso que fosse, a menina que segurava Arilou também tinha nome. Um nome criado para soar como um sopro de terra, que passasse despercebido. Ela era anônima feito pó, e Skein não lhe deu a menor atenção.

Você também não daria. Na verdade, você já a conheceu, ou alguém muito parecido, mas não guarda a mais breve lembrança.

FRANCES HARDINGE

1
Arilou

Na praia, uma tempestade de gaivotas irrompeu quando as rochas rolaram pelo despenhadeiro. Logo atrás delas, veio Eiven, cambaleante, o rosto vermelho de tanto correr.

Nenhum membro da aldeia descia o penhasco por atalhos, a menos que o assunto fosse urgente, nem mesmo a corajosa e ágil Eiven. Muita gente baixou as cordas e redes, mas sem fechar o sorriso; os Rendeiros nunca fechavam o sorriso.

"Um Inspetor!", gritou Eiven ao recuperar o fôlego e o equilíbrio. "Tem um Inspetor Perdido vindo ver a Arilou!"

Trocaram-se olhares, então a notícia percorreu uma cabana, e outra, e mais outra. Enquanto isso, Eiven avançou em disparada pela praia, rente à base do penhasco, os pés deixando sulcos na areia esponjosa. Subiu por uma escada de cordas, empurrou uma cortina de juncos trançados e adentrou uma gruta.

Segundo as lendas e tradições dos Rendeiros, as grutas eram lugares sagrados, perigosas bocarras que levavam ao mundo dos mortos, aos deuses e ao coração lento e incandescente das montanhas, bocas capazes de devorar com dentes de estalactite os que fossem julgados indignos. A família de Eiven era considerada digna de viver nas grutas, mas só por causa de Arilou.

Momentos depois, já ali dentro, Eiven engatou uma agitada conversa com a mãe. Era um conselho de guerra, mas os sorrisos tornavam impossível saber.

"Então o que ele está planejando fazer com ela?" Os olhos da mãe Govrie exibiam um brilho urgente e feroz, mas a boca sustentava o esgar de um sorriso meio torto no lábio inferior, indicando teimosia e ternura. "Como é que um Inspetor inspeciona?"

"Dizem que ele quer testar ela para deixar nos registros. Ver se ela consegue controlar bem os poderes." Eiven exibia um sorriso cortante. Anos de caça a pérolas nos corais haviam estampado cicatrizes brancas em sua testa, tal e qual patas de pássaro. "A gente tem que contar para aldeia inteira. Todo mundo vai querer saber disso."

Arilou era assunto de todos, o orgulho e a alegria da aldeia, sua Lady Perdida.

Os Perdidos nasciam exclusivamente na Ilha Gullstruck, e mesmo na ilha eram pouquíssimo comuns. Entre os não Rendeiros, eram muito raros e muito respeitados. Entre os Rendeiros, no entanto, eram praticamente desconhecidos. Durante o grande expurgo, havia duzentos anos, quase todos os "Rendeiros Perdidos" foram mortos, e seu número jamais voltara a ser o mesmo. Antes do nascimento de Arilou, o povo da Renda havia passado mais de cinquenta anos sem ter um Perdido.

Era fato notório que as crianças Perdidas tinham o costume de se extasiar com lugares distantes e largar o próprio corpo, e que por vezes nem sequer notavam a existência deste. Por consequência, ninguém lamentava quando uma criança parecia aprender as coisas de maneira lenta ou ter pouca consciência de seus arredores, pois isso em geral era indício de um Perdido que ainda não sabia trazer a mente de volta ao corpo.

O nascimento de uma garotinha que dava todos os sinais de ser uma Perdida destreinada havia transformado, da noite para o dia, as perspectivas da aldeia. De uma hora para outra, o povo passou a não depender da caça de pérolas, cada vez mais escassa, ou do comércio de joias feitas de conchas. A cidade vizinha, ainda que de má vontade, lhes fornecia comida no inverno, pois era ponto pacífico que quando sua Lady Perdida se aposentasse Arilou ocuparia seu lugar. Além do mais, os visitantes que chegavam aos borbotões para ver Arilou pagavam muito bem por comida, hospedagem e lembrancinhas de sua visita à única Rendeira Perdida. Arilou era um fenômeno muito celebrado, feito um bezerro de duas cabeças ou um jaguar branco como a neve. Se pairava alguma dúvida que assombrava o orgulho da cidade em relação a Arilou, ninguém de fora jamais saberia, graças ao contínuo prazer que os Rendeiros pareciam demonstrar em falar a seu respeito.

Agora, porém, Arilou precisava ser encontrada e preparada para receber companhia. Era preciso aprontar suas melhores roupas. Tirar os carrapichos dos cabelos, empoar-lhe o rosto com especiarias e pó de pedras. Era impossível saber quanto tempo ainda restava.

Ao fim da tarde, dois homens subiram na cadeira suspensa, com muita cautela, e desceram pelo penhasco, puxados por seis rapazes Rendeiros posicionados lá embaixo.

O visitante mais alto era, sem sombra de dúvida, um Perdido. Por mais que muitos Perdidos aprendessem a utilizar o próprio corpo como base, outros demoravam tanto a descobrir sua forma física que jamais se sentiam confortáveis dentro dela. Consideravam a perspectiva desnorteante, detestavam a translúcida visão periférica do próprio nariz e a impossibilidade de enxergar o corpo por inteiro. Tais Perdidos, com frequência, preferiam pairar um pouco atrás ou ao lado do próprio corpo, de modo a poderem enxergar, monitorar e ajustar a própria linguagem corporal, e daí em diante. Essas pessoas, em consequência, tendiam a exibir um ar meio estático, e aquele homem não era exceção.

O sujeito tinha os cabelos grisalhos puxados para trás num rabo de cavalo, com algumas mechas presas sob um tricórnio. Seus olhos eram cor de amêndoa, coisa nada incomum para alguém de sua origem. A maioria dos habitantes da ilha era de raça mista, pois fazia mais de dois séculos que os colonizadores Cavalcaste haviam pisado na Ilha Gullstruck, sem dúvida tempo suficiente para que se imiscuíssem às comunidades locais. Nas cidades, porém, o sangue Cavalcaste costumava prevalecer na mistura, sobretudo entre os mais abastados, o que obviamente era o caso desse homem. O que era *de fato* incomum em seus olhos era um leve desvio para a direita, que ele não se dava ao trabalho de ajustar com piscadelas. Resumindo, era o tal "Inspetor Perdido".

Seu companheiro, mais baixo e jovem, também parecia "perdido", mas de um jeito bem diferente. O homem era cheio de cacoetes, em contraste com o Inspetor; uma hora agarrava o chapéu, em outra, o corrimão, e remexia os pés a cada balanceio da cadeira suspensa. Uns papéis esvoaçavam na pasta de couro que ele trazia debaixo do braço. Tinha o queixo redondo e proeminente, além de um toque do brilho e da palidez dos Cavalcaste. Os olhos castanhos estavam fixos no chão cambaleante à sua frente e no mosaico de rostos erguidos lá embaixo.

O sujeito estava bem-vestido, obviamente era um citadino. Como muitos oficiais da Ilha Gullstruck, era abastado e tilintante, mais um desdobramento da invasão Cavalcaste. Séculos antes, em suas planícies originárias, os respeitáveis membros dos clãs de hipismo dos Cavalcaste mediam sua posição social pelo tamanho das esporas. Hoje em dia, porém, os poderosos não eram mais cavaleiros líderes de batalha, mas legisladores e burocratas. Em vez de esporas, os oficiais, mesmo os de patente inferior, haviam se habituado a usar pequenas sinetas atrás das botas, "esporas honorárias", que tilintavam do mesmo jeito, mas não enganchavam nos carpetes nem nas saias das senhoras.

Seu nome era Minchard Prox, e não pela primeira vez ele refletiu se seria possível encontrar uma posição de secretário menos prestigiosa do que auxiliar um Inspetor Perdido, mas que não envolvesse tantas longas e exaustivas viagens pelas montanhas em carroças puxadas por cabras, descidas em penhascos dentro de cestinhas melhoradas ou qualquer tipo de contato com os Rendeiros, cujo poder de lhe eriçar os pelinhos da nuca era o mesmo de uma faca afiada.

Lá embaixo, três dúzias de rostos sorridentes. *Não é porque estão sorrindo que eles gostam de você*, lembrou o homem a si mesmo. Sorrisos reluzentes, posto que a maioria dos Rendeiros adornava os dentes com placas feitas de conchas, metais e pedras cintilantes. Será que aqueles sorrisos se fechavam, restando apenas os olhares implacáveis, assim que os forasteiros saíam da aldeia? Talvez fosse ainda pior pensar que aqueles rostos permaneciam sorridentes mesmo sem propósito; uma aldeia inteira dormindo, acordando, caminhando e sorrindo, sorrindo, sorrindo...

Nos velhos tempos, antes da colonização, os sorrisos dos Rendeiros os distinguiam como pessoas dignas de respeito. Eles atuavam como reconciliadores e mensageiros entre as comunidades, levando mensagens até para os vulcões. Sendo assim, não foi surpresa, quando os Cavalcaste desembarcaram, que os Rendeiros tivessem sido a única comunidade a se aproximar com sorrisos em lugar de lanças.

Os prestativos Rendeiros aconselharam bastante os colonizadores em relação à sobrevivência na Ilha Gullstruck. Mais importante, advertiram-nos a não construir suas cidades na Via Uivante, o vale fluvial que se estendia entre o Rei dos Leques e seu companheiro Ponta de Lança, pois os dois vulcões rivalizavam pelo amor de Mágoa e um dia entrariam em erupção, juntos, para dar fim à disputa.

A terra em redor do rio, contudo, era farta e atraente, de modo que os Cavalcaste ignoraram o conselho e construíram uma imensa cidade na Via Uivante. Logo em seguida, um a um, seus cidadãos começaram a desaparecer. Quando uns trinta já haviam sumido, os colonizadores descobriram a verdade. Eles estavam sendo sequestrados e mortos pelos Rendeiros, tão educados e sorridentes.

Os Rendeiros haviam agido com a melhor das intenções. Afinal de contas, a aldeia inteira corria o risco de ser assolada por montanhas coléricas. Na mente dos Rendeiros, a única forma de não despertar os vulcões adormecidos e felizes e prevenir que um desastre devastasse a cidade inteira era espreitar colonizadores solitários, conduzi-los aos santuários nas montanhas e aos templos nas selvas... e sacrificá-los. Quando a verdade veio à tona, porém, as cidades dos Rendeiros foram incendiadas pelos furiosos colonizadores, seus templos foram destruídos e todos os seus profetas e sacerdotes foram mortos. Até as outras comunidades os renegaram. Eles foram banidos para a extremidade oeste da ilha — a Costa da Renda — e deixados ali para lutar pela própria sobrevivência como fosse possível.

Quando a cadeira suspensa finalmente tocou o chão, a multidão impaciente se aproximou.

"Quer cajado! Quer cajado!" Havia cerca de uma dúzia de criancinhas segurando cajados com o dobro de sua altura. "Para caminhar!"

"Olá, senhor!", chamou uma das meninas mais atrás. "Senhor tem esposa? Tem filha? Ela gosta joia! Compra joia para ela!"

A multidão agora estava em cima deles, e Prox sentiu o rosto corar enquanto atravessava um mar de mãos ofertando brincos e caixas cravejados de contas e desenhos pintados em folhas de palmeira "para queimar pelos ancestrais". Ele era um homenzinho ligeiro, mas o aglomerado de Rendeiros baixos e meio musculosos o fazia se sentir gordo e abobado. Além do mais, por detrás dos sorrisos cravejados, das ofertas monocórdias e das mãos que se estendiam para cumprimentá-lo, Prox sentia neles o crepitar do desespero, feito estalidos em tempo seco, o que também o deixava desesperado.

Mais que depressa, a multidão percebeu que os estranhos não podiam perder tempo, então decidiu conduzi-los ao coração da aldeia, até Arilou, sua valiosa Perdida.

"Por aqui! Por aqui!" Eles foram levados pela onda humana que os acometera e quase os derrubara no chão.

Com muitos empurrões amigáveis nas costas, os visitantes foram "guiados" até uma gruta, onde estalactites pendiam tal qual linho molhado e gotejante. Prox, atrás do Inspetor, subiu uma escada de cordas finas até a entrada da gruta. Uma cortina de juncos foi afastada, e braços fortes puxaram os dois para uma escuridão repleta de vozes e, Prox sentia, sorrisos.

Do lado de fora, uma garotinha baixou o braço, decorado do punho ao ombro com braceletes de contas, e soltou uma risada de decepção.

"Viram eles, velhos carrancudos?!" A forma das risadas pairava em redor das bocas das mulheres, que encaravam a cortina de juncos com olhos rudes e intrigados. Os forasteiros nunca sorriam.

A família na gruta se movimentava com tanta ligeireza que Prox não conseguia acompanhar. A mãe trouxe esteiras de palha, iscas de peixe seco e infinitas cascas de coco cheias de rum.

"Madame Govrie", disse por fim o Inspetor, num tom baixo e paciente, "temo que não possamos mais apreciar sua hospitalidade se quisermos retornar à cidade de Tempodoce antes do anoitecer." Quando a anfitriã começou a protestar, argumentando que eles poderiam dormir ali ou em alguma casa da aldeia, Prox foi tomado por uma irrequieta suspeita. As acomodações teriam um preço, sem dúvida. Talvez eles já tivessem dado um jeito de atrasar os hóspedes e cobrar uma comissão de quem acabasse por oferecer o pernoite.

"Por favor, eu insisto." A voz do Inspetor não tinha entonação e ainda apresentava um sibilo no *s*, como se ele tivesse a língua inchada, sinais de alguém pouco à vontade no próprio corpo.

"Está bem, vou chamar ela. Hathin!"

Prox ficou meio confuso; achava que o nome da garota era Arilou. Um segundo depois, percebeu que decerto outro familiar havia sido chamado para buscar a garota, talvez sua ama ou irmã mais velha. E, sim, ele agora via duas crianças emergindo de mãos dadas pela escuridão de uma caverna vizinha. Prox encarou as duas por um instante, abobalhado; percebeu que a mais alta tinha o rosto empoado de branco, que era a cor cerimonial, as sobrancelhas pintadas com pólen dourado e os cabelos colados à cabeça e enfeitados com vistosas penas azuis de beija-flor. Essa, percebeu ele, era Arilou.

Mas ela deve ter uns 13 anos, pelo menos, pensou Prox, a encarando. *Fomos orientados a tratar com uma Perdida destreinada, ainda sem controle dos próprios poderes...*

Seria uma linda menina, não fosse certa *moleza* nos movimentos de seu rosto. Sua língua, que brilhava na boca, empurrava o lábio inferior; as bochechas enchiam e esvaziavam sem razão, como se ela revirasse alguma frutinha invisível dentro da boca.

Enquanto a irmã menor acomodava cuidadosamente a menina sobre uma esteira de palha, a mãe correu um dedo na têmpora de Arilou, acima dos olhos cinzentos e vidrados. "Olhos de pirata", disse mãe Govrie com orgulho. Prox jamais entendera por que os Rendeiros consideravam os traços e a ancestralidade dos piratas motivo de ostentação.

Bastava olhar a boca da garota para perceber o orgulho da aldeia em relação a ela. Quase todos os dentes eram enfeitados com lazulitas perfeitas, redondinhas, com entalhes em forma de espiral. Em contraste, a menina a seu lado tinha apenas uns dentes da frente cravejados com um quartzo meio turvo, quase invisível junto ao esmalte do dente.

"Por favor", disse o Inspetor, abafando o entusiasmo de Govrie. "Se puder nos deixar falar com a garota em particular..."

Por fim, Prox e o Inspetor ficaram a sós com Arilou. Exceto pela menina mais nova, que parecia sua acompanhante. Quando foi pedido que ela se retirasse, a menina os encarou, o sorriso desnorteado, mas intacto, e por fim eles se imbuíram de piedade e autorizaram sua presença.

"Srta. Arilou." O Inspetor se ajoelhou diante dela. Uma brisa morna e passageira se esgueirou pela gruta, fazendo tremular as penas nos cabelos da menina. Ela não fez qualquer movimento, nem para validar a presença do homem. "Eu me chamo Raglan Skein. Meu corpo está posicionado em frente ao seu neste momento. Onde você está?"

Num gesto espontâneo, a menina mais nova deitou a mãozinha escura por sobre a de Arilou, mais comprida e um pouco mais clara, e sussurrou em seu ouvido. Fez-se uma pequena pausa. Arilou baixou um pouco as pálpebras, escurecendo os olhos cinzentos feito uma súbita nuvem encobrindo a paisagem. Ela hesitou, contemplativa, então escancarou a mandíbula e começou a falar.

Mas aquelas não eram palavras! Prox escutou, abismado, os sons que irrompiam da boca esgarçada de Arilou. Era como se as palavras tivessem sido levadas pelo mar e arredondadas pelas ondas, perdendo todo o sentido. Em seguida, surpreso, ele assistiu aos balbucios darem lugar a um discurso comum, claramente proferido numa vozinha infantil.

"Estou cumprindo uma tarefa para a aldeia, Mestre Skein. No momento estou localizando tempestades muitos quilômetros acima da costa. Vou levar horas para retornar."

Foi necessário um breve instante para que Prox percebesse que a fala não era de Arilou. Era da pequenina acompanhante, e ele compreendeu por que ela não havia deixado o recinto. Por mais sagaz que fosse a mente de Arilou, parecia que ela ainda não dominava a própria língua com maestria, queixa nada incomum entre os Perdidos. A acompanhante decerto era uma irmã mais nova, com imensa prática em compreender e traduzir os balbucios de Arilou. As palavras haviam sido proferidas com autoridade, frieza e bom timbre, e por um instante Prox se perguntou se a verdadeira voz de Arilou estaria forçando a passagem através de sua dócil e pequenina intérprete, se sua personalidade dominava a da outra menina, como a correnteza prateada de um rio invadindo o leito de um córrego minguado.

"Então não vamos pedir que retorne de imediato." Skein, fazendo frente à confiança na voz de Arilou, assumira um tom endereçado a um adulto, e não a uma criança. "Você está vendo uma tempestade? Onde você está?"

"Estou no Cume Perifrio e vejo nuvens de tormenta emaranhadas nos cabelos de Mãe Dente. Preciso observar mais para ter certeza, mas acredito que deva chegar aqui amanhã à noite."

O Cume Perifrio era um promontório localizado a oitenta quilômetros da costa, de onde se via o mar e uma imensa coluna de vapor, e em cuja base repousava a ilha de Mãe Dente, de contornos irregulares feito uma torta pisoteada. Mãe Dente era o mais beligerante dos vulcões, e nada além dos pássaros penetrava suas matas vivas e fumegantes. Nuvens de tempestade se adensavam nos arredores, como se atraídas por sua fúria.

Lá se vão os planos de testar a garota depressa e dar o fora daqui, pensou Prox, desanimado. A trilha do despenhadeiro que levava até aquela parte da costa já era bastante perigosa em dias secos. Quando chovia, a rocha vermelha amolecia como chocolate, formando um lamaçal escorregadio junto aos precipícios. Começava a parecer que eles ficariam presos naquele fim de mundo.

"Você compreende que eu vim até aqui para testar o uso dos seus poderes e de tudo que você aprendeu na Escola de Perdidos?", indagou Skein. "Preciso que você esteja pronta amanhã."

"Compreendo. Estarei pronta." Uma borboleta preta e aveludada adentrou a gruta sombria, e com perverso atrevimento pousou na bochecha empoada de Arilou. Ela não se mexeu; a borboleta abriu as asas bem diante dos olhos da menina, ostentando o mesmo tom azul-lazulita das penas em seus cabelos. Prox se viu tomado de um pavor inexprimível. O que poderia simbolizar uma garota com feições de mármore e bochechas de borboleta? Ele já tinha visto outros Perdidos, claro, mas havia algo mítico naquela criança, serena como um oráculo em sua gruta no oceano.

Era como se uma mão divina tivesse concentrado, naquela menina, os melhores traços da confusão de linhagens característica da aldeia. O mínimo de sangue estrangeiro para uma Perdida, o mínimo de sangue de pirata para os olhos cinzentos, a pele marrom-amarelada, o rosto saliente e elegante, o mínimo de sangue Rendeiro para aquele assustador senso de alteridade… era possível ficar com ela e descartar todo o resto da aldeia.

"Então retornaremos assim que amanhecer. Que a boa sorte esteja com você e que a poupe dos nevoeiros. Vamos deixá-la sozinha." Skein se levantou, e Prox fez o mesmo. Enquanto batia a terra dos joelhos com um chicote comprido, Prox lançou mais uma olhadela à Lady Perdida, que ainda tinha o olhar vidrado, como se em seu domínio repousasse todo o céu turvo e o mar ribombante.

2
Línguas tortas

"Vamos deixá-la sozinha." Uma educada promessa do Inspetor Skein. Também era mentira, embora não deliberada. Arilou não estava sozinha.

As marcas de pequeninos pés descalços se formaram na terra do chão e avançaram até a entrada da gruta. Os pés que as deixavam não eram invisíveis, mas poderiam ser. Bem como o rosto que agora espiava a praia, aflito, através da cortina.

Nada de olhos cinzentos, nada de cor viva e esquisita. Aquele era o rostinho desprezível de uma Rendeira comum, de ossos largos, olhos castanhos bem afastados e nariz nada impressionante. Um dos cantos do sorriso exibia uma ruguinha nervosa. No meio da testa brotava uma poça de "águas ondeantes", do tamanho de um polegar, um pedacinho de pele levemente enrugada onde a ansiedade e a tensão se revelavam.

Seu nome era Hathin. Enquanto o nome de Arilou fora pensado para reproduzir o crocito de uma coruja, a melodia de um pássaro profeta, o nome de Hathin imitava o sussurro de um sopro de terra. De fato, a garota era como pó, desinteressante, silenciosa, quase invisível. Agora, sobre seus ombros quase invisíveis, jazia o destino de todas as pessoas que ela conhecia.

A borboleta subiu mais um pouco pela bochecha de Arilou, com as anteninhas em alerta, e bateu as asas sobre seus cílios. A Lady Perdida remexeu a bochecha uma, duas vezes, então entoou um longo gemido gutural, feito um bezerrinho recém-nascido. Assustada com a interrupção agressiva de sua contemplação, Hathin se virou para a irmã com um olhar silencioso e desesperado, então correu para tentar expulsar a borboleta.

Era essa a grande Lady Arilou, com o rosto molengo todo contorcido, a ponta da língua lambendo o pó no cantinho da boca, exibindo um pedaço de pele rosada?

"Ah... não, não faça isso. Aqui... fique paradinha." Hathin tirou o pó da língua de Arilou. "É isso que você quer, não é?" Hathin apanhou um pote de mel e depositou um pouquinho sobre os lábios de Arilou para acalmá-la. O rosto de Arilou sossegou outra vez, como sempre acontecia quando ela conseguia o que queria. Hathin recuou, apoiou o queixo nos joelhos e observou com olhos vívidos enquanto Arilou, sem pensar, corria a língua pela boca. Água fresca, diziam os belos olhos cinzentos de Arilou. Água ondeante, dizia o cenho franzido de Hathin, tal e qual uma impressão digital.

A boca de Arilou soltou uns barulhos abafados pelo mel. Grunhidos e murmúrios. Onde estava a voz da profetisa que quase levava os visitantes às lágrimas?

Aquela voz fria, clara e autoritária, agora sufocava a garganta de Hathin, que pela milésima vez escutara os murmúrios de Arilou e tentara transformá-los à força em palavras, frases, algo que fizesse o mínimo de sentido.

Ela fracassou. E a verdade fria e inexprimível era que ela sempre havia fracassado. Apesar de todos os esforços de Hathin, Arilou seguia se expressando num idioma particular. Os visitantes, maravilhados com a sabedoria e a educação de Lady Arilou ao longo dos anos, jamais imaginaram, por um instante sequer, que sua pequena e trêmula "tradutora" arrancava suas grandiosas frases de lugar nenhum.

Aquele era o maior medo da aldeia, seu segredo mais terrível. Ninguém jamais aludia a ele com palavras, gestos ou expressões. Afinal de contas, numa terra onde os Perdidos vagavam como o vento, era impossível saber ao certo se havia alguém escutando ou observando. Ainda assim, todos os aldeões sabiam que, nos treze anos desde seu nascimento, a linda Arilou, com seus olhos de profetisa, dera tantos indícios de que podia controlar seus poderes de Perdida como de que conseguia sair voando feito uma gaivota. A empolgante centelha de habilidade que ela parecia demonstrar quando criança havia esvanecido sem deixar rastros, como uma pedra que empresta por um instante o brilho de uma onda e depois se rende ao perpétuo embotamento.

Hathin nascera porque era preciso que alguém guiasse e protegesse Arilou, dia e noite. E agora, embora nada fosse dito abertamente, Hathin sabia com clareza que possuía uma nova tarefa. *E se... e se Arilou realmente não passar de uma imbecil*, os aldeões pareciam lhe dizer, de inúmeras e imperceptíveis maneiras, é seu dever garantir que jamais tenhamos que falar sobre isso... e que ninguém de fora da aldeia jamais descubra...

Desde seus primeiros anos, Hathin aprendera a falar com fluência a língua dos visitantes, a bisbilhotar suas conversas, a ler os sinais escondidos em suas feições. A maioria dos visitantes vinha ver Arilou apenas por curiosidade e se satisfazia facilmente com suas exibições. Agora, pela primeira vez, Hathin enxergava o tamanho do perigoso jogo do qual toda a aldeia vinha participando havia mais de uma década. Um Inspetor havia chegado, e a mentira da aldeia, que antes era um pequeno córrego, vinha perdendo o controle e adentrando águas mais profundas e turbulentas.

A aldeia precisava de Arilou. Sem o dinheiro e os visitantes que ela atraía, todos poderiam ter morrido de fome muitos anos antes. Agora era Hathin, e não Arilou, quem enfrentava a tarefa de resolver a situação.

No entanto, era preciso ir por partes. Hathin tinha uma mentira menor a proteger.

Ela desceu da gruta e se aproximou de duas mulheres que moíam milho em depressões nas pedras.

"Olá, Hathin", disse uma das senhoras. "Onde está sua lady irmã?"

"Está lá dentro, descansando. Está no Cume Perifrio, atrás de tempestades." As perguntas sobre o paradeiro de um Perdido quase sempre envolviam duas respostas. Não foi isso, no entanto, que fez as duas mulheres pararem de moer o milho e lançarem a Hathin um olhar aguçado. "Ela disse que tem uma tempestade vindo amanhã à noite, dos lados de Mãe Dente", explicou Hathin com cuidado. "Mencionou durante a conversa com o Inspetor."

As duas mulheres trocaram olhares e baixaram as pedras de moagem.

"Ora, acho que temos que contar isso ao resto da aldeia", disse a segunda mulher. "Agradeça à sua lady irmã, Hathin." As duas então partiram mais que depressa para passar adiante a notícia, em cochichos estranhamente intensos para um aviso de temporal. A bem da verdade, porém, essa não era exatamente a mensagem que as duas estavam espalhando.

No tocante aos Rendeiros, não bastava compreender o pouco que era dito às abertas; era preciso interpretar os significados subjacentes. Os Rendeiros sempre escolhiam suas palavras com cuidado, pois todos sabiam que os vulcões compreendiam sua língua e podiam acordar à menor frase descuidada. Desde sua desgraça, os Rendeiros sentiam cada vez mais medo de ser entreouvidos por um mundo hostil e por isso adquiriram o hábito de falar como se sempre houvesse alguém à espreita.

Por exemplo, um estranho que bisbilhotasse a conversinha de Hathin não teria imaginado o detalhe importante de que todos os aldeões já estavam sabendo da tempestade havia várias horas. Pelo listrado amarelo-tabaco no céu atrás do Rei dos Leques, pelo cheiro frio no topo dos penhascos, pela mudança de direção dos cardumes de arenques durante a manhã. No entanto, depois de espalhada a notícia, todo o povo da aldeia juraria de pés juntos ao Inspetor que só sabia da tormenta por conta da advertência de Lady Arilou.

Sozinha na praia, esfregando o pé cheio de areia na panturrilha e observando seu cochicho percorrer toda a aldeia, Hathin foi invocada pela voz de sua mãe.

"Hathin!" Mãe Govrie estava sentada de pernas cruzadas, de costas para a base do penhasco, trançando hastes de palha de junco na estrutura de uma cesta. "Você vai à cidade, não vai? Tem uma mensagem para você levar. Disseram que o Inspetor Perdido está viajando com dois encarregados, que neste momento estão providenciando alojamento em Tempodoce. Encarregados lá de Poço das Pérolas." Poço das Pérolas era outra aldeia de Rendeiros, um pouco acima na costa. Mãe Govrie lançou a Hathin o mais breve e aguçado olhar, mas falou num tom lento e expressivo. "O pai Rackan tem primos em Poço das Pérolas. Vá perguntar aos encarregados se eles têm alguma notícia dos primos."

No mesmo instante, Hathin compreendeu a intenção de sua mãe. O Inspetor Perdido tinha encarregados Rendeiros que poderiam, por solidariedade, responder a perguntas sobre o teste que em breve aconteceria.

Mesmo sem querer, Hathin hesitou antes de partir. Por um instante, desejou se atirar aos pés da mãe e enchê-la de perguntas. *O que é que eu faço? Como posso enganar um Inspetor Perdido? Ai, o que é que eu faço?* Mas não disse nada. Havia muralhas invisíveis em torno dos assuntos que não podiam ser discutidos. Às vezes, Hathin quase enxergava essas muralhas, erguidas com barro e lágrimas, marcadas pelas mãos de várias gerações de Rendeiros. Ela era jovem demais, cansada demais e preocupada demais até para pensar em transpô-las. Sua mãe, que trançava o junco com mãos fortes e calejadas, era inalcançável.

Apressada, Hathin deu um gole d'água a Arilou e deixou-a sob o olhar atento de mãe Govrie. Calçou um par de sandálias de palha e couro e partiu para subir o penhasco.

Quando chegou ao topo, a pequenina e invisível Hathin tinha os olhos fulgurantes, e não era só por causa do exercício. Nas raras ocasiões em que se via sem Arilou, ela sentia uma leveza tomada de culpa, ainda que irrefletida.

No interior do penhasco, a terra ondulante formava uma série de encostas, saliências repletas de grutas e fossas secretas. Logo adiante pairava o Rei dos Leques.

Quando as Feras Falsas partiam para o sul em direção a Tempodoce, costumavam seguir pela extensa trilha em zigue-zague que corria junto à beirada do penhasco. No entanto, se a chuva deixasse o trajeto traiçoeiro, ou se os aldeões estivessem especialmente apressados, às vezes pegavam um atalho pelo pontal. Não no sopé mais alto e mais próximo ao Rei dos Leques — todos respeitavam muito o vulcão, bem como os olhos e as garras afiadas das águias que o rodeavam —, mas ousavam se esquivar pelas exuberantes colinas mais baixas, apesar de aquelas serem Terras Cinzentas havia muito tempo, pertencentes ao domínio dos mortos.

O pai de Hathin fora levado por uma febre quando ela tinha 5 anos; ela se lembrava de ter visto, no topo daquele mesmo penhasco, a mãe lançar as cinzas ao vento para libertar seu espírito. *Que seu espírito adentre as grutas dos mortos, e que tudo o mais retorne aos corais e às rochas a partir das quais o grande Pássaro Captor o moldou.* Os Rendeiros, porém, eram a única comunidade que ainda fazia isso.

Quase todo o restante da ilha, agora, seguia as tradições Cavalcaste.

Os Cavalcaste haviam ocupado uma terra distante de planícies cinzentas e amarelas, onde o horizonte era uma linha perfeita entre céu e terra, onde ninguém corria sem sapatos e camisa e onde não havia vulcões para idolatrar. Em vez disso, todos rezavam a seus ancestrais e garantiam sua felicidade, dedicando um pequeno trecho de terra para cada um deles. De geração em geração, o domínio dos mortos foi avançando pelas planícies da terra originária dos Cavalcaste, empurrando as fazendas dos vivos.

Então, por fim, os Cavalcaste enviaram navios repletos de pequeninas urnas, contendo as cinzas de importantes ancestrais, para reclamar novas terras à sua irrefreável população de mortos. E as comunidades da Ilha Gullstruck, certo dia, avistaram uma frota de navios de velas claras balançando no horizonte, feito uma fileira de pérolas; eram os Cavalcaste chegando para ocupar a ilha, as cabeças cheias de cidades por construir e os navios tomados de mortos...

Tente não imaginar esses pobres mortos, disse Hathin a si mesma, abandonando a trilha do penhasco e partindo rumo ao pontal, para enfrentar o balanço aguado da grama. Por toda parte havia estacas cravadas no chão, da altura de uma pessoa, com diminutas "casas espirituais" de madeira presas ao topo, pequenos lares para as urnas de cremação dos mortos.

Havia até algumas pedras cobertas de musgos, demarcando os locais onde as urnas haviam sido enterradas pelos primeiros colonizadores, dois séculos antes. *Tente não pensar em todos esses espíritos presos em potinhos, enlouquecendo de tédio.*

Depois de uma hora de andança, o caminho ficou mais bem pavimentado e despontaram as primeiras construções, em sua maioria casas de ripas de madeira com pilastras grossas e telhados de folhas de palmeira.

Em Tempodoce, ela era invisível, mas de um jeito diferente de como era em sua própria aldeia. As famílias, satisfeitas em se sentar em frente às portas e observar a rua o dia inteiro, cozinhavam Hathin na sombra de seu olhar. Mas eles não viam *a própria* Hathin, não viam seu rosto... viam apenas o bordado tradicional dos fios de sua saia de tecido grosso, o semicírculo raspado no alto da testa para que seu rosto parecesse maior, os pequeninos adornos colados em seus dentes. Eles viam que ela era Rendeira.

Ali, como na maior parte da ilha, quase todo mundo era mestiço, uma sopa de sangues, uma mistura das antigas comunidades — os Frutamargos, que outrora viveram nas florestas do norte, os Âmbares da costa sul e muitos outros — com os Cavalcaste. Os Cavalcaste e a ancestralidade tribal apareciam aqui e ali nas roupas, tatuagens, às vezes nas feições, mas com o passar do tempo as diferenças foram se diluindo e suavizando. Os Rendeiros eram uma exceção, tendo, com desespero, teimosia e dor, permanecido diferentes. Apesar de toda desconfiança e perseguição, os Rendeiros abraçavam sua tradicional estranheza, sua solidão, pois era tudo que lhes restava.

As vozes da cidade pairavam à volta dela, como uma fumaça de odor estranho. Eles falavam nandestete, uma língua híbrida, forte e pragmática, muito diferente do idioma rendeiro, suave e cadenciado.

A cidade não tinha exatamente uma praça central; era mais um espaço aberto que servia como área de lazer para os porcos e os filhos de todos. Do outro lado, os dois edifícios mais esplêndidos da cidade se encaravam.

O primeiro era a residência do governador, um prédio de três andares, pois havia sido erigido antes de os Cavalcaste presenciarem a derrubada de quase todas as suas torres em virtude dos terremotos e aprenderem a construir habitações mais baixas.

O segundo era uma construção esquisita, meio curva, com sacadas circundadas por parapeitos abaulados de ferro preto, que mais pareciam uma barriga de grávida. Essa casa pertencia a Milady Page, a Lady Perdida de Tempodoce. Cordas com sinos pendiam do alto da porta, uma erva aromática errante tivera permissão de se embrenhar pelo teto, e um par de candelabros se juntava aos corrimões defronte ao quintal. Milady Page com frequência enviava seus sentidos para longe, separados uns dos outros, então usava os sininhos, o cheiro das ervas e os candelabros para encontrar o caminho de volta.

Os degraus de pedra em frente à casa do governador não tinham sequer uma marca de pegada, enquanto o caminho que levava à casa de Milady Page era fundo de tão gasto pela grande multidão que ia levar mangas, pães doces e perguntas. Todos respeitavam o governador, naturalmente, mas seu mundo imaculado nada tinha a ver com a realidade cotidiana da cidade, e as pessoas acabaram se acostumando a recorrer a Milady Page, cujos olhos estavam em toda parte.

O pobre governador nada podia fazer sem aguardar um mês por uma autorização por escrito vinda da capital, a distante Porto Ventossúbito. Porto Ventossúbito era uma piada. Todos sabiam que o governo de lá era uma engrenagem imensa e enferrujada de leis, leis e mais leis, em sua maioria ainda atreladas às áreas das planícies originárias dos Cavalcaste, desérticas e nevoentas, nada tendo a ver com a pequena, febril e prostrada Ilha Gullstruck. Pois os colonizadores Cavalcaste haviam trazido consigo um forte temor em mudar ou descartar leis, por medo de aborrecer os ancestrais que as haviam inventado. Tudo que se podia fazer era, com muito cuidado, empilhar outras leis por cima. Os decretos de Porto Ventossúbito enfrentavam os ladrões de trenós e peles, mas não os que fugiam com jade ou rum de coco. Puniam os assassinos que atraíam suas vítimas para situações de perigo extremo, mas não os que ferviam polpa de águas-vivas para fazer veneno. Não havia leis para enfrentar as epidemias de febre lacrimosa nem estruturas para advertir outras comunidades a manter distância das áreas epidêmicas.

Em contraste, Milady Page fazia o que queria, quando queria, e ninguém, nem o governador, tentava impedi-la. Não era segredo que ele morria de ressentimento e aversão por ela, mas precisava dela ali tanto quanto o resto do povo. Se Milady Page respondia a alguém, era ao Conselho dos Perdidos, uma organização formada por poderosos Perdidos que comandavam o restante deles e os representavam na cidade de Porto Ventossúbito.

E lá vinha a Lady Perdida em pessoa, percebeu Hathin, cruzando a multidão num balanceio lento, feito um pequeno e robusto galeão no mar ondulante. Milady Page tinha um rosto largo e enrugado, como um escudo de couro rachado. Circulava com os olhos fechados, pois podia enxergar muito bem sem eles. No entanto, para evitar que os cílios endurecessem, de vez em quando abria os olhos bem depressa, numa "piscada reversa", ofuscando o mundo por um instante com seu olhar de águia, vidrado e dourado.

Como de costume, um grupo caminhava a seu lado, todos falando ao mesmo tempo. A bem da verdade, havia muito mais gente que o habitual, pois na noite seguinte as tendas de notícias seriam atualizadas.

Cada distrito possuía sua "tenda de notícias" no alto de uma colina ou promontório. Uma vez por semana, novos escritos e pictografias eram pendurados em cada tenda. Eles continham as notícias de todas as cidades e aldeias vizinhas: nascimentos, mortes, mensagens pessoais, pedidos de ajuda, anúncios de mercadorias, informes sobre movimentos vulcânicos, relatos sobre tempestades marítimas, e tudo o mais. Aquela noite, os Perdidos de toda a ilha mandariam suas mentes para um giro de visitas a cada tenda de notícias, retornando com as novidades de toda a Ilha Gullstruck. Em uma ilha tão grande, esse sistema era indispensável, e, portanto, também o eram os Perdidos, dos quais o sistema dependia.

Milady Page seguiu navegando por um mar de perguntas e recitando mensagens apressadas. Falava por cima de todos, com um tom de voz áspero e alto, feito uma mulher surda.

"Dayla, sei o que quer perguntar, 'tá certa, ele faz isso, rouba cabritinho. Ei, Pike! Mamões é-teus bons, vai fazer geleia esta-semana-outra-semana. Mestre Strontick, vai procurar gancho-gadanha em riacho zigue-zague. Ryder, quer notícia mercador, pergunta daqui-dois-dias. Aaah, não gosta esperar? Tadinho Ryder. Pergunta governador então." Milady Page soltou uma risada desdenhosa, parecendo quase um cacarejo.

Apesar da posição superior, Milady Page costumava falar nandestete. Era a língua de ninguém, a língua de todos, um caldeirão de palavras apanhadas tanto das comunidades quanto dos Cavalcaste. Os netos dos colonizadores, já na idade adulta, descobriram que, por mais cuidado que tivessem com o ensino de sua língua ancestral aos filhos, estes adquiriam nas ruas o linguajar híbrido e o traziam para casa, feito lama nas botas. "Esse palavreado pode ser bom para os campos e para a praia, mas *não debaixo deste teto*!", gritavam os pais, só conseguindo dar uma alcunha ao novo idioma. O idioma apropriado, o antigo linguajar colonial, ganhou o nome de "portadentro", o linguajar de dentro de casa.

A língua portadentro, portanto, ocupava os salões, as escolas e universidades, os consultórios médicos, os palácios dos governantes, os escritórios. O nandestete dominava as praias, regia as ruas e irrompia dos penhascos. Parecia muito feliz com a barganha.

"Você!"

Hathin se encolheu todinha quando Page, de repente, ergueu o dedo anelado em riste e apontou para ela. O balbucio de vozes cessou, e Hathin se viu imobilizada por uma dúzia de olhares rígidos e desconfiados.

"Acha num sei o que 'tá aprontando", disse Milady Page. Ela abriu as pálpebras, exibindo o dourado da íris. "Eu sei. Sei o que vocês Rendeiros aprontam."

Hathin sentiu o sorriso congelar no rosto, enquanto um nó silencioso se formava em seu estômago. Os Rendeiros estavam presos havia anos em um jogo de adivinhação, tentando descobrir o quanto Milady Page sabia a respeito de seus segredos, e muitos suspeitavam que ela brincava de gato e rato com eles.

"Brincando pula-estaca, sim?" A boca larga de Page se escancarou ainda mais, como se um sonho divertido passasse por trás de suas pálpebras cerradas.

Com uma onda de alívio, Hathin percebeu o que Page dizia. Alguns verões pálidos e invernos famintos haviam levado o povo da cidade a desafiar o vulcão e lotear os terrenos nas encostas mais baixas do Rei dos Leques. A terra era mais rochosa e íngreme que o sopé das montanhas por onde corriam as Terras Cinzentas, mas não havia por perto outra terra adequada ao cultivo. O povo de Tempodoce, no entanto, estava convencido de que os Rendeiros vinham furtivamente deslocando as estacas usadas para demarcar as fronteiras dessas novas fazendas. Naturalmente, também estavam convencidos de que os Rendeiros roubavam sonhos, faziam porcas parirem ratos e transmitiam malária através de maldições. No caso das estacas, a bem da verdade, o povo da cidade tinha total e completa razão.

Os Rendeiros, que compreendiam os vulcões melhor do que ninguém, faziam o possível para evitar chamar sua atenção. Até davam às crianças nomes que ecoavam sons naturais, para que as montanhas pensassem que estavam ouvindo cantos de pássaros, sopros de ventos, melodias de águas. E tinham a firme opinião de que lotear terrenos nas barbas do Rei dos Leques era bem o tipo de coisa que o deixaria de mau humor. Então as Feras Falsas andavam, na surdina, jogando xadrez com as estacas, trocando-as de lugar, até que ninguém mais soubesse onde começavam ou terminavam os terrenos uns dos outros.

No entanto, isso não era nada comparado ao segredo de Arilou. Hathin apenas teve a presença de espírito de balançar a cabeça, em vez de assentir.

Milady Page soltou um leve grunhido. "Eu fico olho em todos vocês", disse ela, dispensando Hathin com um aceno de mão cansado. Hathin, obediente, disparou a correr pela rua, o coração acelerado. O que mais a assustava em relação às últimas palavras de Page não era o tom de ameaça, mas o fato de terem sido faladas — ainda que de um jeito tosco e desajeitado — na língua dos Rendeiros. Vez ou outra Page fazia isso, lançava frases desgarradas em outro idioma, mas não a ponto de ficar claro o quanto ela de fato compreendia.

Hathin se sacudiu, como se pudesse afastar o olhar invisível feito véu de Page. Sentindo-se exposta, rumou para a única estalagem digna de fregueses como o Inspetor Skein e Minchard Prox.

Havia um pássaro-elefante marrom-amarelado, de um metro e oitenta de altura, acorrentado ao portão. Nesgas de pele clara despontando de sua plumagem revelavam onde as tiras de couro haviam roçado. Então era um pássaro de carga. Hathin passou com cuidado ao lado dele, mantendo distância do bico comprido de ponta dura; o pássaro entortou o pescoço alongado como se fizesse uma mesura e a olhou de esguelha, por entre os cílios brancos, com feroz estupidez.

"Amizade", disse Hathin a dois homens que conversavam à soleira da porta. Era uma corriqueira saudação em nandestete.

"Vá vender em rua", disse um deles, mal olhando para ela. "Nada de vender aqui." Deu um peteleco no ar, como se esperasse que o gesto a afastasse.

"Não vendo", prometeu Hathin, estendendo os braços sem adornos. "Vê, sem venda concha."

"Então por que vem se não vende? E por que sozinha?" Os Rendeiros da aldeia raramente viajavam a Tempodoce sem algo para vender e raramente se aventuravam pela cidade sem a segurança de um grupo.

"Senhorita vem dar de comer para montanha, sim?", disse um deles. Agora sorriam, pelo menos. "Vejo que olha essequi amigo é-meu... veio levar ele? Sim, ela daqui pouco pega você em ombro, leva em colina. Melhor esconder, antes que ela pegue." Os dois gargalharam ao imaginar a garotinha Rendeira sequestrando o musculoso citadino e levando-o ao sacrifício. Era uma piada, mas que fora erguida por sobre séculos de medo e desconfiança.

Logo alguém diria algo mais ríspido e afiado, mas ainda seria uma piada. Então uma observação a acertaria como um soco no estômago, mas em forma de piada. Depois eles a impediriam de ir embora, e ninguém faria nada, porque era só uma piada...

Hathin encarou um dos homens, depois o outro, o sorriso tenso e escancarado de maneira defensiva. Ela jamais se acostumava com o jeito como os citadinos alternavam os sorrisos e a seriedade. Sentia-se insegura, como se eles pudessem, a qualquer momento, enlouquecer numa fúria assassina. Seus dentes sem ornamentos pareciam nus e famintos.

No mesmo instante, felizmente, Hathin viu outros dois estranhos se aproximando, vestidos em roupas de Rendeiros surradas e avermelhadas pela poeira veranil. Tinham canelas finas e pés descalços, e Hathin ficou pensando que Poço das Pérolas e as outras aldeias de Rendeiros deviam estar faturando mal naquela temporada, sem nenhuma Lady Perdida para trazer dinheiro a mais e comida. Os homens, no entanto, pareceram compreender a situação numa só olhadela e cumprimentaram Hathin como se ela fosse uma irmã mais nova. Por instinto, postaram-se um de cada lado dela; animais protetores sempre botavam os mais jovens no meio.

Hathin começou perguntando pelos familiares de pai Rackan. Falou em nandestete, sabendo que os Rendeiros sempre atraíam mais desconfiança quando falavam em sua língua materna. Um pouco mais adiante, já na rua, os três voltaram a conversar em rendeiro, como três lontras deslizando de uma ribanceira para águas prateadas.

"Então, pequenina, é a *sua* aldeia que tem uma Lady Perdida Rendeira?", foi a primeira pergunta.

"Sim... ela é minha irmã. Nunca foi testada, e a minha mãe tem medo de que o Inspetor mande ela para um vulcão, ou para o mar, onde ela pode se perder. Será que vocês podiam me contar mais sobre os testes? Para a minha mãe dormir tranquila?"

O encarregado mais alto deu uma olhadela em Hathin, para ver se ela realmente queria mais informações, e ela compreendeu que os três caminhavam por uma linha tênue. Hathin balbuciou por um instante. E se Milady Page estivesse ouvindo tudo de longe? Então ela piscou brevemente como um sinal de que, sim, precisava saber.

"São sempre cinco testes, um para cada sentido. Para avaliar as habilidades utilizadas na Escola do Farol."

Era quase impossível que crianças Perdidas fossem instruídas por seus pais, sobretudo as que não sabiam nem encontrar o caminho de volta ao próprio corpo. Os Perdidos jovens e destreinados, contudo, iam instintivamente atrás de iluminação, de modo que o Conselho dos Perdidos havia construído um imenso farol no alto de uma montanha, aceso todas as noites para atrair as mentes vagantes. Assim, por algumas horas depois do lusco-fusco, todas as crianças Perdidas da ilha "frequentavam" a distante escola, com professores que não os viam, nem sabiam seus nomes.

Em outros tempos, Hathin lutara para se convencer de que Arilou *de fato* ficava diferente quando o farol estava aceso, e que talvez sua mente *estivesse* na escola com as outras crianças Perdidas invisíveis. Mas havia muitos anos que Hathin não acreditava de fato nisso.

O encarregado começou a contar nos dedos, ainda num tom displicente, quase como um irmão mais velho.

"O primeiro teste do Doutor Skein é sempre o olfato. Ele manda alguém enterrar três frasquinhos num lugar próximo, sob pedras de cores diferentes. O Perdido precisa mandar o olfato para debaixo da terra e informar ao Inspetor o cheiro de cada frasco.

"Depois vem o tato. O Inspetor mostra três caixas, todas lacradas e escuras, e o Perdido precisa descobrir, sem abrir, o que tem dentro de cada uma, apenas com o 'toque'.

"Paladar. Três garrafas arrolhadas, duas com vinho amarelo, uma com mel e água. Sua Lady Perdida vai ter que informar qual é a garrafa doce.

"Depois vem a visão. Ele dá as coordenadas de um local a mais ou menos um quilômetro e meio de distância, para onde os Perdidos precisam mandar sua mente. Daí eles topam com alguma coisa que o sr. Prox deixou lá mais cedo e têm que dizer o que é.

"Por último, a audição". O encarregado olhou Hathin outra vez, e ela enrubesceu. Rendeiro ou não, ele era de outra aldeia e àquela altura já devia estar pensando se alguma intenção de burlar o teste estava em jogo ali. Ela só esperava que a lealdade dos homens aos companheiros Rendeiros falasse mais alto que a lealdade a seu empregador. "Ele manda alguém, em geral o sr. Prox, para um local onde não possa ser ouvido, daí o sr. Prox sussurra a mesma palavra repetidas vezes, e o Perdido precisa ir mentalmente até ele e ouvir o que ele está dizendo."

"Então não é tão ruim", Hathin sussurrou baixinho.

"Não. Nada com que sua mãe precise se preocupar."

"E em quantos a minha irmã precisa passar?"

"Para a nota máxima? Em todos. Para se qualificar para um novo teste, pelo menos em três."

Os três retornaram para a frente da estalagem. Hathin baixou a cabeça numa mesura, escancarando um sorriso para encobrir os olhos, que estavam tomados por lágrimas de pânico.

"Espere um minuto." O encarregado mais baixo e franzino adentrou a estalagem e logo depois retornou com um embrulho de pano. "São só restos e refugos, mas quem sabe você não encontra algo que preste."

Hathin voltou para a aldeia com o embrulho debaixo do braço, quase voando de tanta preocupação com Arilou. Por mais liberdade que sentisse longe da irmã, depois de algum tempo era impossível suportar a própria consciência, como se o fio que as conectasse começasse a fazer puxa-puxa-puxa com ela. Todo mundo vivia tão ocupado… será que alguém notaria se Arilou precisasse de algo?

Hathin se esgueirou penhasco abaixo; já estava quase chegando em sua casa-gruta quando percebeu uma silhueta familiar sentada no meio da praia, as fitas do cabelo a lhe roçar o rosto. Arilou encarava o mar, às cegas, sem notar a aproximação de Hathin, nem a presença de Eiven, que arrastava sua canoa pela areia da praia.

"O que ela está fazendo aqui?" Desta vez a voz de Hathin saiu quase estridente de tanto ultraje.

"A mãe está ocupada, e eu tenho uns botes para consertar, então trouxe ela para cá, para ficar de olho nela. Está tudo bem."

"Ela está sentada aqui debaixo desse sol?" Hathin não ousou dizer mais nada. Passou um dos braços de Arilou por cima de seu ombro, ergueu-a com cautela e foi conduzindo a irmã até a gruta, para inspecionar os danos. Como era de se esperar, a pele mais clara de Arilou havia padecido, e havia faixas vermelhas de sol em sua testa e bochechas.

"Me desculpe por não estar aqui, Arilou", sussurrou Hathin, esfregando flores esmagadas nas áreas ardidas. "Eiven não fez por mal, ela só… não sabe como é que se faz." Contudo, ao mesmo tempo que falava, Hathin subitamente percebeu que sua raiva não era por Arilou, mas por si mesma. Queimaduras de sol trariam uma noite de insônia às duas. E no fim das contas, seria Hathin, e não Eiven, que levaria toda a culpa.

Hathin espanou a areia das roupas de Arilou, botou-a no chão de novo, trouxe mais água, então hesitou, com a vasilha nas mãos, ainda sentindo um misto de irritação e remorso.

"Arilou…" Ela se levantou, num impulso desesperado. "Tem um embrulho na minha frente… você consegue ver o que tem dentro? Se me disser, te dou um gole d'água."

Como era possível julgar ou avaliar Arilou? Como era possível dizer que a conhecia? Vez ou outra, Hathin parecia ter uma ideia a respeito dela, como se desse um encontrão em alguém no meio da escuridão. Talvez fosse a frustração de Hathin, mas às vezes parecia que Arilou não era indiferente, mas teimosa; não era indefesa, mas dissimulada.

Uma coisa era certa: se Arilou *era mesmo* uma Perdida, ela jamais se desgarrava do tato, nem do paladar. Arilou estava o tempo todo com sede, fome, muito calor, muito frio. Era um emaranhado cego de necessidades básicas, tal e qual um passarinho.

"O que tem no embrulho?" Hathin segurou a vasilha por mais alguns segundos.

Arilou inclinou a cabeça. Talvez tivesse ouvido a água sacudindo na vasilha. Seu lábio inferior, meio queimado, tremulava de leve. A determinação de Hathin foi morrendo, e ela ergueu a vasilha para deixar Arilou beber, antes de abrir a trouxa.

Ao abrir, uma estranha mistura de aromas preencheu a caverna. Um palito de canela jazia ao lado de uma cabeça de peixe e de algumas flores de orquídea esmagadas.

O primeiro teste do Doutor Skein é sempre o olfato.

Graças ao encarregado de bom coração, Hathin agora podia adivinhar quais seriam os aromas das três jarras. Só precisava de um milagre que ajudasse a descobrir qual seria qual.

O brilho tênue de um lindo mundo cintilou nos olhos de Arilou. Uma única gota d'água jazia, feito uma pérola, no canto de sua boca. Nenhum milagre estava por vir.

A quem mais ela poderia pedir por um milagre? Somente um nome veio à mente de Hathin. O nome de alguém quase tão invisível quanto ela própria.

3

Carne-vidente

Hathin só podia pensar em uma forma de trapacear no teste: o peixe-vidente. Esse peixe só existia nas profundezas dos corais que permeavam a Costa da Renda. Belo, lustroso e iridescente, era digno de nota pela razão única de que a ingestão de sua carne levava os sentidos humanos a vagarem temporariamente, meio como os dos Perdidos.

O peixe, naturalmente, era um substituto muito fraco, pois proporcionava um bom tempo de enjoo e vômitos a quem o ingeria; havia até a história de um viciado em peixe-vidente que precisava andar com uma pedrinha pendurada no pescoço, pois durante uma ingestão sua audição se alojara, de maneira irreversível, no interior da pedrinha.

A pesca do peixe-vidente era notoriamente dificílima, pois era quase impossível surpreendê-lo. Somente os Rendeiros dominavam essa arte, e seu método era um segredo bem guardado. Muitas pequenas comunidades de Rendeiros haviam sido salvas da fome vendendo esses caríssimos peixes aos especialistas abastados das cidades do interior. Durante a última década, no entanto, os Rendeiros precisaram aprender a esconder mais um segredo: o fato de que os peixes-videntes estavam ficando cada vez mais escassos.

Hathin conhecia apenas um homem que poderia ter acesso à carne do peixe-vidente, e tinha uma suspeita de onde ele se escondia à noite. Assim, pouco depois do anoitecer, ela foi à sua procura.

Todas as noites, Hathin passava uma hora ocupada com a "brincadeira de boneco". Os pais de crianças Perdidas costumavam acender várias velas ao redor da rede de seus filhos, sobretudo em noites enluaradas, para atrair sua atenção e evitar que a pequena mente escapasse em direção à lua e nunca mais encontrasse o caminho de volta. Os pais faziam também a "brincadeira de boneco". Uma corda era amarrada a uma bugiganga qualquer ou a um pedaço de concha brilhosa, e à outra ponta era preso um bonequinho de vime. O pai ou a mãe se encarregava de puxar a corda, sem parar, içando o objeto cintilante de volta ao bonequinho. Era a forma mais antiga e certeira de incutir a ideia do próprio corpo em uma criança Perdida e persuadi-la a voltar.

Era uma tarefa inútil, mas que Hathin executava religiosamente. Em outros tempos, ela tinha um sonho recorrente, no qual erguia os olhos da brincadeira de boneco e via Arilou com um sorriso radiante, acordando para si mesma. Mas fazia muitos anos que ela não tinha esse sonho.

Aquela noite, porém, Hathin não repetiu os infrutíferos movimentos da brincadeira de boneco, pois tinha outros planos. Um nevoeiro havia descido com a noite, o que significava que nenhum Perdido de fora da aldeia, como Milady Page, poderia testemunhar Hathin escapando furtivamente de sua casa-gruta.

Tais noites nevoentas exigiam muito cuidado ao caminhar, por conta das gaivotas. Ninguém falava a respeito, mas todos sabiam que o problema das gaivotas também era resultado da ameaça de extinção dos peixes-videntes. Antigamente, ao comer as estrelas-do-mar que haviam se alimentado dos restos de peixes-videntes, as gaivotas experimentavam uma melhora na visão, mesmo quando a visibilidade estava fraca. As pobres aves, acreditando que ainda possuíam esse dom, tinham a tendência de sair voando direto rumo aos penhascos sempre que um nevoeiro descia.

Quase todas as gaivotas com quem ela topou estavam grogues e emburradas, recuperando-se do choque. Uma delas, porém, estava toda contorcida, feito um leque, de um jeito que só era possível porque seu pescoço estava quebrado. Parecia dormir com a cabeça estendida por sobre as costas sarapintadas. Infelizmente, Hathin só descobriu ao tocar a gaivota em plena escuridão; diante da pavorosa maciez de suas penas, ela recuou, com a sensação de que formigas vermelhas rastejavam por sua mão e braço.

Ela jamais contara a ninguém sobre seu aflitivo desamparo em face da morte. Eiven não tinha esse problema. Como as outras meninas da aldeia, laçava pássaros e atirava lanças nos peixes com a mesma alegria com que enfiava uma agulha num tecido. A assistência de Hathin a Arilou a protegera de tais tarefas, e nem sua própria família desconfiava de sua vergonhosa fraqueza.

Enfim, Hathin chegou ao Rabo do Escorpião, uma fissura no penhasco que levava esse nome por ter o topo curvado como um imenso ferrão. Ela foi se embrenhando pela estreita fenda e descobriu que a escuridão não era absoluta. Junto a um lampião, havia um homem sentado de pernas cruzadas, com uma bandeja de ferramentas no colo e uma lente no olho.

"Tio Larsh." Ele não era seu tio de verdade; era um tratamento cortês a qualquer homem nascido antes de seu pai, mas depois de seu avô. Seu nome, Larsh, ecoava o som que as ondas faziam ao se prender a uma vegetação. Ela se aproximou, meio tímida, pois os dois quase não conversavam.

"Doutora Hathin." Era um título estranho para uma menina da idade dela, o que fez Hathin corar de leve. O sentido literal não era o de uma doutora, mas de um tratamento ocasionalmente concedido às moças solteiras que, apesar disso, tinham papel significativo na comunidade, tal como doutora, escriba ou Perdida. "Imaginei que fosse ver você." Ele tirou a lente do olho e a examinou. Sempre tremulava de leve as pálpebras ao olhar algo a uma distância superior a alguns centímetros, como se tentasse racionar a pouca visão que lhe restava. Vivia trabalhando sob aquela luz fraquíssima, portanto não era surpresa para Hathin que o homem estivesse ficando cego. Larsh parecia ter 50 anos, mas Hathin às vezes imaginava se ele seria mais jovem. Ainda tinha os cabelos volumosos, porém com mechas grisalhas. Talvez a cor se esvaísse dos cabelos de gente que passava muito tempo sem ser notada, mergulhando-os em tons de cinza. Talvez ela própria ostentasse uma mecha parecida ao completar 20 anos.

"Tio Larsh, eu... eu preciso... pedir uma coisa para você."

"Eu sei. Você quer um pedaço de peixe-vidente. Para o teste de amanhã." Larsh abriu um sorrisinho taciturno, e Hathin sentiu um forte calafrio. "Não se preocupe, ninguém vai nos ouvir. Eu sempre venho para cá sozinho. Parece o mais decente a fazer. Assim todo mundo tem mais uma desculpa para não saber o que estou fazendo. Sabe, doutora, assim como você, tenho uma tarefa a cumprir, mas tenho de cumpri-la escondido. Você e eu somos os invisíveis."

Era verdade, percebeu Hathin. Além dela própria, Larsh era o indivíduo menos chamativo da aldeia, apesar de ser, de longe, o artesão mais talentoso. Nada era apontado a esse respeito, nada desdenhoso ou cruel. As pessoas não notavam a presença dele.

Atualmente, a razão disso jazia na bandeja à sua frente. Meio encoberto por um tecido impermeável, havia algo muito similar a um peixe-vidente, só que com umas escamas faltando.

Com duas pinças, Larsh pescou uma delicada nesga de concha iridescente, em formato oval, que havia sido lustrada até ficar quase translúcida. Hathin observou Larsh passar um pincelzinho molhado em resina sobre uma das partes descamadas do peixe com muito cuidado, posicionar a escama iridescente que estivera moldando, bem retinha, ao lado de suas companheiras. O trabalho era refinadíssimo; tinha que ser, para que aquele peixe comum fosse vendido como um peixe-vidente.

"É mesmo seguro conversar? E os Perdidos? Eles não seguem a luz?" Hathin apontou para o lampião.

"Pouco provável que enxerguem pelo lado de fora. Mesmo que enxerguem, a maioria dos Perdidos não arriscaria entrar aqui... é um lugar de sangue e segredos. Ah, e eu não me sentaria aí se fosse você, doutora."

Ao olhar a laje de pedras atrás de si, Hathin percebeu que estava entalhada. Por um instante, as formas angulares não fizeram sentido, mas logo ela identificou o contorno de um pé, uma mão em garra, um rosto carrancudo...

"Um sacrifício", observou Larsh, enquanto Hathin espiava. "Nossos ancestrais teriam derrubado o homem de um altar no penhasco, para quebrar seus braços e pernas, depois o teriam estendido sobre aquela pedra, na mesma posição dos entalhes. Está vendo aquele canal no centro? Era onde o sangue corria para dentro da terra, para que as montanhas pudessem beber."

Hathin sentiu o mesmo arrepio que tivera diante da gaivota morta, mas agora o formigamento corria por todo lado, invadindo as roupas e os cabelos.

"Isto... isto é um templo, tio Larsh!"

Um nó se formou na barriga de Hathin, causado apenas em parte pelo medo. A menção aos antigos sacrifícios da Renda a enchia de vergonha, mas a vergonha de seu povo era tão complexa quanto os sorrisos que sempre acompanhavam todo o seu clã. E puxava a raiz de seu pertencimento à Renda com um poder que era quase orgulho.

Era, contudo, uma raiz despedaçada, gasta, incompleta. Duzentos anos antes, todos os sacerdotes haviam sido mortos no expurgo. Séculos de memórias foram perdidos naquele grande massacre, e agora até os locais sagrados da Renda eram misteriosos e meio desconhecidos.

"Ai... mas a gente não devia estar aqui!"

"Sinceramente não consigo pensar num lugar melhor para estarmos. Hoje em dia a aldeia não precisa derramar sangue todo mês para garantir sua sobrevivência. Agora *eu* e *você* somos as oferendas, sacrificados dia após dia pelo bem do nosso povo. Mas suponho que nos entreguemos ao sacrifício de muito bom grado, não é?"

"O que mais podemos fazer?"

"Bom... podemos ir embora." Larsh dispensou a Hathin uma olhadela séria, e por um instante suas pálpebras pararam de tremer. "As pessoas vão embora, sabia? Mudam de nome, tiram as placas dentárias, vão morar onde ninguém nem imagina que sejam Rendeiros."

Ele suspirou. "É tarde demais para mim. Já se passaram muitos anos. Mas eu pensei nisso. Muitas vezes."

Hathin sentou-se a seu lado para observá-lo trabalhar, percebendo que Larsh não se incomodava. "Tio Larsh... o senhor guarda o estoque de pó de peixe-vidente da aldeia, não é? Para salpicar nesses aí." Ela apontou para o peixe falso sobre a bandeja.

"Doutora Hathin..." Larsh suspirou outra vez. "Eu realmente gostaria de poder ajudar. É verdade, eu costumava salpicar uma pitada de pó de peixe-vidente em cada um desses falsos, mas já faz um ano que meu estoque acabou. Está vendo aqui?" Ele indicou as manchas marrons com a ponta da talhadeira. "Especiarias e cogumelo seco. Suficientes para causar uma breve alucinação e satisfazer os citadinos ignorantes."

Hathin mordeu o lábio para conter a decepção.

"Me desculpe", prosseguiu ele. Suponho que não haja chance de a sua irmã..."

Sua irmã. Nem "sua lady irmã", nem sequer "Doutora Arilou". Os aldeões tinham sempre o maior cuidado em tratar Arilou pelo devido título, como se ele fosse despencar se não estivesse firme no lugar. Era a primeira vez que Hathin ouvia alguém se referir a Arilou como uma simples menininha; parecia que Larsh havia gritado, e muito alto, o que toda a aldeia passara os últimos treze anos sem dizer. O choque foi gélido e libertador.

Hathin balançou a cabeça, com a sensação de que havia ecoado o berro de Larsh, em confirmação, acompanhada do som de trombetas.

"Fale", Larsh murmurou quando Hathin se levantou para sair. "Só uma vez."

Hathin hesitou. "Arilou nunca falou com a gente", disse ela, por fim.

"Os peixes morreram todos", confessou Larsh.

Hathin deu meia-volta, disparou para longe da luz do lampião e se esgueirou pela fenda. E assim terminou a conferência dos invisíveis, na caverna de sangue e segredos, na noite do nevoeiro.

4
Testes e trapaças

Desde que deixara seu alojamento na cidade, ao nascer do sol, Minchard Prox sofria com a sensação de estar sendo observado.

Dois menininhos Rendeiros o acompanhavam, oferecendo-se para engraxar suas botas e carregar suas bagagens.

Ao chegar à trilha no topo do penhasco, a escolta já contava com uma velha de cabeça envolta num volumoso xale, ao estilo de um turbante, usado pela maioria das avós Rendeiras. O caminhar lento e afetado do pássaro-elefante, cuja corrente Prox segurava, já o fazia ficar muito atrás de Skein, e a mulher parecia determinada a atrasá-lo ainda mais.

A velha falou que os ovos rosa-claros que levava em sua cesta eram baratos como gotas de chuva, e que era melhor ele não avançar mais, pois seus ancestrais estavam à espreita na vegetação rasteira, esperando para lhe atirar pedras. A conversa incomodou Prox, sobretudo porque alguns de seus ancestrais *de fato* ocupavam aquelas Terras Cinzentas.

“Escute”, disse ele, tentando não dar importância e sentindo o suor escorrer pelo rosto, “duvido muito que os meus ancestrais estejam acocorados no meio do mato feito moleques, com os bolsos cheios de pedrinhas.”

“Claro que não agachados, lordezinho”, disse ela, numa mistura de nandestete e portadentro. “Eles vão sentar nos túmulos como ricos nas camas, a terra caindo deles como cobertor... *daí* vão jogar pedra no senhor.”

Ela continuou a acompanhá-lo, observando a ponta de seu queixo com perspicácia e bom humor. Apesar de sua fragilidade, a velha começou a deixar Prox nervoso, de tão certeira que era em apontar os penhascos e vales de onde dizia que os mortos invisíveis os observavam.

Ele se distraiu de tal forma com a situação que deu de cara com uma grande nuvem de mosquitos que rodeava um arbusto baixo de frutinhas apodrecidas. As moscas se enfiaram em seus olhos, bocas e poros sem hesitar, e invadiram a gola de sua camisa, fazendo cócegas. Por um instante, ele teve a certeza insana e irracional de que a velha bruxa o havia levado até ali de propósito.

Enquanto Prox se debatia, acabou soltando a correia; agitado com as moscas, o pássaro-elefante descobriu uma nova velocidade. Disparou a toda, chacoalhando os paneiros e esmagando as pedras do chão com as garras compridas. Os meninos dispararam atrás, como se fosse o início de uma brincadeira. Ele os perdeu de vista quase no mesmo instante.

Os Rendeiros sempre o faziam perder o controle. As circunstâncias o arrastaram, precipitado e indefeso, e de repente seus modos se transformaram nos mais frágeis remos em suas mãos.

Desesperado, ele procurou Skein, mas o Inspetor já havia avançado. Skein planejara chegar à cadeira suspensa e atrair a atenção dos aldeões, enquanto Prox se esgueiraria com o pássaro pela trilha em zigue-zague para preparar as locações do primeiro teste.

Prox correu, às cegas, atrás do falatório que ouvia ao longe. Ali... seria um ruído de pedras mais adiante, subindo a encosta?

"Feios, idiotas, desgraçados...", entoou Prox, entredentes, avançando aos cambaleios. Ele odiava a beligerância imbecil dos pássaros-elefantes. Naquele instante odiava especialmente aquele, que parecia determinado a desviá-lo do caminho e forçá-lo a entrar nas Terras Cinzentas.

Prox passou o quarto de hora seguinte percorrendo o terreno irregular, incitado por vislumbres fugidios da penugem eriçada da cabeça do pássaro. Perdeu o rumo quase no mesmo instante, pois ao longo dos séculos as Terras Cinzentas haviam se tornado muito maiores do que Tempodoce, engolindo toda a vegetação exuberante em torno da cidade e pela extensão do pontal. O sol estava ofuscante, e para todos os lados se avultavam casas de espíritos desbotadas pelo tempo.

Pelo menos os mortos à sua volta não eram Rendeiros. Prox achava tenebrosa a ideia de Rendeiros espalhando as cinzas de seus mortos ao vento. *É por isso que os Rendeiros sofrem e passam fome*, diziam os cochichos entre os de fora. *É por isso que desaparecem, são levados pelas águias, pelos vulcões e pelas fortes correntes do mar. Eles deixam os espíritos de seus mortos ao vento, para serem destruídos, e acabam sem a proteção e a boa sorte dos ancestrais. A culpa é deles.*

Diziam que os Rendeiros nem sequer mencionavam seus mortos pelo nome, quando já não restava ninguém vivo que de fato se lembrasse do falecido. Eles não tinham histórias para contar sobre seus heroicos ancestrais, apenas incontáveis lendas do estranho homem-deus da ilha, o Pássaro Captor.

Prox tentou imaginar seus próprios ancestrais reunidos para protegê-lo, invisíveis, mas as palavras da velha não cessavam de ecoar em sua cabeça, até que sua mente se transformou num amontoado de molduras abandonadas, cujos retratos corriam feito loucos naquele descampado de pedras pretas e grama dourada, com os bolsos cheios de pedrinhas.

Por fim, ele encontrou o pássaro-elefante bicando a vegetação rasteira atrás de algum pequeno animal. Estendeu a mão para agarrar a coleira, largada sobre a grama, quando bateu o olho nas folhas das orquídeas baixas à sua volta. Todas estavam marcadas com buraquinhos circulares.

No mesmo instante, disparou a toda pela encosta abaixo, tapando firmemente os ouvidos. Mesmo sendo citadino, Prox sabia o que aqueles buracos significavam: besouros bazófios.

Os besouros bazófios só circulavam perto das montanhas ocidentais, mas eram notórios. Quando os jovens besouros saíam de seus casulos, deixavam aqueles círculos em espiral. Círculos sem nenhum besourinho dentro significavam que os insetos haviam terminado de se alimentar e endurecer as asas. Os insetinhos rechonchudos possuíam uma única defesa contra os bicos pontiagudos dos pássaros famintos, mas era uma defesa mortal.

O mundo ensolarado rodopiava, passando incandescente por ele. As pedras e os espinhos dos arbustos lhe arranhavam as canelas, mas não o detinham. Pelo que ele sabia, as pequeninas asas de ágata já azoinavam pelo ar. Pelo que ele sabia, os pássaros já deviam estar desabando pelo ar, com baques pesados, hipnotizados demais pelos besouros para recordar como voar, pensar ou respirar. Diziam que era possível sentir o zumbido antes de ouvi-lo, numa pulsação atrás do osso esterno. Quando o som chegava aos ouvidos, era tarde demais. Ninguém sabia ao certo qual era o verdadeiro som da melodia bazófia, apenas que era linda a ponto de botar um sorriso no rosto de todos que morriam ao ouvi-la. Prox correu para salvar a própria vida.

Somente quando chegou à trilha, parou para recuperar o fôlego, apoiando as mãos nos joelhos. As fivelas de seus sapatos estavam cheias de grama. Frustrado, chutou uma pedra.

Eu poderia ser Secretário Honorável em Porto Ventossúbito, pensou ele, amargo, o martelar do coração começando a acalmar, *mas não. Preciso estar aqui...*

"Por que você não estava aqui?", vociferou mãe Govrie ao ver Hathin adentrar a gruta. "Você sabe que ela não deixa mais ninguém pintar dentro das orelhas. O Inspetor vai chegar a qualquer momento, e ela tem que estar pronta."

Hathin só pôde assentir, muda, lutando para recuperar a compostura.

Mãe Govrie a encarou por um instante. "*Vai* ficar tudo pronto, não vai?", perguntou ela. Hathin assentiu, e sua mãe rapidamente correu os dedos ásperos pela área raspada da cabeça da filha. Hathin sentiu a afeição e a aprovação do gesto, e quase vomitou de tanta vontade de fazer jus a ele.

Mãe Govrie, jamais fria, jamais cruel, mas calejada por necessidade. Para ela, o mundo não passava de uma bola de farinha, imensa e recalcitrante, à espera de ser sovada por mãos quentes e vigorosas, até ceder e se transformar no que era preciso.

Arilou consentiu em ter as orelhas pintadas no mesmo tom branco-mármore de seu rosto, e então Hathin saiu.

Com certo temor, percebeu que o Inspetor estava na aldeia, conversando com Whish e uma de suas filhas. Havia uma antiga rivalidade entre Whish e Eiven, as duas melhores caçadoras de pérolas da aldeia. O mergulho sempre fora prerrogativa das mulheres — dizia-se que os homens tinham o pulmão menor —, e cada mergulhadora da aldeia protegia violentamente o "seu" território de corais. Durante muitos anos, Whish desfrutara das melhores áreas de caça, e a chegada da jovem Eiven fora um amargo choque. A gota d'água, contudo, havia sido uma questão familiar.

Fazia dois anos que a filha caçula de Whish havia sido morta por um proprietário de terras visitante. O magistrado classificara como acidente, então o fazendeiro pagou uma fiança e deixou a cidade. Nada mais que tristeza teria resultado do episódio se Eiven não tivesse convencido o filho mais velho de Whish, Therrot, de que *algo* precisava ser feito. Certa manhã, Therrot saíra da cidade com uma mochilinha nas costas e um olhar tenso, estranho e distante. Só depois, sua mãe, preocupada, descobriu que ele havia partido numa "busca por vingança", abandonando a antiga vida para caçar o assassino de sua irmã. *Ele foi se juntar à Vindícia*, dizia o falatório. *Os Vindicantes agora são sua família.* Hathin sabia que o povo se referia à confederação secreta de Rendeiros que haviam jurado vingança e ajudavam outros a conduzir suas buscas a desfechos sangrentos. Therrot jamais tornara a ser visto, e a família de Whish nunca esqueceu aquilo. Por mais que prestassem a devida deferência à família de Arilou, pairava uma onda subterrânea de ressentimento, frieza e desprezo.

O outro filho de Whish, Lohan, de 14 anos, surpreendeu Hathin chutando um bocado de areia morna em direção aos pés dela. Ao vê-la pular, ele sorriu.

"Você vai receber o Inspetor assim?"

Hathin subitamente percebeu como devia estar: cheia de terra vermelha, os cabelos tomados por diminutas moscas clandestinas. Ficou quente de vergonha.

Lohan se aproximou, pegou sutilmente algo grudado na roupa dela e analisou a ponta do dedo com um sorrisinho carrancudo. Deu uma lambida, e antes que Hathin pudesse se afastar, colou na ponta de seu nariz.

“Vá se limpar”, disse ele e então foi embora.

Ao levar a mão à ponta do nariz, Hathin percebeu que segurava uma folhinha redonda, então compreendeu o que Lohan queria dizer. A poeira, os salpicos de pólen dourado feito fogos de artifício em sua saia escura, aquelas eram evidências de que ela estivera no penhasco durante a manhã. Se a visse daquele jeito, Prox poderia começar a suspeitar de que os dois meninos que encontrara ali haviam seguido seu pássaro-elefante até as Terras Cinzentas de propósito e a pedido dela. Se Prox visse folhinhas espalhadas em suas roupas, poderia perceber que os buraquinhos que o assustaram e o afastaram de sua bagagem haviam sido feitos não por jovens besouros bazófios, mas por jovens e perspicazes unhas Rendeiras. Resumindo, poderia se dar conta de que as recentes desgraças haviam sido parte do plano de Hathin para revirar seus pertences em busca de pistas para os testes.

Ela encontrou um lugar entre as rochas para chapinhar os pés na água do mar e esfregar as roupas. Ao retornar, viu Prox empapuçado de suor, o semblante perturbado, arrastando o recalcitrante pássaro-elefante pela trilha. A pontada de pena que ela sentiu foi varrida por uma onda de pânico.

Agora nada impediria o início dos testes.

Arilou não ergueu a cabeça quando Skein adentrou sua gruta e sentou-se diante dela. Então ele esperou, um estranho poço de silêncio, sem pressa de falar ou começar.

Hathin manteve os olhos baixos e as mãos cruzadas sobre o colo para não tremer. Em sua rápida investigação dos paneiros do pássaro-elefante, descobrira as três caixas e as três garrafas arrolhadas, mas os três frascos para o teste de olfato não estavam em lugar algum. Só podiam estar nos bolsos de

Prox. Decerto naquele exato instante ele estava enterrando os frascos em algum lugar. Hathin torceu para que o rapaz da aldeia que ela tinha mandado espionar não a deixasse na mão.

Por fim, a cortina se remexeu outra vez, e Prox entrou, com o cabelo claramente penteado às pressas. Não havia nenhum sinal do espião de Hathin. Apesar da correria que empreendera de manhã, ela ainda estava despreparada para o primeiro teste.

De repente, fez-se um barulho na entrada da caverna, como se alguém roçasse um pedaço de pau na cortina de juncos. Nem Skein nem Prox ergueram o olhar quando Hathin se levantou e rumou, cambaleante, até a entrada.

Seu "espião" a aguardava do lado de fora. Hathin sentiu um nó de alívio na garganta, desceu a escada de cordas e o puxou para um canto.

"Na frente do Rabo do Escorpião", o menino disse apenas. Então era lá que Prox havia enterrado os três frascos com os aromas.

Não havia tempo para cautela. Ela colou a boca na orelha do garoto e sussurrou.

"Você cavou e olhou o que tinha dentro? Qual objeto está enterrado debaixo de qual pedra?"

"Não deu tempo", murmurou ele, dando de ombros.

Imersa em renovado pânico, Hathin levou as mãos à boca; então, com os olhos cheios de terror, abriu um sorriso por entre os dedos. Pelo que ela sabia, a visão flutuante de Skein poderia enxergar os dois, e ela não podia deixar que a conversa parecesse nada mais urgente que um encontro furtivo entre um casalzinho...

"Chuta elas!", disse ela, sorridente, no ouvido dele, depois de pensar um instante. "Volta lá! Chuta as pedras todas! Como se estivesse procurando conchas! Corre!"

Trêmula, Hathin retornou à gruta, na esperança de encontrar Skein aguardando em silêncio, confrontando-a com seu semblante e os olhos oblíquos. Ele, porém, falava com Arilou e mal pareceu notar a presença de Hathin.

"Então, srta. Arilou, onde é que a senhorita está agora?"

Hathin se aproximou da irmã e deu umas batidinhas na palma da mão de Arilou. Ela só podia responder se estivesse traduzindo para Arilou.

"Por favor, Arilou", sussurrou em seu ouvido, "diga alguma coisa, por favor..." Como se em resposta, a mais velha franziu de leve o cenho e proferiu uma suave torrente de palavras derretidas no ar.

"Estou neste quarto", Hathin respondeu em portadentro, num tom frio e confiante, como sempre fazia ao falar por Arilou. "Espero que me perdoem por não usar meu corpo. Acho muito cansativo, prefiro permanecer alerta."

"Compreendo", respondeu Skein, com um sorriso na voz, embora não no rosto. "Está pronta?"

Não, pensou Hathin, *não não não...*

"Sim", respondeu ela.

"O primeiro teste medirá a sua habilidade de deslocar o sentido do olfato. Permitiremos que nossas mentes percorram a cortina..." A voz de Skein afundou em uma tranquila monotonia. Sem dúvida, estava saindo mentalmente da gruta enquanto eles conversavam, mas não houve mudança em sua figura, sentada e ereta. "Vá até a parede do penhasco. Agora vasculhe, com seus sentidos, até encontrar uma grande fissura curva na pedra. Agora procure um grande pedaço de laje azul..." A voz de Skein foi morrendo. Uma, duas vezes, os olhos de Skein estremeceram, de um lado a outro, e as sobrancelhas tremularam. "Prox", disse ele, num tom diferente, "tem um menino lá, revirando as pedras. Vá e peça para ele parar, sim?"

"Encontrei uma pedra cinza-azulada", disse Hathin, com um toque de dúvida em sua voz de Arilou, "mas está de cabeça para baixo, e eu não tenho certeza se é a certa..."

"Srta. Arilou, deixe seus sentidos penetrarem a areia debaixo da pedra. Quero que encontre um frasco..."

"Eu só sinto areia e pedras..." Hathin percebeu que Arilou remexia a cabeça, como se de fato estivesse procurando. "Espera... acho que encontrei um frasco uns centímetros à frente, mas... parece haver mais de um..."

"Abra os frascos, um de cada vez. Diga que aromas está sentindo."

Hathin suspirou de alívio. Graças ao trabalho de seu espião, Skein já não esperava que ela soubesse qual frasco estava em cada lugar, apenas o que havia dentro. E, graças aos encarregados de Poço das Pérolas, ela já sabia.

Com o maior cuidado para não se apressar, Hathin descreveu um cheiro de cada vez. Adivinhou o peixe sem pestanejar. Hesitou um pouquinho com a canela. Tomou um tempo maior para o último, falando dos perfumes, dos aromas da primavera, e por fim reconheceu a orquídea.

"Muito bom", disse Skein num tom genuíno. "Retorne à gruta, por favor."

Então, conforme o esperado, Skein apresentou três caixas para o teste de "sensação de tato". Hathin havia memorizado o padrão dos grânulos na madeira de cada caixa e não se enrolou para acertar qual delas continha a concha, o pedaço de pele e o crânio de rato.

Quando foram exibidas as garrafas arrolhadas para o teste de paladar, Hathin sentiu o rosto empalidecer. Ela havia marcado com a unha a rolha da garrafa de líquido doce... mas onde estava? A rolha macia havia voltado ao formato original, desfazendo a marca. O que ela podia fazer?

Estava prestes a fechar os olhos e arriscar uma das três alternativas quando percebeu uma mosquinha boiando numa das garrafas. Devia ter voado quando ela desarrolhou as garrafas para provar o conteúdo. Hathin se conteve para não dar um safanão na garrafa e gritar: "Esta aqui!". Bem a tempo, ela se lembrou de esperar os murmúrios de Arilou; então, com muito cuidado, apontou para a garrafa com a mosca dentro.

"Correto." Como Hathin esperava, a mosca havia encontrado a garrafa doce.

Então Skein pediu a Arilou que aproximasse seus sentidos dos dele, para que subissem a trilha do penhasco. Hathin descreveu com pormenores a paisagem da área que conhecia desde que nascera; na entrada do labirinto natural de pedra calcária da Rendaria, entoou uma hesitação na voz.

"Estranho", disse ela, "parece que tem uma fi..."

"Prox!", exclamou Skein com rispidez. Prox, que acabara de retornar à gruta, disparou um olhar indagativo. "O seu marcador sumiu."

Parece que tem uma fita branca amarrada à ponta de uma pedra, Hathin quase dissera. Ela havia seguido Prox e o vira amarrar a fita, pouco antes de descer correndo o penhasco para chegar à aldeia antes dele. Estava se coçando para falar da fita, morta de medo de que Skein lhe pedisse para descrever algum elemento fugidio que ela não soubesse adivinhar, como a forma das nuvens ou a cor de um pássaro. Hathin quase cuspiu a informação, desesperada para concluir o teste... e aquelas palavras a teriam entregado completa e perdidamente.

"O que você estava dizendo?", indagou Skein.

"Tem um vento", balbuciou Hathin. "Um vento subindo. Um perigoso... perigoso..." Ela se sentia imóvel à beira de um precipício, os dedos tocando o ar, migalhas de pedra caindo das solas dos pés direto para o além.

“Sem dúvida foi isso que arrancou o marcador.” Skein se remexeu devagar, estalando metodicamente as articulações meio endurecidas. “Você está cansada e quer avisar o povo da aldeia sobre essa tempestade iminente. Voltemos a nos encontrar à tarde.”

Assim que os dois homens saíram da gruta, a mente de Hathin desabou em profunda exaustão. Ainda havia um amplo vazio escancarado a seus pés, e ela não fazia ideia de como dar o próximo passo.

5

Presas da correnteza

Tão logo os Inspetores saíram do recinto, a boca de Hathin virou areia. "Arilou" havia completado três testes. Era o suficiente para evitar a reprovação, mas ainda havia o teste de audição, e depois eles provavelmente iam querer que ela repetisse o de visão. Se ela fracassasse nos dois, será que os Inspetores não iriam desconfiar? E se Prox cogitasse mencionar que havia passado um quarto de hora desatento às bagagens? Mesmo que eles concordassem que Arilou refizesse todos os testes, o que aconteceria depois? Não, ela tinha que passar nos cinco, não havia alternativa.

Na praia, ela viu o povo todo tirando seus botes da água, acorrentando as cabanas e subindo com os pertences de valor até as grutas, preparando-se para a tempestade. O céu ainda estava azul, mas num tom mais profundo e lodoso. Enquanto ela passava, todos lhe dispensavam olhares rápidos e indagativos. Ela respondeu a cada um com um sorrisinho desapontado, que viu refletido em todos os rostos. *As coisas estão indo bem, mas não tão bem.*

Skein estava sentado à beirada da Rendaria, com o rosto virado na direção do mar e os olhos voltados para a areia. Hathin suspeitou que ele não estivesse olhando nenhum dos dois.

"Ele falou que foi ver se um amigo deixou algum bilhete para ele." Ao som da voz familiar, Hathin girou e viu Larsh a seu lado. Ao que parecia, ele passava despercebido até para ela. Ele deu uma rápida piscadela, e ela sorriu, sentindo uma acolhedora onda de companheirismo.

"E o outro Inspetor?", perguntou Hathin. Subitamente lhe havia ocorrido que Prox estava prendendo um novo marcador para que ela encontrasse.

"Logo ali, discutindo com a sua irmã", apontou Larsh. Ele parecia ainda mais velho à luz do dia.

Eiven tinha as mãos na cintura; Prox estava vermelho feito um tijolo, muito frustrado e confuso. Entre os dois havia um bote, a corda na mão de Prox. Ao lado deles estava mãe Govrie, de braços cruzados, mordendo o carnudo lábio inferior.

Hathin imaginou o que as duas estavam fazendo. Embromando. Atrasando Prox para que ela pudesse levar a cabo o próximo plano. O plano que ela não tinha.

Minchard Prox nem sequer notou os passos suaves da garota de semblante astuto e lábios nervosos. Estava muito ocupado, transpirando, sob o olhar das duas mulheres.

"Vocês terão o seu bote de volta." Sentindo-se em desvantagem numérica, ele havia trocado o nandestete pelo portadentro, esperando emprestar um pouco da estatura das cadências nobres como se fossem botas de salto alto. "Preciso entrar nas águas para o teste, é só isso. Estão entendendo? Preciso sussurrar uma palavra para que a Lady Perdida escute, tenho que fazer isso longe de todos os ouvidos."

As duas mulheres sorriam e assentiam de maneira irritante enquanto ele falava, então soltaram, em uníssono, uma corrente de argumentos em nandestete.

"... tempestade subindo, milorde, corrente puxa senhor queda-penhasco..."

"... coral-dentudo morde barco..."

"Estão vendo isto aqui?" Prox balançou a corda, num gesto meio caótico, espalhando gotinhas d'água no rosto de todos. "Isto é Uma Corda. Eu Vou Amarrar Esta Ponta A Uma Pedra. Ali. Aquela. O barco fica parado, tudo certo." Ele sabia que estava sendo grosseiro, mas a irritação e a opressão do calor que antecedia a tormenta o arrebataram, e ele foi incapaz de se desculpar.

Então a jovem disse que o mar era muito barulhento, que seria muito difícil ouvir um sussurro...

"Mas é esse o objetivo!", explodiu Prox. "Não tem como ninguém ouvir na costa, entende? Não há possibilidade de trapaça neste teste." A última frase, ele proferiu com um sarcasmo involuntário. Mais uma vez, corrosivas bolhas de desconfiança ebuliam em sua alma.

Prox não ousara dizer a Skein que havia tirado os olhos das bagagens durante um tempo. Disse a si mesmo que não era importante, que nenhum local teria ousado adentrar áreas infestadas de besouros bazófios, nem conseguiria capturar o hostil pássaro-elefante. Mas agora, estorvado pela mãe e pela irmã mais velha de Arilou, ele começava a sentir que enfrentava oponentes demais.

"Não, obrigado!" Dedos magros tentavam tirar a corda de seus dedos. Ele se afastou e se agachou para fazer um nó, ouvindo duas, não, três vozes claras de Rendeiros, misturando-se feito torrentes. Em seguida sentiu o recuo da mulher como uma brisa de alívio, um sopro do vento.

Prox gastou um tempo com a corda, amarrando-a com certa brutalidade. Havia acabado de terminar quando uma mão pequena e macia tocou de leve a manga de sua roupa. Havia uma garota parada a seu lado, estendendo uma grande concha ornamentada, as arestas pontilhadas com uma iridescência turquesa.

Essa gente nunca para de tentar vender coisas?

"Não, obrigado." Firme, porém gentil. Ele ficou satisfeito consigo mesmo.

A garota baixou a concha um instante, então se debruçou por sobre a canoa e foi botando a concha dentro, acomodando-a no cantinho da popa.

"Espera! O que você está...? Não, não, não! Eu não quero uma concha!"

Ela se empertigou outra vez, meio indecisa, e ele percebeu como a menina era esguia. Seus lábios se moviam numa fala sussurrada, quase inaudível, em nandestete. De súbito ele a imaginou na rabeira da multidão de vendedores, empurrada pelas meninas mais altas, de vozes mais afiadas e reverberantes.

"Ah... está bem", sussurrou ele, arrebatado por uma onda de pena e resignação. Puxou uma moeda da bolsa e estendeu a mão. "Isto aqui basta?" Ela balançou a cabeça.

A garota apontou para o sol. O quê? O que estava dizendo? Quente? Apontou para a enseada. Para a concha. O que ela estava fazendo?

"Ah... deixa para lá. Toma aqui." Ele estendeu duas moedas e observou, aturdido e meio frustrado, a menina se encolher e tornar a balançar a cabeça. Sentiu-se um ignorante por ceder àquela ridícula barganha. "Ah, por misericórdia, pega esse troço de volta! Leva embora!" Ele esticou a mão e agarrou a concha; ao empurrá-la de volta para as mãos da menina, algo frio transbordou por entre seus dedos.

A concha estava cheia d'água.

Com intenso remorso, ele encarou a garota. Ela não estava tentando vender nada. Enquanto as outras tentavam iscá-lo feito um urso, ela tinha corrido para buscar uma concha d'água para ele não desfalecer no bote, sob o calor do sol.

A menina tinha grandes olhos castanhos e uma ruga tripla de preocupação logo acima. *Não é porque estão sorrindo que eles estão felizes.* Ela não parecia meio familiar? Ao ver as pequenas placas de quartzo cintilando feito lágrimas em seus dentes da frente, ele a reconheceu. Era a tradutora de Lady Arilou. Um instante antes, aquele rosto não passava de um borrão, de tão imperceptível. Como isso havia acontecido? Como aquela menina havia se tornado invisível a seus olhos?

"Obrigado." Ele pegou a concha de volta. "Aqui... pegue isto." Estendeu a moeda outra vez, sentindo imensa tristeza ao ver a menina balançar a cabeça.

Hathin viu Prox desconsolado, mas não podia pegar a moeda. Afinal de contas, estava ali para distraí-lo.

Ela olhou para a praia, onde havia uma velha sentada, conversando animadamente com Skein, a cabeça inclinada de um jeito indagativo, as mãos escuras de sol esfregando os tornozelos magros. Era impossível evitar que o olho de um Perdido vagasse, mas era possível prender sua atenção durante algum tempo.

Em algum lugar, naquele exato instante, Eiven escalava as rochas, os fortes dedos escuros lutando para encontrar pontos de apoio nas frestas. Adentraria delicadamente a água para não fazer barulho e então atacaria sob a superfície, o corpo magro e serpeante como uma enguia...

Eu falhei, eu falhei. Hathin não havia encontrado um jeito de passar no quinto teste, e agora Eiven enfrentava a corrente da tormenta. Enquanto Prox se ocupava com a corda, Hathin confessara à mãe e à irmã que ainda não tinha nenhum plano para passar no teste. Eiven captou no mesmo instante a dor e a impotência de Hathin; seus olhos cor de ágata foram tomados de frieza, então se desviaram dela, como se a existência da irmã mais nova tivesse esvanecido de forma indefinível. Quando Eiven erguera a cabeça e estreitara os olhos na direção do mar, Hathin captara na mesma hora o plano desesperado que sua irmã tinha em mente.

Com a silhueta refletida no mar reluzente, Prox parecera nada mais que uma montanha, um obstáculo a ser ultrapassado para evitar que Eiven fosse descoberta. Mas então Hathin vira as marcas vermelhas de sol brotando em seu pescoço, a aflição que o consumia enquanto ele lutava contra a corda. Ele poderia passar uma hora à deriva naquele bote, sob o calor escaldante, enquanto Eiven se posicionava e a aldeia inteira ganhava tempo... por isso Hathin havia corrido, num gesto impulsivo, para lhe entregar uma concha d'água.

Não, ela não podia aceitar a moeda.

No entanto, enquanto Prox se virava para empurrar o bote até a água, a mente de Hathin vagou de volta a Eiven. Ah, ser Perdida e ir atrás dela! Mas Hathin possuía apenas o olho da mente, com o qual via Eiven disparar sob a brusca corrente que prenunciava a tempestade, em meio a nuvens de areia tormentosa e cintilante como chispas douradas sob a luz agitada do sol. O som das ondas batendo nas pedras e rasgando feito seda invadiriam os ouvidos de Eiven, como se penetrassem seu crânio. O mundo a seu redor saltaria em cambalhotas, sacolejando as pedras loucamente, e os corais se avultariam, com dedos salientes, para tentar agarrá-la pela barriga...

Prox, já no bote, remava adentrando a enseada. Nuvens se formavam no lusco-fusco do céu azul, tal e qual sedimentos numa garrafa velha. *O Rei dos Leques está vestido com suas cores de luto*, pensou Hathin, com uma pontinha de medo supersticioso, vendo o vulcão escurecer em meio às sombras. O Rei sempre recordava os acontecimentos de trás para a frente, pranteando antes da morte e da desgraça, não depois. *Eiven, cadê você?*

Hathin perscrutou a água, desfocando levemente o olhar. Não adiantava cravar os olhos na arrebentação das ondas deslizantes. O truque era olhar tudo e nada ao mesmo tempo, até começar a perceber alguma alteração no balanço da água.

Seria um calcanhar subindo por um instante à superfície? Eiven devia estar perto da beira, tentando alcançar a corda em vez do bote, aproveitando a fraqueza da maré junto à costa. Ali! Bem ao lado da corda, uma mão escura irrompeu na superfície, espalmada como uma estrela. A mão avançou em direção à corda e...

"Senhorita." Aquele *s* tão suave era inconfundível. Ao se virar, Hathin encontrou Skein. "Seja boazinha e vá buscar a sua lady irmã. Precisamos seguir com o teste rapidamente, antes que a tempestade chegue."

Hathin não ousou olhar novamente para a água, mas de súbito sentiu uma pungência na atmosfera da praia, como se todos os Rendeiros de olho no mar tivessem soltado um suspiro entre os dentes. O que eles tinham visto?

"Senhorita?"

"Si-sim... estou indo." Hathin deu as costas para o Inspetor, engolindo em seco, e disparou outra olhadela para a enseada. Não, não havia sinal de uma mão agarrando a corda. Eiven tinha desaparecido. Ela não conseguiria chegar ao bote para ouvir a palavra sussurrada por Prox e retornar para informá-la.

Por todos os cantos da praia havia Rendeiros agitados. Uns poucos aldeões corriam, displicentes, rumo à ponta da praia, para onde seguia a correnteza, acelerando apenas ao sair de vista e adentrar o labirinto de rochas que formava a Rendaria.

Hathin interpretou as pistas direitinho. Eiven não apenas havia perdido a corda, mas também fora arrastada pelo fluxo. Os aldeões agora teriam de se embrenhar pela Rendaria até a beira d'água, para resgatar Eiven das garras do mar revolto.

Hathin se forçou a voltar para a gruta rapidamente, sentindo os joelhos fracos. Ao subir a escada da entrada, seu corpo foi subitamente tomado por um calor que ela quase não identificou como raiva. Por que Arilou não era o que devia ser? Por que a aldeia tinha que passar por todo aquele sufoco em silêncio? Tudo aquilo havia sido feito por Arilou para preservar a mentira que a iluminava feito um halo. Hathin de repente percebeu que não suportava a ideia de abrir aquela cortina e ver Arilou ali, à espera, serena e autocentrada, no colchão mais macio, remexendo os lábios à espera do melhor mel...

Hathin engoliu em seco e puxou a cortina. O colchão estava vazio. As cavernas vizinhas também. Arilou não estava ali.

Nada de Arilou vagando sem rumo pela praia. Nada de Arilou em seu lugar ao sol, na pedra em formato de coração. *Ai não por favor me desculpa Arilou desculpa desculpa...* De repente, vindo das pedras à beira d'água, Hathin ouviu um grito humano agudo, quase perdido entre o alarido estridente das gaivotas. Ela deslizou e avançou em direção ao som, morrendo de medo de encontrar Eiven ou Arilou feridas, em meio às pedras.

Hathin se espremeu por uma fenda e avistou um estranho cabo de guerra. De um lado estava Whish, o rosto apavorante sem o sorriso. À frente, meio inclinado, como se prestes a pular em cima dela, estava seu filho, Lohan. Cada um segurava uma das mãos de Arilou, que permanecia parada no meio dos dois, aparentemente alheia às ondinhas que lhe lambiam os pés e à encosta escorregadia logo atrás, que conduzia às águas mais profundas.

"Um acidente pode nos salvar!", disparou Whish. "Um escorregão nas pedras e ela não consegue mais fazer o teste."

"Solta a mão dela." A voz de Lohan estava mais baixa que de costume e muito tranquila. "E volte para a praia." Seu tom guardava uma gentileza perigosa. Whish soltou Arilou, então encarou a própria mão, como se estivesse surpresa. Deixando a ponta solta do turbante cair no rosto para escondê-lo, ela foi embora a passos firmes.

"Ninguém precisa saber", sussurrou Lohan, virando-se para olhar Hathin, que se espantou ao ver uma súplica indagativa em seu semblante. "O resto da aldeia, ninguém precisa saber o que a minha mãe tentou fazer. O resto da família... por que sofrer?" Hathin estremeceu diante da intensidade da pergunta. "Eu a encontrei, a impedi, e isso deve valer de alguma coisa..."

"Eu não consigo..." Hathin encarou o céu, a água, qualquer coisa, menos o rosto de Lohan. Não queria vê-lo implorando, assustado; queria que ele voltasse ao normal, com seu jeito contido e insolente. "Eu não consigo pensar. Eu... preciso levar Arilou de volta para a praia."

Arilou deu a Hathin um ponto para onde olhar, e assim Hathin não precisou encarar Lohan enquanto retornava com a irmã.

Se Lohan tivesse demorado mais um pouco... novamente o olho de sua mente lhe mostrou o rosto de uma figura ensanguentada lá embaixo, nas águas rasas, as penas molhadas nos cabelos lambidos... Ela agarrou a mão comprida e bronzeada de Arilou, que fungou de leve, e Hathin olhou para a irmã. Os cantos de sua boca estavam meio caídos, e Hathin se perguntou se Arilou tinha noção do perigo que correra ou se aquilo era só um biquinho de protesto por ter sido conduzida até ali por mãos estranhas.

Hathin encontrou o Inspetor Skein na praia, aparentemente imperturbado pelo vento crescente que lhe bagunçava o rabo de cavalo e revirava as pontas de seu casaco.

"Srta. Arilou", disse ele sem preâmbulos, "precisamos concluir este teste sem demora. Tenho certeza de que a senhorita deseja retornar à sua residência antes da chuva, e o sr. Prox deve ser trazido de volta antes que a tempestade piore."

Os olhos de Hathin ardiam por conta da areia agitada pelo vento. Como de costume, ela não vivenciou a própria dor, mas a de Arilou, que não sabia piscar.

"Vamos nos abrigar do vento", declarou Hathin com sua voz de Arilou.

"Muito bem."

Pedras compridas circundavam o interior da Rendaria, como os dedos de uma mão em garra virada para cima. Duas protuberâncias rochosas, escorregadias feito sabão, se ofereciam como assentos. Com delicadeza, Hathin posicionou Arilou em uma delas. Skein ocupou a outra.

Hathin tomou a mão de Arilou entre as suas e a esfregou de leve para aquecê-la. Nada havia a fazer a não ser esperar por seu milagre.

"Quando quiser, srta. Arilou."

Então Arilou ergueu a cabeça. Um som fraco escapou de seus lábios, feito um pio de pássaro; ela moveu as mãos delicadamente, como se afagasse algo macio. Seus olhos ficaram arregalados e se iluminaram, fixos em alguma coisa. Poderia ser...? Sim, *realmente* parecia que ela ajustava o foco em algum objeto, a testa franzida em concentração. O que significava aquele olhar rutilante?

Por favor, Arilou, por favor...

Os lábios de Arilou tremularam, então se abriram. Hathin aproximou a orelha da boca de Arilou... e ouviu apenas o costumeiro fluxo de balbucios molengas.

"É muito difícil ouvir com as ondas quebrando", anunciou Hathin em portadentro, num tom frio e desconsolado. Ela não tinha outros planos, não conseguia pensar em mais nada a fazer além de tentar ganhar tempo. "E o seu amigo tem um sotaque estranho..." Durante cerca de dez minutos ela seguiu na mesma toada, sentindo que o gelo onde pisava ia ficando cada vez mais fino. Por fim, Skein pegou seu relógio de bolso.

"Precisamos concluir este teste agora mesmo. Srta. Arilou, vou fazer um intervalo para ver se alguma carta foi deixada para mim, mas, quando eu voltar, você deve ter uma resposta pronta."

Hathin esperou que ele se levantasse, mas, quando ele se recostou na pedra novamente, ela percebeu que apenas seu espírito havia partido. Claro, mais cedo ele fora procurar um bilhete mentalmente... e decerto não havia encontrado. Uma pequena parte de Hathin ficou imaginando que mensagem seria tão importante a ponto de fazer o homem se ausentar daquele jeito, bem no meio do teste. Mas que importância tinha? Ela havia ganhado mais tempo.

Passado mais ou menos um minuto, durante o qual o homem permanecera imóvel, ela arriscou se levantar. Precisava saber se Eiven tinha sido encontrada. A falta de notícias era insuportável. Ao mesmo tempo, ela se deu conta, cheia de culpa, de seu desejo secreto de que Eiven, ligeira como uma barracuda, tivesse conseguido vencer a correnteza e alcançado o bote onde estava Prox. Se pelo menos pudesse encontrá-la, talvez ainda houvesse uma chance de passar no teste.

Hathin pegou uma das tiras de couro que adornavam o punho de Arilou e a amarrou a um pilar de pedra próximo, então escapou às escondidas pelo labirinto rochoso.

À beira d'água, encontrou vários aldeões rastreadores. Com uma olhadela, soube que Eiven ainda não tinha sido encontrada.

"Vamos continuar procurando", Hathin foi informada. "Agora volte lá e faça o melhor que puder."

As pedras eram escuras e viscosas sob as mãos e os pés de Hathin, que enfrentava a possibilidade de ver Eiven ceifada do mundo por uma falha sua.

Ela pensou no olhar de mãe Govrie endurecendo, tal e qual acontecera com o de Eiven, e imaginou a si mesma parada diante da aldeia inteira, imersa em seu fracasso... Então viu toda a razão de sua existência se esvair dos próprios dedos, feito chuva caindo numa fossa escura.

Quando voltou ao local onde havia deixado Arilou e o Inspetor, o céu estava metálico, e uma orquestra de sons reverberantes pairava pela Rendaria, trazidos pelo vento que adentrava as frestas e fissuras.

Skein ainda estava sentado, imóvel, a expressão serena. Será que ele tinha "voltado"? Será que havia notado a ausência dela? Ele não comentou o retorno de Hathin. Parecia que ainda estava fora do corpo.

Arilou, por outro lado, parecia inquieta. Ainda exibia um olhar rutilante, arrebatado, e tinha quase se soltado da amarra. Vez ou outra, dava um tranco com a cabeça, feito um passarinho, e movimentava as mãos em garra. Murmurava qualquer coisa entredentes; quando Hathin se aproximou, percebeu que Arilou repetia incessantemente uma única palavra.

Seria possível? O milagre teria enfim chegado? Arilou encarava o mar, mais ou menos na direção onde o bote de Prox estaria sacolejando sobre as águas inquietas.

"Kaiethemin..." Parecia que era isso que ela estava dizendo. Hathin escutou outras vezes, sem conseguir entender mais nada. Mas e se aquela fosse, de fato, a palavra sussurrada por Prox, deturpada pelos lábios frouxos de Arilou? Hathin não tinha escolha a não ser rezar para que fosse. Seu tempo havia se esgotado.

"Acho que sei a palavra." Hathin se admirou com a própria voz, clara e controlada.

Skein ainda encarava algum céu particular. Depois de alguns segundos, Hathin concluiu que não tinha sido ouvida, que a mente do homem ainda estava fora do corpo. Ela estendeu delicadamente o braço e tocou-lhe a mão.

Por um instante, foi tragada pelo silêncio do mundo. Um trovão ribombou no céu, lançando bolas de canhão invisíveis. Uma ventania disparou para baixo, e gotas de chuva desabaram por toda parte, feito bolas de metal, fazendo a terra saltitar.

Hathin recolheu a mão, beliscando os dedos e a palma para deter o formigamento. Formiguinhas vermelhas invisíveis subiam por seu braço e invadiam cada milímetro de sua pele.

A mão do Inspetor estava fria, e seu peito já não se movia. Skein, que jamais vivera confortável no próprio corpo, o havia deixado para sempre.

6
Galgando os Gongos

Hathin desamarrou Arilou com a maior tranquilidade possível e levou-a de volta à praia. Arilou estava dócil, mas sua mão se contorcia, inquieta, sob a de Hathin, e seu olhar ainda guardava um brilho horripilante.

Todos na ilha estavam descompostos por conta da chuva, mas Hathin não podia acreditar que sentiam o mesmo frio que ela. Reconheceu o caminhar gingado de Larsh e se aproximou.

"Acabou o teste?" O olho de Larsh perscrutou as feições de Hathin, rígidas e desesperadas, e a máscara de pó de Arilou, rajada de pingos de chuva.

Hathin assentiu, engolindo em seco.

"E aí? O que o Inspetor Skein disse?"

Hathin mordeu os lábios e o encarou. "Ele entregou o nome Skein", respondeu ela, no tom mais lento e ressonante que conseguiu invocar. E viu Larsh arregalar os olhos soturnos ao compreender profundamente o recado.

Segundo as antigas histórias da Renda, depois que alguém morre e ruma para a Gruta das Grutas, é preciso pagar a Velha para ter a passagem concedida. Na primeira gruta, a pessoa entrega o próprio nome...

Os mortos não tinham nome.

"Como...?" A voz de Larsh foi morrendo.

Hathin ergueu as sobrancelhas e balançou levemente a cabeça.

"Onde?"

"Na Rendaria. Na mão do Pássaro Captor."

Larsh piscou várias vezes, contorcendo as sobrancelhas como se para desviar a atenção da chuva.

"Traga a sua lady irmã aqui", disse ele, por fim.

Mesmo depois de retornar com Arilou à casa-gruta, a mente e o coração de Hathin estavam dolorosamente tomados por Skein, Eiven e a tempestade. Assim, ela tomou um cuidado especial ao lavar o rosto de Arilou para retirar o pó. Usou conchinhas em formato de lua para raspar a terra sob suas unhas, até que o céu nublado lhe atrapalhasse a visão, e, ao ver Arilou resmungar e se encolher, Hathin percebeu que a estava arranhando.

A cortina de juncos sacolejou e cuspiu uma figura para dentro. A luz opaca transpassou a trama da cortina, revelando um rosto esguio e feroz, com uma cicatriz em formato de pata de pássaro. Era Eiven. Ela não respondeu ao arquejo incoerente de Hathin, de alívio e espanto.

"Deixa ela comigo", ela disse apenas. "Estão te chamando no Rabo do Escorpião."

A caverna onde Hathin encontrara Larsh sozinho em meio ao nevoeiro na noite anterior agora estava repleta de gente. Parecia que todos, exceto Eiven, Arilou e as crianças menores, estavam ali.

Numa laje de pedra jazia Skein, o Inspetor Perdido. Alguém havia acomodado suas mãos sobre a barriga, como se ele estivesse tirando uma soneca depois de uma bela refeição. Teria sido mais convincente se a pessoa tivesse pensado em fechar seus olhos, mas Hathin imaginou que um frêmito de superstição impedisse qualquer Rendeiro de fazer isso.

... depois de entregar o nome na primeira gruta, o espírito do morto passa a uma segunda gruta, onde terá de entregar os olhos para então seguir adiante...

Em choque, ela percebeu que Skein havia sido estendido na laje que abrigava a entalhadura do sacrifício. Ficou pensando se tinha sido por acaso, ou se houvera alguma conclusão não dita. *Bom, precisamos de um favor do divino, e seria uma pena desperdiçar o corpo...*

"Não podemos conversar aqui", disse mãe Govrie, prática como sempre. "Senão as nossas vozes vão chegar até a entrada. Vamos cruzar a Senda do Gongo."

Skein foi envolvido na capa de lona de Whish, e os aldeões marcharam pela caverna até um local onde uma poça d'água formava um espelho preto.

Ali, sem dizer palavra, todos tiraram as roupas de cima. Respiravam depressa, porém de forma ritmada, nutrindo-se o máximo possível de ar. Então Whish se ajoelhou à beira da poça preta, sorveu profundamente o ar uma última vez e mergulhou na água. Alguns minutos depois, retornou à superfície, esguichando água feito uma baleia.

"O caminho está livre", disse ela depois de recuperar o fôlego. A melhor mergulhadora era sempre enviada na frente para conferir a Senda do Gongo; na ausência de Eiven, essa pessoa era Whish. Mais algumas respirações profundas, e Whish tornou a mergulhar, arqueando as costas na superfície por um instante, como um golfinho.

Em seguida, foi a vez de mãe Govrie, e depois todos os aldeões mergulharam, um a um. Hathin ficou entre os últimos, e, ao se aproximar da poça, seu rosto zumbia e formigava com a respiração apressada. Ela havia cruzado a Senda do Gongo apenas algumas vezes. Respirou fundo uma última vez e foi recebida pela água fria.

Era só aguentar firme o choque de temperatura. Ao abrir os olhos, subitamente abraçou seu eu aquático, escorregadio e inescrutável feito uma enguia.

Hathin encontrou as conhecidas rochas que serviam de apoio para as mãos e foi descendo até a boca do túnel submerso. Virou-se de barriga para cima e adentrou o túnel, de modo a poder empurrar o teto com as mãos e os pés. Quase no mesmo instante, a luz tênue a abandonou, forçando-a a confiar no toque e na memória.

Não havia vozes ali embaixo. Mas a água não era silenciosa. Não, ela sussurrava a cada gota escura que pingava pela extensão do túnel submerso secreto. Aquela estranha música dera o nome à Senda do Gongo.

Em algum lugar dentro dela ainda existia a Hathin terrestre, em seu mundo de preocupações, com medo do próprio medo, apavorada com a ideia de entrar em pânico e não ter por onde fugir para respirar. A Hathin aquática, no entanto, a Hathin que pensava como uma sereia, encontrava uma estranha paz naquela escuridão, apesar de todos os perigos.

Qualquer pessoa que nadasse ali às cegas teria seguido o túnel até o fim e encontrado um beco sem saída, mas Hathin aprendera a encontrar a passagem mais embaixo e a contorcer o corpo para atravessá-la. Ela foi subindo, soltando bolhas pela boca e expandindo os pulmões. Emergiu na superfície, sorvendo o mundo num arquejo, e com ele suas preocupações. Mãos a postos a tiraram da água, abrindo espaço para o próximo nadador.

Aquela caverna era um dos muitos segredos da aldeia. Toda criança aprendia a cruzar a nado a Senda do Gongo; assim, caso a aldeia fosse atacada, todos poderiam fugir até o Rabo do Escorpião e atravessar o túnel, sem medo de serem perseguidos. A gruta era ligada por uma série de túneis à grande colina perto de Tempodoce e arredores, mas a única iluminação ali era fornecida por uma galáxia de vaga-lumes. Uma pederneira estalou, uma tímida e pequenina chama sorveu o ar em tragos invisíveis, e Hathin viu que estava numa caverna cheia de dentes.

... e, na terceira gruta, o espírito do morto entrega a boca...

Fileiras e fileiras de dentes fantasmagóricos, alguns do tamanho de uma pessoa, brotavam do chão e desciam afunilados do teto. A gruta era repleta deles, feito uma bocarra aberta, para além da qual havia apenas escuridão.

Em volta dela, os aldeões que povoavam o mundo de Hathin eram quase irreconhecíveis. Os turbantes das velhas, os aventais bordados das jovens esposas, os cintos de ferramentas e truques dos homens, tudo que os distinguia ao primeiro olhar havia sido deixado para trás. Na escuridão quase completa, os olhos deles eram estrelas amarelas nas órbitas, os rostos envoltos por cabelos molhados.

Ainda assim, Hathin conhecia cada um na escuridão. Ela os conhecia pelos dentes.

Quase todos os Rendeiros com dentes permanentes os enfeitavam à moda tradicional, com pequeninas placas de turquesa, madrepérola, nefrita, ágata ou quartzo-rosa. Agora a luz da lanterna iluminava cada sorriso congelado, largo e assustado, cintilando sobre as pedrinhas preciosas.

"Onde está a Hathin?", perguntou uma fileira de luas de lazulita, uma das avós mais poderosas da aldeia, e a delicadeza de sua voz embotou o medo de Hathin. "Conte o que houve, criança."

Hesitante, Hathin contou aos dentes reunidos sobre os testes de Skein, sobre o desaparecimento de Arilou... então vacilou e revelou apenas o encontro com Arilou à beira d'água, sem mencionar a presença de Whish. Ao fazer isso, sentiu dedos lhe roçando de leve a mão, um toque vivo e cálido que pareceu estranho naquele lugar de escuridão e morte. Ela recuperou a voz e relatou todos os acontecimentos até a descoberta do corpo de Skein.

"O que é que a gente vai dizer ao outro Inspetor?", perguntou Hathin, por fim.

Fez-se um silêncio breve e nada promissor.

"Ela não sabe", disse a voz dura de Larsh. "Hathin, o outro Inspetor sumiu. Alguém cortou a corda."

"Não sabemos quando." Era a voz de Lohan, bem perto dela. Devia ter sido ele quem tocou sua mão. "Quando percebemos, já fazia tempo que o bote estava longe. Não havia nada a fazer." Hathin compreendeu. Mesmo que o bote de Prox não fosse destroçado pela tempestade, as ondas o arrastariam para o mar, e o desamparado homem fritaria até a morte debaixo do sol.

"Então...", perguntou mãe Govrie, com seu sorriso cravejado de madrepérolas. "Quem foi?" Fez-se um silêncio, enquanto todos se ajustavam à bruta simplicidade da pergunta. "Alguém se assustou. Pensou que a nossa Lady Perdida estava falhando no teste, ou que o Inspetor suspeitava de alguma coisa. Essa pessoa entrou em pânico, encontrou o corpo vazio e o matou. Ainda não achamos nenhuma marca no corpo, mas se houver um pontinho de ouriço ou inchaço de veneno de escorpião que seja, a gente *vai* encontrar. Daí, cortaram a corda do outro citadino, para que ele não voltasse e começasse a investigar. Eu entendo *por que* isso foi feito, mas quer gostemos ou não, *já* está feito, e a única opção é resistirmos juntos a essa tempestade. Mas *quem foi*?"

Outra pausa.

"Não dá para esperar que ela confesse." O tom de Whish era amargo. "Afinal de contas, ela não está aqui."

Por um instante de desvario, Hathin achou que Whish estivesse levantando uma suspeita sobre Arilou. Aquilo lançou palavras sobre uma ideia fraca e nebulosa que se espreitara na mente de Hathin desde que ela vira Arilou sentada em frente ao Inspetor morto, sob o céu púrpura e um carrossel de gaivotas... mas no momento seguinte ela compreendeu a verdadeira intenção de Whish.

"Fico pensando", comentou mãe Govrie num tom frio, "se você teceria essas acusações tão às claras se Eiven *de fato* estivesse presente."

"Ela estava na água", argumentou Whish. "E desapareceu por cerca de uma hora."

"Ela foi arrastada pela correnteza!" O horror de Hathin a fez quebrar o próprio silêncio. "Todo mundo viu!"

"Pelo que sabemos, ela conseguiu nadar até as pedras e chegar à costa pela Rendaria", respondeu Whish. "Então ela poderia ter voltado pela parte rasa e cortado a corda."

Hathin respirou fundo, mas a mão invisível tornou a pousar em seu punho, com uma pressão urgente e constritiva.

"Qualquer pessoa poderia ter feito isso", Lohan retrucou baixinho. "Tinha um montão de gente na Rendaria procurando a Eiven. *Eu* estava lá. *Você* estava lá." O silêncio se encrespou, e Whish não respondeu.

"Se pelo menos fosse só um Inspetor morto", observou mãe Govrie sem rodeios, "poderíamos ajeitá-lo numa pedra e dizer que ele caiu. Já dois..." Ninguém tinha dúvidas de que Prox estava morto, ou praticamente. "Precisamos decidir em conjunto se eles foram embora ou se nunca chegaram aqui. Seus encarregados são Rendeiros... alguém conhece a família deles? Será que podem ser gentis?"

"Rendeiros de Poço das Pérolas", murmurou uma das velhas. "Em nove entre dez dias eu contaria com a ajuda do povo de Poço das Pérolas para inventar uma mentira, mas, se existe um décimo dia, esse dia é hoje."

"Então não vamos metê-los na história. Os encarregados sabem quando os Inspetores partiram em viagem e que tiveram muito tempo para chegar aqui antes da tempestade. Eles não vão acreditar que os dois foram pegos pela chuva e se perderam num deslizamento de terra. Então os dois lordes Inspetores se meteram no bote, por conta de realizarem o teste, e foram arrastados para o mar."

"E Milady Page?", perguntou um dos jovens rapazes. Fez-se um murmúrio, pois a matriarca Perdida de Tempodoce era bastante respeitada e um pouco temida.

"Sim... ela..." A mente de Hathin se encolheu diante da lembrança da ameaça velada e do olhar dourado e inquisitivo de Page. "Ela falou que ia ficar de olho na gente."

"Se os pensamentos dela estavam em nós, então ela viu tudo", disse mãe Govrie. "Se não estavam, ela não viu nada. De todo modo, não há razão para nos preocuparmos."

Então mãe Govrie prosseguiu, dura e sagaz como um general posicionando suas tropas. E embora todos soubessem que o menor furo na história certamente levaria a enforcamentos, seu terror arrefeceu, pois a história estava nas mãos firmes e escuras de mãe Govrie, e todos sabiam o que dizer. Pai Rackan escutava tudo recostado na parede, assentindo com meneios lentos e rítmicos. Ele era o sacerdote que a aldeia oficialmente não possuía, e ninguém esperava que dissesse nada.

"Então", um dos amigos de Lohan finalmente perguntou, "o que vamos fazer com o Inspetor sem nome na gruta?"

Mãe Govrie olhou para pai Rackan, e, após um momento de hesitação, todos fizeram o mesmo. Essa foi a única resposta. Pai Rackan cuidaria de tudo.

A poça escura os recebeu de volta, um a um. Todos retornaram pela Senda do Gongo. Saíram da água, recolheram suas identidades, que estavam cuidadosamente dobradas, e as vestiram. Ninguém deu mais que uma olhadela no corpo enfaixado de Skein, enquanto seguiam para a entrada da gruta, espiando o céu desnudo. A maioria era vista penteando os cabelos para trás e aprontando as expressões, como se fossem pisar num palco, tendo o céu e as rochas como plateia.

O grupo emergiu, em duplas e trios, e o espetáculo começou. Falaram sobre como a tempestade começava a se dissipar, comentaram que em breve já seria seguro se aventurarem no conserto das cabanas danificadas. Uma dupla de crianças foi enviada às grutas para saber se os Inspetores haviam encontrado um abrigo seco e retornou para informar que ninguém havia sido encontrado, além de Eiven e das crianças mais novas. Então uma das mergulhadoras "percebeu" que o bote de Eiven ainda estava desaparecido, e a aldeia inteira expressou consternação quando foi sugerido que talvez os Inspetores tivessem sido levados pelo mar.

"Não há nada que possamos fazer em relação a isso agora", disse mãe Govrie, por fim. "Só depois que a tempestade for embora e as trilhas estiverem seguras. Então enviaremos mensagens a Tempodoce."

O Rei dos Leques recordava tudo ao contrário. Agora, depois de uma morte ocorrida, ele já não lembrava por que usava suas cores de luto. Na manhã seguinte, a nuvem escura já tinha desaparecido por completo. O trovão da chuva havia cessado, restando apenas o som das cachoeiras rosa-peroladas que corriam pelas frestas na lateral do penhasco.

E pouco foi dito, pois toda a aldeia havia embarcado num espinhoso jogo de espera. Deviam, sem sombra de dúvida, ter enviado um recado à Milady Page, pedindo que ela ficasse atenta a um pequeno bote que havia desaparecido da costa. Mas por quanto tempo poderiam protelar, alegando o estorvo das traiçoeiras e escorregadias trilhas da beira do penhasco? *Precisamos dar à Lady Perdida uma chance de encontrar o bote do Inspetor*, diziam eles, e ninguém admitia nem a si mesmo que cada segundo de atraso servia à esperança de que o resgate se tornasse impossível e de que Minchard Prox jamais tivesse a chance de contradizer aquela história. A maioria dos aldeões era bastante gentil, e aquela era uma verdade amarga demais para que se insistisse nela.

Por fim, mãe Govrie assentiu, e dois rapazes foram enviados com uma mensagem para Milady Page. E toda a aldeia se pôs, com grande mal-estar, a consertar as cabanas que a tempestade havia destruído, pois quando os mensageiros retornassem todos descobririam o que Milady Page havia visto.

Os dois só retornaram bem depois do meio-dia. Quando enfim chegaram, traziam um brilho estranho no olhar, como se estivessem em dúvida entre lutar ou fugir.

"Milady Page está morta."

Milady Page, a matriarca Perdida que passara quarenta anos navegando por Tempodoce feito um robusto galeão, havia sido encontrada no próprio jardim, de cara no chão, com o xale todo mordido por sua cabra. Não havia nenhuma marca, nem hematoma, apenas um sorriso sereno e sagaz. Com a língua tão afiada em vida, ela partira, sem explicação, rumo à terra dos mistérios.

7

Dentes mordentes

A aldeia das Feras Falsas recuou diante do precipício que era aquela notícia. A dúvida sobre o assassino de Skein havia sido um temeroso mistério a enfrentar, porém simples e compreensível comparado àquilo. O que poderia significar?

Tempodoce estava em estado de choque, sem saber para onde ir. Como poderiam solicitar reforços? Milady Page era seu sistema de mensagens, seu principal elo com o restante da ilha. Aquilo era o mesmo que receber a notícia de que sua cidade havia sido serreada e jogada ao mar. Como encontrariam o culpado? Milady Page era seu vigia, seu caçador de bandidos, seu olho vagante. Quem poderia assumir o comando e sair distribuindo ordens? Milady Page era sua sábia, sua solucionadora de problemas.

Na noite anterior, todas as tendas de notícias da ilha haviam sido atualizadas. A cidade tinha ido dormir esperando que na manhã seguinte Milady Page lhes entregasse notícias de toda a Ilha Gullstruck. Agora, porém, Milady Page já não era a mensageira das notícias; ela própria virara notícia, e muito mal contada.

"Os citadinos ficavam perguntando, onde está Milorde Skein? Precisamos dele para ler as notícias para a gente, para dizer se há assassinos fugindo da cidade... então tivemos que contar a eles o que já tínhamos dito à família de Milady Page... que Skein e o outro haviam desaparecido no bote."

Toda a aldeia sentiu uma pontada pela oportunidade perdida. Se pelo menos já estivessem sabendo sobre o destino de Milady Page, talvez tivessem aberto o jogo a respeito da morte de Skein. Milady Page deixara seu corpo poucas horas antes de Skein, e da mesma forma pacífica. Talvez a morte dele pertencesse à mesma estranha calamidade, ou tivesse sido orquestrada para dar essa impressão. Mas era tarde demais. Eles já haviam decidido que história contar e agora teriam que seguir com ela. Além do mais, o desaparecimento de Prox permanecia sem explicação.

"Daí eles falaram, precisamos passar adiante a informação e pedir que uma das cidades nos envie um novo Perdido, precisamos dizer que vamos dar uma casa e uma cabra de cada aldeia do distrito. Daí *nós* dissemos: a gente já tem uma Lady Perdida, esqueceram? Vocês podem dar a sua casa e as cabras para ela, se quiserem. Então todos eles nos encararam como se tivéssemos saído do mar com conchas no lugar dos olhos."

Hathin saiu caminhando, invadida pela imagem de Arilou numa bela casa em Tempodoce, com um quintal tomado pelo balido das cabras. Uma longa fila de pessoas serpeava desde a porta da frente. Queriam que ela encontrasse crianças perdidas, maridos fugitivos e revelasse o preço das pérolas em Pequeno Mastro. O olho de Hathin lacrimejou, e ela não conseguiu engolir.

O frescor pós-tempestade durou menos de uma manhã, então um calor alegre e cintilante se assentou pela costa. O dia estava claro, lindo e desesperador, e nada estava bem.

Tempodoce reluzia, furiosa, feito um grande cão irritado com o verão à procura de alguém para morder. Tudo estava em suspenso, esperando que o cão cerrasse a mandíbula.

As informações da morte de Milady Page e do desaparecimento de Skein e Prox foram devidamente divulgadas na tenda de notícias, mas ninguém esperou uma resposta rápida. Quase todos os Perdidos tinham enviado suas mentes para conferir as novidades logo no início da semana, quando as tendas foram atualizadas, mas até a semana seguinte eles ainda não haviam retornado.

Uns dias depois, contudo, as notícias chegaram, cruzando as passagens das montanhas desde a cidade de Rabo Nodoso. E vieram através de Jimboly.

Desde a tempestade, a aldeia das Feras Falsas havia se recolhido, na defensiva. Assim, o primeiro sinal do retorno de Jimboly à costa foi um comprido assobio e um chiado, tal e qual chuva caindo em uma fogueira. Alguns minutos depois, lá estava ela, no topo no penhasco, balançando no alto da cabeça a bexiga de porco seca cheia de ervilhas e assobiando entre os dedos.

Ela desceu a trilha de cascalhos, saltitante feito uma moradora local, então parou, arquejante, o sorriso escancarado, os membros magrelos e as roupas sujas com o vermelho fresco da lama deixada pela tempestade, o pica-pau de estimação voejando, esticando ao máximo a correia.

"Jimboly!", disse mãe Govrie, tentando soar repreensiva. "Qualquer dia o vulcão te ouve assobiando, acorda e te sequestra para servir de ama para os filhos dele..."

"E que excelente ama eu vou ser. De todo modo, eu fui a uma festa com ele ontem à noite, e ele encheu a cratera de rum... só vai acordar daqui a alguns dias." Jimboly abriu um sorriso, e como ela era uma das poucas forasteiras que sorria, ninguém se aborreceu com a pequena blasfêmia.

Jimboly tinha um rosto comprido, admirado pelas mulheres Rendeiras, que sempre raspavam a testa para fazê-la parecer maior. Sua mandíbula angulosa lhe dava um ar ainda mais maroto, e os cabelos pretos com luzes azuis escapavam por sob a bandana vermelho-escura. Ela quase não ficava séria. Quando sorria, era quase impossível não se afeiçoar a ela.

Seu sorriso era sua vitrine. Entre os dentes fortes e brancos, havia alguns de casco de tartaruga, coral, turquesa, jade, pérola e até ouro. Um dos dentes de jade ostentava o entalhe de um pavão. Ela tinha joias nos dentes, mas não era Rendeira, dava para ver só de olhar. As Rendeiras colavam delicadas pedras sobre os dentes, mas não os substituíam por elas. O povo de fora, porém, se interessava em ter dentes inteiros para substituir os que eram perdidos pela idade ou acidentes. Jimboly costumava vender dentes arrancados e restaurados, mas os endinheirados de fora da Renda às vezes compravam substitutos, feitos de metal ou pedras preciosas. Todos os dentes da boca de Jimboly eram do último tipo.

Além de não ser Rendeira, Jimboly parecia não saber ao certo *o que* era. "Um punhado de sangues misturados, quase todos coagulados", era como descrevia a si mesma. Suas andanças lhe haviam conferido talento especial para os idiomas, e ela era a única não Rendeira que Hathin conhecia que se expressava com decência na língua da Renda, embora sem as sutilezas.

Ela arrancava dentes de graça, levando apenas o dente como pagamento, e furava dentes de Rendeiros para embutir pedras de maneira tão ágil e habilidosa que muitos preferiam o trabalho dela ao próprio. Jimboly era a fada do dente que todos amavam.

Era muito valorizada, também, como fonte de informações e fofocas, e contava histórias mais elaboradas e divertidas que os áridos relatos das tendas de notícias dos Perdidos. Desta vez, contudo, sua informação não era nem uma coisa nem outra.

Ela havia passado a semana anterior viajando. Passara por Rabo Nodoso, depois por Água Saltitante, pelas distantes aldeias de Salto Alto, Capa Coxa, Esgar do Mar, Jogo da Enguia, Pedra Pulante... por toda parte os Perdidos haviam morrido. Todos haviam partido à noite, em completo silêncio, aparentemente no mesmo horário de Milady Page, largando seus corpos feito pele de cobra.

"Estão dizendo que é uma praga", informou Jimboly a todos. "Tem gente com esperança de que talvez todas as mentes tenham sido levadas para o mar pela tempestade, e que elas vão retornar. Alguns ainda estão ajeitando os lordes e as ladies nos travesseiros, tentando lhes dar sopa. Mas vão parar com isso quando o calor chegar e o fedor começar a subir, eu acho." Então abriu um sorriso ante os arquejos e murmúrios dos aldeões.

Jimboly era a primeira pessoa a visitar a aldeia desde os malfadados Inspetores, por isso estava rodeada de aldeões, todos ávidos por conversar com uma fonte amigável. Havia algo estranho no ar em Tempodoce, e os Rendeiros estavam com certo receio de ir até lá.

"E não havia marcas nos corpos?", perguntou mãe Govrie, com a voz prática e ligeira como quem pede uma receita. "Nenhum sinal de mordida ou arranhão? Nenhum traço de veneno?"

"Ai, que mente mais horrenda, mãe. Se eu fosse sua filha e ouvisse suas historinhas antes de dormir, viveria deste jeito aqui." Jimboly arregalou os olhos e puxou os cabelos para cima, fingindo estar aterrorizada, então gargalhou. "Aparentemente, não, nenhum arranhão. Nem marcas de luta; quase todos morreram deitadinhos e confortáveis. O povo inclusive acha que Milady Page só estava de cara na lama porque acabou caindo da rede. Havia o xale de brocados por baixo, entende? Ela sempre cobria o rosto com ele na hora de dormir, por causa dos mosquitos."

"*Como* é que você descobre essas coisas todas, Doutora Jimboly?", perguntou uma das moças.

"O Chuvisco me traz os melhores petiscos", respondeu Jimboly, como sempre fazia, e afagou a cabecinha do passarinho de estimação. "Não é, Chuvisco?"

Chuvisco viajava no ombro dela já fazia quase um ano, até onde todos sabiam. Era um belo pica-pau preto, com uma mecha dourada que só aparecia quando ele espichava o rabo. A coleirinha de couro vermelho em seu pescoço era presa ao colar de corais de Jimboly por uma fina corrente de elos de bronze e sininhos.

"Eu o peguei mordiscando minha sombra", explicou Jimboly a um garotinho que encarava Chuvisco, fascinado. "Parecia bem satisfeito, daí eu percebi que ele já tinha um fiozinho da minha alma dentro da pancinha. Então eu o capturei com uma armadilha de palha, mas, depois, o que eu ia fazer? Eu acho que eu podia ter torcido o pescoço dele, mas ele é tão bonitinho, não é? Acho que me apaixonei. Bom, eu não podia deixá-lo sair voando e me desmanchar toda, então a única opção foi ficar com ele, para ele não começar a desfiar todos os meus fios." Hathin imaginou que aquele fosse um dos gracejos de Jimboly, já que Chuvisco parecia estranhamente adestrado, como se tivesse nascido em cativeiro, mas com Jimboly nunca era possível ter certeza.

"Dizem que quem é morto por um pica-pau morre sem marcas", observou Larsh, que se unira ao grupo sem que ninguém percebesse. "Talvez os Perdidos..."

"Não, não, um pica-pau leva semanas, meses até, para desfiar uma pessoa", interrompeu Jimboly. Por alguma razão, ela era sempre mais agressiva com Larsh do que com os outros. Talvez achasse que ele, se quisesse, poderia embutir placas dentárias muito melhor que ela. "Meses definhando, chorando, minguando. Para morrer assim, numa única noite, uns setenta primos do Chuvisco teriam que descer do céu e levar a sombra da pessoa como uma peça inteira de tecido. De todo modo, o governador não acha que foram os pica-paus, nem a tormenta, nem a praga. Tem uma mente humana nessa história... é o que ele acha."

Jimboly começou a limpar seu arco e broca, ciente dos ouvidos atentos que a rodeavam.

"Ele só falou isso?", perguntou Eiven.

"Só, e ele não é o único que pensa assim. Tem um Andarilho das Cinzas circulando por aí. Esperando ser chamado para uma caçada, pelo que ouvi. Bom, já que alguém caiu morto no distrito do governador, ele vai ter que fazer alguma coisa, não vai? Eu não ficaria surpresa se ele chamasse o Andarilho das Cinzas."

Todos os Andarilhos das Cinzas eram descendentes da comunidade do Fumo Dançante, vinda das montanhas que circundavam o interior do vulcão Jocoso, com seus orquidários de odores sufocantes e cores horripilantes. Até hoje muitos Fumos Dançantes usavam, como símbolo de sua linhagem, um cinturão ou outro item do vestuário na cor azul, tingido com o índigo selvagem crescido nas colinas e fermentado com cinza de lenha não das fogueiras, mas das piras crematórias. Dizia-se que o espírito de cada um dos mortos que tingiam as roupas dos Andarilhos das Cinzas passava a servir a eles, conferindo-lhes poderes mágicos.

Não era preciso dizer que os Andarilhos das Cinzas haviam ficado contentíssimos com a chegada dos colonizadores originários, que traziam carregamentos inteiros das cinzas de seus mortos, todos organizados em práticas caixinhas. Já os colonizadores não gostaram nada de ver aquela gente azul invadindo seus assentamentos e levando embora seus ancestrais. Desde aquela época, porém, uma trégua havia sido travada, e os Andarilhos das Cinzas conquistaram, mesmo à revelia de todos, a respeitosa posição de caçadores de recompensas, convocados sempre como último recurso. Se um Andarilho das Cinzas recebesse licença para caçar alguém em particular, ganhava também a permissão de requisitar a cinza de sua pira. Isso era mais que execução. Significava passar a eternidade preso a uma bandana ou meia.

Todos sabiam que um Andarilho das Cinzas morava, solitário, num dos vales selvagens dos arredores. Mas ele quase nunca aparecia, e a maioria do povo era grata por isso.

Tranquila como uma artista, Jimboly abriu um buraco num dente incisivo de um garoto de seus 10 anos, embutiu nele uma plaquinha de coral rosado e olhou em volta.

"Por que esse silêncio? Essa pode até ser uma péssima notícia para os Perdidos... os *outros* Perdidos, digo, mas para vocês é motivo de festa, não é? Vocês abrigam a única Perdida no raio de um dia de viagem de Tempodoce, provavelmente a única Perdida deste lado de Mágoa... Talvez *a única Perdida da Ilha Gullstruck*." Jimboly escancarou um sorriso e os avaliou. "Então, da próxima vez que o pessoal da cidade vier arreganhar os dentes, vocês podem encará-los bem nos olhos e dizer, 'ai, acho que a nossa Lady Perdida vai adorar encontrar a *sua* cabra vagando por aí', ou, 'hum, você não queria saber se tinha um temporal a caminho, e para isso não precisa da nossa Lady Perdida?"

Hathin podia ver em todos os rostos o efeito das palavras de Jimboly. Até então, as Feras Falsas haviam se ocupado de tentar desvendar quem havia soltado a corda de Prox, e se a morte de Skein estava ligada às dos outros Perdidos. Não haviam parado para pensar em como a vida poderia mudar com Arilou como Perdida-Chefe. Agora, porém, eles começavam a vislumbrar um mundo estrangeiro, um mundo portadentro. Boa comida, casa, cabras, uma porta da frente, gente querendo entrar. Riqueza e respeito.

Os aldeões começavam a conversar, cheios de cautela e esperança; Hathin escutou, tomada de um gélido horror. Todos os Perdidos haviam morrido. Arilou não havia morrido com eles. Logo o mundo perguntaria por quê. Hathin só conseguia pensar em uma pergunta. Lá no fundo, resistira nela um fio de esperança de que, por um milagre, Arilou fosse, afinal de contas, uma Perdida. Agora essa última esperança havia morrido, e só lhe restava encarar o mito esfarrapado da Lady Perdida de sua aldeia, vendo como era fácil ser derrotada por algumas perguntas certeiras.

E, pior ainda, naquele exato instante Arilou não era nem uma companhia conveniente, que dirá uma pessoa adequada para assumir o papel de Perdida-Chefe. Ela passara alguns dias depois da morte de Skein naquele estado de atenção irrequieta, até que Hathin começou a suspeitar de que ela estivesse infestada de carrapatos. Aquela manhã, porém, as feições de Arilou revelavam uma impudente exaustão, como se ela tivesse passado a noite em claro. Pela primeira vez, dignou-se a prestar atenção aos arredores, mas só para demonstrar seu nervosismo. Passara a manhã atirando frutas, chutando vasilhas d'água, empurrando mãos prestativas. Como a deixariam ser vista assim?

A distância, Hathin viu Jimboly engajada num escambo com Larsh. A negociação, jamais cordial, hoje parecia quase hostil. Além dos apetrechos odontológicos, Jimboly sempre levava consigo bugigangas sortidas para vender, o que às vezes incluía pequenos pássaros e outros animais. Sempre que visitava as Feras Falsas, ela trazia um pombo franzino, de pescoço branco, que bicava desconsolado a gaiolinha de vime. O povo não entendia por que Larsh os comprava, já que os pombos não davam muita carne e sempre tinham um aspecto magricela. Um dia, porém, Hathin viu Larsh soltar um pombo na praia e concluiu que ele devia sentir pena de vê-los engaiolados. Não contou a ninguém, pois não pensou que alguém fosse compreender.

Jimboly parecia adivinhar a verdade, claro, por isso fazia um gracejo e sempre voltava com mais pombos.

Ah, e agora, como de costume, Jimboly tinha ido brincar com as crianças pequenas. Como conseguia se enturmar sempre tão depressa?

Ao que parecia, ela liderava as crianças numa brincadeira de arremesso. Havia uma pedra alta à beira da Rendaria, em cuja extensão se via uma depressão, feito o buraco de uma agulha grossa. As crianças, paradas atrás de uma linha traçada por Jimboly no chão, tentavam arremessar pedrinhas dentro do vão. Enquanto isso, tagarelavam... O que Jimboly pedia a elas? Hathin ousou se aproximar, na esperança de ouvir alguma coisa, mas não foram as palavras que a fizeram sair correndo.

De repente, ela avistou duas figuras no outro extremo da "agulha". A mãe de Hathin, agachada, jogava água do mar nas pernas de Arilou, sujas de terra. As duas estavam de costas para a agulha. Ao se aproximar da Rendaria, Hathin viu uma pedra pontuda passar voando e cruzar o vão, seguindo em direção à nuca de Arilou. Hathin encheu os pulmões de ar para soltar um grito... e Arilou subitamente ergueu os braços, jogou a cabeça para a frente e desabou, desajeitada, de joelhos no chão. Ela tinha sido atingida. Não, ela não tinha sido atingida. Aquele estranho movimento a havia desviado do trajeto da pedra.

Quando mãe Govrie deu a volta para confrontar os culpados, começou uma gritaria, as crianças se dispersaram, e Jimboly, perplexa em meio às pedrinhas, levou as mãos à boca escancarada.

A cena guardava uma estranha beleza, concluiu Hathin, ao mesmo tempo clara e perturbadora. Por que se dar ao trabalho de esconder garrafas e amarrar fitas brancas para saber se alguém era um Perdido, se bastava atirar uma pedra por trás da pessoa? Talvez ela não desviasse, o que não solucionaria o mistério, mas se ela *de fato* desviasse... bom, lá estava a confirmação. Hathin já não esperava que Arilou realmente fosse uma Perdida, mas mesmo assim, por algum fantástico acaso, ela *tinha* conseguido desviar.

Hathin correu para junto da irmã. A linda boca de Arilou estava escancarada num esgar de dor. Em seus joelhos esfolados, via-se o brilho da água do mar.

"Eu não vou deixá-la fazer isso de novo", sussurrou Hathin no ouvido de Arilou. "Não vou deixá-la fazer nada que você não goste, nunca mais." A promessa foi feita sob um ímpeto de ira defensiva, mas também havia uma pontada de culpa. Quando ela era criança, uma coisa havia acontecido, e por isso Hathin jamais poderia contar a ninguém o quanto odiava e desconfiava de Jimboly, a quem todos amavam.

Na primeira visita que Jimboly fizera à aldeia, Hathin tinha 6 anos, e durante um tempo aquele parecera o acontecimento mais incrível do mundo. Jimboly, fingindo que era uma gaivota-bruxa, brincava de perseguir as crianças por entre as pedras. Hathin observava tudo da areia, com tristeza, de mãos dadas com a indiferente Arilou.

Certo dia, Jimboly se aproximou das duas, gritando e abanando os braços loucamente, os cabelos caídos no rosto. Então parou, arquejante, quando Hathin ameaçou fugir com Arilou.

"Desculpa, a gente não pode brincar", soltou Hathin, tristonha e constrangida. "É... por causa da Arilou."

Jimboly olhou a praia de cima a baixo, então arreganhou um sorriso maroto e multicolorido. Antes que Hathin pudesse reagir, ela se agachou, apanhou Arilou pela cinturinha e a ergueu nos braços.

"Eu roubei a sua Lady Perdida!", gritou ela com voz de bruxa. "Quero ver você pegar de volta!" E saiu correndo, com Arilou empoleirada no ombro, e Hathin foi atrás, primeiro desnorteada, depois assustada, então empolgada ao se perceber brincando com outros heróis bochechudos e animados de sua idade. Uma vez, uma única vez, *ela participava da brincadeira...*

Depois disso, Jimboly conduziu as crianças à sua pequena tenda de couro de cabra. Ela lhes mostrou bonequinhos ritualísticos, com dentes de verdade, e arcos de arame repletos de apavorantes fileiras de presas humanas e de animais, para aqueles que haviam perdido os próprios dentes.

"E vocês, pessoal?", perguntou Jimboly, sorrindo. "Tem alguém aqui com o dente mole?"

As crianças tinham vários, é claro, e Jimboly foi avaliando cada um, feito galos de briga, enquanto os competidores se esforçavam para mostrar a ela o quanto conseguiam girar os dentinhos. Jimboly tinha os bolsos cheios de frutas saborosas e brinquedos de madeira, e logo começou a propor barganhas pelos dentes, caso "acontecesse" de eles caírem de manhã.

"E você, Hathin?", perguntou Jimboly. "Algum dente frouxo aí nesse sorriso? Não? Bom, e você, Arilou?" Para a consternação de Hathin, Jimboly arreganhou a boca de Arilou. Ao que parecia, ela tinha um dente mole.

"Acho que ela não liga muito para o dente, então não vai fazer falta... Que tal uma recompensa por trazer a Lady para mim?" Na mão de Jimboly havia uma pedrinha preta, pintada tal e qual um sapo agachado. Caberia direitinho na palma da mão de Hathin, mas ela balançou a cabeça.

Quando as crianças estavam saindo, Hathin bateu os olhos em um grande objeto, semelhante a uma maraca, feito de retalhos de couro cerzidos e com um cabo cravejado de contas. Estava enfiado num bolso da mochila de Jimboly. Enquanto as outras crianças se afastavam, Hathin se detivera para observá-lo.

"Que olho mais atento." Era a voz de Jimboly atrás dela. "Você descobriu o meu chocalhinho."

"O que... o que é isso?", perguntou Hathin, assustada com a própria ousadia. Jimboly a encarou por alguns segundos, com os olhos brilhantes. Então, aparentemente chegando a uma conclusão, ela se agachou e aproximou seu sorriso da orelha de Hathin.

"Aí dentro", sussurrou Jimboly, "tem 29 dentes brancos, polidos por fora e por dentro, brilhantes que nem a porcelana do governador. Os donos dos dentes estão todos mortos... Tem que ser assim, senão o chocalho não funciona."

"Para que serve?", perguntou Hathin com uma curiosidade febril.

"Bom, você pega pelo cabo, se concentra bastante, pensa em uma pessoa... e chacoalha. E é só isso que eu vou dizer. Boa noite, olhinhos atentos."

Naquela noite, Hathin não dormiu, pensando no estranho chocalho. Era assustador, mas ela não conseguia parar de pensar nele, e seus amigos não conseguiam parar de cutucar os dentes moles. Na manhã seguinte, bem cedinho, ela decidiu que prometeria recolher todos os dentes moles de Arilou e levar para Jimboly em sua próxima visita... E, em troca, pediria mais detalhes sobre os segredos do chocalho.

Hathin se aventurou pelo nevoeiro até a pequena tenda de Jimboly, ávida por encontrá-la sozinha. Para sua surpresa, a tranca estava aberta, e não havia ninguém na esteira no chão. Seus olhos foram atraídos pelo misterioso chocalho, que não estava mais guardado num bolso, mas bem à vista, sobre o travesseiro de madeira.

Hathin entrou na tenda. Com a mente invadida pela névoa abafada, ela se agachou para pegar o chocalho. Ergueu-o com cuidado, então deu uma sacudidela. Em resposta, ouviu um clangor nervoso, um estalido de ossos.

No mesmo, instante, algo cruzou a porta da tenda e arrancou o chocalho da mão de Hathin.

"Você sabe o que acabou de fazer?" Hathin se viu encarando Jimboly, que de súbito parecia ter quase três metros de altura. "Esse é um Chocalho da Morte. Eu não sei em quem você pensou quando sacudiu, mas esse barulho vai travar a garganta da pessoa em uma semana. A pessoa vai morrer, está entendendo?"

Hathin tentou falar, mas só conseguiu soltar um ganido de terror.

"Eu posso tentar impedir", disse Jimboly, "mas preciso de um dente vivo. Ou seu, ou da sua irmã. Anda! Vai buscar a sua irmã!"

Hathin obedeceu e disparou de volta para casa, embora suspeitasse de que Jimboly havia se escondido e deixado o chocalho à vista de propósito para atraí-la e conseguir mais um dente. O dente de uma Perdida, talvez. Hathin abafou os soluços para não acordar ninguém, aprontou Arilou na surdina e a levou até a tenda de Jimboly.

Jimboly parecia irritada, mas abriu a boca de Arilou, como uma artesã, e enfiou suas pinças dentro. Depois de um belisção, Arilou começou a choramingar e empurrar a bochecha com a língua. Hathin irrompeu em lágrimas, impotente.

"Está tudo bem." Ao examinar o pequeno dente sob a luz, Jimboly recuperou o bom humor e na mesma hora escancarou um sorriso, que mais parecia um baú de tesouros. "Vai ficar tudo bem agora, Hathin. Vou garantir que ninguém morra."

Mas nada estava bem. Hathin havia chorado porque sabia, no fundo de suas entranhas, o que acontecera quando aquele chocalho estava em suas mãos, a única coisa que podia ter acontecido. No instante em que sacolejara o guizo cheio de dentes, ela, irrefletidamente, estava pensando em Arilou.

8

Nevoeiro quente

Nada era real, e ele já não tinha braços nem pernas. Flutuava numa terra dourada de contos de fadas; o ar era um pente dourado, invisível de tão fino, mas ele podia sentir seu toque enquanto se movia. Estava envolto numa casca de noz dourada, cuja direção não podia conduzir.

Não, ele era uma terra árida, e ao mesmo tempo que sentia pena dos diminutos exploradores que percorriam sua pele, odiava-os pelos ferrões em seus pezinhos. Sua garganta era a ressoante cratera de um vulcão com mais de um quilômetro de profundidade, a lava irrompendo por sob a pele. Seus olhos estavam cegos pelas cinzas.

Não. Ele ainda tinha braços e pernas, estirados sobre um bote. Tinha ouvidos e percebeu que os urros profundos do mar eram agora um sussurro. Tinha olhos, que de tão inchados quase não se abriam, e conseguia distinguir as silhuetas escuras e borradas de homens à sua volta.

"Senhor? Senhor? O que aconteceu com o senhor?"

A água de uma garrafa lhe invadiu as vísceras feito um arpão vindo do céu. Sufocou, queimou-o e descolou sua língua.

"Estou à deriva", ele conseguiu dizer, por fim. "Meu nome... meu nome é Minchard Prox."

Passadas 24 horas da chegada de Jimboly, a aldeia começou a receber uma procissão de visitantes. Não eram, contudo, aldeões que iam prestar reverência a Arilou como a nova Perdida-Chefe do distrito.

Os primeiros a aparecer foram os encarregados de Skein e Prox, os Rendeiros de Poço das Pérolas. Chegaram no início da tarde e pareciam ávidos por partir, talvez sem querer que a notícia de sua visita se espalhasse. Pareciam examinar o local com rígida e amarga curiosidade, mas não fizeram perguntas, nem deram abertura para nenhuma pista. Queriam pegar seu pássaro-elefante e sair dali.

O pássaro tinha sido acorrentado numa das grutas menores. Eiven acompanhou Hathin até lá e passou uma corda de couro pela cabeça do pássaro.

"É melhor você ir conferir se está tudo nos conformes, para não termos reclamações", disse Eiven a Hathin num tom ríspido, inclinando a cabeça para as bagagens no dorso do pássaro. Sua intenção era clara. *Vá ver se não tem nada que possa nos incriminar.*

A maior parte do conteúdo estava como Hathin encontrara na primeira revista. Desta vez, porém, ela percebeu um bolso na lateral da mochila e pegou um livro com encadernação de couro e fecho metálico. Ao abrir o fecho, descobriu que metade das páginas estavam preenchidas por uma caligrafia densa e imaculada. O restante estava em branco.

Hathin e Eiven se entreolharam, numa conversa silenciosa. Era um caderno, uma espécie de diário, mas não era possível inferir nada mais. Embora as duas compreendessem as pictografias mais antigas e alguns símbolos híbridos, surgidos de uma mistura com as letras coloniais, aquele manuscrito portadentro, até onde elas viam, poderia ter sido redigido em desenhos de nuvens.

"Será que Skein aproveitou a hospitalidade daqui?", indagou Eiven. "Ele parecia... incomodado com alguma coisa?" *Estaria suspeitando de algo?*

"Não", respondeu Hathin, lentamente, então relembrou a curiosa determinação dele em sair atrás de um recado, bem no meio do teste. "Bom, pelo menos não com nada que tivesse encontrado aqui."

Eiven pegou o livro da mão de Hathin e estreitou os olhos. Virou duas folhas, parando numa página que terminava com um espaço vazio, como se fosse a conclusão de alguma entrada ou relato. Então arrancou as duas folhas que vinham em seguida dessa.

"Bom, agora a gente botou mesmo a cabeça dele para descansar", disse ela, com um sorriso taciturno. Então enfiou as folhas arrancadas na mão de Hathin e começou a remover, com todo o cuidado, as pontinhas rasgadas do caderno para que ninguém percebesse as páginas removidas.

Hathin observou tudo com o coração na boca, maravilhada pela capacidade de Eiven de tomar uma decisão e executá-la rapidamente. A própria Hathin teria tentado esconder o livro inteiro, ou mais provavelmente tivesse ficado ali parada, com o livro na mão, dominada pelo medo e pela indecisão, e com isso acabasse sendo descoberta com a boca na botija. Eiven, como sempre, tinha razão. Se o livro ficava no bolso da mochila, alguém notaria a falta dele.

As garras do impaciente pássaro-elefante foram deixando marcas na areia durante o trajeto até os encarregados; as páginas arrancadas haviam sido presas nas tiras do cinto de Hathin.

O encarregado que fornecera as dicas sobre o teste a reconheceu.

"Obrigado, irmãzinha", disse ele, com um sorriso pensativo. Desviou o olhar de Hathin até um grupo de meninos mais novos que chapinhava e mergulhava na água atrás de pedrinhas, suas cabeças feito contas escuras flutuando na água corrente. "Tem muita criança aqui", comentou ele, por fim, bem baixinho, e Hathin sentiu que o homem já não falava com ela antes mesmo que ele erguesse o olhar para mãe Govrie.

"É um bom lugar para crescer", respondeu mãe Govrie, num tom levemente questionador. Havia percebido algo na voz dele. "Muitos recifes rasos, onde eles podem aprender a mergulhar, e a parede de corais que circunda a enseada não deixa os tubarões se aproximarem."

"Tem praias igualmente boas mais ao alto da costa. Aqui não é saudável para as crianças. Você sabia que uma garotinha morreu em Tempodoce na mesma noite em que Milady Page? Ela vagava demais, e os pais achavam que era uma Perdida." Ele dispensou um olhar firme a mãe Govrie, espichou as pernas e se levantou. "Vocês estão morando no colo de um vulcão, mãe Govrie. Dá para sentir no ar. Estamos indo embora, voltando para Poço das Pérolas, antes que o ar fique irrespirável."

Então, sem mais delongas, eles partiram.

O visitante seguinte chegou e saiu antes do amanhecer, antes mesmo de a primeira mergulhadora deixar sua cabana. Na praia, foi encontrada a única evidência de sua visita: a pegada de um pé descalço, com uma mancha azul na área do calcanhar. As ondas que avançavam logo lamberam a pegada, bem como haviam lambido suas companheiras, mas não antes que metade da aldeia visse.

Até ver a pegada manchada de índigo, Hathin ainda não acreditava que o Andarilho das Cinzas rondava por lá. Agora, a luz do dia lhe trouxe à pele um calafrio.

Hathin tinha visto aquele Andarilho das Cinzas uma única vez, fazia muito tempo. Estava perdida num pequenino vale, coberto de urzes da altura de suas sobrancelhas e tomado pelo zumbido de abelhas. Seu nariz exalava um estranho fedor, e por fim ela avistara um barracão, em cujo teto de folhas de palmeira jaziam pequeninos pássaros mortos. Logo adiante, viam-se quatro grandes barris rajados com gotas da cor do céu, e parado diante deles havia um homem azul. Ele batia o pé no chão e se agitava, espumando no peito desnudo, o branco dos olhos assustadores em contraste com as manchas escuras que coloriam seu rosto. Hathin saiu em disparada, rasgando a blusa e arranhando os braços nos espinhos, com medo de que o Andarilho das Cinzas fosse atrás dela, saltando pelas trepadeiras com suas compridas pernas azuis.

Os Andarilhos das Cinzas eram convocados para perseguir apenas os assassinos mais temidos, pois sua punição condenava um criminoso não apenas nesta vida, mas também na seguinte. Eles não podiam sair caçando bandidos sem uma licença, e, apesar do que Jimboly havia dito, era pouco provável que o governador de fato a concedesse. Não fazia sentido chamar um Andarilho das Cinzas para descobrir a verdade. Esses homens eram caçadores, não detetives.

Ainda assim, apesar de tudo, parecia que o Andarilho das Cinzas realmente havia saído de sua fétida choça, e por alguma razão seus passos o haviam levado à enseada das Feras Falsas.

O terceiro visitante apareceu uns dois dias depois. Era um enviado especial de Tempodoce. Informou que Lady Arilou estava convidada para uma reunião com o governador aquela tarde, para debater sua nomeação como substituta de Milady Page.

Muitos aldeões pularam, berraram e gargalharam de empolgação, depois pararam, apavorados, encarando a perspectiva, então voltaram a gargalhar, como se estivessem impotentes.

Foi horrível. Foi incrível. Não havia escolha a não ser aceitar. À menor hesitação, podiam surgir rumores de que Arilou não havia morrido com os outros Perdidos porque *não* era uma Perdida. O povo começaria a dizer que os aldeões tinham matado Skein porque Arilou não havia passado no teste. E... ah, também tinha a casa, as cabras...

De todo modo, havia uma fonte de alívio. O governador podia até achar que todos os Perdidos haviam sido assassinados, mas, se queria que Arilou fosse a nova Lady Perdida de Tempodoce, não devia suspeitar de nada em relação a *eles*.

Os mais jovens foram até o platô, retornaram com galhos verdes e flexíveis e os prenderam com tiras de casca de árvore, improvisando uma liteira para Arilou se sentar. Forraram-na com tecidos bordados e esmagaram ervas na madeira para aromatizá-la. Arilou permanecia rebelde e nada cooperativa. Ainda estava atenta aos arredores, porém meio confusa, como nos dias anteriores; seus movimentos, no entanto, pareciam mais desajeitados e irritados que de costume. Ela se debateu ao ser vestida com uma longa túnica cerimonial branca com bordados amarelos, e suas longas mãos estapearam os colares cor-de-rosa e coral que foram postos em seu pescoço.

Não houve dúvida nem discussão a respeito de quem formaria a delegação de Arilou. Mãe Govrie renovou a raspagem da testa das filhas, e todas bateram a poeira das saias rígidas e das blusas bordadas. Whish limpou os dentes dos filhos com um garfinho, para deixar as placas reluzentes, contorcendo os próprios lábios numa demonstração de compaixão.

Arilou subiu o penhasco na cadeira suspensa, com Hathin agarrada a ela o tempo todo, para não escorregar. Lá no alto, foi cuidadosamente acomodada na liteira. O grupo percorreu a trilha do penhasco até Tempodoce, mantendo o tom de voz baixo em respeito ao vulcão.

A única coisa que salvava Hathin do completo terror era a dimensão da situação. Ao enfrentar a tarefa de enganar um único Inspetor, ela entrara em pânico, mas agora, prestes a falar como Arilou diante do governador e de toda a sua cidade, tudo que ela experimentava era uma sensação de cair no vazio. *Respire fundo quantas vezes conseguir*, dizia a si mesma. *É que nem mergulhar. Depois que você afunda na água, fica tudo bem.*

Logo na entrada de Tempodoce, Hathin concluiu que os encarregados de Poço das Pérolas estavam certos: havia um gosto de vulcão no ar.

Ela percebeu isso ao encontrar as sentinelas nas cercanias da cidade. Eram jovens rapazes que viviam de olho em Hathin quando ela ia vender conchas ou pérolas, perguntando sobre seus assuntos na cidade de forma desafiadora, quase um flerte agressivo. Eiven, que não cedia às pressões com facilidade, respondia quase sempre na mesma moeda, e Hathin sempre suspeitara de que ela apreciava aqueles confrontos.

Hoje, porém, parecia que eles não a haviam reconhecido. Ao contrário, foram educados e formais, o que fez um calafrio descer pela espinha de Hathin.

As ruas de Tempodoce pareciam tranquilas. Nenhuma das crianças da cidade brincava na rua.

"Faz tempo que não vejo isso", disse mãe Govrie, entredentes.

Seguindo o olhar da mãe, Hathin percebeu que em vários batentes de porta havia pedaços de tecido pendurados, todos tingidos ou manchados de amarelo. "Parecem os panos verdes que o pessoal pendura para se proteger dos demônios", murmurou ela no ouvido da mãe.

"De certa forma, são mesmo", respondeu mãe Govrie, projetando o lábio carnudo e estreitando os olhos, e, pelo tom de voz dela, Hathin soube que os panos serviam de proteção contra os Rendeiros. "De vez em quando acontece. Não chega a nos fazer mal e logo passa. Não esqueça o motivo pelo qual a nossa aldeia leva o nome de 'Feras Falsas'."

Segundo o folclore da Renda, a aldeia, certa vez em que todos os homens estavam ausentes, encontrara-se sob perigo de ataque. O Pássaro Captor decidiu defender a aldeia, mas, como não podia usar os próprios braços, moldou com a grama uma dúzia de jaguares e outras feras assustadoras e as posicionou nos pontais. Assombrados pelas terríveis silhuetas, os soldados aguardaram uma semana, dando às mulheres, às crianças e aos velhos que haviam permanecido na aldeia tempo suficiente para se embrenhar nas grutas, usando facões de casca de ovo fornecidas pelo Pássaro Captor. A lenda dizia que um desses túneis teria se tornado a Senda do Gongo. O inimigo descobriu a enseada vazia, então partiu, perplexo.

"Os citadinos sempre mantêm a amizade na rédea curta", mãe Govrie prosseguiu baixinho, "estendendo-a aos Rendeiros e depois tomando-a de volta. Então deixe que eles cultivem seus medos bobos... é melhor para nós. São só jaguares de grama, Hathin... é a única coisa que nos mantém afastados deles."

No coração da cidade, o contingente do governador aguardava, uma delegação de vinte e tantas pessoas, com muitos dos mais robustos jovens da cidade na retaguarda. Ninguém sorria; e para Hathin, seus rostos pareciam máscaras de guerra. Então, meio tonta por causa do calor, ela compreendeu, por um breve momento, que aspecto ela e seus companheiros Rendeiros tinham. *Os citadinos fecham a cara e usam lenços pretos em sinal de luto*, pensou ela, *aí vem a gente, sorrindo...*

Ainda assim, no mesmo instante, sentiu o próprio sorriso se abrir e enrijecer, de tanta tensão.

A quase cinco metros de seus anfitriões, os Rendeiros pararam abruptamente. Um homem de cabelos brancos e queixo trêmulo deu um passo à frente, e Hathin percebeu que era o governador.

"Lady Perdida", disse ele.

O pânico agarrado a Hathin de súbito se desprendeu. Ela deslizou o braço, encaixou a palma na mão comprida de Arilou e delicadamente a ergueu. A outra mão sustentou Arilou pelo cotovelo... e Arilou foi erguida para ficar de pé na liteira. Como se impelidos por um único pensamento, os dois jovens que a flanqueavam se agacharam e estenderam as mãos para amparar os passos hesitantes de Arilou. Então a Lady Perdida da Renda deu um passo à frente no ar, que se transformou em mãos, e, como uma nuvem, seguiu flutuando rumo ao chão, a cauda do vestido deslizando atrás, pela borda da liteira.

Arilou estendeu o braço livre para o governador e emitiu um guincho áspero, ondulante e gutural.

Antes mesmo de decidir o que dizer, Hathin ouviu a própria voz se pronunciar.

"Nós o saudamos, governador de Tempodoce", declarou no tom frio e impostado de Arilou. Uma parte de sua mente estava quase tranquila. A outra, temia que Arilou tivesse qualquer atitude estranha, que ela seria obrigada a inserir no meio da conversa.

"Lady Perdida", repetiu o governador. "Sou grato à senhorita por ter aceitado o nosso convite." Então assim soava a língua portadentro, lustrosa feito as entranhas de uma concha. "Nossa cidade perdeu sua Perdida, e essa situação é intolerável. Depois de me reunir com meus conselheiros, decidi que a melhor... a única solução era convidar a senhorita para vir até aqui."

O governador enfiou a mão no bolso e puxou um papel. Por um instante, pareceu idêntico às folhas que Eiven tinha arrancado do caderno, e Hathin quase se entregou e levou a mão ao bolso do próprio cinto, onde as páginas estavam guardadas. O papel do governador, no entanto, se desdobrou em uma única folha.

"Isto foi encontrado no quarto trancado de Skein, na estalagem. Estava preso à cabeceira da cama."

O governador empoleirou diante do olho um monóculo de lente âmbar e começou a ler:

Lorde Visor Fain,

Permanecerei mais um dia na aldeia das Feras Falsas, testando a criança Arilou, e, se a tempestade cair e os caminhos ficarem intransponíveis, posso ser forçado a prolongar minha estada.

Já vi o suficiente em minhas idas à Costa da Renda para estar convencido de que nossos maiores medos são justificáveis. O problema é muito pior do que imaginamos. Cedo ou tarde devo revelar meus achados a D. Se não agirmos depressa, outras mortes e desaparecimentos podem acontecer. Devo prosseguir com minhas investigações, pelo bem da Ilha Gullstruck.

Se o senhor estiver certo, estamos correndo um perigo considerável. Depois de sua reunião, compreenderemos melhor os perigos que enfrentamos. Assim que tudo terminar, deixe uma mensagem para mim na tenda de notícias de Pequeno Mastro. Buscarei notícias suas a cada duas horas.

Raglan Skein

O nome de Fain nada significava para Hathin, mas ela já tinha ouvido o título "Lorde Visor". Os Lordes Visores eram os líderes do Conselho dos Perdidos, e todos eram, eles próprios, poderosos Perdidos.

"É evidente", prosseguiu o governador, "que o Inspetor Skein e esse Lorde Visor Fain haviam combinado de trocar notícias em locais específicos, a fim de poderem se comunicar a distância. O Inspetor Skein esperava notícias urgentes do Lorde Visor, notícias de uma ameaça que paira sobre toda a ilha. Lady Perdida, a senhorita precisa verificar a importância disso para que possamos, à primeira oportunidade, saber o que Fain descobriu nessa reunião."

Ele fez uma pausa, e Hathin sentiu que uma resposta era esperada. Arilou, porém, caiu em sereno silêncio, sem entregar nada que Hathin pudesse "traduzir".

"Nossa Lady Perdida precisa retornar à aldeia", disse mãe Govrie, depois de uma pausa constrangedora, "para refletir sobre as palavras do senhor." Então ela havia compreendido pelo menos um trecho da conversa. Hathin sabia, com muita dor, que os outros Rendeiros estavam com dificuldade de acompanhar as sílabas suaves e ligeiras do portadentro falado pelo governador.

"Eu não me expressei com perfeita clareza", interrompeu o governador num tom baixo, porém firme. "Esperamos e pretendemos que sua Lady Perdida assuma as tarefas de Milady Page de imediato e leia a tenda de notícias hoje à noite. Ela deve querer se refrescar, é claro, então a residência de Milady Page foi preparada para sua ocupação. Este nosso encontro representa a posse oficial da Lady."

Um filete de suor escorreu pela nuca de Hathin, ardido feito mercúrio. Ela correu os olhos de um rosto a outro. Um jovem casal usava roupas de luto, e a mulher tinha os cabelos, as têmporas e o queixo envoltos no toucado de luto dos Cavalcaste, que parecia uma atadura. Os encarregados de Poço das Pérolas tinham dito que uma menininha morrera na cidade. Poderiam aqueles ser os pais dela, encarando Arilou com amarga e sombria hostilidade? Também havia os lojistas, de braços cruzados como travas numa porta. Jimboly também estava presente, o rosto firme e sério, um olhar feroz e inquisitivo, e Chuvisco voejava entre os ombros dos presentes.

Alguma coisa está prestes a acontecer. Se eu me recusar, vai acontecer aqui e agora. Se eu aceitar, teremos mais algumas horas para pensar em algo...

Arilou deu um passo à frente, cambaleante, e estendeu a mão para agarrar os dedos do governador. Talvez tivesse sido atraída pelo anel em seu dedo do meio.

"Agradeço a honra que me é concedida", sussurrou Hathin, o que quase não foi necessário. Em um capricho incalculável, Arilou parecia ter aceitado.

Apenas Hathin teve permissão para ficar na cidade com Arilou, talvez dada a insignificância de sua presença. A casa de Milady Page cheirava a especiarias usadas para adocicar o ar e a resina queimada para limpar os cômodos da mácula da morte.

Limão e caldo de cana de açúcar numa jarra delgada de vidro. Pêssegos. Pedras contendo imagens. Um relógio de batidas graves e constantes.

Do lado de fora, um calor sufocante, os olhares sombrios dos cidadãos à espera. Hathin sentia sua hostilidade e desconfiança, mas não as compreendia totalmente. A misteriosa sobrevivência de Arilou sem dúvida havia suscitado um falatório. Ainda assim, eles a convidaram a ir a Tempodoce.

Qual era, a bem da verdade, a desconfiança de Hathin? Ela já não sabia. A carta de Skein havia turvado sua mente mais uma vez.

Era óbvio que o governador estava convencido de que os Perdidos tinham sido assassinados, e não era difícil saber o motivo. *Devo prosseguir com minhas investigações, pelo bem da Ilha Gullstruck*, escrevera Skein. *Mortes... desaparecimentos... ambos estamos correndo um perigo considerável.* Skein andara investigando algo na Costa da Renda e topara com um perigoso segredo que não ousara registrar por escrito nem mesmo num quarto trancado. Teria ele descoberto a ameaça que estava prestes a dizimar os Perdidos?

E se ele tivesse sido morto por essa grande ameaça que descrevera como um perigo para toda a ilha? Então certamente não tinha nada a ver com Arilou, nem com as Feras Falsas... Mas isso não fazia sentido. Se nenhuma das Feras Falsas o havia matado, então quem era o assassino? Sem falar na corda amarrada ao bote de Prox, que por certo não havia se soltado sozinha. Mas, se alguma Fera Falsa *de fato* havia matado Skein e soltado a corda de Prox, sem dúvida teria sido apenas para proteger o segredo de Arilou, sem que isso tivesse nenhuma ligação com esse mistério maior.

Se o responsável era uma Fera Falsa, quem teria sido? Hathin tinha a terrível sensação de que Whish estava certa. Os outros aldeões talvez hesitassem, mas Hathin de fato *conseguia* visualizar Eiven acertando o Inspetor com uma espinha de peixe e cortando a corda do bote, com a mesma destreza e ousadia com que arrancara as folhas do diário de Skein.

Ninguém pode provar nada, disse a si mesma. *Sejam lá quais forem as suspeitas do povo daqui, ninguém tem provas contra nenhum de nós...* Hathin parou no meio do pensamento, enojada com a conclusão de que, como o restante a aldeia, tirava consolo do fato de que Minchard Prox jamais falaria com ninguém.

"Me desculpe, sr. Prox", sussurrou Hathin para as próprias mãos, imaginando o bote de Prox sendo virado pela tempestade, e seu corpo afogado rolando pelo leito do oceano, sem a cremação que daria paz à sua alma. "Me desculpe, me desculpe..."

Ao mesmo tempo que Hathin acolhia seus inquietos pensamentos, num pequeno quartinho a léguas de distância dali, um homem meio delirante cuspia balbucios pela boca queimada de sol. Não longe de sua cama, uma pena rascunhava rapidamente numa página, em caligrafia elegante, capturando todas as palavras.

9
Adeus, nomes

Enquanto o pequeno relógio levava as horas, Hathin fez um bonequinho com os gravetos da fogueira e passou horas a brincar, com os dedos trêmulos, apenas para passar o tempo.

Pelo menos a casa portadentro parecia ter curado o mau humor de Arilou. Vez ou outra, ela dava um tapinha na jarra de vidro para pedir mais limonada. Depois de beber, se recostava, contente, com as pálpebras caídas, lambendo os lábios com a ponta da língua.

Quando enfim deu-se uma batida à porta, o coração de Hathin foi parar na garganta. Ela abriu, meio sem jeito, e encontrou Lohan parado à sua frente.

"Eu falei que a Lady Perdida precisava de mais um acompanhante para poder enviar as notícias", explicou ele, entrando sorrateiro no quarto. Hathin quase vomitou de tanta gratidão. "E aí...?", indagou Lohan, espalmando as mãos e dando de ombros. *Qual é o plano?*

"Talvez...", Hathin retrucou baixinho, "talvez eu precise explicar que Lady Arilou, por ser novata... não tenha conseguido encontrar o caminho até as outras tendas para ler as notícias. Mas, se eu disser isso aos citadinos, eles... eles vão se aborrecer."

"Vai funcionar", respondeu Lohan. "Só até as coisas se acalmarem. E recomendo que Lady Arilou", concluiu, inclinando a cabeça na direção dela, "lembre que agora é a Lady Perdida do distrito, e quem não gostar do que ela disser pode ir enxugar gelo. Se ela os assustar um pouco, quem sabe eles não recuam."

Lohan não deixou mais Hathin falar sobre as tendas de notícias. Em vez disso, contou histórias de pesca, algumas bastante engraçadas, enquanto a fileira de caroços de pêssego aumentava.

A escolta da nova Lady Perdida bateu à porta quando as primeiras estrelas despontavam no céu. Não havia mais tempo; os três Rendeiros subiram a trilha em direção à tenda de notícias, flanqueados por um pequeno grupo de citadinos.

No topo do penhasco, havia uma cabana de pedras com teto abobadado feito de palha de palmeira. Em geral, aquela era a única silhueta que se via no céu, mas naquela noite um burburinho de gente a rodeava. Um número muito grande de pessoas, mesmo para uma noite de notícias.

Ao longo dos anos, Hathin presenciara algumas vezes a comunicação dançante das abelhas. Aquela noite, os lampiões erguidos em redor do abrigo aparentavam falar essa mesma língua; algumas, balançando-se ao vento, pareciam dizer: "Tem mel por aqui"; a dança da maioria, porém, entoava: "Problemas, problemas, hora de enxamear...". A multidão ecoava o mesmo medo das abelhas em ondas de sussurros.

Por fim, o vestido de linho branco de Arilou atraiu a atenção, e a multidão avançou. Hathin percebeu como eles tocavam sua manga, reverentes porém desgostosos, ávidos porém cautelosos; sua antiga dependência dos Perdidos guerreando com a desconfiança em relação aos Rendeiros.

"Lady Arilou, encontre para nós os assassinos de Milady Page, percorra as colinas atrás dos bandidos..."

"Lady Arilou, conte para nós se as águias levaram os Inspetores Perdidos..."

"Lady Arilou, veja se há algum Perdido vivo..."

"Quem é?", disse uma voz vinda do abrigo.

"Uma jovem Lady Perdida de uma das aldeias, Milady Guardiã da Lâmpada", respondeu um grito na multidão.

Cada tenda era habitada por um guardião, responsável por renovar os anúncios e manter as luzes acesas, de modo que qualquer Perdido errante pudesse sempre ler as mensagens. Os guardiões da lâmpada também liam em voz alta todas as mensagens de cada ciclo, pois poucos Perdidos sabiam ler tanto em portadentro quanto nos diferentes estilos de pictografias.

"Tem uma nova jovem Perdida? Em nome da doçura, por que ninguém me avisou? Pois muito que bem, deixem a menina passar!"

A multidão abriu caminho; Hathin conduziu Arilou, sem resistência, pelos degraus do abrigo, e as duas cruzaram a porta onde estava a guardiã da lâmpada. A velha não se mexeu, encarando a escuridão com uma carranca. Parecia estar com ouvidos atentos a alguma coisa. Por toda parte havia placas de madeira suspensas, quadrados de camurça com entalhes de mensagens rudimentares, cascas de árvore pintadas. Entre as mensagens em portadentro havia algumas grafadas em pictografia antiga, estranhas feito sonhos: pássaros com cachos de uvas no lugar da cabeça, serpentes retorcidas abraçando luas quebradas.

Ali estavam todas as últimas notícias da cidade e das aldeias vizinhas, e, mais importante, relatos da morte de Milady Page e do desaparecimento dos Inspetores Perdidos. Dali a um instante todos esperariam que Arilou percorresse mentalmente as outras tendas e retornasse com notícias de Pequeno Mastro e do restante da Ilha Gullstruck...

"Nossa Lady Perdida está muito cansada..." Hathin não tinha a menor pressa de voltar para junto do povo.

"Então deixe-a descansar para que não adoeça", sussurrou a velha. "Acho que uma praga se abateu sobre os Perdidos, como dizem. Esta é a noite em que as mentes de todos os Perdidos da ilha deviam visitar esta tenda. Mas ninguém veio hoje."

"Doutora Guardiã, como é que a senhora sabe?"

"Eu sei", respondeu a velha, apenas. "Todo mundo diz que sente quando um olhar paira em sua nuca. Que diferença faz se os olhos estão a muitos quilômetros de distância? Eu aprendi, sozinha, a sentir a presença do olhar deles. Ninguém esteve aqui hoje à noite."

Hathin a encarou. Nunca ouvira falar de ninguém que sentisse a presença dos Perdidos e ficou pensando se a vida solitária daquela velha, ali no alto do penhasco, não havia prejudicado suas faculdades mentais. Por outro lado... talvez a mulher fosse uma inesperada aliada. Talvez elas duas, juntas, pudessem convencer o povo de que Arilou estava doente, que precisava de mais descanso, mais tempo...

"Um par de olhos agora se fechou", sussurrou a velha, retornando a seu assento. "Olhos gélidos... e argênteos, encarando as estrelas." Ela correu os dedos com delicadeza pelos braços, como se buscasse uma sensação na pele. "Eu os vi uma vez", murmurou ela, e Hathin percebeu que os olhos claros da mulher estavam cheios d'água. "Uma vez, quando era muito jovem. Ele era um Perdido, e embora não parecesse me olhar, senti seus olhos sobre mim, trêmulos feito uma enguia. E pelo resto do dia eu senti que ele me observava."

Hathin tentou imaginar aquela velha como alguém jovem e graciosa, mas era tarde demais para ver a verdade por trás da barriga e do queixo pelancudo.

“Eu tive que voltar à nossa aldeia, no meio do nevoeiro, e ele deve ter se perdido de mim no caminho. Durante meses, toda vez que eu cruzava um vento fresco ou penetrava uma onda, sentia o mesmo frio e pensava nele, acreditava por um instante que ele havia me reencontrado. Mas não havia.”

“Ele... algum dia reencontrou a senhora?” Hathin estava fascinada, apesar da preocupação.

“Sim... eu só tinha uma forma de fazer isso acontecer. Rejeitei todos os pretendentes e vim trabalhar aqui, como guardiã. No primeiro dia, quando eu acendia um dos lampiões, tive a mesma sensação, como o afago de plumas geladas. Um afago carinhoso. Aprendi a sentir outros olhares, mas eram sempre muito ligeiros, uma batidinha no rosto. O dele era o único que se prolongava.”

Você entregou sua vida por um olhar, pensou Hathin, incapaz de compreender.

“Hoje é a primeira vez que ele falta ao compromisso”, disse a guardiã, esfregando as mãos como Hathin vira as velhas fazendo nos funerais. “Não teria faltado se ainda pudesse abrir os olhos. Eles se fecharam, e para sempre.”

Uma súbita brisa soprou pela porta. Um lampião se apagou, deixando um filete de fumaça. Enquanto Hathin observava, a velha percorreu todos os lampiões, erguendo a mão na direção de cada um até chegar no que estava apagado. Foi só ao vê-la apalpando o pavio fino que Hathin compreendeu os movimentos lentos e sensitivos da guardiã. Ela era cega.

Hathin correu para ajudar, direcionando o pavio. A guardiã sorriu e segurou amigavelmente a mão de Hathin. Os dedos enrugados tatearam os anéis de grama torcida de Hathin, os adornos de conchas em seu punho. A mulher começou a se alterar, tremulando as rugas sombreadas do rosto. Abruptamente, empurrou a mão de Hathin.

"Saia de perto de mim! Sua Rendeirinha imunda!" Seus olhos cegos eram como mármore.

"Hathin..." Lohan surgiu na porta, o rosto contorcido de urgência. Ainda afetada pela mudança de atitude da velha, Hathin percebeu uma agitação vindo da multidão do lado de fora. "Você tem que falar com eles. Adiar mais não vai melhorar as coisas."

Trêmula, Hathin saiu com Arilou da tenda. O alarido cessou rapidamente para que todos pudessem ouvir os balbucios suaves e fluidos de Arilou.

"Povo de Tempodoce", declarou Hathin, ouvindo a rouquidão na própria voz, "eu mandei a minha mente para longe e estou confusa. Meu espírito está cansado, e eu não consegui ver a iluminação das tendas de notícias. Talvez ainda não estejam acesas..."

Dezenas de conversas silenciosas se precipitaram, alarmadas, indignadas, desconfiadas.

"Por que vocês deixaram uma Rendeira entrar aqui?", entoou de súbito a velha guardiã da lâmpada, lacerando a noite. "Por que não me contaram que uma Rendeira com presas de concha estava na minha cabana? Ela colocou essas mãos imundas nas minhas lanternas."

Zum, zum, zum. Abelhas desconfiadas, abelhas nervosas.

"O que você estava fazendo com as lanternas?", gritou alguém.

"O que fizeram com as lanternas das outras cabanas?", berrou mais alguém.

"Por que não querem que a gente saiba o que está acontecendo nas outras partes da ilha?"

"Ora, crianças, *por favor*! É óbvio que não querem que a gente saiba." Hathin teria reconhecido o tom agudo e debochado em qualquer lugar, mesmo com a nova pungência. Em algum ponto da multidão em polvorosa, estava Jimboly, com seu esgar cintilante, o pássaro a rodeá-la feito um pensamento irrequieto. "Pensem bem! Todas as tendas estão escuras, menos esta aqui? Todos os Perdidos estão mortos, menos os da Renda? *O que* vocês acham que eles andaram fazendo? *O que* acham que significava a carta do Inspetor Skein? Vocês ouviram! Ele *sabia* que ia morrer, *que seria morto pelos Rendeiros*. Ele e todos os outros Perdidos da ilha! Ele deve ter deixado isso registrado... *por isso arrancaram as folhas do diário*!"

Jimboly sabia. Como era possível?

"Aqui!" A figura ossuda de Jimboly despontou no meio do povo, abanando um pedaço de pergaminho no alto da cabeça. "Aqui está a prova de que vocês precisam! Uma carta vinda do leito do sr. Minchard Prox, que pairou à deriva até a costa de Safira Sã! Ele disse que foi largado naquele bote de propósito, que a corda foi cortada! E disse que Skein nem estava no bote! Então eles mentiram! Que outras mentiras andam contando?"

Poderia isso ser verdade? Será que Minchard Prox de fato estava vivo? Mas, se estivesse, como a carta tinha ido parar nas mãos de Jimboly, e não nas do governador?

Zum, zum, zum. Hathin sentiu o ódio como uma rajada de calor.

"Eu sou sua Lady Perdida!", ela gritou, em meio à onda que se avultava acima dela. "Eu sou sua Lady Perdida e exijo..."

De repente, Arilou soltou um gemido e jogou o corpo para trás. Hathin se virou para olhar, viu a irmã lamber o lábio cortado e percebeu que alguém havia atirado alguma coisa. Arilou elevou a voz a um berro cortante, então começou a se debater, largando a mão feito uma navalha no rosto do homem que se aproximava para puxar sua roupa.

"Meu olho!" No mesmo instante o homem arqueou o corpo e se atirou no chão. "Ela amaldiçoou meu olho!"

Em desespero, Hathin tentou afastar as mãos que agarravam Arilou. A jovem com toucado de luto na cabeça irrompeu na escuridão e segurou Arilou pelos ombros.

"Devolve a alma da minha filhinha! Você roubou e bebeu a alma dela para conquistar poder... Eu vejo ela me encarando através dos seus olhos!"

Aquelas já não eram pessoas. Uma nova expressão havia dominado suas feições, cerrando seus rostos feito punhos. A maré de mãos arrastava Hathin e Arilou de um lado a outro.

"Me deixem em paz!", gritou Hathin, sentindo alguém arrancar um punhado de seu cabelo. "Eu sou sua Lady Perdida! Vocês não sabem o que eu posso fazer! Se não nos soltarem, eu vou..."

Então, como se em resposta a uma deixa, alguém gritou; a multidão se dividiu, revelando um brilho dourado. Chamas lamberam o umbral da porta da tenda de notícias.

Mais gritos, e gente avançando para jogar terra nas chamas, abaná-las com as mãos e com os aventais. Hathin sentiu a mão que a segurava com força se soltar enquanto o povo corria em direção à tenda, então agarrou o braço convulsivo de Arilou. Dali a um instante, o povo se lembraria da Lady Perdida e perceberia sua ajudante a arrastando, desesperada, pela trilha escura...

De repente, ela viu Lohan a seu lado, puxando Arilou pelo outro braço e apressando seu caminhar. Ele ainda exibia o eterno sorriso, mas os olhos guardavam um brilho de pavor.

"Vamos pelas Terras Cinzentas", sussurrou Hathin. Ele assentiu em silêncio, e os três saíram da trilha e adentraram o sinuoso cemitério.

"Lohan", sussurrou Hathin, depois de um tempo caminhando em silêncio, "foi você que botou fogo na tenda?"

"Eu precisava distrair aquela gente. Eles estavam quase fazendo vocês duas em pedacinhos. Está ferida?"

"Atiraram alguma coisa nos lábios dela. Chegou a sangrar, mas não foi feio. Acho que ela não perdeu nenhum dente."

"Na verdade, eu perguntei de você."

Hathin balançou a cabeça, meio paralisada. "Eu não posso voltar", disse ela, quase num sussurro.

"Ninguém está pedindo para você voltar. Os citadinos atacaram sua Lady Perdida, ou seja, ficaram sem Lady Perdida; vamos ver se eles gostam disso."

"Não... eu quis dizer que não posso voltar para aldeia. Eu... eu fracassei."

"Você não fracassou", murmurou Lohan, soturno. "Outra pessoa teve sucesso, foi só isso. Eu tive a chance de percorrer a cidade e ouvir o povo antes de te encontrar. Tive a impressão de que alguém estava brincando de espalhar boatos. Ah, os citadinos sempre apontam o dedo para nós quando precisam culpar alguém, mas é *ela* que está afiando a lança deles, é *ela* que está no controle.

"Você sabe por que o Andarilho das Cinzas anda vagando por aí? Porque alguém foi contar a ele que os Perdidos tinham sido assassinados e que o povo da cidade estava querendo que ele recebesse uma licença. Então, como ele foi visto rondando, os citadinos enfiaram na cabeça que os Perdidos *tinham* sido assassinados, e estão indo todos os dias à casa do governador para questionar por que o Andarilho das Cinzas ainda não foi contratado. E ainda por cima tem a carta do Inspetor Skein, que vem correndo de boca em boca, deturpada... e ela conseguiu o diário dele, de alguma forma, mas, sinceramente, não consigo entender *por que* ela está provocando toda essa confusão."

"Não importa, na verdade", respondeu Hathin, baixinho, sem a menor atenção ao que ele dizia. Seu cérebro cansado e abatido mal conseguia compreender a torrente de acusações na tenda de notícias. Uma coisa, no entanto, ela entendia: Arilou havia sido expulsa de Tempodoce a pedradas. O povo da cidade a havia rejeitado. O longo jogo fora perdido, e agora não havia nada entre as Feras Falsas e a penúria. "Acabou.

Eu só tinha uma tarefa a cumprir, não consegui, e agora não sei como resolver. Já não presto para nada e decepcionei a aldeia inteira."

Eles haviam chegado ao topo do penhasco que encimava a aldeia, onde um dia o Pássaro Captor pusera seus jaguares de grama.

Lohan parou, mordendo o lábio. "Aquelas velhas não vão te importunar", disse ele, por fim. "É melhor que não importunem. Você tem mais fibra que todas elas juntas. Fez mais do que qualquer um ousaria fazer para proteger a aldeia... eu *sei* o que você fez, Hathin. Quando Skein foi encontrado, eu liguei os pontos e descobri por que você estava lá embaixo, à beira d'água, perto daquelas pedras aonde a minha mãe levou Arilou. É a área da praia onde mais tem pepino-do-mar..."

"Hã?" Hathin só conseguiu entoar uma nota trêmula.

"Eu não contei para ninguém", disse Lohan, de um jeito manso, "nem vou contar. Estou te ajudando a guardar o segredo desde o começo. Quando você foi levada para casa com Arilou e não conseguiu agir sozinha, quem você acha que cortou a corda do bote do outro Inspetor?"

"Você..." Hathin o encarou. "Você soltou a... você acha que eu matei o Inspetor Skein?"

Agora foi Lohan quem a encarou, e Hathin viu no rosto dele um reflexo de seu próprio olhar de terror. Acima deles, o Rei dos Leques abria leques de um preto fúnebre, e a seus pés as orquídeas dançavam e riam em silêncio, ladeados por um crescente e sibilante abismo de escuridão. Não havia conforto para nenhum dos dois.

"A gente tem que descer até a aldeia", disse Lohan, enfim, num tom tenso e premente.

"Eu não posso...", sussurrou Hathin, paralisada. "Eu simplesmente... não posso."

"Muito bem, fique aqui com sua lady irmã." Lohan soltou um longo suspiro, mas Hathin manteve o olhar baixo, mesmo sem entender por quê. "Eu vou descer e contar para todo mundo o que aconteceu, depois volto para cá e te falo o que eles disseram. Você vai ficar bem aqui?"

Hathin assentiu, mas não conseguiu olhar para ele.

Lohan não disse mais nada. Escalou a trilha do penhasco e pulou pela beirada. No último instante, olhou por sobre o ombro, e Hathin foi atingida pela dor e pela perplexidade estampadas em seu rosto. Tomada de compaixão, alargou o sorriso e acenou, mas ele já havia saltado pelo penhasco e não pôde ver.

Hathin desabou de joelhos ao lado de Arilou, que estava em transe, e olhou a praia em direção à aldeia que já não sentia ser sua. Parecia-lhe absolutamente impossível enfrentar o próprio futuro. Se o povo da cidade havia concluído que Arilou era parte da conspiração para assassinar os Perdidos, como poderiam as Feras Falsas aceitá-la de volta? Sem dúvida iriam afastá-la, pelo bem da aldeia. E, quanto a Hathin... talvez Lohan não fosse o único a achar que ela havia matado o Inspetor Skein. Talvez todo mundo pensasse o mesmo.

Lohan demorou uma eternidade. Claro, o povo da aldeia devia ter impedido que ele retornasse. Hathin já não era útil, nem Arilou. As duas ficariam ali no topo do despenhadeiro até morrer de fome, ou até que entendessem o recado e evaporassem na escuridão.

Mas não... lá estava ele, na praia! Mesmo que as pessoas da aldeia odiassem Hathin, não desejavam que ela morresse de fome aguardando uma mensagem; pelo menos permitiram que Lohan voltasse para falar com ela.

Lohan trazia um lampião, talvez para poder conduzir Arilou de volta à aldeia. O lampião estava meio escondido, com apenas uma nesga de luz à mostra. Ele vinha correndo pela praia, meio cambaleante, como se enfrentasse uma forte ventania. Então espichou o corpo, e Hathin percebeu que a figura era muito alta e forte para ser Lohan. No instante seguinte, o homem balançou o braço e arremessou a lanterna, que bateu na lateral da cabana mais próxima.

Como se fosse um sonho, Hathin ficou encarando as labaredas douradas abraçarem a palha de palmeira escurecida pelo sol. Das pedras em redor, outros lampiões surgiram, feito vaga-lumes, voando para cima dos casebres. Da fileira de pedras pretas iluminadas pelo novo mar de luz, brotaram cabeças, braços e pernas, e subitamente a praia foi tomada por dezenas de pessoas, destruindo as cabanas em chamas com foices e enxadas.

Houve um grito meio animalesco, e então alguém irrompeu de um dos buracos. Cabelos brancos subiam como fumaças espiraladas de sua cabeça, e os ombros frágeis mais pareciam asas de fogo. Uma enxada balançou, e a aparição caiu no chão. A multidão se aproximou, e Hathin só conseguiu ver uma confusão de enxadas e galhos se movimentando, as fagulhas vermelhas refletidas no metal.

"Pai Rackan", grasnou Hathin, mal ouvindo a própria voz. "Pai Rackan." Ela tapou os olhos, mas a imagem penetrou a escuridão de suas pálpebras cerradas. *Ah, não, ah, não... Pai Rackan...*

A multidão olhou para baixo, hesitante. Lentamente, todos baixaram as armas, percebendo o que haviam feito. Logo começariam a correr, tentariam escapar de seu crime...

Um assobio agudo e horripilante ecoou pelo vale. Havia uma figura apartada da multidão, com uma sombra de monstruosas proporções projetada na areia pela luz da lanterna, o passarinho adejando sobre sua cabeça feito um amigo íntimo. Gritou umas palavras que Hathin não conseguiu ouvir, então pegou uma garrafa, bebeu o conteúdo e atirou na cabana mais próxima. No mesmo instante, as chamas lânguidas ressuscitaram, e, com gritos fracos e infantis, pequeninas figuras pularam pela porta da cabana e fugiram.

Jimboly jogou a cabeça para trás e soltou sua inimitável gargalhada, que se transformou em um ganido; correu atrás das crianças em fuga, com uma dezena de homens em seu encalço. Era seu grito de gaivota-bruxa, mas agora os antigos parceiros de brincadeiras gritavam e corriam a sério.

Hathin só conseguia assistir, apertando os dedos contra a boca aberta até doer.

Mais Rendeiros tinham percebido o que estava acontecendo e começaram a sair de suas cabanas, uns atirando redes nos adversários à espreita, na esperança de atrapalhar o ataque, alguns pais de faca na mão para dar guarida à fuga dos filhos.

Ah, não, ah, não, ah, por favor, não... Paralisada e tomada de horror, Hathin viu pequenos grupos de Rendeiros se espalhando ao serem surpreendidos por lampiões e ouviu o frêmito dos que tentavam em vão escalar o penhasco. *As grutas, as grutas, ah, por favor, corram para as grutas...*

Um grupo de Rendeiras nuas desceu até a praia e mergulhou na água com tamanha determinação que o mar nem ofereceu resistência. Uma fração de segundo depois, um lampejo vermelho irrompeu das pedras próximas, e um baque alto ecoou ao redor do vale. A água escura foi golpeada, ejetando uma espuma branca. Hathin percebeu que havia homens empoleirados nas pedras mais altas, apontando armas de cano longo para a água.

Uma das mulheres se parecia bastante com Eiven.

"Eiven!" Hathin estava de pé, mas seu grito se perdeu em meio ao eco rascante de um segundo tiro, que repercutiu na enseada. Enquanto a bala revirava mais espuma no mar, Hathin imaginou se as duas mulheres não tentavam desviar, de propósito, a atenção dos homens da gruta do Rabo do Escorpião e dos fugitivos que rumavam para lá naquele exato instante.

... por favor, cheguem até as grutas, por favor, sagrados ancestrais, deixem que eles cheguem às grutas...

Hathin desejou gritar bem alto, mesmo que levasse um tiro das armas de cano longo e desabasse sobre as ensandecidas labaredas abaixo. Quase sentia que esse gesto forçaria os outros a correr mais depressa, a *chegar às grutas*. Antes de conseguir, porém, percebeu que alguém gritava em nandestete.

"Grutas!" Era Jimboly, voraz e exultante. "Sei onde fugir! Grutas atrás fenda feito anzol!"

Então, enquanto uma onda de silhuetas escuras invadia a praia e disparava rumo ao penhasco, Hathin ouviu outra voz, gritando na língua da Renda, sem cessar.

"Corre! Corre! Corre!" Era a voz de Lohan. Diante do silêncio que engoliu subitamente as palavras, Hathin soube que a mensagem havia sido para ela.

Quase incapaz de ver ou pensar, ela agarrou a mão de Arilou e correu.

10
Entre as cinzas

Arilou tropeçava sem parar, mas Hathin foi arrastando a irmã de pé sem piedade, ignorando seus choramingos de dor e sustentando seu peso pela cintura.

Enquanto Hathin avançava por entre arbustos e teias de aranha, ela retraçava as imagens que havia visto na praia, tentando imaginar fugas e fintas. Pai Rackan desmaiara, atordoado pelos golpes. O mosquete não havia acertado Eiven. As crianças escaparam de Jimboly pelas pedras e foram levadas de volta às grutas por mãe Govrie, que pensava em tudo. Lohan tinha parado de gritar porque fora avistado, nada mais. E não havia meio de Jimboly saber qualquer coisa sobre a Senda do Gongo...

Naquele exato instante, a aldeia inteira estaria cruzando o túnel submerso, deixando os perplexos agressores diante da poça preta e silenciosa. Dentro em breve, os aldeões chegariam encharcados à caverna dos dentes, e lá aguardariam o encontro com os retardatários e com os que haviam optado por outras rotas de fuga. Se Hathin conseguisse arrastar Arilou até a fossa de Tempodoce, poderia adentrar as grutas por aquele lado, e lá os encontraria...

Nos arredores das Terras Cinzentas, a vida de Hathin foi salva por um tufo de grama que se enganchou em seu pé e a fez tropeçar, levando Arilou consigo. Sufocada, Hathin só conseguiu se deitar e arquejar, enquanto à sua volta vaga-lumes verdes voejavam em espiral, cintilando como fagulhas rodopiantes saídas de seus olhos. Ela ainda recuperava o fôlego quando sua atenção esbarrou num par de vaga-lumes distantes, aninhados na grama. Eram vermelhos, e não verdes, e ela viu um deles piscar quatro vezes, aumentando gradualmente o brilho.

"Não sento nessa grama." Uma voz masculina, falando em nandestete. "Rendeiro ensina cobra. Quero sentaqui onde posso olhar cobra vir."

"Muito bem. Você olha cobra, eu olho Rendeiro." Havia dois homens agachados na grama, fumando cachimbo e espiando a trilha. Hathin estivera correndo tão às cegas que teria dado de cara com os homens se não tivesse tropeçado.

Então os Rendeiros treinavam cobras para atacar seus inimigos, não é? Mais uma fábula que a cidade tomava por verdade. Sorrateira como uma cobra, de fato, Hathin se arrastou pela vegetação rasteira, a barriga colada no chão, puxando Arilou pela manga.

Um baque fraco logo atrás, e Hathin congelou. Da direção dos fumadores de cachimbo veio o *clique* do gatilho de uma arma, seguido de uma troca de saudações bem baixinha.

"Porágua como dá?"

"Feito feito mas Rendeira Perdida fugida. Acho que anda n'água, corre pela costa."

"Não. Bala espera sobre água, homem espera em todo caminho. Rendeira Perdida deve já fugir gruta."

Lentamente, o significado das palavras penetrou a mente perturbada de Hathin. Aquela turba não havia brotado na praia como uma irrefreável onda de raiva. Não. Havia um planejamento por trás. Alguém havia arrumado mosquetes, postado sentinelas para que ninguém escapasse da aldeia... e esse alguém sabia, antes mesmo do ataque, sobre a rota de fuga pelas grutas.

Ela recordou as palavras de Lohan quando os dois escaparam da tenda de notícias. Sim, aquilo era obra de alguém. Alguém de rosto comprido, risada rouca e esquentada e um passarinho a tiracolo.

Se pelo menos Hathin estivesse rastejando sozinha! Mas estava com Arilou, que queria se atirar na areia, que tinha os olhos embotados, que precisava de ajuda a todo instante, que se enroscava em tudo. Lágrimas de desespero correram pelo rosto de Hathin, enquanto ela cutucava os joelhos recalcitrantes da irmã e empurrava seus cotovelos para a frente.

Só quando as duas chegaram ao cume seguinte, Hathin ousou botar Arilou de pé outra vez. Farejou os odores do sopé das colinas: pó de orquídea, cinza molhada e o bafo do vulcão, com cheiro de ovo podre.

Havia outros homens nas trilhas mais próximas de Tempodoce, cochichando e batendo nos arbustos com brutalidade e impaciência, como se esperassem assustar os Rendeiros e afugentá-los feito perdizes. O Rendeiro que havia matado Milady Page, o Inspetor Skein e todos os outros Rendeiros, de modo que apenas sua própria Lady Perdida sobrevivesse. O Rendeiro que havia usado seus estranhos poderes para envenenar colheitas, deslocar as pedras demarcadoras das fronteiras e encher as nascentes de seiva-febril. O Rendeiro que falava com vulcões e treinava cobras para matar e esquartejar crianças com facas de obsidiana. Hathin sentia o rosnado dos jaguares de grama sob as solas dos pés feito um tremor na pedra.

Agachada, enquanto conduzia Arilou, Hathin contou as batidas do próprio coração e sentiu o tempo se esvaindo das mãos. Quanto mais o restante da aldeia esperaria por elas na caverna dos dentes? Será que de fato esperariam?

O sorriso de Jimboly havia se dissipado do rosto, e agora seus lábios ostentavam os vincos cruéis da boca de um molusco. Com os olhos sombrios, ela rabiscava o papel com uma ponta de jade. Gostava mais de pictografias, mas seu destinatário deixara bem claro que queria receber as cartas escritas em portadentro.

Ela sentia que aquela mensagem ainda destruiria sua noite. Até então havia se deleitado com os acontecimentos do dia, feito um mágico observando delicadas centelhas se transformarem em um leque de explosões no céu como o rabo de um pavão. Ela, porém, escrevia para um homem interessado apenas no resultado, nas cinzas finais, nos fatos frios e sombrios. Além do mais, era um homem que até Jimboly encarava com a alma contraída.

Os fatos eram que, apesar de todas as precauções, a Lady Perdida Arilou havia escapado com uma de suas irmãs. Perdida ou não, Arilou era uma retardada, claro, e Jimboly tinha pouco respeito por ela. Era muito possível que Arilou não tivesse visto nada de comprometedor, e, mesmo que tivesse, era pouquíssimo provável que comunicasse isso a alguém. Mas as instruções recebidas por Jimboly haviam sido muito específicas.

"Quando não sabemos se um ladrilho está sujo", dizia a última mensagem, "é melhor dar uma boa esfregada, só por garantia."

Jimboly tinha dado uma esfregada no vale das Feras Falsas como ninguém da costa tinha visto havia séculos. Agora se perguntava, com certo temor, como dizer a seu patrão que algumas manchas importantes haviam resistido.

Enquanto ela ponderava, Chuvisco pulou sobre a tinta e patinhou pela folha, para deixar sua própria mensagem.

"Pé", dizia a mensagem. "Pé pé pé pé pé."

Jimboly soltou uma longa risada, o bom humor totalmente recuperado.

Com as mãos trêmulas, o governador puxou as cortinas da janela. Eram boas e grossas, feitas para o clima frio e nevoento das planícies Cavalcaste. Mas ali, na Costa da Renda, eram usadas sobretudo como um escudo contra a culpa. Se o governador não visse através das cortinas, não poderia ser responsabilizado por nada.

Como era difícil proteger aquele pequenino refúgio da ordem! Ele olhou com tristeza para os retratos, cuidadosamente alinhados, de distantes caçadas pelas matas de pinheiros, os quais conservava com a fastidiosa reverência de alguém que jamais montara um cavalo ou sequer vira uma mata de pinheiros.

Lidar diretamente com a aldeia era tarefa de Milady Page, e ele a odiara por isso, por fazê-lo se sentir inútil e ridículo em *sua própria cidade*. Agora, porém, ele teria que tomar a frente e tentar preencher o espaço deixado por ela. Com um suspiro, abriu a porta, deixando o mundo adentrar em uma torrente de moscas, odores e vozes. No mesmo instante, sentiu o bafo do vulcão na brisa e soube que a cidade já não era *sua* cidade.

O governador ficou de pé durante toda a conversa com o povo, mas sentia a terra vermelha de seu mundo esfarelar sob os pés. Nada podia ser feito além de ceder às demandas, num passo de cada vez, tentando disfarçar seu recuo diante do abismo iminente.

Ele fizera o possível para evitar o derramamento de sangue. Convocara a Lady Perdida da Renda à cidade na esperança de testá-la, investigá-la, talvez até prendê-la, afastando-a de sua aldeia para que nenhum dos outros Rendeiros se envolvesse na história. E seu povo tinha gostado. O que havia mudado?

Diante da multidão e de suas enxadas ensanguentadas, ele concluiu que só havia uma alternativa. Algo brutal fora feito, mas não havia como voltar atrás. O que ele podia fazer? Prender a cidade inteira como assassinos sanguinários? Se o povo também se voltasse contra ele, lá se ia toda e qualquer ordem! Era melhor juntar-se a eles, cavalgar o dragão e tentar colocar uma rédea nele.

Assim, ele foi conduzindo o relato furioso e balbuciante da população acerca do ocorrido na enseada. *Quando vocês dizem que foram dar uma lição neles*, sugeriu, *presumo que queiram dizer que seguiram a Lady Perdida em sua fuga suspeita e tentaram prendê-la. Mas houve resistência, o que ocasionou uma lamentável disputa. Foi isso que aconteceu?* O povo hesitou, trocando olhares desconfiados, então assentiu.

Sua ira, porém, não se exauriu. Encontrou mais combustível. Um diário chegou à mão do governador, e dedos ávidos, pretos de fuligem, viraram as páginas para mostrar onde folhas haviam sido arrancadas. Fora um trabalho habilidoso, os pedaços rasgados haviam sido removidos, mas as duas páginas correspondentes estavam soltas e foram removidas para revelar a ponta esfiapada.

Havia também uma carta, vinda de um porto mais acima da costa. O governador leu, arqueando as sobrancelhas, e começou a suar no colarinho quente. Aquela carta deveria ter sido entregue diretamente a ele; era inimaginável como havia caído nas mãos daquela horda voraz.

Ele revirou a carta de um lado a outro para ganhar tempo enquanto a multidão ribombante aguardava. Por fim, tomou a decisão que o povo o havia forçado a tomar, tentando dar a impressão de que fora ideia dele próprio.

Ao trancar-se outra vez longe do mundo, ele se sentou, com a impressão de haver envelhecido uns bons anos. Então Minchard Prox tinha sobrevivido. E seu testemunho revelara a mentira contida nos relatos da aldeia das Feras Falsas.

Fosse lá que destino sombrio havia levado Skein na noite da tempestade, as Feras Falsas tinham mentido. Skein temia pela própria vida e dissera isso numa carta endereçada ao Lorde Visor Fain. Talvez tivesse de fato havido uma conspiração para matar todos os Perdidos e alçar os Rendeiros novamente à posição de poder havia muito perdida. Talvez Skein tivesse suspeitado de algo e ido à costa para investigar. Fazia sentido. Ele decerto havia anotado seus medos e descobertas no diário... forçando os Rendeiros a arrancar as páginas incriminadoras depois de tê-lo matado.

Mas quem havia liderado os Rendeiros? O governador não conseguia imaginar uma comunidade sem um líder, e quem melhor para comandar a grande conspiração dos Rendeiros do que sua única Lady Perdida?

A maioria dos Perdidos mortos não era problema do governador, mas dois haviam morrido dentro de sua jurisdição. Ele tinha que ser visto tomando providências, e o povo havia expressado seu desejo. *A lei e a ordem devem ser mantidas*, disse ele a si mesmo, ganhando forças ao encarar o gabinete organizado, iluminado por velas, *por vezes à custa da lei e da ordem.* Enviara uma mensagem a Porto Ventossúbito, claro, pedindo orientações; talvez, dali a décadas, um de seus sucessores recebesse uma resposta. E quando chegasse, a resposta provavelmente citaria alguma antiga lei Cavalcaste e decretaria que fossem confiscados os rebanhos de bois das partes culpadas, ou que toda a cidade passasse a usar chapéu de pele de castor em respeito aos defuntos.

Então ele pegou uma pena e redigiu uma licença para o Andarilho das Cinzas conhecido como Brendril, concedendo-lhe o direito de perseguir a Lady Perdida conhecida como Arilou, bem como quaisquer de seus acompanhantes, sob a acusação de Conspiração e Morte de Milady Page e do Inspetor Perdido Raglan Skein.

Brendril não estava dormindo quando a mensagem chegou. Estirado na rede atrás de sua cabana, sob a lua vistosa, munido de pilão e almofariz, ele transformava em finíssimo pó os ossos das articulações de um contrabandista assassino.

Estendida com cuidado no chão, junto à rede, havia uma pilha de roupas do larápio. Por excesso de diligência, Brendril passara o dia tirando as manchas de sangue das roupas e remendando os rasgos feitos pela faca. Numa bolsa de couro sobre as roupas estava o brinco do homem morto, o odre d'água e a gota brilhante de um dente de metal derretido na pira. Ele pretendia levar tudo isso ao governador no dia seguinte. O pagamento de Brendril eram as cinzas, e ele estava determinado a não levar mais nada de valor, nem permitir que algo se perdesse por negligência.

A noite estava brumosa, quente e fumarenta, e sua mente estava em paz; o pilão estalava feito um grilo em seu ouvido, e uma fumacinha ainda subia da pira. Ele já não sentia o fedor acre do caldo amarelo e espumoso nas cubas de corante e da palhagem índigo que secava nas esteiras de folha de palmeira, nem o fedor enjoativo da gordura derretida. Já não sentia a coceira sob as roupas que jamais tirava. Tinha os olhos quase fechados, pequenas luas crescentes num rosto azul-escuro.

Quando um clangor alto despertou a mata adiante da clareira, ele arregalou os olhos. Ouviu, de todos os lados, uma correria pela vegetação rasteira. Decerto perus-selvagens que catavam grãos e haviam se assustado. No entanto, o ruído mais alto, sem dúvida, era de um animal humano, que tivera coragem apenas de soar a sineta de madeira que anunciava as convocações e sair correndo.

Descalço, o Andarilho das Cinzas se levantou da rede e esgueirou-se pela mata. Não percebeu nenhum raspão em suas roupas, pois em sua mente vestia apenas fragmentos de espíritos, cerzidos uns aos outros — cada tecido tingido guardava as cinzas crematórias de um criminoso morto. Ele sentia a bandana em sua cabeça lhe abençoar a visão, e as gotas de índigo que manchavam sua testa e pálpebras ensinavam seus olhos a ver na escuridão. Ele nem percebia as urzes, pois um desenho nas nuvens certo dia revelara que aquela bandana o livraria da dor de todos os espinhos e ferrões.

O sino de madeira ficava pendurado numa árvore; era apenas um barril cortado ao meio, com uma tíbia fazendo as vezes de badalo. Logo ao lado, a outra metade do barril guardava mensagens, pedidos, presentes. Ele viu um pequeno pergaminho num estojo de couro. Leu o conteúdo, segurando com cuidado pelas pontas, para não manchar o papel com a tinta que coloria cada milímetro de sua pele.

Ele estivera esperando por isso. Uma licença para caçar os responsáveis pelas mortes do Inspetor Skein e de Milady Page. Ao que parecia, os assassinos haviam fugido para um labirinto de grutas. Na base do papel, ele leu o nome de sua presa, sentindo a centelha de algo parecido com empolgação.

Uma Perdida. Quem saberia que poderes a tintura de índigo de uma Perdida lhe concederia?

Brendril retornou à cabana, sorrateiro, e mais que depressa se vestiu para a caçada. Segundo a mensagem que recebera, as Feras Falsas da praia haviam tentado despistar os perseguidores se embrenhando pela rede de grutas no interior da encosta. Aquela Lady Perdida tentaria fazer o mesmo. Mas o labirinto de grutas possuía diversas entradas, e a principal estava próxima.

Sem hesitar, Brendril avançou a passos firmes pela moita escura, em direção à fossa de Tempodoce.

Enquanto Hathin e Arilou se aproximavam da fossa de Tempodoce, o chão começou a afundar, e as árvores foram crescendo, como se determinadas a disfarçar a perigosa queda. A fossa principal era uma imensa descida, íngreme e afunilada, com cerca de dez metros de profundidade. Hathin evitou essa e rumou para a entrada de uma gruta bem menor, atrás de um matagal de samambaias gigantes conhecido apenas pelos Rendeiros, arrastando Arilou pela escuridão com cheiro de terra. Um deslizamento quase incontrolável pelo túnel íngreme, a passagem por uma fresta estreita, e as duas estariam na caverna dos dentes.

Em um primeiro instante, Hathin viu que ninguém da aldeia as aguardava. No seguinte, entendeu o porquê, e seu sangue gelou.

À sua volta, por todos os lados, os grandes dentes da caverna tinham sido removidos e despedaçados; os fragmentos estavam diabolicamente empilhados sobre a poça preta que levava à Senda do Gongo. A entrada do túnel submerso estava totalmente bloqueada.

"Não!"

Esquecendo a discrição, Hathin cambaleou até a poça e a atravessou, perdendo o equilíbrio e se arranhando nas pontas das pedras. Com as mãos frias e trêmulas, foi removendo, um a um, cada pedregulho que bloqueava a poça. Mesmo sabendo que os aldeões sempre mandavam alguém na frente para conferir a segurança da Senda, só conseguia imaginar sua família e os outros presos na escuridão melodiosa da passagem submersa...

"Arilou! Por favor! Você tem que me ajudar, você tem... por favor, só desta vez!" Algumas pedras eram grandes demais, e nem com a força do desespero Hathin conseguia removê-las sozinha. Estava claro que aquilo havia sido trabalho de um grupo, na intenção de bloquear aquele trecho da Senda antes do ataque à praia. "Arilou! Eu não consigo sozinha!" Então enfiou a cabeça dentro da água e tentou afastar da abertura uma grande pedra em forma de molar. De repente, sentiu algo deslizar em seu punho.

Largou a pedra e tentou agarrar o que a tocava. Chocada, percebeu que segurava uma mão gélida. Por um instante, achou que o toque havia sido deliberado, mas a mão estava fria demais e não tinha pulso. Hathin se afastou com um solavanco, e seus dedos roçaram o bracelete que flutuava em torno do punho inerte. A água penetrou os olhos, o nariz e a boca de Hathin, que subiu para a superfície, sufocada, encarando o bracelete de dentes de tubarão que seu movimento súbito havia arrancado daquele braço inanimado.

Os aldeões não tiveram tempo de enviar um batedor até a Senda do Gongo. Os citadinos agressores ficaram sabendo da gruta no Rabo do Escorpião, e a única opção dos Rendeiros em meio à perseguição havia sido adentrar a escuridão gélida e confiar na clemência da montanha. Então a primeira pessoa se afogou, lutando desesperadamente contra a barreira rochosa, e as seguintes também, sem conseguir avançar, bloqueando sem querer a recuada da primeira, enquanto o ar se esvaía de seus pulmões...

O bracelete era de Whish. A melhor mergulhadora sempre cruzava a Senda primeiro, e Whish era a segunda melhor. Eiven não havia chegado às grutas.

Hathin saiu da água, cambaleante, sentindo a ardência nos novos arranhões. Arilou estava recostada na parede, com a serenidade de uma profetisa cega, a cabeça meio inclinada para trás, deixando cair em seus lindos lábios frouxos gotinhas d'água desgarradas do teto. Isso, mais do que qualquer coisa, era insuportável.

"Eu devia ter deixado o Chocalho da Morte te levar!" As inúmeras vozes da gruta ecoaram o grito de Hathin. "Devia ter deixado Whish te jogar no mar! Daí nada disso teria acontecido! Isso tudo, isso *tudo* aconteceu por culpa *sua*!"

Um pedaço pontudo de pedra branca, do tamanho de uma palma, foi parar na mão de Hathin, e uma sensação selvagem tomou o controle de seus músculos. Arilou mexeu um pouquinho a cabeça, como se sentisse, mas não visse, uma sombra se avultar por sobre seu corpo, então remexeu a garganta, desajeitada, e seguiu com suas fracas e patéticas tentativas de apanhar com a boca as míseras gotinhas d'água do teto.

Hathin jogou longe o pedaço de pedra, que bateu na parede oposta. No mesmo instante a raiva se foi, e ela começou a tremer. Ajoelhou-se, trêmula, pegou um punhado de água da poça e levou para Arilou. Era inevitável.

Arilou mal tinha bebido quando Hathin deu um salto, alerta, captando um som distante oriundo do fundo do túnel. Um estalido e o baque de pequeninas pedras. Alguém vinha descendo a trilha sinuosa da fossa principal de Tempodoce.

Poderia ser outro fugitivo da aldeia? Não. Qualquer Rendeiro teria usado o túnel secreto. Quem estava a caminho não era um amigo.

Mais que depressa, Hathin botou a irmã de pé. Se algum aldeão tivesse sobrevivido, pegaria a rota pelo interior da montanha. Então Hathin rumou para a escuridão das cavernas mais profundas com o peso da irmã no ombro. A esperança se recusava a morrer, e o coração de Hathin seguia palpitando no peito.

11
Temerária tintura

Brendril imaginava começar a caçada sozinho. A meio caminho da fossa de Tempodoce, porém, olhou para cima e percebeu uns citadinos o encarando da extremidade. Com apenas uma olhadela para sua figura azul feito asa de corvo, eles o identificaram. Haviam farejado uma morte a caminho, e, como a raiva ainda ribombava em suas veias, decidiram que queriam participar. Então foram atrás do homem, os rostos tomados de dúvida e hostilidade, como se ele já os tivesse mandado embora. Ele pensou em moscas revoando sobre uma fruta caída e não disse palavra. Se os expulsasse, eles voltariam, talvez até agressivos.

O truque para descer a grande fossa era encontrar a margem antes de ser encontrado por ela, então deslizar numa espiral gradativa, como os destroços de um navio naufragado afundam em câmera lenta pelo remoinho do mar. Do contrário, era provável que a pessoa acabasse adentrando as nuvens e a escuridão por um segundo e uma eternidade. Enquanto Brendril avançava cuidadosamente por beiradas invisíveis e apoios imperceptíveis, ficou claro que alguns de seus novos seguidores não dominavam as mesmas técnicas. Mas não havia sentido em se deixar distrair por seus gritos, de modo que ele continuou sem olhar para cima, nem para baixo.

Lá no fundo, enquanto os citadinos improvisavam macas para os feridos e circulavam pelas grutas com sua barulheira e o cheiro de velas, Brendril examinou as cavernas, atrás de pistas de suas presas e alguma dica sobre qual das inúmeras passagens havia sido escolhida para a fuga. Ao lado de uma poça preta repleta de estilhaços de pedras, encontrou o que procurava. Mas não o que esperava.

No chão de pedras claras havia pegadas, feitas por dois pares de pés bastante diferentes. Umas eram coloridas de terra rosada, revelando a silhueta de um pé estreito, com dedos longos e meio tortos. Outras eram mais úmidas, indo da poça até um dos túneis próximos. Esses pés eram menores, mais curtos e alinhados.

O que surpreendeu Brendril foi o tamanho das pegadas. Ele não pensara em perguntar a idade da Lady Perdida e de sua acompanhante. Pela primeira vez percebeu que estava no encalço de crianças. Isso não lhe suscitou nenhuma emoção, apenas o fez localizar sua ausência, como a ponta de uma língua que encontra um vão dentro da boca e se recorda do dente que fora perdido.

Pegadas molhadas secavam rápido. As jovens fugitivas não deviam estar muito longe. Brendril seguiu com sua busca.

No mesmo momento, a dona das pegadas úmidas cambaleava pelos túneis escuros, movendo os lábios como se numa reza. Mas Hathin não estava rezando.

Ela jamais havia adentrado aquelas cavernas, mas mesmo assim as conhecia. Algumas histórias contadas às crianças da Renda não passavam de lendas antigas, mas outras traziam significados. A versão da Lenda dos Rivais ensinada na aldeia das Feras Falsas era também a recordação de uma lista de instruções. A cada passo trêmulo, Hathin relembrava aquele relato, entoado pela voz suave de mãe Govrie.

Durante séculos, o Rei dos Leques não pensou em nada além de dançar com o imenso e emplumado leque de nuvens que lhe encobria a cabeça. Um dia, quando parou para descansar, os leques caíram de suas mãos, e pela primeira vez ele viu Mágoa. Ao contemplar sua beleza, seus olhos foram inundados por um rio de lágrimas de prata. Ele a desposou, e sua desmedida paixão lhe impediu de perceber a frieza e o estranhamento com que ela recebia suas gentis carícias...

Até então, a história a havia levado por entre dois afloramentos rochosos em formato de leque, um estreito túnel triangular onde a água escorria pelas paredes feito lágrimas, depois por um buraco redondo feito uma aliança de casamento.

Aonde ir agora? O que viria em seguida?

Um sussurro brotou das paredes à volta dela, como se a sombra tentasse responder. O túnel se alargava para os dois lados, e a escuridão acima e à frente foi tomada de um vívido movimento de asas. Hathin percebeu que estava parada junto à borda de uma grande caverna, com sombras rodopiantes que engoliam a si próprias. O voo de morcegos agitava o ambiente.

... Um dia, ao se aproximar dos aposentos da esposa, o Rei dos Leques ouviu vozes e compreendeu que ela estava com Ponta de Lança, irmão dele. Seu coração, que antes transbordava de amor, foi tomado de uma fúria sombria e ventos alados de ciúmes...

Era a maior caverna que ela já vira, um imenso e fantasmagórico salão com candelabros de estalactites. Morcegos sombreavam o cenário, batendo loucamente as asas ou pendurados no teto alto, balançando a cabeça em grupos de trouxinhas triangulares. Centenas, milhares de morcegos. Havia fezes empilhadas no chão até a altura da cintura, feito um mingau espesso, de modo que era quase impossível ver o chão que ia descendo, afunilado, até uma grande poça no centro, alimentada pelas gotas caídas do teto destruído.

Era importante *não* entrar naquela gruta, Hathin lembrou subitamente, *não* invadir a ira do Rei. Ela hesitou, outra vez tentando recordar o resto da história, ciente dos ruídos cada vez mais próximos que vinham dos túneis atrás delas. Arilou escorregou e vacilou, quase perdendo o chão, e Hathin se encolheu quando o clangor de seus braceletes de concha foi engolido pelo eco.

Ela agarrou os próprios braceletes e os de Arilou, encarando-os com súbita aflição. Eram tesouros, fabricados com muito cuidado ao longo dos anos, uma conchinha de cada vez, mas a sobrevivência dependia de seu silêncio.

Hathin cobriu o rosto e disparou caverna adentro. Largou os braceletes no monte macio de estrume de morcego logo à frente, chutou as fezes para escondê-los e partiu antes que a fetidez dos montinhos começasse a lhe envenenar os pulmões. Não precisava de lendas para conhecer os perigos de grutas como aquela.

Brendril seguiu por estreitos veios que levavam a pequeninas antecâmaras, o tempo todo acompanhado pelo brilho tênue e doloroso das tochas dos citadinos. Dali a pouco, começou a notar os morcegos, primeiro sozinhos e em duplas. Então vieram mais, uma dúzia, duas dúzias, dezenas de dúzias.

Ao chegar à beirada do grande território dos morcegos, uma pilha de fezes lhe chamou a atenção. Havia uma leve mossa, um movimento, como se tivesse sido remexida por uma passada recente.

Brendril estava prestes a cruzar a soleira quando, por pura sorte, viu algumas saliências desenhadas na parede oposta; reconheceu um bico de arara, e logo abaixo a silhueta de uma cruel boca humana. A pintura já estava bastante apagada, mas aquela gruta era um antigo templo da Renda, protegido por um demônio que tinha a forma do Pássaro Captor. Brendril subitamente perdeu o ar.

Mais um passo à frente, e ele poderia ter adentrado um território sagrado. No mesmo instante, sem dúvida, teria perdido o controle sobre os espíritos aprisionados em sua roupa. Os Andarilhos das Cinzas não eram sacerdotes, por isso evitavam templos.

Ele deu um rodopio e foi se esgueirando de volta pelo túnel, confrontando seus seguidores, agora perplexos e irados. Pela primeira vez se permitiu falar com eles, já que claramente precisavam de um motivo para que a fila inteira recuasse e o deixasse retornar. A explicação foi passada de uns aos outros.

"Ele falou que não dá para cruzar a caverna", Brendril ouviu alguém dizer ao longe, num tom de nojo e cansaço, "senão suas calças vão parar de funcionar."

O grupo se afastou para abrir caminho, resmungando enquanto ele passava, inspecionando, encarando as paredes. No entanto, ao descobrir que a intenção de Brendril era subir um túnel rochoso, quase uma toca de rato, onde só cabiam vermes, os murmúrios viraram reclamações. Todos cujas calças não tinham nada a temer diante dos demônios-arara concordavam que era melhor entrar no salão de morcegos que as fugitivas aparentemente *tinham* cruzado do que se enfiar feito rolhas num cano que elas, sem dúvida, *não* tinham cruzado.

Então, enquanto se embrenhava lentamente pela "toca do rato", com o cuidado de não rasgar a túnica e sentindo no rosto os suaves sopros de um vão escondido em algum canto acima, Brendril ouviu o resto do grupo deslizando e chapinhando pelo salão, gritando uns pelos outros enquanto adentravam o palácio dos morcegos em busca da caverna seguinte, as vozes cada vez mais fracas.

Brendril continuou subindo o túnel mesmo quando o tom dos gritos na grande caverna mudou, ficou mais rouco, mais arquejante, desesperado. Ele ignorou os choramingos dos antigos companheiros, que não conseguiam escalar a poça íngreme, não conseguiam respirar, não tinham forças...

Quase haviam passado a perna nele. Ele quase começara a encarar a Lady Perdida como uma simples criança. Se ela era capaz de levar toda uma aldeia — talvez toda uma comunidade — a embarcar numa mortífera cruzada secreta, então não era uma garotinha, por mais jovem que fosse. Ele agora tinha certeza de que ela avançara apenas uns passinhos no salão dos morcegos, para dar a impressão de ter seguido por aquele caminho, contando que a estranha magia do templo destruísse todos os seus perseguidores, então escapara da mesma forma que os morcegos, subindo a estranha passagem em forma de toca de rato.

Brendril seguiu escalando, cauteloso, porém incansável.

... Então, finda a grandiosa batalha entre os irmãos vulcões, Ponta de Lança fugiu, aos urros, com as encostas chamuscadas e já sem boa parte da margem, esmagando e comprimindo a terra atrás de si...

Sem fôlego, Hathin deu um último empurrão em Arilou, que saiu do túnel íngreme rumo à luz pálida do dia, e foi cambaleando atrás. Arilou, pior que um peso morto, não parava de abanar os braços e soltar ruídos de agonia.

Hathin desabou sobre a terra, exausta, e percebeu que seus braços e pernas tremiam descontroladamente. Elas estavam numa encosta de arbustos de cravos espinhosos e grama molenga, onde passarinhos se sacolejavam e remexiam os rabinhos. Estavam bem mais perto do cume do Rei dos Leques do que ela havia imaginado; os leques de nuvens pairavam logo ao alto.

... Então o Rei dos Leques retornou para sua esposa, a quem ainda amava, e por um instante achou que ela tivesse derramado uma lágrima solitária de pesar pelo que havia acontecido. Ao se aproximar, porém, descobriu que era só uma pedrinha branca rutilante, pois Mágoa leva esse nome pelo que causa, e não pelo que sente.

Adiante de um grupo de montanhas ondulantes, Hathin avistou um grande cone branco, envolto em névoa. Era Mágoa. Traçando uma linha imaginária até o vulcão, ela distinguiu uma grande pedra branca no topo de uma das montanhas. A "lágrima" de Mágoa.

"Agora temos que levantar", sussurrou ela. Sua voz parecia não impressionar Arilou, mas Hathin falava tanto para si mesma quanto para a irmã. "Vamos, temos que ir. Quando a gente encontrar os outros, eles vão te carregar, eu prometo."

Aquela pedra branca era o último marco da lenda, o ponto de chegada. Um lugar onde os caminhantes podiam se abrigar para esperar seus companheiros, ou pelo menos deixar um risco na pedra para mostrar até onde haviam chegado. Era o trecho mais árduo da jornada; a cada elevação do terreno, Hathin, cheia de dor nos músculos, acreditava que elas estivessem mais perto do que de fato estavam. No entanto, sabia que, se ficassem muito tempo paradas, seriam dominadas pela exaustão.

A pedra enfim se avultou numa saliência logo acima. Com braços e pernas doloridos, antecipando o descanso, Hathin cambaleou pela encosta, abraçada a Arilou, e as duas desabaram junto à pedra branca. Quando conseguiu reunir forças, Hathin se levantou e circundou a enorme pedra, apoiando uma mão na lateral para se equilibrar. Havia uma grande protuberância, capaz de abrigar três pessoas, mas do lado de dentro nada se via além de moscas vivas e um lagarto morto. Ela deu outra volta, e mais uma, as lágrimas lhe subindo à garganta, e por fim escalou a pedra, para o caso de alguma marcação ter sido deixada por alguém bem mais alto que ela.

Havia mapas desenhados pelo musgo, oferendas deixadas pelos pássaros, marcas cor de ferrugem feitas pelos besouros, mas nenhum entalhe feito por conchas de Rendeiros. *Fomos as primeiras a chegar*, entoou a voz cruel e desumana da esperança. *Fomos as últimas a chegar*, disse a voz do desespero, mais gentil. *Somos só nós. Estamos sozinhas.*

Elas não estavam sozinhas. Encarando os cumes ondulantes, Hathin percebeu uma figura sombria e solitária na encosta rósea e dourada. A pontada de esperança durou um ínfimo instante, pois era uma silhueta azul-escura.

Cedo ou tarde os fugitivos sempre corriam para as encostas do vulcão, na esperança de que os outros temessem ir atrás. Brendril, porém, tinha o espírito de um velho sacerdote da Renda preso num retalho da camisa, que o tornava invisível ao vulcão. A corda que usava como cinto guardava a alma de uma assassina que ateara fogo numa pessoa, o que lhe impedia de ser queimado ou crestado pela impetuosa paisagem. Quando precisava cruzar uma das cicatrizes em brasa do Rei dos Leques, besuntava os pés com óleo cerimonial e caminhava depressa, ouvindo o chiado das solas sobre a rocha preta fumacenta, sem a menor dor.

Os distantes pontinhos que ele perseguia haviam se tornado figuras humanas. Quando a rota das garotas começou a ficar mais sinuosa, ele soube que as duas haviam avistado sua silhueta tingida contra a colina pálida.

Ele escalou o cume de outra colina e deu a primeira boa olhada nas duas. Como suspeitara, nenhuma tinha mais do que 13 anos. A menorzinha usava a mesma saia dura e blusa bordada que ele havia visto em centenas de meninas Rendeiras. A outra usava uma túnica comprida e clara, com bordado amarelo; ele imaginou que fosse a Perdida.

Ele achava que a encontraria conduzindo o caminho, já que seria melhor deixar a navegação a cargo de quem dominasse a visão das águias. No entanto, era a mais baixinha que segurava o punho da Lady Perdida, molengo e passivo, e quase a arrastava encosta acima. Só podia significar uma coisa: a Lady Perdida tinha deixado seu corpo aos cuidados da acompanhante porque havia mandado a mente para investigá-lo.

A Lady Perdida virou a cabeça na direção dele, às cegas, dobrou as pernas de um jeito estranho e desabou no chão.

"Ah, agora não, Arilou, por favor, agora não!"

Hathin se atirou de joelhos e agarrou Arilou pelos ombros. O rosto de Arilou estava trêmulo, com uma expressão que Hathin jamais vira na irmã. Já tinha visto choque, consternação, raiva, desassossego, mas nunca uma expressão de pânico tão profunda e aterradora. Arilou abanava as mãos, apreensiva, investigativa, agarrando as pedras, a grama, virando a cabeça como se esperasse captar algo à espreita.

Hathin sentiu um arrepio no corpo. Uma coisa era Arilou fazer aquilo no túnel, desnorteada pela escuridão, mas agora as duas estavam sob o dia claro. Os sentidos de Arilou quase sempre pareciam confusos, meio míopes, e ela não costumava ligar muito para o que acontecia à sua volta, porém jamais estivera tão... *cega*. Parecia tentar ver alguma coisa, como se quisesse enxergar algo e não conseguisse.

"Por favor, eu estou aqui, a gente tem que ir, a gente tem que..." Hathin tentou levantar Arilou, mas as pernas das duas falsearam, e Arilou continuou se contorcendo, arquejando de medo. "Estou aqui, estou aqui..."

No entanto, percebeu ela de repente, o problema não era que Arilou não sabia onde estava Hathin. Arilou não sabia onde estava ela própria. Hipnotizada, Hathin observou o olhar da irmã, febril e concentrado, e seus dedinhos trêmulos sobre a terra, numa tentativa de desvendá-la. Arilou erguia os braços, as mãos agitadas agarrando o nada, puxando desajeitadamente uma corda invisível, num movimento por demais familiar...

"Ah, não se atreva!", gritou Hathin. "Não se atreva a me dizer que está tentando voltar! Não se atreva a me dizer que está tentando brincar de boneco! É isso, não é? Você deixou seu corpo naquela linda casa em Tempodoce, daí voltou para lá e não conseguiu encontrar, é isso? Não ouse me dizer que depois de tudo que aconteceu *você é realmente uma Perdida*! Você teve várias chances de ser Perdida, agora não dá mais tempo, agora só resta a você ser uma imbecil! Não venha me dizer que era Perdida esse tempo todo e que poderia ter salvado todo mundo, porque você não salvou, e agora estão todos mortos, mortos, estão todos mortos..."

Hathin abraçou Arilou com firmeza e ergueu seu peso morto. "Você não vai me matar também! Levanta! Levanta!"

•

A menina mais nova estava agachada ao lado da Lady Perdida, tentando erguê-la, gritando num tom agudo e fraco alguma coisa que Brendril não conseguia ouvir. As garotas desabaram sob o vento forte, e Brendril já se apressava para começar a descer o vale quando notou um farfalhar mais acima da encosta. Outras nuvens haviam se unido aos leques do Rei, ele percebeu de súbito, e as mais distantes soltavam levíssimas gotas de bruma, prenunciando o aguaceiro. De repente, a grama em volta começou a pulular, os besouros fugiram, num voo letárgico, e a chuva desabou por seu crânio, ombros e pescoço, feito o toque de dedos gélidos.

O único abrigo disponível era um pedregulho preto com uma saliência, e Brendril disparou até lá. O pânico o fez deslizar pelo chão, hesitante, e ele perdeu o equilíbrio três vezes. Rastejou para debaixo da pedra, protegeu os pés da umidade e remexeu a mochila até encontrar um cabo de madeira. Um instante depois, o Andarilho das Cinzas estava encolhido sob um enorme para-sol preto, todo manchado com a cera usada para impermeabilizá-lo.

Lady Perdida havia colapsado de tanta exaustão; ele agora percebia. A menina mais nova tinha desistido de tentar levantar a outra e o observava, com os olhos redondos, pela extremidade do declive, igualmente incapaz de seguir em frente. As meninas estavam a menos de vinte metros de distância dele, mas eram inalcançáveis, e pela primeira vez nenhum sinal veio dissolver a frustração de Brendril.

Elas estavam exauridas. Ele tinha energia de sobra.

Elas eram lentas. Ele era rápido.

A tintura índigo, contudo, não era.

Hathin encarava, sem compreender, o estreito e íngreme vale que as separava do Andarilho das Cinzas. Agora distinguia as feições do homem com bastante clareza. Via a tintura índigo desbotando da bandana que lhe envolvia a cabeça, escorrendo por seu rosto e pescoço. Via em suas panturrilhas azuis as cicatrizes brancas causadas pelos espinhos das urzes, via os trajes surrados que ele vestia em camadas, os mais novos sobre os mais antigos. O homem a encarava de volta com olhos de espera.

Hathin, porém, ainda não estava pronta para falar com a Morte; abraçou Arilou com ainda mais força e, impulsionando mais que os próprios músculos, levantou-se com a irmã.

Então, disse o Rei dos Leques, fui traído, mas não tornarei a ser. Desse instante em diante, minha memória correrá de trás para a frente. Meu passado está tomado de alegrias e dores que não suporto recordar, portanto não recordarei. Em vez disso, olharei o livro do futuro e lembrarei somente isso, a fim de poder contemplar as traições antes que aconteçam. Desse instante em diante, olharei apenas para a frente.

12

Mágoa em silêncio

Chegamos ao fim do nosso mundo, pensou Hathin, olhando adiante, com o rosto encharcado de chuva. *Não há mais nenhuma história que nos diga aonde ir. Passamos do ponto final.*

Ela limpou o rosto molhado com a mão molhada, provando o sal do suor e das lágrimas, e olhou em volta. Se elas ficassem subindo e descendo as colinas, Hathin sabia que se cansariam e seriam alcançadas pelo Andarilho das Cinzas. A única chance era aproveitar para subir enquanto ainda chovia e sair do alcance da vista dele por entre os leques do Rei.

Em meio às nuvens, elas poderiam escapar do Andarilho das Cinzas, mas e do Rei? Será que ele as enxergaria na mesma hora?

E daí?, pensou Hathin de súbito. *E daí se ele nos sequestrar para servirmos de ama aos filhos dele? Mesmo que resolva atear fogo em nós, e daí? Pelo menos iríamos direto para as grutas dos mortos, em vez de passar a eternidade presas no lenço de um Andarilho das Cinzas. O que temos a perder?*

À medida que as duas avançavam pela encosta, a grama se aglomerava, até se transformar num barro instável, com pedrinhas pretas que deslizavam por sob os pés delas. O vento foi ficando mais forte, roubando seu fôlego. Hathin agonizava com o peso de Arilou nos braços. Cada passo era impossível, não levava a lugar nenhum, e mesmo assim, de alguma forma, as duas finalmente chegaram às nuvens. No mesmo instante, o vento assumiu uma nota vingativa, forte e agressiva. Vez ou outra, despontavam no alto algumas fendas de céu azul. Estava muito frio, e Hathin se arrepiava por sob a roupa molhada.

No ponto em que o vento atingiu sua crueldade máxima, onde elas não conseguiam ficar paradas, nem respirar, nem enxergar nada, açoitadas por pedrinhas no rosto e nos olhos, não houve mais para onde subir. E Hathin soube que as duas haviam chegado ao topo da cumeeira que ligava o Rei dos Leques a sua esposa, branca como gelo, onde as montanhas davam as mãos.

O vento enfraqueceu, o ar ficou ainda mais gélido, e as nuvens se deslocaram. Pedestais de pedras pontudas surgiram, horripilantes e inesperados, como se chegassem para rodear as duas meninas, e Hathin parou, sentindo-se uma intrusa encurralada. Então o vapor se dissipou um pouco mais e revelou uma imensa laje preta, apoiada em dois pedregulhos menores. Era como se uma grande mesa de extensão toda bordada com traçados de líquen tivesse de repente sido posta para as irmãs. Dois tocos de pedra as aguardavam, feito banquinhos.

Não era possível escapar de um vulcão. E nunca, jamais, podia-se recusar o convite de um.

Com as pernas quase cedendo, Hathin conduziu Arilou, que ainda gemia, a um dos "bancos", depois sentou-se no outro, trêmula, temendo que o Andarilho das Cinzas brotasse do nevoeiro num salto. Elas, no entanto, haviam adentrado um sonho, e os sonhos têm suas próprias regras.

O Rei decidiu não nos destruir por enquanto... O que ele quer com a gente?

Havia uma fenda exatamente no centro da mesa, de onde brotava uma flor solitária, um fino e perfeito botão branco, com uma língua alaranjada, comprida e felpuda. Todos sabiam que o Rei dos Leques gostava de ser rodeado por moças e mulheres, sempre belíssimas. Seria... seria possível que aquela flor fosse um *flerte* do Rei dos Leques? Se fosse isso, a flor só poderia ser para Arilou.

O Rei dos Leques recordava coisas que ainda não haviam acontecido. E se ele já se lembrasse de ter sequestrado Hathin e Arilou, de tê-las forçado a trabalhar como amas até a velhice, até definharem junto às contorcidas arvorezinhas que pontilhavam suas encostas? Se era uma recordação, estariam elas fadadas a esse destino? Hathin tentou botar o cérebro exaurido de volta no lugar.

Uma flor... *branca feito neve*. Talvez não estivesse sendo oferecida a Arilou. De repente, Hathin vislumbrou um futuro que pudesse ter criado aquele presente, bem como uma forma de torná-lo realidade.

Com cuidado e em silêncio, Hathin saiu da cadeira, ajoelhou-se e começou a vasculhar o chão atrás de uma pedra pontuda.

Brendril caminhava, com extremo cuidado, por entre o leque de nuvens do Rei. Sua proteção mágica o tornava invisível ao vulcão, o que não adiantaria de nada se ele chamasse atenção bagunçando as pedras ou alvoroçando os pássaros. A chuva caíra apenas por tempo suficiente para que as meninas sumissem, mas seus passos haviam deixado um leve sulco no barro, e ele foi seguindo de perto, na esperança de que suas próprias pegadas acabassem se perdendo.

Por fim, ele chegou à cumeeira e descobriu uma grande laje de pedra, posicionada sobre duas pedras menores que pareciam cascos de tartaruga. Um altar, estava bem claro. Sem sombra de dúvida, as duas garotas haviam passado por ali, pois uma planta que brotava pela fresta da laje havia sido arrancada rente à base. O ritual que elas haviam executado ali, seja lá qual fosse, estava de fato concluído. Lady Perdida e sua acompanhante não estavam em lugar algum.

No entanto, linhas e formas bem evidentes haviam sido rabiscadas em meio à vegetação alta e chamuscada que cobria uma pedra ali perto. Ele percebeu que era um desenho.

Duas figuras, ao estilo das antigas pictografias da Renda. Uma tinha um olho flutuando sobre a cabeça, simbolizando uma Perdida. As duas estavam de mãos dadas, e entre os dedos entrelaçados brotava algo... uma flor. As duas figuras foram desenhadas incontáveis vezes, revelando uma progressão. Elas caminhavam em linha reta, então subiam a lateral de um cone pontudo, claramente um vulcão. Pela lateral do vulcão, corria uma lágrima solitária.

Brendril se empertigou e olhou na direção do vulcão de nome Mágoa.

A imagem rabiscada às pressas parecia ter cumprido sua função. Era, naturalmente, uma mensagem ao Rei dos Leques, informando que as duas irmãs levariam seu presente para Mágoa: uma flor solitária. Palavras não teriam nenhuma utilidade, pois um segundo depois de proferidas já pertenciam ao passado, e o Rei não recordava o passado. Uma imagem, por outro lado, atravessava o futuro. Dessa forma, o Rei, tendo a imagem à sua frente mesmo depois que as irmãs se afastassem de seu território, saberia quem eram e por que lhes dera permissão de sair.

Esses pensamentos, porém, faziam doer a cabeça de Hathin, que já tinha muito com que se preocupar. Ela já se aproximava do território de Mágoa.

A crista que unia o Rei à Mágoa era, a bem da verdade, um platô extenso e estreito, como uma ponte suspensa de quase um quilômetro de comprimento. As bordas do platô viviam cobertas de nuvens, e era fácil fantasiar que aquela planície não tinha fim. Enquanto Hathin cruzava o estranho platô suspenso, o vento atrevido subitamente as abandonou, cedendo lugar ao suave sopro de uma brisa ondulante, delicada como um suspiro desapaixonado.

O barro preto foi ficando cinza, e tudo se cobriu de um pó branco, espectral e alvoroçado. Nas laterais da planície havia pedras solitárias, que deixavam suaves rastros na direção do vento, como se tentassem escapar daquele imenso deserto branco, mas tivessem se rendido ao desespero.

Gigantescas nuvens e nevoeiros cruzavam o platô, tal e qual serventes agitadas com alguma tarefa. Não havia pássaros, nem árvores, nem grama. As lendas recordavam os poucos heróis que ousaram ir conversar com o Rei dos Leques e tinham sobrevivido. Nenhuma história relatava alguém se aproximando de Mágoa.

Um declive surgiu, e Hathin percebeu uma centelha colorida na deprimente paisagem, como joias de brilho assustador. Os véus de névoa recuaram e recuaram, até que Hathin se viu encarando os olhos de Mágoa.

Eram dois lagos desiguais. O maior tinha forma de lágrima, de um verde vivo feito um pavão; o menor era oval e azulado. Suas águas eram límpidas e imóveis, e ondas concêntricas de sedimentos maculavam o fundo com os tons de um beija-flor. Sem pálpebras, sem cílios, sem dó. Adiante dos lagos o chão ascendia, num ângulo íngreme, rumo à cratera invisível.

"Lady Mágoa..." Era a língua da Renda, não o portadentro, o idioma da solenidade e dos rituais daquele lugar. "Trago um presente de Sua Majestade, seu marido." Hathin falava no tom mais alto que ousava, mas o ar suave sufocava sua voz feito mãos enluvadas capturando uma mariposa.

Houve um som, um doce sibilo, em algum ponto acima. Talvez uma ameaça. Talvez um convite.

Com a flor numa mão e a mão de Arilou na outra, Hathin avançou, ouvindo os seixos brancos estalarem sob seus pés. Parou defronte a uma pedra rachada, onde colocou a flor, cuja língua alaranjada era a única cor quente do cenário; até Hathin e Arilou estavam cobertas de pó branco.

Como a montanha reagiria? Todos sabiam que ela tinha tanto o amor do Rei dos Leques quanto o de Ponta de Lança, mas ninguém sabia quem era seu preferido. Será que Mágoa interpretaria o presente do marido como uma delicadeza ou uma desfeita? A flor do Rei era um símbolo do poder que ela exercia sobre ele, mas também de sua lealdade...

"Lady Mágoa..." disse Hathin num ímpeto, desta vez baixando a voz a um respeitoso sussurro. "A senhora merece mais presentes, tão vistosos quanto este. Lorde Ponta de Lança rasgaria o próprio céu se soubesse desta lembrança enviada por seu marido. Ele foi privado de ver a senhora, bela lady; o único consolo que pode receber é a chance de lhe enviar um presente ainda mais lindo. Permita que eu o encontre, milady... Que recado devo transmitir a ele?"

Outro sibilo fraco, e um fino véu de pó e cascalho branco rodopiou e desceu pela encosta até os pés de Hathin. Ela se agachou, encheu as mãos trêmulas de pó, guardou-o com cuidado numa trouxinha de pano e deu um nó, pois não estava disposta a derrubar um presente de Lady Mágoa a Lorde Ponta de Lança, ainda mais diante dos olhos da própria Lady.

Parecia uma armadilha. Por mais desesperada que fosse a situação delas, Brendril a princípio não imaginou que a Lady Perdida tivesse de fato resolvido adentrar o território de Mágoa. Aquele desenho só podia ser uma pista falsa para destruí-lo, e uma pista bastante tosca, a bem da verdade. No entanto, percebeu ele, parecia tosca *demais*. A intenção era que ele visse, claro, mas quanto mais ele olhava aquilo, mais certeza tinha de que era uma provocação. Lady Perdida o havia desafiado a ir atrás dela.

Bom, ele aceitaria o desafio; iria atrás de sua comissão, mesmo que precisasse adentrar os jardins de Mágoa.

E assim ele foi cruzando as planícies silenciosas, invisível aos imensos espectros de névoa que corriam, até chegar aos lagos gêmeos e ver, entre os dois, a flor de língua colorida. Que tipo de proteção Lady Perdida havia erguido contra ele?

Os Andarilhos das Cinzas não tinham por natureza se afastar do poder. Ele sabia que era invisível ao vulcão; então, em silêncio, avançou até a flor e se agachou com delicadeza para arrancá-la da fresta. Mas, ao fazer isso, notou que suas mãos não exibiam o costumeiro tom azul, mas um branco mortal. Tarde demais, percebeu que estava coberto de pó branco. *Ele* era invisível ao vulcão, mas as cinzas, não. Naquele exato instante, a espectral silhueta de um homem delineado em pó fino se revelava a ela...

Ele começou a recuar, e seus calcanhares apressados chutaram pedras de um lado a outro, preenchendo o ar morto com estalidos, feito tiros de armas de fogo.

Acima dele fez-se um chiado, um sibilo, um estrondo, um rugido crescente. Não havia tempo de fugir da fúria de Mágoa. O Andarilho das Cinzas desapareceu sob uma torrente de pedras, que desabou pela encosta durante uma pequena eternidade. Depois de longos suspiros, a terra, gradualmente, tornou a se acomodar. A figura azul-escura já não estava à vista, e tudo se aquietou nos jardins de Mágoa.

Hathin passou horas lutando para descer as colinas de Mágoa. A nuvem encobria tudo, e Hathin tinha que ficar atenta ao intrigante sussurro da avalanche de pedras. Quando o esforço para sustentar Arilou ficou grande demais, quando os músculos de suas pernas urravam de dor a cada traiçoeiro passo, Hathin se permitiu desabar sobre a grama. Por vários quilômetros, não houve sinal do Andarilho das Cinzas.

Depois de se recuperar um pouco, Hathin encontrou abrigo numa gruta, que era a ruína de uma grande bolha de lava meio desmoronada. Ela levava folhas e tojos mortos para aquecê-las, quando Arilou sacolejou, como se tivesse levado um soco, e fixou os olhos num ponto acima do ombro de Hathin. Tão espantoso era seu olhar de horror que Hathin olhou para trás, num impulso. Não havia nada, nada além de uma bruma espiralada.

Arilou escancarou a boca, de onde saiu um ruído baixo, duro e hediondo, como se alguém a tivesse espremido feito um fole e lhe forçado as entranhas. Uma pausa, então a boca se abriu outra vez, e ela começou a gritar, encarando a névoa. Gritos longos, rascantes, feios e lamentosos.

Mais uma vez, Hathin imaginou Arilou perambulando, invisível, à procura de seu corpo descartado sem cuidado. Imaginou o espectro de Arilou percorrendo as casas de Tempodoce, então flutuando de volta a sua aldeia e encontrando tudo vazio, com cinzas no lugar das cabanas que antes havia na praia. Depois ela seguia as pegadas na areia até as grutas, talvez até adentrasse a Senda do Gongo...

Os gritos de Arilou eram como lavas incandescentes. Ela começou a debater os braços estirados, acertando o próprio rosto.

"Aqui! Sou eu!" Hathin agarrou as mãos de Arilou e pressionou-as contra o próprio rosto, cabelo e ombros, para que Arilou a reconhecesse, mesmo sem ouvir sua voz. "Estou aqui! Estou com você. Estou cuidando de você, ainda estou cuidando."

Ela abraçou Arilou com força e começou a embalar a irmã, até que seus gritos virassem choramingos, então suaves suspiros soluçantes. Ainda abraçadas uma à outra, as duas se deitaram para dormir.

Apenas quando a exaustão lhe embotou a mente, Hathin, já caindo no sono, se perguntou por que o Andarilho das Cinzas não tinha se apressado ao encontro delas quando ouviu os berros de Arilou. Mas nenhum passo suave se aproximou; parecia que o nevoeiro o havia engolido por completo.

13
Uma encosta escorregadia

"Sr. Prox?"

Ele sentiu uma mão cortês em seu ombro e abriu os olhos, nauseado. Do lado de fora da liteira, mãos agitadas poliam o céu azul, e uma casa de fachada branca lhe inflamava a mente.

"Chegamos, sr. Prox."

Ele precisou se esforçar para erguer a cabeça, pesada feito chumbo.

"Aqui." Uma rolha de prata foi removida de uma garrafa envolta em couro, e a garrafa foi levada aos lábios de Prox, para que ele bebericasse. Ele tentou segurar a garrafa, que foi afastada de suas mãos. "Me perdoe... seu estômago ainda está muito fraco para aguentar mais de um gole por vez."

A porta da liteira se abriu, e Prox quase caiu num inferno rutilante de cores e sons impiedosos. Por quanto tempo estivera viajando? Dias? Ele achava que era meio-dia, mas não tinha certeza. Os liteireiros descarregaram os pássaros-elefantes, organizando malas cheias, garrafas d'água de couro e gaiolas abarrotadas de pombos. Prox encarava, sem entender o que via.

Alguém o segurou pelo cotovelo esquerdo, num gesto delicado mas firme, e ele aceitou o apoio com gratidão.

"Receio que vão querer cumprimentar o senhor, mas acho que podemos fazer com que seja rápido e indolor", disse o murmúrio em sua orelha enquanto ele era conduzido em direção à reluzente casa.

"Cumprimentar?" A voz de Prox saiu meio rouca. "O quê? Quem?"

No entanto, antes que houvesse resposta, as pessoas em questão saíram da casa, todas muito respeitosas e interessadas, as correntinhas cerimoniais cintilando sob o sol.

"O governador de Nova Pontarcada", murmurou a voz cooperativa em seu ouvido. "Surdo feito um poste. Com ele, basta acenar e sorrir."

O governador foi substituído por um jovem de aperto de mão doloroso de tão firme e voz penetrante.

"Este é o assistente do governador." Prox quase sentia o murmúrio se alojando em sua própria cabeça. "Ele não quer nada que não seja o seu apoio. Não se sinta pressionado a assinar nada antes de descansar."

Outras vozes chegaram, vindas de todos os lados, batucando em sua mente feito um gongo.

"Depois de sua provação, naturalmente o senhor vai querer justiça..."

"... tomar nossas próprias medidas, as quais penso que considerará..."

"... um símbolo..."

"... durante muito tempo os Rendeiros..."

"... os Rendeiros..."

"... assim que o senhor estiver recuperado", dizia o assistente do governador, "mas acho que todos gostariam de ouvir a sua história. Os ânimos já estão exaltados por conta da Perdida fugitiva, e o povo tem o direito..."

Falando sem cessar, o assistente levou Prox até seu quarto, no outro extremo do corredor. Com alívio, Prox viu a porta fechar entre os dois.

Prox cambaleou para a frente e observou, com o olhar embotado, o aposento que fora preparado para ele. Orquídeas. Um favo de mel numa tigela de porcelana. Um jarro d'água. Uma cama dosselada. Cama dosselada? Aquele quarto era mesmo para ele? Uma escrivaninha. Ah, talvez fosse.

Ele foi andando e se jogou na poltrona em frente à mesa. Quando não estava tocando o próprio rosto, permanecia incomodado pela sensação de que sua face estava coberta de barro molhado. Ao olhar o reflexo do espelhinho arranhado sobre a mesa, foi fácil entender por quê.

Ele quase não se reconheceu. Imensas bolhas vermelhas desfiguravam cada milímetro de seu rosto. Algumas já endureciam, como pergaminho. Outras haviam estourado, vertendo uma água amarela feito gema de ovo. Uma verdadeira mixórdia. O estrago era pior na área da testa, nas bochechas e na ponte do nariz, onde parecia não ter sobrado pele alguma.

Prox encarou, relembrando o cuidado que sempre tivera para se fazer apresentável. Certa vez cortara o queixo ao se barbear e passara o dia enfurecido, imaginando os olhares alheios. *Todo mundo olhando.* Sua garganta estava seca demais até para que as lágrimas subissem, então ele estendeu a mão e pegou o jarro d'água.

Ao primeiro dia no bote à deriva, não havia muito como saber o quanto ele seria destruído pelo sol. Sua pele estava meio estranha, repuxada, só isso. Ele não se preocupou, de tão empenhado que estava em enfrentar, em vão, com seu remo partido, a maré e a tempestade.

Naquela noite, ele fora acordado pela sensação de que sua pele estava coberta por uma máscara viscosa. Ergueu a mão para tocá-la e sentiu uma dor lancinante; seu toque hesitante havia rebentado alguma coisa. Molhar os dedos na água da concha e dar umas batidinhas no local em nada havia ajudado, e quando, na loucura do desespero, ele jogou no rosto um pouco de água do mar, a agonia decuplicou.

Ele ainda tentava racionar a água da concha que a menininha Rendeira lhe havia entregado. Logo depois, porém, sucumbiu à sede e tomou uma longa golada. Dez minutos depois começou a sofrer com dores agonizantes, vômitos e tontura. No segundo dia, tentou proteger o rosto do sol. Mas não parava de erguer a cabeça à procura de botes imaginários ou aldeias ao longo da costa, e toda vez que se dava conta, percebia-se com o rosto virado para cima.

A segunda noite e o terceiro dia foram um pesadelo. Ele deixou cair o remo, isso ele recordava; ao se levantar para procurar, um estrondo assustador ecoou em seus ouvidos, e seus olhos foram tomados de estrelas, indo e vindo, indo e vindo, preenchendo tudo, até que o mundo escureceu. Dali para a frente, só havia fogos de artifício, vermelhos, dourados, horizontes trançados feito fitas, vozes sem donos...

Ele deu uma golada, contendo-se para não drenar toda a água do jarro, então parou, com os lábios ainda colados ao gargalo de vidro. Bem lentamente, devolveu o jarro e virou-se em sua cadeira.

"Quem...?" Prox conseguiu perguntar, com a garganta áspera. "Quem... diabos... é você?"

O homem que havia auxiliado Prox no trajeto até o quarto, sentado discretamente junto à parede, ergueu o olhar, que examinava um atlas ao lado da cama. Seus olhos, claros e pacientes, tinham cor de avelã e o toque afiado dos Cavalcaste, como um céu noturno com neve por detrás. Embora fosse mais alto que a média, parecia ocupar menos espaço do que deveria, talvez por estar muito bem-vestido. Seus trajes eram elegantes, porém comuns, paletó, calças de boa lã cinza, nó de gravata modesto.

Apenas os cabelos, que já começavam a escassear e ostentar mechas grisalhas, denunciavam que ele decerto já havia passado dos 40, talvez até dos 50. No presente momento, ele exibia uma expressão surpresa, porém satisfeita, como se fossem imensos o prazer e o frescor por ter sido enfim notado. Tinha sinetas presas atrás das botas, ou seja, ocupava algum cargo oficial. Ao movimentar os pés, no entanto, as sinetas não tocaram.

"Meu nome é Camber." O mesmo tom gentil e ronronante que murmurara no ouvido de Prox; a mesma voz cortês que lhe fizera companhia, ele percebeu, durante os últimos dias de viagem. "Nós já fomos apresentados, mas o senhor... não estava bem na época, por isso não esperei que recordasse. A bem da verdade, como o senhor será apresentado a muitos nomes importantes daqui até o outono, sinta-se à vontade para esquecer o meu quantas vezes for preciso. O meu nome não traz nenhuma insígnia, sr. Prox. Eu não sou nada. Sou apenas uma janela... meu trabalho é ajudar o senhor a visualizar a situação de modo a poder tomar as decisões que se apresentam."

"Que... decisões?"

"Bom, é pouco provável que o senhor considere isso positivo... mas a sua provação o alçou a uma espécie de celebridade. O senhor é o 'sobrevivente', compreende? A política é uma questão de oportunidade, e o senhor é uma figura altamente simbólica num momento de emoções deveras afloradas. O senhor foi informado da crise que está em curso, lembra?"

"Skein..." Prox tentou recordar o que lhe fora dito durante os dias febris.

"Não só Skein", disse Camber delicadamente. "Todos eles. Todos os Perdidos estão mortos. No início não tínhamos certeza, mas as notícias estão chegando das regiões mais afastadas, e a história é sempre a mesma. Os adultos morreram na mesma noite, com algumas horas de diferença entre si.

Então, durante a madrugada, todas as crianças que com certeza eram Perdidas ou sobre as quais havia grande suspeita morreram também, da mesmíssima forma. Ah, digo... todas, menos uma." Camber encarou o olhar indagativo de Prox e soltou um breve suspiro. "Sim. Sim, o senhor a conheceu. Arilou, a Lady Perdida da enseada das Feras Falsas. De todos os Perdidos da Ilha Gullstruck, ela foi a única sobrevivente. Estranho, isso."

Prox pensou na jovem profetisa de rosto sereno e olhos cinzentos. Era doloroso imaginá-la fazendo parte da conspiração que o deixara à deriva. Mas sua sobrevivência era suspeitosa demais para ser ignorada.

"Então o que está dizendo?", perguntou ele sem rodeios. "Que as Feras Falsas deram um jeito de matar todos os Perdidos da ilha para que Lady Arilou reinasse soberana?"

"Não estou dizendo nada", Camber respondeu baixinho, "mas precisamos encarar os fatos. Primeiro fato: graças à carta do Inspetor Skein, sabemos que ele vinha investigando uma grande conspiração na Costa da Renda e temia pela própria vida. E o corpo dele é o único que ainda está desaparecido. Segundo fato: as Feras Falsas mentiram sobre o desaparecimento dele. O Inspetor Skein não estava com o senhor no bote, nem a corda se soltou na tormenta... ela foi cortada. A intenção era que o senhor não sobrevivesse, sr. Prox, mas o senhor sobreviveu, e graças ao senhor nós pegamos as Feras Falsas em duas mentiras. Terceiro fato: a única Perdida sobrevivente em toda a Ilha Gullstruck é Lady Arilou das Feras Falsas.

"Creio que possamos afirmar com segurança que Skein descobriu um pouco demais no vale das Feras Falsas, e os aldeões tiveram que matá-lo umas horas antes do esperado. Por isso, claro, também precisaram tirar o senhor do caminho. Seja lá quem estiver por trás dessa grande conspiração, parece óbvio que as Feras Falsas eram seu ponto central."

Fez-se uma longa pausa, enquanto Prox digeria as palavras de Camber.

"Vocês precisam do meu testemunho", disse ele, enfim, encarando os nós dos dedos queimados de sol, "para que eles sejam presos. É isso?"

Camber baixou o olhar e franziu de leve o cenho, como se tomado de dor e constrangimento.

"Se está falando da prisão dos aldeões das Feras Falsas... não, não precisamos. Acabamos de receber notícias a esse respeito. O fato é que... quando a lei e a ordem foram convocadas, o povo dos arredores já havia feito justiça com as próprias mãos. A aldeia das Feras Falsas *acabou*. É perturbador, eu imagino, mas não tivemos tempo de impedir..." Camber espalmou as mãos compridas e elegantes, bem adequadas ao gesto. "As Feras Falsas não faziam ideia do que estavam atraindo."

"Estão todos..." A cabeça de Prox foi subitamente invadida por imagens. Os bracinhos estendendo colares de conchas para ele, os sorrisos enrugados dos mais velhos... "Pelos ancestrais, você está me dizendo que a aldeia foi destruída?! Havia... havia *crianças* lá... você não está me dizendo que as crianças..."

Antes de responder, Camber fez um silêncio respeitoso.

"O senhor é um homem humano", disse ele, por fim. "É claro que ficaria angustiado com uma coisa dessas. Eu também me angustio. Sim, os inocentes sofreram na busca pelos culpados, mas isso não muda o fato de que os culpados ainda estão à solta."

"Mas... se todos os aldeões foram mortos..."

"Nem todos. Quase todos os habitantes foram... eliminados. Mas, ao que parece, a Lady Perdida da aldeia é uma jovem bastante fria e pragmática. Assim que o problema despontou, ela fugiu com uma acompanhante. Existe um mandado contra elas, claro... o governador julgou apropriado contratar um Andarilho das Cinzas." Camber franziu o cenho por um instante. Projetou a ponta da língua entre os lábios, como se experimentasse o sabor de uma opinião que decidira não expressar. "Mas o fato é que ela desapareceu. Ou seja, os nossos problemas naturalmente estão muito longe do fim."

"Como assim?"

"Os Perdidos estão *mortos*, sr. Prox, e até agora ninguém de fato havia compreendido o que um cataclismo como esse poderia fazer à Ilha Gullstruck. Somos uma ilha de províncias separadas por vulcões, cumeeiras cruéis, pântanos e selvas. A ausência dos Perdidos ocasiona um colapso no nosso sistema de comunicação. Não conseguimos relatar nada, descobrir nada, conferir nada. Se um furacão assolar o norte da ilha amanhã, *nós* só ficaremos sabendo daqui a vários dias, quando a tormenta chegar à Via Uivante. Dentro em breve os ladrões, contrabandistas, piratas e assassinos vão perceber que não estão sendo vigiados, que nenhuma mente anda patrulhando as colinas. Nossos pescadores e mergulhadores contam com os Perdidos para encontrar cardumes e descer aos principais corais. Os negócios dos nossos comerciantes dependem das tendas de notícias... se eles não conseguirem vender suas mercadorias, algumas cidades mais remotas vão acabar passando fome no próximo inverno.

"E a sombria conspiração que envolve Arilou sem dúvida contava com tudo isso. Os conspiradores decerto pensaram que nossa única opção seria pedir ajuda aos Rendeiros, a sua Lady Perdida e seus peixes-videntes. De fato, seria uma ótima oportunidade de trocar os colares de conchas pelos cordões do governador, o senhor não acha? Isso não é obra de apenas uma aldeia, sr. Prox. Essa conspiração deve ter contado com agentes em cada aldeia, cada cidade, de modo a exterminar todos os Perdidos ao mesmo tempo. Essa 'noite das facas longas' com certeza demandou uma boa dose de planejamento; sejam lá quais forem os próximos passos, Arilou deve ser a peça central. Estamos diante de uma organização secreta de Rendeiros, que jamais se esqueceram do poder que seu povo um dia teve nas mãos e que acreditam ter encontrado uma forma de recuperá-lo. Arilou é sua líder, seu totem sagrado."

"Ela não passa de uma criança", murmurou Prox, quase para si mesmo. "De 13, 14 anos."

"Tenho certeza de que o senhor sabe o que diz", Camber respondeu baixinho, "mas sempre achei difícil estimar a idade dos Rendeiros. São todos tão pequenos e magros para a idade."

"Não resta nenhuma dúvida de que ela estava envolvida? Será que não pode estar sendo usada como joguete?"

"Bom, ouso dizer que o senhor tem mais condições de avaliar do que eu." Mais uma pausa prolongada e respeitosa, que fez Prox se sentir burro. "Ouvi dizer que as Feras Falsas não tinham chefe nem sacerdote, mas, se o senhor tiver visto alguém *além* da Lady Perdida liderando a aldeia, naturalmente seria útil que nos contasse."

Camber observou os resquícios do rosto de Prox por uns instantes, então se levantou. "Sr. Prox, estou atrapalhando o seu descanso. Vamos deixar isso de lado até amanhã."

"Espere..." Com esforço, Prox se levantou da poltrona. "Você ainda não me disse... O que é que todo mundo quer que eu faça?"

"Querem que o senhor *assuma o comando*, sr. Prox. Alguém *precisa* fazer isso, impedir que a anarquia tome conta, garantir que todos trabalhem juntos contra a ameaça dos Rendeiros. Alguém precisa encontrar Arilou antes que ela reúna suas tropas e cause ainda mais destruição. O senhor é o herói de todos neste momento, as pessoas estão dispostas a escutá-lo... e os meus superiores estão impressionados com o seu histórico organizacional."

"Mas como? Eu teria que consultar Porto Ventossúbito e..." A voz de Prox foi morrendo. Não era necessário dizer mais nada. Se ele escrevesse solicitando autonomia para lidar com a ameaça da Renda, sem dúvida teria que esperar seis meses até receber uma resposta que lhe concederia permissão para adornar todos os seus alforjes com passamanes.

"Existe um jeito. Há duzentos anos, quando os nossos ancestrais precisaram purgar a Ilha Gullstruck de vez da presença dos Rendeiros, descobriram que as leis criminais Cavalcaste somente impediam o expurgo caso os Rendeiros fossem, nos termos da lei, considerados *pessoas*. Então foi redigida uma nova lei, declarando que, caso a população de Rendeiros crescesse demais ou começasse a causar problemas, eles deixariam de ser considerados pessoas e passariam a ser... bom... lobos selvagens. Naturalmente, para controlar uma praga de lobos selvagens de duas patas é possível decretar Estado de Achaque, então nomear um Oficial de Controle de Achaques com autoridade imediata e automática em todo o território da ilha. Um oficial com total liberdade para agir, sem necessidade de qualquer autorização vinda de Porto Ventossúbito."

"Então você acha que, se eu for nomeado Oficial de Controle de Achaques..."

"Ah, eu não acho. Eu sou apenas um veículo, um instrumento. Mas, neste exato momento, sr. Prox, sou um instrumento dedicado a garantir que ninguém force o senhor a tomar qualquer decisão sem estar bem descansado."

Prox tornou a encarar o espelho. Que tipo de rosto o encararia de volta quando já não houvesse bolhas?

A intenção era que o senhor não sobrevivesse... Com uma pontada de dor, Prox recordou as palavras de Camber. Lembrou-se outra vez de ter vomitado no bote e imaginou se a água da tal concha não estava envenenada. Será que a aldeia, desde o início, havia planejado a sua destruição? Prox tentou relembrar por que sentira tanta afeição e confiança em relação à garota que lhe oferecera a água. Sua mente, no entanto, ainda estava ofuscada pela confusão dos três dias no bote, e ele não se lembrava das feições da menina.

"Não preciso descansar para tomar uma decisão", disse ele. "Vou aceitar. Vou liderar a caçada a Lady Arilou."

Camber inclinou a cabeça em uma lenta e breve mesura. "Os papéis estarão na sua mesa amanhã de manhã, sr. Prox, prontos para receber a sua assinatura. E vou providenciar o fórum da cidade ao senhor, para ser usado como base de operações."

"Vamos ter que mandar homens armados a Tempodoce", murmurou Prox para si mesmo. "Chega de massacres. Chega de turbas populares."

"Claro. Mas isso vai levar tempo. É óbvio que não temos como adentrar o território dos vulcões; então, partindo daqui, a rota mais curta e prática é seguir para o sul, cruzar a Passagem do Patife, a oeste, e subir a costa até Tempodoce. Quatro dias de viagem, no mínimo."

Prox olhou pela janela e se encolheu ao ter o olho atingido por um raio de sol. Algo o incomodava, algo relacionado ao que ele acabara de saber, algo a ver com os papéis da manhã seguinte. Mas ele não conseguia descobrir o que era. "Onde...? Onde mesmo você disse que nós estamos?"

"Nova Pontarcada", respondeu Camber. "Pelo menos esse é o nome que consta nos mapas. Mas o povo não chama assim. O senhor deve conhecer esta cidade como Cinca do Herbolário."

Hathin acordou com a luz do sol e sentou-se para espiar a bolha de lava.

A mortalha de nuvens havia se retirado antes que o dia fosse tomado pelo calor. Era como se a própria Mágoa e seu estranho mundo branco tivessem saído de cena, balançando as saias brancas. No céu se via um azul profundo, e da terra esfarelada e macia brotavam pequeninas flores azuis e rosas, e montinhos revirados pelo cavouco dos pássaros. Por obra de algum milagre, elas haviam sobrevivido a mais um dia de sol. A julgar pela sua posição, já devia ser quase meio-dia. Um pouco tonta, Hathin percebeu que fazia apenas doze horas, mais ou menos, que ela e Arilou haviam escapado da multidão.

Pestanejando sob o brilho do sol, Hathin notou que estava no alto de um promontório. À sua frente, estendia-se uma imensa planície. Logo abaixo, estava a Via Uivante, a comprida trincheira que Ponta de Lança escavara em sua furiosa partida, junto ao rio que serpeava em sua base. A terra nos entornos era ondulante e encrespada, e, em meio ao exército de colinas arqueadas, via-se o próprio Ponta de Lança, a cabeça perdida no nevoeiro cinzento de sua fúria e aflição.

Junto ao sopé de Ponta de Lança, ela também distinguiu uma névoa de fumaça branca, subindo de uma centena de chaminés, e o verde vistoso dos campos irrigados para o cultivo de arroz.

Até onde Hathin sabia, apenas uma cidade havia sido construída às margens da trincheira aberta pela fuga de Ponta de Lança, a trilha que ele poderia retraçar caso um dia resolvesse reavivar a disputa. Todo mundo conhecia o lugar como Cinca do Herbolário, nome dado em homenagem ao fundador da cidade, que ignorara as súplicas e os conselhos dos Rendeiros. A própria filha do Herbolário fora uma das primeiras a ser sequestrada e sacrificada pelos Rendeiros locais, em sua tentativa de apaziguar os vulcões e salvar a cidade, e a frondosa mata a norte da trincheira recebera o nome de Velaria do

Herbolário, uma soturna e irônica referência às árvores e vinhas onde foram enforcados os Rendeiros do distrito, feito velas de sebo penduradas para secar. Os Rendeiros jamais voltaram a ser dignos de confiança, mas nenhuma outra cidade foi construída na Via Uivante.

Cinca do Herbolário, no entanto, permaneceu de pé, soturna e desafiadora, testemunho do triunfo sobre os Rendeiros. Tinha, afinal de contas, uma excelente localização, bastante próxima do rio, rodeada de pastagens planas e com facilidade de acesso a diversos postos avançados das minas de obsidiana e jade que havia nas montanhas.

Hathin se acocorou, e por dez minutos se permitiu olhar as grandes águias que voavam no céu, encarando-a de volta. Havia coisas que precisavam ser feitas, e por isso havia outras sobre as quais ainda não era hora de pensar. Simples assim.

O Andarilho das Cinzas havia ido atrás delas. Não só a turba ensandecida e a bruxa Jimboly, mas o *Andarilho das Cinzas*. Ou seja, ele devia estar de posse de uma licença. Tempodoce passara dias esperando o governador contratar o Andarilho das Cinzas para caçar o assassino de Milady Page... e agora isso estava feito. Hathin engoliu em seco e encarou os fatos. O Andarilho das Cinzas estava atrás dela e de sua irmã, que eram acusadas de assassinato. Isso significava que até o governador tinha acreditado nas estranhas denúncias feitas por Jimboly, que atiçara o povo lançando perversos indícios de que Arilou era o centro de uma conspiração da Renda para matar todos os outros Perdidos.

Era tarde demais para pensar em recorrer à lei e declarar inocência. A sentença já fora proferida. Até aquele momento, com a ajuda do Rei e de Mágoa, elas estavam correndo na frente. Dali a alguns dias, no entanto, mais gente partiria de Tempodoce, percorrendo as trilhas mais longas, porém mais seguras, que contornavam as passagens ao sul. Perguntariam sobre duas meninas Rendeiras, uma delas com talento para perambular...

Cinca do Herbolário. Dentre todas as possíveis rotas de fuga, aquela talvez fosse a cidade menos indulgente com uma dupla de meninas Rendeiras...

De repente, Hathin recordou uma conversa entre Eiven e Whish, muitos anos antes, ocorrida no dia em que o filho mais velho de Whish partira em busca de vingança. A voz de Whish era aguda como o grito de uma gaivota.

"Você o convenceu a ir? Ora, já não me basta perder uma filha, eu também tenho que perder o meu filho numa busca por vingança? E onde é que ele tem mais chance de ser enforcado numa árvore do que em Cinca do Herbolário?"

"Ele vai encontrar amigos e ajuda na Vindícia", dissera Eiven. *"Você sabe disso."*

Sim... O filho mais velho de Whish havia rumado para Cinca do Herbolário, na intenção de pedir ajuda ao grupo secreto chamado Vindícia para vingar a morte da irmã mais nova. Nunca mais retornou. Era provável que tivesse morrido na tentativa ou sido aprisionado pelas próprias dores. A esperança, porém, recomeçou a batucar seu tamborzinho nervoso no peito de Hathin. Talvez ele ainda estivesse vivo. Talvez estivesse em Cinca do Herbolário.

Hathin se levantou e saiu, cambaleante, à procura de alguma toca de passarinho; encontrou uma, ocupada por seu residente redondinho e penudo. Por mais faminta que estivesse, não conseguiu apedrejá-lo quando ele emergiu. Em vez disso, esperou o pássaro sair e escavou o montinho com as mãos. Enrolou os ovos em folhas e os cozinhou numa poça de lama quente. Ainda estavam um pouco crus e pegajosos sob a casca, mas mataram sua fome. Arilou parecia entorpecida, talvez exaurida pela longa jornada e pelo acesso percorrido na véspera. Não protestou quando Hathin lhe enfiou na boca um ovo meio cozido.

Então Hathin encontrou um córrego de água límpida e fresca, e levou a sonolenta e trôpega Arilou até a margem.

"Acho que vamos ter que recomeçar a caminhada, Arilou", disse, lavando os pés contundidos e ensanguentados da irmã. Não tinha razão para crer que Arilou ouvisse seu tom suave, mas era questão de hábito, ao qual Hathin se apegava. "Mas daqui para frente é só descida. A gente vai para lá... Cinca do Herbolário. Eu preciso encontrar Therrot, se ele ainda estiver vivo, e visitar a Vindícia."

14
Borboleta de sangue

Depois de duas horas conduzindo Arilou pelos matagais secos e rasteiros da montanha, Hathin chegou a uns riachos amistosos, todos rumando para o rio na base da Via Uivante.

À medida que a paisagem se aplainava, o solo duro cedia lugar aos arrozais, divididos em quadrados sulcados. As irmãs, aos poucos, deixavam o Rei dos Leques e Mágoa para trás, e a silhueta avultante de Ponta de Lança ia ficando cada vez mais nítida. Quando já conseguiam distinguir as cabras e ovelhas nos pastos, diminutos pontinhos pretos nas cercanias da cidade, Hathin parou entre as samambaias e preparou um ninho para Arilou.

"Vou ter que te deixar aqui um pouquinho, Arilou", disse Hathin, encontrando umas pedras pesadas e acomodando-as sobre a bainha da roupa de Arilou para que ela não se levantasse e saísse andando. "Em mim ninguém repara, mas você o povo vai notar." Ela deu umas batidas no corpo para tirar o pó branco, arrancou os sapatos surrados e partiu para Cinca do Herbolário, descalça e sozinha.

À medida que se aproximava, a cidade se transformava num aglomerado de telhados de palha de palmeira, feito o ninho de um pássaro imenso e descuidado abandonado pela metade. No coração da cidade havia uma torre central, circundada por um amontoado de telhas e muros de barro avermelhado. Hathin viu aquelas casas maiores e soube que eram habitações portadentro, que não a acolheriam. O que ela não sabia era que aquelas casas não acolhiam quase nenhuma criatura viva.

Como muitas das antigas cidades coloniais da Ilha Gullstruck, Cinca do Herbolário vinha morrendo de dentro para fora. Muitos séculos antes, as planícies do território originário dos Cavalcaste viviam apinhadas de clãs combatentes, cavaleiros que guerreavam entre si pela posse de terras que pudessem ser entregues a seus próprios mortos. As Terras Cinzentas costumavam ficar no centro das cidades, protegidas pelos cidadãos que viviam nos entornos. O problema, claro, foi que os mortos, ao "ocuparem" todas as áreas centrais, começaram a expandir suas Terras Cinzentas para dentro das casas dos vivos. As famílias passaram a coabitar os mesmos espaços que as urnas de seus ancestrais, e os vivos foram entregando aos mortos primeiro um cômodo, depois outro, até serem relegados a um cantinho da casa. Por fim, os vivos cederam; construíram habitações menores nas cercanias da cidade, foram morar nelas e entregaram seus antigos casarões aos mortos. E assim sucedeu. Havia muitas cidades grandes, tanto na Ilha Gullstruck quanto nas terras originárias dos Cavalcaste, de periferias fervilhantes e coração morto. Cinca do Herbolário era uma delas. O avanço dos mortos havia engolido preciosas plantações, empurrando cada vez mais para longe os arrozais dos habitantes, que acabaram destruídos pelos vulcões, sem que nenhuma terra sobrasse para ser cultivada.

Hathin chegou ao decadente entorno e vacilou, indecisa. Sua única esperança de encontrar Therrot era encontrar a Vindícia, a lendária casa onde os vindicantes se reuniam.

A antiga tradição da Renda de busca por vingança era ilegal desde o expurgo dos Rendeiros. No entanto, ao longo do tempo, sinistros rumores diziam que alguns Rendeiros ainda empreendiam tais buscas, e que os vindicantes trabalhavam juntos, formando uma tropa intimidante e assustadora. A ideia de uma conspiração secreta e mortífera de Rendeiros vindicantes atemorizava o povo de fora. O nome dessa conspiração, desse pesadelo, era Vindícia.

Os governadores haviam levado essa nova ameaça muito a sério. Os Andarilhos das Cinzas, pelo menos, trabalhavam por meio de licenças, mas os Rendeiros vindicantes operavam à parte da lei, sem responder a ninguém. Como era possível dialogar com gente assim? O que se podia fazer além de destruí-los?

Os governadores passaram mais de um século em guerra declarada contra a Vindícia. Recompensas eram oferecidas por qualquer pessoa que portasse a marca de vindicante, a asa de borboleta tatuada no antebraço dos que juravam vingança. O Conselho dos Perdidos auxiliava as forças da lei e da ordem, mapeando as áreas mais desertas atrás dos esconderijos da Vindícia, até que por fim informaram que o culto secreto não existia mais.

Somente os Rendeiros sabiam que a Vindícia estava muito longe de ter acabado. O culto ainda fervilhava, cheio de vida, pelos recônditos.

A localização do quartel-general da Vindícia jamais era dita em voz alta, e Hathin só sabia que ficava nos arredores de Cinca do Herbolário. Só podia esperar que os Rendeiros locais fornecessem a orientação correta. E sem dúvida haveria

Rendeiros trabalhando e fazendo negócios na cidade. Ela só precisava vasculhar os locais mais áridos, abandonados, e os encontraria...

Mas onde estavam? Ela via grupos de balançantes pássaros de carga transportando carregamentos de obsidianas das minas e dos córregos rasos que percorriam a Via Uivante, vindos dos cumes do Rei e de Mágoa. Devia haver uma dúzia de meninas Rendeiras vendendo mercadorias aos trabalhadores ou revirando as pedras trazidas pela correnteza, atrás de qualquer lasquinha de obsidiana.

A rua principal era ladeada por estreitas casas de madeira, com telhados de folhas de palmeira já cinzentas e surradas, e paredes de tábuas marcadas pelas enchentes. Os lavradores que passavam o dia enfiados até a cintura nos arrozais, ao que parecia, levavam muita lama para casa, o que ficava evidente nas ruas e no semblante dos moradores. Acima de tudo, porém, Cinca do Herbolário era uma cidade de obsidianas. Uma penetrante fragilidade pairava na postura e nas feições dos mineiros de rosto pálido, que faziam fila diante dos comerciantes para pesar suas trouxinhas de obsidianas. Hathin tremeu sob os olhares frios, rígidos e curiosos. Ali não havia sorrisos, então não podia haver Rendeiros.

Em silêncio, Hathin soltou o cinto e o amarrou na cabeça, para esconder a testa raspada. Sentiu uma súbita gratidão pelo pó branco; temera que ele despertasse a atenção, mas agora percebia que era o único disfarce para o inconfundível bordado de sua saia, típico da Renda. Ela manteve uma das mãos junto à boca, para encobrir o revelador sorriso de Rendeira, como se quisesse abafar um espirro.

Vez ou outra, mesmo sem querer, sentia o coração palpitar de esperança. Uma moça que limpava uma mesa no exterior de uma loja de ferramentas a fez relembrar, por um instante, os gestos e as feições de mãe Govrie. Mas a mulher ergueu o olhar e a encarou sem sorrir, sem nenhum sinal do companheirismo silencioso com que os Rendeiros, mesmo desconhecidos, se cumprimentavam. Um jovem que polia peças de âmbar com um pincel de aço exibia um corte rosado no antebraço, como muitos dos jovens mergulhadores de sua aldeia, mas, ao se aproximar, Hathin viu que o rapaz tinha o lábio de baixo arroxeado; era Frutamargo.

Uma choça solitária exalava um cheiro forte e enjoativo de fruta, e do lado de fora homens de várias idades se sentavam e bebericavam um líquido fumegante em pequeninas canecas de madeira. Um velho de cabelos brancos fez uma careta ao beber, e por um segundo Hathin teve certeza de ter visto um brilho colorido em seus dentes. Ela se acomodou atrás de uma bomba de poço e o observou.

Uma vida pregressa deixa suas marcas nos hábitos de alguém, tal como as enchentes marcam as margens dos rios. Ao beber da caneca rasa, o velho ergueu a mão, sem perceber, protegendo a bebida de uma areia invisível. Hathin o viu correr a pontinha do dedo pela borda da caneca. Era um dos pequenos e inexplicáveis rituais de pai Rackan, sempre imerso em sereno silêncio. *Está tudo bem, pai Rackan está cuidando das coisas, ele não faz nada sem motivo.*

Com o coração acelerado, Hathin saiu do esconderijo e se aproximou do homem.

"Pai."

O velho fechou a cara, e as linhas da boca lhe enrugaram ainda mais o rosto.

"Num sou pai", disse ele em um tom seco. Então se levantou e calçou um par de sapatos velhos, sem olhar para ela. Talvez já tivesse percebido o próprio erro. Ele havia respondido em nandestete, mas Hathin falara com ele na língua da Renda, usando a palavra que podia tanto significar "pai" como "sacerdote".

Hathin o viu jogar no chão uma moeda e sair andando, então foi atrás. Duas ruas depois, ele se virou para confrontá-la.

"Tem nada para você! Vai!"

O braço convulsivo do homem a fez recuar alguns passos, mas ela continuou a segui-lo. Ele a aguardou na próxima esquina e a agarrou pelo ombro.

"Nada para Rendeiro aqui! Pega coisa tua, volta costa! Sai!"

Ele avançou a passos firmes até uma choça meio torta, de tábuas já escurecidas pelo tempo, e fechou uma porta de palha atrás de si. Hathin se recostou num poste, do lado de fora; dali a pouco o velho veio marchando, com duas fatias de bolo e uma garrafa de couro arrolhada.

"Toma. Dá para chegar costa. Enche garrafa córrego, água boa. Vai!"

"Pai...", disse Hathin, baixinho, na língua da Renda, "estou procurando a Vindícia."

Ele a encarou, irado, mas hesitante; segurou suas mãos e virou as palmas para cima, exibindo o lado interno do antebraço.

"Bom, não vai achar", murmurou ele, na língua da Renda. "Só os vindicantes encontram. Se não mostrar a tatuagem da busca por vingança, vai acabar morta só por entrar na mata deles." Ele voltou para a cabana e fechou a porta com um ar determinado.

A mata deles. Onde mais? A Velaria do Herbolário era uma região assombrada, evitada pelos moradores da cidade. E era bem a cara do orgulho e da audácia dos Rendeiros montar um quartel-general numa área que aludia à sua própria dor e ignomínia. *Vamos pegar tudo que vocês fazem conosco e transformar em outra coisa.* Hathin, no entanto, precisava de mais informações além de "mata", ou jamais encontraria a Vindícia.

Ela encarou as fatias de bolo nas mãos; como de costume, a pontada de fome que sentiu não foi dela própria. Arilou devia estar faminta e já estava sozinha havia muito tempo.

Pouco antes do anoitecer, o velho sacerdote Rendeiro espiou outra vez pela porta de palha e encontrou não uma, mas duas garotas do lado de fora.

"Vocês, crianças! São feito gatos! A gente alimenta um, daqui a pouco tem mais cem choramingando no nosso pé!" Ele encarou Arilou, com seus pés machucados e o ar vazio.

"Ela é retardada", disse Hathin, mais que depressa.

"Então faça ela de pedinte! Você já raspou todo o meu estoque de bondade."

Uma hora depois, quando tornou a olhar para fora, as duas ainda estavam ali, cobertas de pó branco feito frutas açucaradas. A menorzinha encarava a porta com o olhar firme, tão quieta e obstinada quanto o pó em seu corpo. Quando por fim ele abriu a porta, elas entraram, mansas e mudas, a menor abaixando para ajeitar o pé vacilante da mais alta nos degraus de madeira.

Ele desarrolhou um pote de óleo de peixe, molhou umas tiras de pão e entregou na mão de Hathin.

"Eu conheço a sua história, sabia?"

O coração de Hathin deu um salto diante daquelas palavras, mas então ela percebeu que o velho nada podia saber sobre as irmãs fugitivas. Sua jornada desesperada pelas montanhas as poupara de três dias de viagem. As notícias vindas de Tempodoce teriam que percorrer a rota mais lenta até chegar à Cinca do Herbolário.

"Não é uma história incomum", prosseguiu o velho. "Seu pai, ou irmão mais velho, parte em busca de vingança e não retorna... Daí você enfia na cabeça que vai encontrá-lo, levá-lo de volta para casa, e tudo vai voltar ao normal." Ele suspirou. "Mas *nunca* volta ao normal. Um vindicante sempre se transforma em outra pessoa. Quando a gente se despede, é para sempre." Sua voz guardava o tom áspero usado com frequência pelos homens gentis quando precisavam dizer duras verdades.

Hathin partiu o pão e deu a Arilou, em pedaços molhados na água, massageando sua garganta para encorajá-la a deglutir.

"Vocês vão ter que ir para casa!"

"Não dá." Hathin estendeu uma das mãos de Arilou e foi fazendo carinho, até que a menina mais velha começou a se aninhar em seu ombro. "Pai, desta vez eu não vim pedir para o senhor me informar o caminho. Vim fazer a tatuagem."

"O quê? Não diga asneira."

"Eu tenho motivo."

"Então vá falar com o sacerdote da sua aldeia, com alguém que saiba avaliar a questão. Mas ele vai dizer a mesma coisa. Mesmo que houvesse de fato um bom motivo para essa busca por vingança, ela jamais poderia ser concedida a você." Ele suspirou. "Uma empreitada dessas só pode ser concedida a uma pessoa, apenas uma, você compreende? Se você recebesse essa permissão, o fardo de fazer justiça e restaurar o equilíbrio repousaria sobre você e mais ninguém. Ninguém mais poderia assumir essa tarefa. Então o malfeito não seria desfeito, porque todos os jovens fortes que poderiam ter feito a tatuagem teriam sido impedidos por uma garotinha precipitada."

Em silêncio, Hathin encarou as mãos entrelaçadas à mãozinha macia de Arilou.

"O tamanho do problema vai levar você de volta à sua aldeia", acrescentou o velho sacerdote depois de uma pausa compassiva. "De onde mesmo você é?"

Hathin ergueu os olhos, feito duas poças escuras, sobre o sorriso nervoso e contraído.

"A minha aldeia não tem nome", disse ela. O velho abriu a boca para responder, então parou e piscou três vezes, bem devagar, enquanto o sentido daquelas palavras pairava sobre ele como um holofote.

"Toda..."

"Ninguém na aldeia tem nome, só nós duas. Nós somos a aldeia agora. Não temos sacerdote, nem família, nem amigos. Não sobraram nem os nossos inimigos."

Fez-se um longo silêncio; só se ouviam as cigarras transformando o luar em pó de prata nas ruas lá fora.

"Filha, escute aqui." A voz do velho agora tinha um novo tom, sério e cuidadoso. "Pense com cuidado nisso tudo. Se você assumir essa empreitada, estará se entregando à vingança. Se tiver sucesso, vai virar uma assassina; se fracassar, vai verter no mundo uma lágrima irrecuperável. Um dia, daqui a muitos anos, você pode querer se casar. Seu marido e seus filhos vão ver a sua tatuagem e saberão que você derramou sangue, ou que traiu a confiança que o mundo lhe depositou. Se escolher esse caminho, ele nunca mais vai deixar você."

Ele a deixou sentada à mesa enluarada, junto a uma trouxinha de cobertores, e se recolheu para sua esteira de dormir no canto. Durante quase uma hora só se ouviram os rangidos da esteira, talvez excepcionalmente desconfortável aquela noite. Hathin não fez barulho, mas permaneceu sentada à mesa. Obstinada feito o pó.

Por fim, o homem soltou um suspiro e se sentou, os cabelos formando arcos brancos e bagunçados sobre a cabeça.

"Presumo que você saiba que vai doer", disse ele, irritado.

O Andarilho das Cinzas jazia numa maca junto à estrada, sob o luar, uma estranha escultura vermelha, branca e azul, sangue e cinzas maculando o tom índigo de suas roupas e pele. Os olhos escuros saltavam, envoltos pela esclera branca, cravados às órbitas manchadas de azul.

Prox o encarou, meio trêmulo com o ar noturno. Desfrutara apenas de duas doces horas de sono antes de ser acordado pelo empolgado vozerio das ruas.

"Como foi que ele morreu?", perguntou, por fim.

"É... sr. Prox? Não creio que ele *esteja* morto", disse Camber, apontando para o céu. "Não tenho certeza, mas acho que ele pode estar olhando os morcegos."

Prox abanou a mão diante do olhar parado do Andarilho das Cinzas. De fato, o peito do homem parecia subir e descer. "Quanto tempo faz que ele está assim?"

"Difícil dizer. Faz uma hora que foi encontrado à beira da estrada. Mas, como o senhor vê, está coberto de pó branco. Imaginamos que ele tenha se arrastado desde as bandas de Mágoa."

"Bom, se não está morto, está desacordado", disse Prox, com um suspiro.

"Talvez... mas, sendo um Andarilho das Cinzas, é difícil saber."

Os dois encararam o homem por alguns instantes.

"Se ele acordar e perceber que está sem a tintura, não vai gostar nada", prosseguiu Camber, "então não podemos limpar a pele, nem as roupas, nem as feridas. E até onde sei o homem pode estar fazendo jejum, então também não podemos nos arriscar a dar de comer a ele. O fato é..." Camber abriu um sorrisinho constrangido. "Eu não sei muito bem o que a gente *pode* fazer com ele."

"Ah, faça-me o favor. Bom, não podemos ficar aqui parados, esperando que ele acorde e nos dê uma explicação."

Ao mesmo tempo que observava a sombria dança dos morcegos, Brendril escutava as duas vozes pairando à sua volta. As palavras em si não interessavam muito, mas os homens, sim. Ambos acreditavam poder usar as palavras para forçar os outros a cederem às suas vontades, e um dos dois tinha razão. O mais jovem, de rosto deformado, tentava forçar a condução por meio de uma lógica empolada, espalhando argumentos feito punhados de plumas. O outro, magro e mais velho, de sorriso convincente, usava as palavras para aplainar e inclinar o solo, de modo a conduzir os outros, de um jeito natural e imperceptível, na direção desejada.

"... é a chave", dizia o homem mais jovem. "Vou ajudar esse seu artista a esculpir o rosto de Lady Arilou em madeira, e assim poderemos enviar mensageiros com o retrato dela de volta a Tempodoce, e mais além, perguntando se alguém a viu por aí. Ela deve estar seguindo para o norte, margeando a costa e arrebanhando o apoio das aldeias no trajeto..."

Brendril se interessara pela própria dor, mas então, em silêncio, ele a dispensou. A cada ano as expressões humanas tinham menos importância, mas ele teve quase certeza de que os dois homens se surpreenderam ao vê-lo se sentar.

"A Lady Perdida não está cruzando a costa", disse ele. "Ela está aqui."

O velho sacerdote estava certo. Fazer a tatuagem tinha doído, e muito. Várias horas depois a dor persistia, enquanto Hathin caminhava, sob o abrigo da escuridão, até a Velaria do Herbolário. Não ousava tocar as folhas enroladas no braço como uma atadura, de onde despontava uma mancha escura. Cambaleante, ela foi subindo a encosta do desfiladeiro, o braço esquerdo colado ao peito.

A ideia de fazer a tatuagem lhe ocorrera enquanto ela pensava em formas de localizar Therrot, caso ele ainda estivesse vivo e pudesse ser encontrado. Se chegasse tatuada, a Vindícia provavelmente não a recusaria. A ideia foi se infiltrando em sua mente de tal modo que ficou impossível afastá-la. Ela estava tomada por muitos sentimentos; muitos mortos haviam ficado para trás. No fim das contas, fora correndo se tatuar, sabendo apenas que era preciso.

Era árdua a subida da trincheira da Via Uivante, mas as raízes das árvores irrompiam no solo, retorcidas, oferecendo apoios para os pés e as mãos. Quando Hathin chegou ao topo, a mata escura e hostil veio ao seu encontro. O caminho era repleto de vinhas cor de canela, da grossura de seu braço, e imensas teias de aranha que pendiam feito velas de embarcações. Nesgas finas de luar desciam para espiar o dorso reluzente dos besouros de mogno e o vermelho-sangue das orquídeas escancaradas.

Não havia trilha, e apenas as orientações do velho sacerdote a permitiam detectar os marcos do caminho: um apinhado de raízes em forma de borboleta, um arranhão comprido no tronco de uma árvore, uma fita amarrada num galho.

Um longo assobio perto dela a fez dar um salto, e ela reconheceu o barulho de um ratel macho. Outro respondeu, a cerca de cem passadas de distância, e ela levou uns segundos para entender a razão do arrepio em sua nuca. Dois ratéis machos não estariam tendo aquela conversa. O som do primeiro teria sido respondido por uma fêmea, ou por um chamado de disputa.

Os habitantes da floresta a haviam detectado.

"Eu vim...", começou ela com a voz diminuta em meio à floresta, que agora parecia repleta de garganteios e movimentos inquietos. "Estou procurando..."

De repente, a árvore a seu lado cuspiu um pedaço de musgo. Desnorteada, Hathin percebeu uma pedra pontuda cravada no tronco. Devia ter voado por trás, cruzando de raspão sua cabeça, com força suficiente para se prender à árvore... Agora assobios disparavam por toda parte, e algo veio em sua direção, bamboleante, com duas cabeças de tamanhos diferentes.

Um instante de paralisia, então Hathin começou a remover as folhas do braço esquerdo, chorando. Nem na escuridão ela suportava olhar as linhas ensanguentadas que a talhadeira do sacerdote havia traçado em sua pele. A fuligem de âmbar penetrada na ferida formava o desenho de uma asa de borboleta. Ela fechou os olhos com força e estendeu o braço, para que a tatuagem fosse testemunhada pela selva enluarada.

Algo lhe acertou de leve a cabeça. Ela deu um passo para trás, tornou a abrir os olhos e encontrou uma cordinha, feita de vinhas trançadas, balançando-se junto à sua cintura, com nós abertos ao longo da extensão.

O monstro de duas cabeças se aproximou, e o luar revelou um jovem escarranchado sobre um pássaro-elefante trombudo. Ele apontou para a corda e brandiu o polegar para cima.

Hathin cobriu a ferida, deu umas batidinhas, colocou com cuidado o pé no primeiro nó da corda e começou a subir.

15
Aos malfeitos, a Vindícia

Galgando um nó de cada vez, Hathin subiu, empurrando imensas samambaias, e vendo-as voltar, aos sacolejos, a encobrir o chão da floresta. Subiu a um mundo arejado de galhos ondulantes, a uma densa nuvem de folhas finas que lhe roçavam a pele. Os raios de luar chegavam pouco a pouco, esverdeados pela folhagem.

Por fim, os dedos perscrutadores de Hathin sentiram a corda terminar, amarrada a um dos braços da árvore. A seu lado jazia uma plataforma de tábuas brutas, correndo pela extensão de um galho. Cautelosa, ela foi pisando, os joelhos aflitos com a queda abaixo.

No encontro do galho com o tronco principal havia um emaranhado do tamanho de uma cabana, feito de folhas, galhos e trepadeiras. Enquanto ela avançava pela plataforma de tábuas, uma figura alta e esguia emergiu da escuridão, deu um passo à frente e tomou-a pela mão.

Era um jovem de seus 20 anos, o rosto liso como areia movediça e sobrancelhas que pareciam duas tiras de veludo preto. Hathin estremeceu ao ver o rapaz examinar sua tatuagem à luz de um lampião. Ele assentiu de leve com a cabeça e olhou para ela; sua expressão, de alguma forma, havia ficado menos ameaçadora.

"Você fez isso hoje?"

Hathin assentiu.

"Belo trabalho", disse ele com estranha gentileza. "Mas é melhor botar mais umas folhas em cima disso aí, senão amanhã de manhã vai estar inchado que nem um coco. Dança!"

A última palavra saiu mais alta que as outras, e por um breve e horripilante momento Hathin achou que fosse uma ordem. Um instante depois, porém, percebeu que o rapaz chamava alguém.

A folhagem da parede mais próxima começou a estremecer. As vinhas foram empurradas, feito uma cortina, e uma mulher emergiu. Um mataréu de tranças pretas e lustrosas descia de seu cocuruto escuro e aveludado, adornado com penas. Ela tinha pouco menos de dois metros de altura, ombros largos, e movimentava os braços e pernas compridos com uma elegância indolente e masculina. Estava vestida da cabeça aos pés à moda das mulheres Frutamargas, com "veias" suaves desenhadas no braço com a mesma tintura arroxeada usada para avolumar o lábio inferior. Os antebraços estavam escondidos por um par de ataduras de viúva.

Ela não parecia Rendeira, nem se vestia como uma, mas aquele lugar era a Vindícia, e na Vindícia só havia Rendeiros. Evidentemente se tratava de mais uma Rendeira que se esforçara para disfarçar a própria linhagem.

A mulher se aproximou, baixou os olhos e encarou Hathin, que olhava para cima. Não tinha cara de "Dança". Talvez de "Olhar-e-Golpe-Mortais". Mas "Dança", não.

"Está aqui por quem?", perguntou a mulher na língua da Renda, num tom tão profundo que Hathin sentiu vibrarem até as solas dos pés. Desconcertada, quase falou o nome de

Therrot, mas logo compreendeu o que Dança queria dizer. *Está aqui para vingar quem?* Hathin abriu a boca seca para começar a desfiar a lista, e sua mente foi invadida por fantasmas.

"Todo mundo", respondeu, por fim.

Dança a perscrutou por alguns instantes, então assentiu, bem devagar, como se ouvisse a mesma resposta todos os dias. Agachou-se e se sentou no chão de tábuas.

"Conte", disse ela. Então Hathin contou, ouvindo a própria voz se transformar num emaranhado de palavras embotadas e sem emoção, relatando acontecimentos impensáveis. Passou o tempo todo de olho na mulher, tentando adivinhar se estava falando demais, procurando a rudeza tradicional dos Rendeiros ou um brilho no olhar que dissesse: "Cuidado, alguém pode estar escutando". Mas a mulher só assentia e observava, piscando lentamente.

Quando Hathin chegou ao fim da narrativa, começou a sentir uma esmagadora vergonha. O velho sacerdote tinha razão. O que dera nela, tão frágil e pequenina, para se postar diante daquela mulher gigante e exigir os direitos de um vindicante?

"Eu... eu não sabia mais o que fazer", acrescentou Hathin, depois de uma longa pausa. "Senti que não tinha opção."

Dança soltou um longo suspiro e balançou a cabeça bem devagar. "Não. Não tinha opção, pelo que estou vendo. Se existe alguém nesta ilha com mais direito de buscar vingança que você, eu ainda não conheci." Hathin enrubesceu, surpresa e aliviada, e Dança se levantou. "Acho melhor eu ir contar a Therrot."

"Ele... ele está vivo? Está aqui?"

Dança assentiu. "Será que não tem chance de a família dele ter sobrevivido?"

"Duvido muito", respondeu Hathin, mordendo o lábio. "A mãe dele morreu, disso eu tenho certeza. E o irmão mais novo... ele estava na praia... acho que ninguém que estava na praia conseguiu escapar."

"Certo. Certo." Dança soltou outro suspiro e deu meia-volta. Ela se movimentava como uma baleia, num gingado forte, vagaroso e imponente. Desapareceu por detrás da cortina de vinhas, e Hathin ficou um tempo sentada sozinha.

Depois de um longo intervalo, a cortina tornou a se abrir. O homem que surgiu à espreita pareceu, por um momento, desconhecido. Hathin se lembrava de Therrot como uma versão mais alta e musculosa de seu irmão Lohan, de risada um pouco mais potente e agressiva, a tensão expressa nos músculos rígidos do rosto.

O rapaz à sua frente tinha braços e pernas mais finos, fracos, cobertos por uma delgada teia de cicatrizes. Tinha os cabelos compridos, e os leves movimentos de sua face eram agora nervosos e constantes. Ele a encarou com certo pavor. Therrot não havia voltado para casa, pois o antigo Therrot já não existia.

Seus olhos, porém, pareciam os de Lohan, e Hathin sentiu toda a aldeia das Feras Falsas se avultando para repreendê-la por ter falhado em seu salvamento.

"Me perdoe", ela conseguiu dizer, apenas. "Me perdoe..."

Therrot irrompeu num aguaceiro de lágrimas, balançando as vinhas e disparando em direção a ela. Ele a abraçou e ergueu seu corpinho, apertando-a com tanta força que ela mal conseguiu respirar.

"Irmãzinha", disse, repetidas vezes. "Irmãzinha. A gente vai pegar eles, a gente vai, a gente vai pegar todos eles..."

"Sim!" Hathin se agarrou a ele como se estivesse se afogando. "Sim, nós vamos, nós vamos..."

Dez minutos se passaram sem que os dois fossem capazes de dizer outra coisa. Então Therrot devolveu Hathin ao chão, delicadamente, e a levou até a cortina de vinhas por onde havia saído. Ao segui-lo, ela percebeu um zumbido e viu umas bolinhas pretas traçando círculos no ar. Entre o grande emaranhado de varetas, vinhas e cal havia algumas saliências cinzentas, feito urnas pintalgadas.

"Ninhos de vespas", explicou Therrot. "Para afastar os citadinos. Tem umas nos galhos de baixo também, para encobrir o som da nossa voz, mas a gente tem que falar baixinho."

"Elas não mordem?"

"Claro que sim", respondeu Therrot, meio surpreso com a pergunta.

Do outro lado da cortina havia uma espécie de "quarto". O chão era um misto de vinhas mortas, revestimento, palha e tábuas. Nos cantos havia pequenos lampiões sobre grandes pratos de latão. Hathin sentiu a mão protetora de Therrot em seu ombro, e os dois se empertigaram para encarar o grupo de pessoas que havia ali.

Dança estava recostada numa cadeira de balanço feita de madeira, com um cachimbo entre os dentes. À sua volta, rostos ávidos e angulosos, o brilho de joias nos dentes, Rendeiros falando uns por cima dos outros, sibilantes e prementes. A escuridão cheirava a óleo de lampião, ao lívido aroma de seiva de árvore, a fungos e botas de couro podre, mas também havia o indescritível odor da Renda; algo que Hathin jamais percebera até sentir que lhe faltava.

"E cá está ela", disse Dança. Hathin sentiu que ela devia relatar sua história. "Esta mulher se voluntariou para reparar uma grande fenda no universo. Deem lugar a ela." Um homem esguio, de dentes longos e maçãs do rosto salientes, afastou os facões que limpava e abriu espaço para Hathin no tapete. Um cobertor fino foi enrolado em seus ombros, e uma caneca com algo quente e doce foi acomodada em suas mãos.

Therrot sussurrou no ouvido de Hathin, o tempo todo lhe apertando o ombro, como uma âncora.

"Este é o Marmar... uma vez ele matou um homem com uma romã. Esta é a Louloss... ela faz essas coisas." Therrot apontou para as paredes, de onde pendiam dezenas de rostos do tamanho de ameixas, entalhados em madeira. "São as caras dos nossos inimigos; a gente usa para procurá-los. E o Jaze você já conheceu." Era o jovem de sobrancelhas pretas e aveludadas que conferira a tatuagem de Hathin antes da subida. "Ele derrubou uma gangue inteira de contrabandistas armados usando só uma concha." Jaze escancarou um sorriso e estendeu os braços para revelar o resultado da briga. Os dois antebraços exibiam tatuagens espelhadas; borboleta completa, universo satisfeito.

Therrot apresentou todos os homens e mulheres, cerca de uma dúzia, listando com orgulho suas vinganças como se fossem títulos, ao que os presentes, com estranhas pinturas e cicatrizes no rosto, escancaravam sorrisos Rendeiros com certo desconforto, como se os músculos tivessem perdido o hábito. Hathin se sentiu aliviada. Tudo era muito novo e assustador, mas de certa forma também parecia um retorno para casa.

Dança, por fim, interrompeu. "Desculpe, Hathin, normalmente eu não teria contado a sua história para os outros antes de você estar pronta. Mas o seu relato envolve a morte de Raglan Skein e isso afeta a todos da Vindícia."

"É verdade?" Era Marmar, o assassino da romã, um homem baixinho e corpulento, feito um cão Boxer, com uma cicatriz em forma de gancho no rosto. "Você viu o corpo?"

Hathin assentiu, desconcertada.

Marmar soltou uma bufada. "Mesmo depois de sabermos da morte de todos os Perdidos, eu tinha esperança de que ele desse um jeito de sobreviver." Ele assobiou e afastou uma vespa da perna. "Ele sempre estava preparado para tudo."

"Ninguém está preparado para tudo", Dança murmurou baixinho. "Nem Raglan."

Hathin escutou, aturdida. Um homem como o Inspetor Skein não deveria ser o maior inimigo dos vindicantes? A Vindícia não vivia sob o temor constante de ser encontrada pelos Perdidos?

Marmar se virou para Hathin. "O que você sabe sobre a causa da morte?"

Hathin enrubesceu, impotente diante daquele olhar indagativo. "Não... não foi a gente! Quer dizer..." Sua voz foi morrendo. Ela e Arilou eram inimputáveis, mas havia a possibilidade de que alguém das Feras Falsas de fato tivesse matado Skein. Aquela suposta imagem de Eiven, avançando pela areia com um espinho de ouriço...

"Não. A gente sabe disso, Hathin", retrucou Dança em seu tom de barítono. "Seja lá o que o povo da lei estiver pensando, nós sabemos que você e os seus nada tiveram a ver com a morte dele." Diante de tamanha certeza, a fantasia de Hathin a respeito da culpa de Eiven foi se dissipando; ela sentiu um súbito enjoo pela deslealdade da própria imaginação. "A morte de Raglan foi parte de algo muito maior, algo que ainda não compreendemos. Mas você sabe dizer qual foi a causa da morte? Algum corte, ferida, alguma coisa estranha?"

"Nada. Só que... ele morreu com um sorrisinho."

"Igual aos outros", disse Marmar. "Dança... todos estão mortos. Todos, sem exceção. Todo o Conselho dos Perdidos, Skein, os outros aliados que tínhamos entre os Perdidos. Se algum deles ainda tivesse nome, a essa altura já teria feito contato. Estamos sozinhos, não estamos? O que vai acontecer quando os governadores encontrarem um novo nome para assumir a tarefa de caçar delinquentes feito nós? Seja lá quem for, não vai nos proteger da mesma forma que o Conselho dos Perdidos. Que diabos vamos fazer?"

"Você..." Por mais assombrada que estivesse, Hathin não conseguiu ficar calada. "Está dizendo que o Conselho dos Perdidos *sabia* a localização da Vindícia? Eles... eles não estavam atrás de vocês? Eles estavam *protegendo* vocês da lei?"

"Pois é, Hathin." Dança balançou a cadeira para trás, estalando as vinhas secas que havia embaixo. "Aprenda uma lição: as coisas nunca são como a gente imagina.

"Para começar, a grande aliança entre Perdidos e governantes sempre foi uma farsa. Os dois grupos trabalhavam de mãos dadas, sim, mas com a outra mão agarrada ao cabo da adaga. Os Perdidos sempre tiveram inimigos poderosos... governadores que não queriam dividir o poder com quem não pudessem controlar, antigas famílias Cavalcaste que desprezavam a linhagem tribal dos Perdidos."

Hathin pensou na casa do governador de Tempodoce e no bangalô de Milady Page encarando um ao outro na praça do mercado.

"Os Perdidos sempre precisaram de amigos", prosseguiu Dança, "e enfim o Conselho nos encontrou. Ou melhor... um integrante do Conselho me encontrou.

"Havia um sujeito Frutamargo que adorava discutir. Discutia com os vizinhos, com a família, até com seu governador. Um dia, quando uma menina de sua cidade desapareceu, o governador culpou o homem e contratou um Andarilho das Cinzas para ir atrás dele. Ninguém veio defender o acusado. Só a esposa do homem, a quem o povo não deu ouvidos. Ele fugiu para as colinas, mas o Andarilho das Cinzas o encontrou, matou, recolheu as cinzas e foi embora." Uma vespa sobrevoou o rosto de Dança por alguns segundos, feito um pêndulo, mas ela ignorou. A vespa desistiu.

"O que ninguém na cidade sabia era que, embora não parecesse, a viúva do homem era metade Rendeira e tinha sido criada numa aldeia pesqueira da Renda. Ela fez a tatuagem, aprendeu a usar espada e funda e partiu atrás do Andarilho das Cinzas. Passou um ano procurando, em vão, quando um investigador do Conselho dos Perdidos chamado Raglan Skein a contatou e forneceu a localização do homem."

Dança deu mais uma tragada no cachimbo e abriu um sorriso largo, fumacento e melancólico.

"A maioria dos Perdidos não gosta da gente", disse ela, "só que gostam muito menos dos Andarilhos das Cinzas. Um Andarilho das Cinzas não está interessado em fazer justiça; só quer recolher cinzas. E todo mundo sabe bem que todo Andarilho das Cinzas tem o sonho de recolher as cinzas de um Perdido. São os assassinos perfeitos para os detentores do poder, que têm condições de botar uma licença em suas mãos. Não exigem pagamento, nem comida, nem motivo. Só a morte os impede de seguir em frente com uma caçada, e ninguém além de nós está disposto a enfrentá-los.

"Os homens poderosos odeiam a gente porque não conseguem nos controlar. Nós somos motivados pelos malfeitos que sofremos, não pelas leis deles. E ninguém está acima da *nossa* lei. Nem..." Ela sorriu de leve, como se acabasse de lembrar algo pessoal. "Nem um governador."

"Você... você encontrou o Andarilho das Cinzas?", perguntou Hathin, muito tímida. "O que matou o seu marido?"

"Encontrei", respondeu Dança. "O mais difícil foi atrair o homem até a ponte de madeira onde eu havia preparado a armadilha. Como eu esperava, ele não tinha nenhum poder especial para detectar tábuas serradas, nem para evitar a queda no rio abaixo. Chegou a sair do rio, claro, cambaleante, mas quando a tinta escorreu ele desandou a correr. Foi muito fácil seguir o rastro azul pela encosta..." Ela estendeu a mão e bateu a cinza do cachimbo num vasinho de metal. "Quando eu o alcancei, a luta em si não demorou muito.

"Depois disso, Raglan e eu ficamos amigos. A aliança entre a Vindícia e a comunidade dos Perdidos foi ideia de nós dois. Skein disse que os Perdidos poderiam nos ajudar a localizar os nossos culpados se em troca prometêssemos mantê-los informados das nossas ações, não machucar ninguém além dos nossos inimigos e não tocar fogo em tudo à nossa frente feito torrentes de lava. Eu concordei.

"Então os Perdidos passaram quinze anos mentindo aos governadores para nos proteger. Nós fomos a mão secreta deles no mundo, e em troca eles foram nosso escudo, nossos olhos e ouvidos. Agora... estão todos mortos."

Com o mundo revirado do avesso, Hathin só conseguia encarar Dança.

"A morte deles está envolta em sombras, através das quais só conseguimos enxergar um tantinho, mas todas as pistas que temos são graças a Raglan Skein. Uns meses atrás ele veio me contar que o Conselho dos Perdidos tinha feito uma descoberta perigosa e importante. E disse que só daria detalhes quando tivesse certeza. Estava com medo que eu ficasse... angustiada."

Era engraçado pensar em Dança "angustiada". Hathin não imaginava aquela mulher desmaiando, nem caindo no choro. Por outro lado, ela suspeitava que não era exatamente isso que Skein tivera em mente.

"O Conselho dos Perdidos percebeu que essa descoberta os colocava em perigo; então, sob a justificativa de uma 'inspeção de crianças Perdidas', seus investigadores foram enviados aos recônditos da ilha, bem longe do alcance dos inimigos. Mas Raglan me contou que aproveitaria para viajar até a Costa da Renda para poder seguir com suas pesquisas."

Hathin recordou a onda de pânico que a visita do Inspetor Skein havia suscitado nas Feras Falsas. E o tempo todo Skein estava apenas encenando, sem sequer indicar se Arilou havia ou não passado no teste.

"Faz um esforço, irmãzinha." Therrot havia se acomodado ao lado dela. "Está lembrada de alguma coisa que nos ajude a descobrir o que o Inspetor Skein estava investigando?

Dança contou que ele estava esperando alguma mensagem, pelo que você disse."

Hathin pôs a cabeça confusa e exaurida para trabalhar.

"Sim... ele disse isso, logo antes de morrer. Por isso mandou a mente para longe. Na tal carta que o governador encontrou, Skein informava que iria conferir a tenda de notícias de Pequeno Mastro a cada duas horas, esperando a mensagem do Lorde Visor Fain." Meio hesitante, Hathin reproduziu as palavras da carta com a maior precisão possível. E foi percebendo que o misterioso "D" mencionado na carta só podia ser de "Dança".

Quando ela terminou, fez-se silêncio.

"Isso é ruim", disse Jaze. Vários vindicantes assentiram em concordância. "Não admira esse povo da cidade ter ficado frenético... A carta passa a impressão de que Skein estava investigando *os Rendeiros*. Se essa ideia se espalhar..."

"Eu..." Hathin encarou todos os rostos. "Eu acho que já se espalhou... em Tempodoce, pelo menos. Jimboly... bom, ela se esforçou para isso..."

Um silêncio se abateu, frio e soturno, e Hathin sentiu que estava em curso a típica conversa muda dos Rendeiros. Pela primeira vez, porém, não conseguia ouvir o que não era dito, o que a fez se sentir novamente uma criancinha.

"Eu não... o que vai acontecer? O que vocês estão dizendo?"

"Caça às bruxas", murmurou Dança. "Não vai parar na sua aldeia, Hathin. Eles não vão conseguir voltar atrás; em vez disso, terão que dar mais um passo à frente. Daqui a pouco cada governador da ilha vai enfileirar Rendeiros, atrás dos assassinos dos Perdidos."

"Essa carta." Jaze franziu o cenho. "Está dizendo que está na mão do governador?"

"Se os homens do governador andam revirando os papéis de Skein", resmungou Marmar, "nós não estamos seguros aqui. Skein sabe muita coisa sobre nós... E se tiver mencionado a gente num diário ou numa carta?"

"Raglan sempre foi cauteloso." Dança apertou os lábios na piteira do cachimbo. "Jamais teria escrito nada a nosso respeito."

De repente, Hathin recordou Eiven fuçando as páginas do caderno que encontrara na mochila de Skein.

"O Inspetor Skein *tinha* um diário", disse ela bem baixinho.

"Onde é que está?", inquiriu Dança.

"A gente teve que devolver... mas guardamos este pedacinho." Hathin vasculhou a bolsa do cinto e pegou as folhas amassadas que Eiven havia arrancado.

"Está escrito em portadentro", comentou Therrot, frustrado e enojado. "Jaze! Você foi aprendiz de secretário na outra vida, não foi?"

As folhas foram passadas a Jaze, que ficou um minuto analisando, com os olhos espremidos atrás de um par de lentes de resina acomodadas às órbitas feito monóculos.

"Você disse que o seu amigo Inspetor tinha cuidado com o que escrevia", comentou ele, por fim, com um suspiro. "Quem dera tivesse um tantinho menos. Eu consigo entender *um pouco* desses rabiscos, mas parece uma espécie de código. A primeira página parece uma lista de aldeias da Renda, e depois de cada nome tem umas palavras misteriosas. Por exemplo, 'Rabo da Trilha — três águias, um Rei, cinco tormentas'. E mais esta aqui: 'Poço das Pérolas — sete penhascos, um águia, um junta V'. Do lado de cada nome tem uma série de palavras... que não são palavras. Pelo menos não que eu já tenha visto. Daí, lá embaixo, tem uma única linha. 'Notícias de Zelo — Bridão crê que Lorde P retornará ao fim das chuvas ou logo depois.'

"A segunda página faz um pouco mais de sentido. Escutem só: 'Bilhete de Fain: C concordou em cooperar, pediu uma reunião com todos os Lordes Visores, diz que tem esquema contra nós, promete revelar tudo. Fain diz que caso ele não retorne devo presumir traição e revelar tudo que sei na tenda de notícias de Tempodoce'."

Fez-se uma pausa, que foi preenchida apenas pelo zumbido das vespas.

"Muito bem." Jaze removeu os monóculos. "Agora temos um gancho nessa história... vamos ver se conseguimos puxar o restante. Alguém, esse tal de 'C', organizou uma reunião secreta com o Conselho dos Perdidos, levando todos os Lordes Visores ao mesmo lugar, na mesma hora. Então, ou C realmente queria advertir todos eles, o que acabou fazendo tarde demais, ou queria atraí-los para uma armadilha."

"Então... será que o Conselho dos Perdidos foi alvo de uma cilada, para não revelar a descoberta perigosa?", indagou Louloss, que tinha seus 40 anos, ar de cansada e cabelos mechados. "Daí Skein foi morto, e depois os outros Perdidos, só para o caso de terem recebido alguma informação ou descoberto o segredo em suas andanças?"

"É possível", respondeu Jaze. "Os Perdidos sempre cuidaram dos seus. Se só alguns tivessem sido mortos, os outros teriam iniciado uma extensa investigação. A única forma segura de calar a boca dos Perdidos seria exterminar todos eles."

"Mas os assassinos *não* exterminaram todos eles", Dança murmurou baixinho. "Sobrou uma. A irmã de Hathin. Arilou."

A irmã de Hathin. Arilou. Ali ela não era Lady Arilou; era, em primeiro lugar, a irmã de Hathin. Hathin teria ficado comovida em ouvir aquilo, se não estivesse sendo totalmente invadida por calafrios. Quanto maior o tamanho que a conspiração parecia assumir, mais estranha era a sobrevivência de Arilou.

"Então por quê?", perguntou Marmar. "Por que matar os outros Perdidos e deixar Arilou viva?"

"Não duvido de que a intenção fosse matar Arilou também", respondeu Dança, "mas ela não morreu. Você faz alguma ideia do motivo, Hathin?"

Therrot, que estava sentado ao lado de Hathin, ficou visivelmente tenso, e Hathin percebeu que ele lutava contra o hábito entranhado de ter cautela ao falar sobre os poderes de Arilou.

"Arilou..." Therrot disparou a Hathin um olhar velado de desculpas. "Isso nunca veio a público, mas sempre houve dúvida..."

"Eu acho que ela é uma Perdida, sim", interrompeu Hathin. Therrot fechou os olhos e soltou um suspiro leve, porém impaciente. "Não... é sério. Eu... eu sei o que você vai dizer, Therrot. É verdade, todo mundo da... da nossa aldeia no fundo acreditava que ela fosse só meio lenta. Daí eu comecei a acreditar nisso também. A gente *precisava* que ela fosse uma Perdida, a gente tinha que se convencer disso, acreditar *de verdade*, para podermos manter a 'mentira', porque lá no fundo todo mundo tinha certeza de que *era* mentira. Mas agora... eu não sei, mas estou começando a achar que ela pode mesmo ser uma Perdida. Ela só... não liga muito para os outros."

"Bom, parece que *eles* acreditam que Arilou seja uma Perdida", disse Dança. "As pessoas que estão por trás disso. Devem ter descoberto que uma Perdida sobreviveu. Por isso enviaram a tal Jimboly, com ordens para instigar a cidade a destruir a sua aldeia. Teve que ser assim, pois o método usado para matar os Perdidos não havia funcionado com Arilou." Hathin pensou em Jimboly jogando uma pedra na cabeça de Arilou para ver se ela desviaria. Testando, para conferir se era uma Perdida e precisava ser morta. E Arilou tinha se abaixado.

"Mas por quê...?" A voz de Therrot parecia travada pelo choro. "Se a conspiração pretendia matar só Arilou, por que mandaram uma turba atrás da aldeia toda? Não precisavam ter matado *todo mundo*."

"Pense, Therrot", disse Jaze delicadamente. "Uma Perdida sobreviveu. Ninguém sabia o que ela tinha visto na noite dos assassinatos, ou a quem havia contado. O único jeito era matar todo mundo com quem ela pudesse ter falado..." A voz de Jaze foi morrendo; Therrot se levantou, meio vacilante, avançou até a porta de vinhas e pulou para fora, rumo à escuridão.

"Deixem-no." Dança suspirou, então prosseguiu, impassível, como se ninguém tivesse acabado de sair correndo da cabana. "Hathin, você acredita mesmo que a sua irmã seja uma Perdida? Isso vai afetar todos os nossos planos."

Hathin pensou em Arilou nas planícies de Mágoa, naquele frenesi horrorizado, então assentiu.

"Então vamos arriscar", disse Dança. "Se *realmente* estivermos com a única Perdida que sobrou na ilha, precisamos tentar compreendê-la. Essa menina pode ser a nossa melhor arma, a maior esperança de descobrirmos quem matou os Perdidos e as Feras Falsas, e por quê. Hathin e Arilou, vocês vão até a Escola do Farol. Os professores de lá devem saber alguma coisa, ou talvez possam ajudar Arilou. E, ao cruzar a cidade de Zelo, quem sabe vocês não encontram esse tal Bridão, mencionado nas anotações de Skein, e descobrem mais sobre o 'Lorde P'."

Dança se levantou, fazendo ranger a cadeira de balanço, e encarou o recinto.

"Vamos sair do Ninho da Vespa. Todos nós. Daqui para a frente, todo mundo que tiver qualquer busca ainda não finalizada vai deixá-la em suspenso, até que Hathin finalize a dela."

Um ou dois vindicantes estremeceram, estendendo os braços, como se as próprias tatuagens incompletas fossem escorpiões venenosos.

"É isso mesmo", disse Dança, em resposta às perguntas não ditas. "Nós precisamos estar unidos. Seja qual for a descoberta dos Perdidos, ela envolve os Rendeiros, e portanto diz respeito a nós. Raglan praticamente admitiu isso ao se recusar a me contar o que sabia.

"Além do mais, o massacre das Feras Falsas não foi obra de uma turba ensandecida. Foi algo planejado. Nós poderíamos invadir Tempodoce, assassinar alguns lojistas assustados e esperar ter punido as pessoas certas, mas a justiça não estaria feita. Temos que atacar o coração e a mente que planejaram isso, ou a borboleta jamais será finalizada.

"Jaze, você e Therrot ficam aqui com Hathin e Arilou até elas se recuperarem para viajar, depois levam as duas, em segurança, à Escola do Farol. Todos vão precisar de disfarces; neste momento qualquer pessoa com cara de Rendeiro está em grandes apuros. Além do mais, os nossos assassinos devem estar procurando Hathin e Arilou por toda parte. O Andarilho das Cinzas também, se estiver vivo, bem como as forças da lei, se imaginarem que as irmãs ainda estão vivas.

"Enquanto isso, vou juntar um grupo e partir na frente para aprontar abrigos secretos, depois sigo até Pequeno Mastro para tentar descobrir o que aconteceu com o Conselho dos Perdidos. Marmar, mosquete não dá em árvore. Descubra onde Jimboly arrumou o dela. Louloss, vá até a costa e veja se alguma Fera Falsa sobreviveu, depois vá visitar todas as aldeias listadas no diário de Skein e tente descobrir o significado das anotações."

Ninguém argumentou. Dança parecia reunir em si a autoridade de mãe Govrie, Whish e todas as outras, e mesmo assim ninguém a chamava de Mãe Dança, nem de Doutora Dança. Apenas Dança, um nome curioso... diferente dos nomes da Renda.

Louloss veio aplicar um cataplasma no braço de Hathin. Olhando à sua volta, Hathin imaginou todos ali brandindo adagas com habilidade, curvando os dedos para puxar cordas de arcos, derramando veneno em canecas de bebida.

Eu não sinto medo deles. Por quê?

Porque agora sou parte deste grupo.

Um assobio súbito ecoou pela mata. O grupo baixou a voz no mesmo instante, empunhando suas facas, e Jaze disparou pela cortina de vinhas. Durante um longo minuto a cabana permaneceu em absoluto silêncio, de ouvidos alertas.

Por fim, Jaze voltou com uma carranca apreensiva.

"Hathin, um dos homens que eu mandei para buscar a sua irmã na casa do sacerdote acabou de chegar. Não, está tudo bem." Ele ergueu a mão para refrear o preocupado interrogatório de Hathin. "Arilou está bem, e dois dos nossos rapazes a estão trazendo pela mata. Mas parece que passaram sufoco para sair com ela da cidade às escondidas. Algum burocrata Portadentro, patrulheiro da moral e recém-chegado à Cinca do Herbolário, anda revirando a cidade atrás de você e da sua irmã."

"Como é?" Marmar deu um salto. "Isso é impossível! Hathin e Arilou deixaram a costa faz pouco mais de um dia! E *só* chegaram aqui nessa rapidez porque pegaram o atalho pelo colo de Lady Mágoa! Não tem como alguém já estar sabendo do massacre, muito menos que as meninas estão aqui!"

"Pois é", disse Jaze com um seco aceno de cabeça. "O tal burocrata não tinha como saber que elas estão aqui, mas sabe. Tem até mandado."

"Mas... a emissão de um mandado leva pelo menos um *dia*..."

"Tem alguma coisa azeda nessa história", resmungou Dança. "Hathin, você já notou que os seus inimigos andam descobrindo as coisas antes do que deveriam? Arilou sobrevive sozinha ao extermínio dos Perdidos, dali a alguns dias a tal dentista Jimboly aparece na sua aldeia. O assistente Minchard Prox sobrevive à tempestade, e uma carta chega bem a tempo de acender a pólvora. E vai parar nas mãos de ninguém menos que Jimboly."

Fez-se um murmúrio supersticioso, mas Dança não o deixou ganhar força.

"Vocês ouviram a notícia, rapazes. A caçada já chegou à Cinca do Herbolário. Juntem suas coisas ainda hoje, mas nada de muito peso. Partiremos todos amanhã, antes do amanhecer."

"Mas Arilou não pode!" Hathin visualizou os pés ensanguentados e o rosto lívido da irmã. "Ela está exausta. Se pelo menos tivesse mais um dia para descansar, quem sabe retornar ao próprio corpo..."

Dança balançou a cabeça, imóvel e solene.

"É um risco muito grande. Vou dar um jeito para que ela seja carregada, mas a gente precisa sair daqui amanhã."

"Eu..." Hathin baixou o olhar, desconsolada. "Eu sinto muito... a gente trouxe problemas..."

"Ah, foi? Foram vocês que mataram os Perdidos e incriminaram o nosso povo? Que alvoroçaram os citadinos de Tempodoce e chacinaram a sua aldeia inteira? Não. Vocês só nos trouxeram as informações de que precisávamos. Além do mais, Hathin, nós, vindicantes, vivemos imersos em 'problemas', como os tubarões vivem dentro d'água.

"Passamos anos agindo como tubarões muito cautelosos, sem ferir ninguém além dos nossos inimigos, em respeito ao pacto que fizemos com o Conselho dos Perdidos. Só que agora os Perdidos estão mortos... e com eles morre o pacto. Faça o que precisar, Hathin. Mate quem tiver que matar. O nosso único limite é a vingança.

"Os nossos inimigos consideram os Rendeiros boas vítimas, bons bodes expiatórios. Estão errados. Acham que vamos ser açoitados sem fazer nada, que vamos dispersar e nos esconder. Estão muito enganados.

"Você sofreu um malfeito intolerável por parte de inimigos poderosos, Hathin. Que pena eles não saberem o que isso significa..."

Mesmo depois que os lampiões foram apagados, mesmo depois de se deitar no chão de tábuas junto aos outros vindicantes, Hathin não conseguia parar de pensar em tudo aquilo. Quando enfim dormiu, foi levada, em sonho, a uma planície branca, de vento forte. Lá, ela disparou a correr. O Andarilho das Cinzas também, deixando marcas azuis na terra branca, junto às de Hathin, vermelhas. Às vezes Hathin parecia fugir dele, e outras, persegui-lo com uma adaga na mão.

16

Reflexo de um espectro

Apesar do cansaço, Hathin acordou pouco antes do amanhecer. Seguiu Dança de um lado a outro, acanhada, porém teimosa, até a mulher ouvir seu plano para ajudar Arilou a encontrar o próprio corpo.

"Pode tentar, mas não é para perder tempo", concordou Dança, por fim. "Vocês têm que estar prontas para partirmos daqui a uma hora."

Com a ajuda de Therrot, Hathin encontrou um trecho de solo macio junto a um dos córregos da mata. Os dois prepararam montinhos de terra, feito pequenos vulcões, e usaram pedras para simbolizar cidades e aldeias. Era uma maquete desajeitada, claro. Nenhum dos dois jamais estivera na costa leste, nem haviam voado com as águias, então tiveram que imaginar muita coisa.

Hathin passou a meia hora seguinte engatinhando com Arilou pela maquete, fazendo a irmã correr as mãos pelos contornos.

"Therrot, se a gente não ajudá-la a voltar pro corpo antes de partirmos, vai ser tarde demais e ela nunca mais vai conseguir." Pela quinta vez, Hathin fechou os dedinhos teimosos de Arilou em torno de dois bonecos de gravetos e foi andando com eles, subindo uma montanha e descendo outra. *Foi por aqui que a gente passou, Arilou, e agora estamos aqui. Pelo menos assim você já sabe por onde começar a procurar...*

"Já é tarde demais." A chuva de monção chegou, com um sussurro acetinado, e logo a lama derreteu, e a maquete da Ilha Gullstruck se desmanchou. Hathin observou a cratera de Ponta de Lança ser inundada de água marrom, que transbordou pelas beiradas e invadiu toda a Via Uivante.

"Muito bem, muito bem", Hathin disse baixinho. "Já chega." Ela falava com Arilou por força do hábito, mesmo estando cada vez mais convencida de que a irmã tinha mandado a audição para longe junto com a visão. Hathin enroscou a mão suja e fria de Arilou numa dobra da saia para aquecê-la. O tato de Arilou ainda estava no corpo, disso Hathin tinha certeza, dada a busca cega e desesperada de seus dedos.

Onde estariam os sentidos de Arilou naquele instante? Estaria sua visão rodopiando com as gaivotas, sobrevoando a costa? Estaria ela ouvindo a arrebentação e farejando o bafo dos vulcões? Hathin abraçou a irmã, como se pudesse puxá-la de volta para si, e deitou a cabeça de Arilou em seu ombro.

"Hathin", disse Therrot, olhando para ela, "você já parou para pensar que uma pessoa pode ser Perdida e imbecil ao mesmo tempo?"

Hathin não tinha resposta, nem tempo de pensar em uma. Enquanto encarava Therrot, um dos vindicantes mais jovens deslizou pelas árvores e se aproximou deles.

"Dança mandou a gente voltar pro Ninho da Vespa. Uma dúzia de citadinos acabou de ser vista rumando em direção à nossa mata, todos de machado na mão. Não temos mais tempo. Temos que partir. Agora."

Pouquíssimo tempo depois, o Ninho da Vespa estava vazio, e seus antigos habitantes, espalhados pela floresta.

O grupo de Hathin precisa chegar à estrada, dissera Dança, *e se tivermos que distrair alguém para que isso aconteça, vamos distrair.*

Hathin foi correndo, agachada, a nova mochila se prendendo às vinhas. Logo atrás vinha Therrot. Os dois vestiam roupas da aldeia de Fumo Dançante: calças justas tingidas de índigo e casacos com mangas de laços entrecruzados para esconder as tatuagens. O cabelo de Hathin havia sido cortado, e ela estava vestida como um menino, de modo a se passar por irmão mais novo de Therrot. Recebera muitos avisos, porém, de que o disfarce não valeria de nada se ela abrisse o inconfundível sorriso da Renda e revelasse as placas dentárias.

Se alguém descobrir o seu disfarce, ataque antes de ser atacada, instruíra Jaze, amarrando uma pequena adaga num bolsinho vermelho no braço de Hathin. *Você tem o dever de não ser capturada nem morta. Enquanto estiver em liberdade, nós conseguiremos te ajudar, mas, se desaparecer, ninguém vai poder realizar sua busca em seu lugar.*

Na retaguarda do pequeno grupo vinha Jaze, que carregava Arilou meio adormecida. Apesar da urgência da situação, ele permanecia bastante tranquilo. Hathin considerava sua presença reconfortante, mas ficava pensando se ele exibira o mesmo sorriso frio de pedra-sabão ao matar os cinco contrabandistas que haviam assassinado sua mãe.

Arilou estava vestida à moda dos Frutamargos, com vários pedaços de pano enfiados sob a roupa. A esperança era que ela se passasse por grávida, para que Jaze tivesse uma desculpa para carregá-la.

O grupo chegou à beira da floresta bem a tempo de ver os últimos citadinos desaparecerem na mata, a quase cem metros de distância. Um estrondo ecoou ao longe, e os pássaros saíram voando pelo céu.

"Estão derrubando as árvores", sussurrou Therrot, parecendo surpreso. Apesar da proximidade, era muito óbvio que o povo da cidade não costumava buscar lenha na Velaria do Herbolário. "Eles nunca cortam árvores *aqui*. Essas matas... pertencem à Faixa de Soberania." A Faixa era uma das muitas áreas de preservação da mata, pelo simples motivo de que os primeiros generais Cavalcaste haviam se apoderado delas para servir de Terras Cinzentas aos futuros mortos de suas famílias. Era um território sem vida, e a única forma de reclamar qualquer trecho dele era por meio da morte.

"Nada bom", murmurou Jaze. "Vamos ter problemas para chegar à cidade sem sermos vistos."

Apreensiva, Hathin espiou a vegetação rasteira até a encosta emaranhada e a extensão de planície que eles precisariam cruzar para chegar à via principal. Cinca do Herbolário era um importante ponto de parada da chamada Trilha da Obsidiana, uma rota percorrida a pé por dezenas de homens, mulheres e crianças que transportavam todos os dias carregamentos de obsidiana, jade e outras mercadorias das aldeias mineiras até as cidades mais ricas e os portos do nordeste.

O plano era que o pessoal de Hathin descesse até a estrada e se infiltrasse, sorrateiro e despercebido, entre os grupos de carregadores. Com o coração na boca, eles foram avançando pela encosta sem árvores, escondidos nos fossos de irrigação abandonados, até chegarem a um canal encoberto por arbustos, bem ao lado da estrada.

Logo ficou claro que encontrar um instante de sossego para sair dos arbustos não seria tarefa fácil, visto que subitamente fileiras de homens começaram a descer pela estrada, carregando nos ombros troncos de árvores compridos e finos. A lenha foi depositada junto à estrada, e, sob os olhares dos vindicantes escondidos, os trabalhadores começaram a golpear a madeira recém-cortada e montar estruturas alongadas e angulares.

"O que eles estão fazendo?", sussurrou Therrot.

Jaze ergueu a cabeça para espiar. "Parece que estão construindo umas plataformas suspensas... Quem é aquele? O homem de casaco azul? E o que aconteceu com a cara dele?"

Entre os operários havia, de fato, uma figura um pouco mais baixa, que dava ordens e parava de tempos em tempos para olhar um papel que tinha na mão. Mesmo àquela distância, ficava claro que o rosto encoberto pela gola erguida da roupa exibia manchas amarelas e um tom de ameixa desbotado.

"Ah, acho que sei quem é", murmurou Jaze. "É ele. O tal sujeito Portadentro que anda revirando o mundo atrás de você. Seja lá o que estiver fazendo, é por *sua* causa, Hathin. Dá uma olhada... Você já viu esse homem antes?"

"Não." Hathin ergueu a cabeça o mais alto que pôde e espiou pela folhagem. "Eu me lembraria de alguém com a cara assim."

"Que bom", respondeu Jaze. "Se não se conhecem, ele não vai te reconhecer, caso precise passar por ele."

Das profundezas da floresta veio o som de uma pancada, seguido de um eco fraco e uma revoada de pássaros.

"Droga!", exclamou Therrot, e ao mesmo tempo Jaze gritou "Agora!" e tomou Arilou nos braços. Seu ímpeto arrastou os outros vindicantes, que também saíram do fosso em disparada.

“Veio dos lados da Vindícia! Foi um tiro!”, sussurrou Therrot, avançando com Jaze pelo chão de cascalho.

“Eu sei reconhecer um tiro”, disse Jaze entredentes, trocando o peso de Arilou nos braços, “e o pessoal também. Uma arma dispara, todo mundo olha na direção do som, ninguém procura gente saindo dos matagais. Agora, vamos dispersar e fazer de conta que a gente não se conhece.”

Therrot retardou o passo, e Hathin deu a mão para ele. A plataforma de madeira mais próxima já estava concluída e tinha a altura de uma casa. No topo havia um homem de telescópio, vislumbrando um panorama da estrada, da linha das árvores e de toda a planície ao redor. Então eram torres de observação. *Será que isso tudo é mesmo só por causa de nós? Tem algo errado, sem dúvida.*

“Hathin”, murmurou Therrot sem mover os lábios, “você está sorrindo outra vez.” Ela forçou os cantos da boca para baixo.

Seu coração disparou quando Jaze e Arilou, logo à frente, se aproximaram de dois homens que caminhavam com porretes na mão. Os dois trocaram umas palavras com Jaze, que respondeu bocejando, fez piada e inclinou a cabeça para Arilou, que estava adormecida. Seu olhar permaneceu sereno quando os guardas que bloqueavam a estrada revistaram sua bagagem com ares de preguiça.

A própria Hathin estava tudo, menos serena. Para não olhar Arilou, ficou observando o sujeito de casaco azul, que gritava ordens para os homens no topo das torres de observação. Ela o viu erguer a cabeça, irritado, para afastar uma mosca insistente, e sentiu um nó subir à garganta ao ver seu rosto com mais nitidez.

“Therrot”, sussurrou ela, num ganido de pânico. “Therrot, eu o conheço, *sim*.”

"O quê?" Therrot baixou o olhar, com o rosto contraído, mas não houve tempo de falar. Os dois já estavam diante dos guardas da estrada.

"Que razão vocês têm para cruzar esta cidade?", indagou o primeiro, em portadentro, com um ar de fastio e arrogância.

"Somos uma trupe de malabaristas viajantes", declarou Therrot num tom cansado. Seu portadentro era meio atrapalhado, com um forte sotaque de Cinca. "Ora, bolas, o que acham que somos? Caso não tenham notado, a colheita de grãos já terminou, então estamos cruzando a estrada com sacas de vidro preto para vender em Porto Ventossúbito. Tropo, mostre a esses bons homens o que tem no seu balde." Hathin conseguiu recordar que agora se chamava Tropo. Permaneceu parada enquanto os guardas reviravam os pedacinhos de obsidiana com a ponta de uma faca, tentando não olhar para Prox.

Therrot estalou a língua, como se todas aquelas formalidades fossem muito entediantes, mas, quando os guardas começaram a vasculhar os outros baldes, Hathin viu o brilho de nervosismo e impaciência nos olhos dele.

Hathin levou o olhar até Minchard Prox, que analisava um mapa. Um rosto horrível, cheio de bolhas, porém vivo. *Será que ele está mesmo atrás da gente? Não devíamos ir falar com ele? Ele estava trabalhando com Raglan Skein... Isso não significa que está do nosso lado?*

"Para que serve isso tudo mesmo?", indagou Therrot, inclinando a cabeça para a nova estrutura de madeira.

"Ficamos sabendo que pode haver um destacamento da Renda se reunindo na costa, com intenção de se embrenhar pelas passagens secretas das montanhas. Se eles fizerem isso... bom, então vão atacar aqui, não é? Fomos nós que os enfrentamos pela primeira vez, e eles nunca nos perdoaram. Então estamos erguendo essas torres para poder avistá-los, caso eles resolvam fugir pela mata. E empilhamos os galhos ali para fazermos uma fogueira quando a noite cair, para iluminar o terreno."

Os dois Rendeiros que escutavam assentiram, pensativos, e tentaram não se entreolhar. Um destacamento da Renda? O único "destacamento da Renda" a "se embrenhar pelas passagens secretas das montanhas" tinham sido Arilou e Hathin, e elas não sabiam de mais ninguém que tivesse seguido a mesma rota.

"O que faz vocês acharem que os Rendeiros sairiam pisoteando os vulcões nesse clima de monção?" O tom de voz de Therrot oscilava entre a curiosidade e o desinteresse.

"Porque a líder deles já está aqui... Estamos à procura dela." O guarda puxou um desenho rascunhado a lápis. O traçado era grosseiro, mas as feições eram de Arilou, suas maçãs do rosto altas e os olhos serenos de pirata. "Olhem o desenho... Por acaso vocês viram essa garota durante a caminhada?"

Therrot examinou a gravura, pigarreou e a devolveu para o guarda.

"Como é que eu vou saber, com um desenho desses?", indagou, soltando uma risada. "Parece até um pouco comigo."

"Não estamos de brincadeira", retrucou o guarda. "Foi ela que ordenou a morte dos Perdidos... para que não fôssemos avisados da aproximação dos exércitos dela."

Hathin não pôde evitar um calafrio diante daquelas palavras. Contorceu as mãos para disfarçar o tremor. Felizmente os guardas estavam de olho em Therrot e não perceberam o rubor que lhe subiu à face.

Estava acontecendo, exatamente como Dança havia previsto. As histórias da conspiração assassina de Rendeiros que infectara Tempodoce feito uma doença haviam se espalhado e chegado à Cinca do Herbolário. Já era terrível ver torres de observação erguidas para perscrutar o horizonte atrás dela e de sua irmã. Naquele instante, porém, Hathin foi assomada pela grandeza da situação.

Então, para seu terror, ela viu Arilou se revirar nos braços de Jaze, como se acordasse. Será que manteria a calma ao se perceber carregada por um estranho? Se chamasse atenção para si, quanto tempo Prox levaria para reconhecer Arilou, a Lady Perdida?

Prox dobrou o mapa, encarando a estrada. Pela primeira vez, olhou o pequeno grupo ali parado. Já ia se virando, espantado, quando um jovem irrompeu do matagal, com a bochecha manchada de líquen e sangue, e correu até Prox.

"... estávamos vasculhando a mata, e.... tiros... homens, umas poucas mulheres... Rendeiros, tenho certeza... uma espécie de casa na árvore." Hathin ouviu apenas fragmentos do relato arquejante do rapaz.

Subitamente, Prox se eriçou feito um cão de guarda. Apesar do medo, Hathin se aproximou, sorrateira, para tentar ouvir mais.

"Rendeiros?" Prox correu a mão pelo cabelo, os olhos vivos de empolgação. "Um esconderijo da Renda na mata. Acho que a *encontramos*. Diga..." Ele agarrou a manga do homem sujo de líquen. "Você viu uma menina? De uns 13 anos? Bem alta, mestiça, com maçãs do rosto salientes?"

"Não, creio que não. Só homens e mulheres adultos."

"Reconheceu alguém?"

"A gente não teve oportunidade. Havia uma boa dúzia, senhor. No mínimo. Quer dizer... estavam *por toda parte*, senhor. Nós ouvimos um assobio, daí as árvores ganharam vida e depois teve uma barulheira, e a casa da árvore desabou em cima da gente, com umas duas dúzias de ninhos de vespas. Dez dos nossos homens entraram naquela floresta, e eu fui o único que saiu até agora."

"O quê?!"

A exclamação de Prox coincidiu com outro som de tiro vindo da mata. Operários dispararam pela planície em direção ao matagal, empunhando martelos e machados.

"Parem!" A voz de Prox não alcançou os homens que se embrenhavam. "Vocês todos, parem de correr para a mata! Parem! Qual é o problema de vocês? Aqui..." Ele se virou para o jovem a seu lado. "Por favor, corra até lá e mande aqueles idiotas voltarem, antes que a população desta cidade se reduza a três pessoas!"

Ao ver a aflição e a perplexidade nos olhos castanhos de Prox, Hathin, mesmo sem querer, sentiu uma súbita pena do homem. Prox escutou alguém cochichar em seu ouvido e fechou a cara, pensativo.

"Tem razão", disse, depois de alguns instantes. "Não podemos entrar na mata atrás deles; vamos ter que cortar suas provisões. Tem alguém os abastecendo... alguém local. Onde ficam as aldeias Rendeiras mais próximas?" Parou, escutou. "Só quinze quilômetros pela estrada costeira?" Ele tornou a desdobrar o mapa e analisou a parte que lhe foi mostrada.

"Não", murmurou ele, por fim. "Eles não podem ter uma toca como essa tão perto da cidade. O risco é muito grande." Alguém pôs um lápis na mão dele; depois de um instante, de cenho franzido, ele rabiscou o mapa quatro vezes. "Essas aldeias vão ter que cair. Vamos montar um acampamento *aqui* para os habitantes. Se não forem cercados, eles vão se embrenhar no mato e se camuflar no meio da grama feito cobras, e nós vamos ter que incendiar tudo." Ele balançou a cabeça com tristeza.

"Tropo!" A voz de Therrot. "Pegue seu balde, estamos indo." Hathin se abaixou e acomodou balde e bolsa nas costas. A ideia de ir falar com Prox havia evaporado.

"Olhe só!" Um dos guardas soltou uma risada desconfiada. "Qual é o problema com ela?"

Arilou tinha os olhos cinza-claros bem abertos, tomados de um brilho alegre. Balançava o braço estendido para cima e para baixo, como se numa majestosa dança sonâmbula. Jogou a cabeça para trás e escancarou um largo sorriso. Mais um segundo, e todos perceberiam o que Hathin via com clareza: as distintas placas dentárias redondas que denunciavam Arilou como Rendeira.

Naquele instante, porém, um milagre desviou todas as atenções. Um milagre de um metro e oitenta de altura, os dedos feridos cobertos por penas amarronzadas. O milagre veio tão depressa que Therrot precisou tirar Hathin do caminho. Ele foi ziguezagueando loucamente por entre os guardas, sacolejando os flancos, bufando a cada passo largo e saltitante.

Era um pássaro-elefante com a mordaça do bico solta. Agarrado a suas asas de penas eriçadas, quase despencando de seu dorso, havia um adolescente. O menino soltava uns arrulhos para tentar acalmar o pássaro, que corria, ensandecido, como se culpasse o mundo pelas rédeas emaranhadas em suas pernas.

Mais uma vez, Jaze foi ligeiro em tirar vantagem da distração e deu no pé, com Arilou nos braços. Hathin soltou um suspiro de alívio, que precisou engolir diante da bicada acidental que recebeu do pássaro-elefante. Ela pulou para longe, trombando com um homem que estava parado, em silêncio, não muito longe de Prox.

"Desculpe, senhor, eu não o vi", grasnou ela, tentando manter um tom de voz masculino. Totalmente aturdida, abaixou-se para pegar o telescópio que derrubara da mão dele.

"Quase ninguém vê; tudo bem." Era um homem de meia-idade, esguio e bem-vestido. Falava um portadentro tão suave e musical que Hathin recordou a língua da Renda. "Você não é a única pessoa distraída a ponto de não enxergar um palmo diante do nariz." Ela o olhou e viu um rosto fino e amistoso olhando por cima da cabeça dela, na direção da montanha.

Ele sorriu, e de maneira inexplicável ela sentiu o metal e o vidro do telescópio virarem gelo em suas mãos. "Imagine só, lá estávamos nós, prontinhos para esquadrinhar a Costa da Renda atrás dela e agora somos informados de que ela está aqui! Imagine só, ela vindo para *cá*! É realmente muita desfaçatez." O estranho baixou os olhos e abriu um sorriso radiante e deleitoso, não para Hathin, mas para algum pensamento particular. No mesmo instante, ela se sentiu sem pele e sem carne, como se transpassada por uma muralha de ar frio.

Aquela sensação gélida não foi embora nem quando ela voltou a caminhar com Therrot e passou, de cabeça baixa e coração disparado, pelo preocupado Prox.

"Que diabos aconteceu com Arilou lá atrás?", sussurrou Therrot, quando os dois já estavam um pouco mais afastados.

"Não sei direito", respondeu Hathin, "mas acho que ela se encontrou. Só que está com o corpo diferente, por conta do disfarce, então deve ter ficado se balançando para ter certeza de que estava no corpo certo."

"Que momento mais apropriado", resmungou Therrot. "Se a gente quiser sobreviver a esta jornada, sua irmã vai ter que aprender com você o dom da invisibilidade."

"É", respondeu Hathin depois de um instante. "Passar despercebida é *mesmo* uma habilidade, algo que podemos praticar e aperfeiçoar. E às vezes topamos com alguém que está fazendo a mesma coisa. Aquele homem lá atrás. Aquele outro Portadentro."

"Que outro Portadentro?"

"Pois é. Eu também não tinha reparado. Mas ele estava o tempo todo ali, verbalizando os pensamentos do sr. Prox para o próprio sr. Prox ouvir, como um escravizado vestindo o seu senhor, e o sr. Prox só absorvendo, sem nem saber de onde esses pensamentos vinham. Mas *eu* percebi. Ele não me viu, *mas eu o vi*."

FRANCES HARDINGE

17
Tipo assassino

Minchard Prox levou quase uma hora para resgatar os sobreviventes da batalha na Velaria do Herbolário, todos ensanguentados e picados por vespas. Foi preciso muito tempo, além de uma boa dose de rum, até que os homens se acalmassem e relatassem o ocorrido. O último a ser resgatado, sob os escombros da casa da árvore, havia visto um pouco melhor os agressores e balbuciava sobre uma "mulher-homem gigante com uma floresta de tranças".

Prox se virou para abafar um sorriso de exasperação e descobriu que Camber, o sempre agradável e destemido Camber, estava completamente branco. Com uma expressão incrédula, sussurrou uma palavra entredentes.

"O quê?"

"Dança", repetiu Camber. "E não é 'o quê', é 'quem'. Ela não devia nem existir mais. E este homem acabou de descrevê-la." Ele balançou a cabeça, como se tentasse afastar o pensamento. "É Dança. Não pode ser mais ninguém. Se ela está viva, então o Conselho dos Perdidos mentiu..."

Camber se aprumou, parecendo ter notado o olhar confuso e consternado de Prox.

"Sr. Prox..." Camber pigarreou. "Creio que temos um problema muitíssimo sério. Se Dança está viva e bem, a Vindícia também está."

Um silêncio horripilante se espalhou pelo grupo reunido à beira da estrada. Prox olhou em volta, como se tentasse convencer a si mesmo de que não havia, naquele exato instante, Rendeiros armados com facões de obsidiana prestes a irromper pelo matagal.

"Traga tinta; preciso escrever para Porto Ventossúbito e todos os governadores da Ilha Gullstruck. E traga todos os mensageiros a pássaro que puder. Isso é muito maior do que pensávamos.

"Se a Vindícia ainda existir e estiver envolvida nessa conspiração, então, pela tradição, tem o direito de convocar a ajuda de todos os Rendeiros vivos. Precisamos considerar cada Rendeiro como um inimigo em potencial e atacar antes que eles nos ataquem."

Somente depois de despachar as mensagens, Prox baixou o olhar para os relatórios que tinha em mãos e recordou um detalhe que lhe havia chamado a atenção. Olhou para Camber, que no mesmo instante se plantou a seu lado.

Afastando-se dos ouvidos de seus companheiros, os dois cruzaram a estrada em direção à cidade, as sinetas nos sapatos de Prox entoando uma melodia intimidativa, as de Camber, quietas e silenciosas.

"Eu recebi uma carta do governador de Tempodoce", começou Prox, sem preâmbulos. "Seu relato a respeito dos acontecimentos por lá. Pouco além do que já debatemos, exceto pela menção a uma mulher que visitou Tempodoce à época do massacre das Feras Falsas, uma dentista viajante. Alguns dizem que ela parecia ser muito amiga dos Rendeiros, outros dizem que estava liderando o motim contra eles... os relatos estão uma bagunça. Mas ela tinha joias nos dentes. Não era bem ao estilo da Renda, mas mesmo assim... pode valer a pena descobrir mais a respeito. Para sabermos se ela faz parte dessa conspiração de Rendeiros, se está levando recados de um lado para o outro enquanto viaja.

"Eu não queria que isso se espalhasse demais. Afinal de contas, já tivemos uma situação de motim e massacre, e o mais provável é que essa pobre moça nada tenha a ver com a conspiração, mas se você puder dar uma investigada..."

Camber pegou os relatórios da mão estendida de Prox. "Sr. Prox, se ela puder ser encontrada, será encontrada. Eu garanto."

"Folgo em saber que posso contar com..." Prox, de cenho franzido, foi se calando. "Ora, que diabos ele está fazendo? Não devia nem ter saído da cama!"

A multidão próxima ao bloqueio da estrada se afastara para o lado, abrindo espaço para uma figura solitária. Em meio às roupas e pele azuis, havia borrões mais escuros, de sangue seco, mas que não se alteravam com o cambaleio hesitante do ferido.

Junto à base de uma das torres, Brendril se agachou. Um dedo azul percorreu o traçado de uma pequenina pegada solitária na terra revolvida pela chuva, e o Andarilho das Cinzas ergueu a cabeça para encarar a estrada a leste.

Com o passar do dia, a tropa de Rendeiros disfarçados foi folgando em ver a Trilha da Obsidiana cada vez mais movimentada. Alguns transeuntes mais afortunados contavam com um pássaro-elefante para levar parte de sua carga, e um bom número de mensageiros a pássaro corriam de um lado a outro. Hathin foi se acostumando ao som rascante de garras na estrada lamacenta. Levou dez minutos para perceber que havia um pássaro caminhando à sua esquerda.

Ela ergueu o olhar, e o "milagre" vinha bem a seu lado, com o adolescente agora confortavelmente acomodado no dorso do pássaro-elefante. Ele tinha o rosto redondo e sincero, e os olhos cor de cacau fixos ao longe com certa expectativa, como se esperasse o horizonte repetir algo que tinha dito. Mas o garoto trazia o pássaro na rédea curta para não se afastar do grupo.

"Onde a Dança está?", perguntou ele, na língua da Renda.

Jaze não pareceu ouvir. Therrot empurrou a bochecha com a língua.

O rapaz não pareceu ofendido ao ser ignorado. "Sabiam que um guarda lá atrás me deu um tapão atrás da orelha? Duro que nem pão velho. Querem dar uma olhada?"

"Isso não conta, Tomki", resmungou Therrot entredentes. Lançou ao rapaz um olhar irritado, porém afetuoso. "Isso não foi 'malfeito', Tomki. O sujeito o estapeou porque você o atacou com um pássaro-elefante."

"Bom, ele *não* sabia que tinha sido de propósito." Tomki deu de ombros. "Então onde é que a gente vai encontrar Dança?"

"A gente não vai! Nós não sabemos..." Therrot parou subitamente, então encarou Jaze. Aquele era um assunto desconfortável, no qual os vindicantes evitavam tocar. *O que* estava acontecendo na Velaria do Herbolário? Será que Dança e os outros haviam escapado? "Dança foi dançar em missão própria", prosseguiu Therrot depois de uma pausa. "E você não vai vir com a gente! Isso é assunto de vindicantes... é muito perigoso..." Ao ver o brilho de contentamento nos olhos de Tomki, Therrot foi parando de falar.

"Agora já era", suspirou Jaze.

"Um vindicante precisa receber todo tipo de ajuda dos Rendeiros, não é verdade?", indagou Tomki, esperançoso.

"Isso quem decide é o vindicante da busca em questão", respondeu Jaze mais que depressa. "Hathin, este jovem..."

"... acha que está apaixonado por Dança", concluiu Therrot com rispidez. "Ele viu Dança... dando cabo de... uma coisa nas ruas da Cinca do Herbolário e desde então vem tentando dar um jeito de ser agredido para poder fazer a tatuagem e se unir à Vindícia."

Hathin só conseguia encarar Tomki, esforçando-se para imaginar aquele rapazinho bronzeado se apaixonando por uma ameaçadora gigante com idade para ser sua mãe. Ele a encarou de volta, escancarou um sorriso e deu de ombros.

"Quando encontra alguém mal-encarado", acrescentou Therrot, baixinho, "ele vai lá e derruba bebida na pessoa. Eu soube que ele passou seis horas do lado de fora da taverna mais barra-pesada de Cinca cantando a mesma música sem parar, na esperança de levar uma facada."

"Mas ele até que foi bem útil lá com os guardas da estrada, não foi?", arriscou Hathin. "E, de repente, pode ser bom andarmos com alguém que *não* tenha tatuagem." *Nem placas nos dentes*, percebeu ela, frente ao largo sorriso de Tomki. "Sem falar que o pássaro-elefante também pode ser útil."

"A busca é sua." Jaze e Therrot trocaram sorrisos resignados, mas nenhum dos dois contestou a decisão.

O plano era que o grupo de Hathin passasse os dias caminhando, exceto pelas horas em que a chuva de monção deixava o trajeto impraticável, e pernoitasse em abrigos secretos ao longo da rota, organizados previamente, ou em aldeias Rendeiras que apoiassem sua causa. No primeiro dia de viagem, eles pararam numa velha cabana, encoberta por um aglomerado de samambaias gigantes. Cheirava a terra molhada, e nas paredes havia diversas pictografias de vindicantes anteriores. Mas Jaze só deixou o grupo entrar depois de dar uma espiada e examinar o chão de terra batida.

"Muito bem. Está seguro." Deu uma batidinha numa risca do chão feita à faca. "A marca de Dança. Ela passou aqui antes de nós; a cabana está segura." Houve um alívio geral. Os acontecimentos na Velaria do Herbolário, quaisquer que tivessem sido, pareciam não ter atrapalhado o ritmo de Dança.

Todas as noites, a mesma rotina era seguida. Depois de uma longa caminhada diurna, que deixava Hathin quase trôpega de tanto cansaço, Jaze fazia o grupo esperar nos arredores de alguma aldeia ou área de vegetação corriqueira enquanto conferia a segurança do local. Depois que Arilou era instalada, o grupo ia procurar comida.

Arilou parecia muito satisfeita em estar reunida consigo mesma. Enquanto os vindicantes se alternavam para buscar alimento na floresta, ela permanecia com seu olhar perdido; mexia primeiro um braço, depois o outro, espantada e contente. Seus habituais balbucios melodiosos estavam mais barulhentos do que nunca, e Hathin suspeitou que ela estivesse apreciando também o som da própria voz.

Todos os dias, Hathin recebia um estilingue para caçar pássaros. Ninguém comentava quando ela voltava apenas com frutinhas e cogumelos; à noite, porém, quando todos se sentavam diante do cozido, ela não conseguia encarar os companheiros. Na terceira noite, a dor da derrota era tamanha que ela perdeu o sono.

Que espécie de vindicante era ela? Se não conseguia nem puxar uma corda e disparar uma pedrinha na cabeça de um peru-selvagem, de que adiantaria enfrentar seus inimigos, com o universo inteiro à espera de ser reintegrado por meio da justiça que ela faria a seus malfeitos? Ela tentou se imaginar de adaga na mão encarando... quem? Jimboly, magricela e cacarejante? O Andarilho das Cinzas? Minchard Prox, com seus olhos brilhantes e aturdidos? Ou... aquele outro homem Portadentro, cujas feições já começavam a se dissipar de sua memória?

Fosse lá o que ela tivesse de se tornar, claramente ainda não havia se tornado. Mas se tornaria. Com essa decisão, rumou para a floresta.

Uma hora depois, Therrot se levantou e encontrou Hathin de joelhos, aos prantos, a faca estendida sobre o gorro que jazia no chão a seu lado.

"Bom, o ponto está meio bruto, mas não achei tão ruim assim."

Fez-se uma breve pausa, e o gorro aproveitou a oportunidade para soltar um sonoro coaxo e dar uma rastejada. Therrot se abaixou, ergueu o gorro e encarou os olhos brilhantes e destemidos de um sapo amarelo.

"Só consegui encontrar isso", sussurrou Hathin. "Estava tentando executar um sacrifício de boa-sorte para a minha busca, tentando ver se eu conseguia... mas ele ficou só me olhando." O sapo ainda a encarava, a goelinha subindo e descendo. "Daí eu te ouvi acordar e joguei o gorro por cima."

"Então você está com dificuldade de... ah. Entendi." Therrot fechou os olhos e os pressionou com a palma das mãos. "Entendi, está bem. Isso é *mesmo* um problema, não é? Mas amanhã de manhã nós conversamos. Agora acho melhor *você* ir dormir... e, se não se importa, *eu* vou tirar esse sapo venenoso da cabana. Está bom assim?"

A muitos quilômetros dali, alguém mais passava uma noite agitada. Não pela primeira vez, sonhou que caminhava contra o vento, numa planície coberta de pó branco. À sua frente, suspenso no ar, havia um imenso espelho de moldura dourada. Estava levemente inclinado para o lado, impedindo-o de ver a própria imagem. Ao mesmo tempo que se aproximava, curioso, um tormentoso alarme disparava em seu peito. Mais um passo, mais outro... e Camber acordou na escuridão quente e abafada.

Por que é que eu nunca consigo confrontar aquele espelho? Do que é que eu tenho medo?

De nada.

Ele temia que naquele espelho houvesse nada além do deserto nevoento que existia atrás de si.

Camber agora encarava o próprio quarto, que ainda parecia desocupado. De súbito, percebeu, como sempre acontecia, que seus passos não emitiriam som, que seus dedos não tocariam a maçaneta da porta. Como se ele fosse feito de luar.

Talvez o meu real talento seja a invisibilidade, refletiu ele. *Talvez eu tenha esvanecido e virado a sombra de um pensamento.*

Outra ideia espontânea lhe veio à mente.

A noite poderia me levar embora daqui, e ninguém perceberia.

Quando a reflexão lhe atingiu, ele percebeu que ouvia algo bem semelhante ao farfalhar do vento que lhe assombrara o sonho. Um sussurro furtivo, vindo de algum ponto da noite enluarada.

Ele abriu a porta da frente, e a vela do quarto projetou uma extensa nesga de luz. Sua própria sombra despontava bem no meio, fina e comprida como um caule de bambu. Ele ocupava os aposentos da construção vizinha ao fórum, que Prox adotara como residência e quartel-general. Ali, no coração da cidade morta, o chão era pavimentado com um mosaico de ladrilhos brancos, maculado pelas heras que subiam. Por todos os lados se erguiam as casas refinadas, porém arruinadas, de onde os mortos lentamente haviam expulsado seus parentes vivos, com suas janelas escuras, suas varandas vazias, suas chaminés sem fumaça.

Por um instante, o único som eram os arrulhos sonolentos dos pombos no sótão do edifício atrás dele, então Camber ouviu outra vez o ruído furtivo que o havia acordado. Parecia vir da torre central da Cinca do Herbolário. Ali, alguns dos mortos mais valiosos e renomados ocupavam a melhor vista da cidade, mesmo sem ter olhos para se deleitar com ela.

Em silêncio, Camber tocou a própria cintura e sentiu o contorno de sua discreta pistola. Foi caminhando, pé ante pé, por entre as casas redondas, até chegar ao arco aberto que conduzia à torre. O misterioso chiado havia se intensificado, um barulho de chuva na fogueira. Então, de repente, parou. Ele aguardou alguns instantes, em seguida avançou rumo à residência mais valiosa dos mortos.

Camber acreditava com muito fervor no poder dos ancestrais, e por esse motivo compreendia que sua própria existência era inapropriada. Sua família havia sido uma das últimas a chegar, tendo cruzado as águas da Ilha Gullstruck apenas um século antes. Infelizmente o momento de sua chegada coincidiu com a de um pirata bastante opressor, que se apressara em afundar seu navio. As urnas de seus preciosos ancestrais e todos os registros relativos à família foram destruídos. A única sobrevivente havia sido a tataravó de Camber, que conseguira se arrastar até a praia, dera à luz e morrera sem revelar sua identidade.

O nome de Camber não significava nada. Ele não podia servir a seus ancestrais nem podia ser salvo por eles. Vivia à deriva, sem raízes nem âncora. Não era ninguém. Estava condenado. E isso lhe concedia uma estranha liberdade.

Ao adentrar o primeiro cômodo redondo, ele parou. Alguém já havia remexido a poeira do chão. Era possível ver os ladrilhos do pavimento sob um par de pegadas compridas, magras e descalças. Onde estava seu dono?

Ela surgiu logo acima.

Agachada num peitoril a quase quatro metros do chão havia uma figura magra, um emaranhado de joelhos e cotovelos, mas um emaranhado rígido, quase em movimento. A cabeleira escura estava presa para trás por uma bandana vermelho-sangue. No alto da cabeça tremulava uma sombra, feito um morcego. O luar foi suficiente para que ele visse a faca em sua mão.

Camber não teve tempo de reagir. A mulher se empertigou e desceu correndo de seu poleiro, balançando uma bexiga de porco seca. Aterrissou a menos de um metro dele. Nem diante daquele par de olhos pretos ele reagiu; não se mexeu nem recuou. Fez-se um longo e sombrio segundo de absoluto silêncio.

"Eu acho", observou Camber, por fim, "sim, eu tenho quase *certeza*... de que mandei você se livrar desse pássaro."

"Eu não consegui... não consegui fazer isso." Apesar do tom debochado, uma pontinha de medo escapava da voz rouca de Jimboly. "Não consegui esganar o meu Chuvisquinho. Se ele saísse voando, acabaria desatando todo o carretel da Jimboly."

"O pássaro é memorável", prosseguiu Camber. "*Você* tem sido memorável. Você foi vista em Tempodoce." Sob o olhar do homem, Jimboly definhou feito uma flor chamuscada. Agachou-se junto à parede, a faca embainhada outra vez, o rosto comprido ainda mais longo por conta da incerteza e do medo. "Mas até que veio rápido. Eu ainda não esperava ver você. A bem da verdade, não esperava ver você em momento nenhum. O que está fazendo aqui?"

"Não quis ficar andando por Tempodoce", respondeu Jimboly num distinto choramingo. "A cidade estava ficando deprimida, cheia de remorso. Não tenho paciência para quem gasta toda a pólvora no primeiro tiro."

"Bom, vamos deixar isso de lado. Agora me diga... Lady Arilou..." Camber viu Jimboly estremecer. "Suponho que não haja *nenhuma* possibilidade de ela não passar de uma imbecil, não é?"

"Ela é uma Perdida, pode confiar. Perdida de miolo mole, mas Perdida." Jimboly tinha o olhar firme e atento, mas remexia desconfortavelmente as mãos sobre o colo. "Ouvi o povo comentando nas ruas; sei que ela passou por aqui. Ainda consigo pegá-la, se você apontar o meu nariz para o lado certo..."

Camber permaneceu em silêncio, um silêncio gritante. Recostou-se na parede e a encarou, de sobrancelhas levemente erguidas. Jimboly se contorcia, como se estivesse levando uma surra verbal.

"Você vai ter que ser rápida", disse Camber, por fim. "Tem um Andarilho das Cinzas três dias na sua frente."

"Vai dar o meu pagamento ao homem azul?" Jimboly fechou a cara.

"Eu poderia, se ele tivesse o menor interesse no seu pagamento." Camber endureceu o tom, e Jimboly mais uma vez trocou a irritação pelo desconforto. "Para sua alegria, ele não quer, nem está na nossa comissão. Faz três dias que saiu da casa do nosso médico, passou dez minutos cutucando a terra em volta das torres e pegou a estrada sem dizer nada a ninguém.

"O Andarilho das Cinzas vai encontrar Arilou. É isso o que ele faz. Mas eu preciso que você esteja um passo atrás dele, para desempenhar uma missão importantíssima." Ao ver os olhos de Jimboly enlouquecerem de cobiça, Camber hesitou. Para ela, só o dinheiro interessava. E ele a conhecia bem demais para saber que ela não tinha a menor intenção de gastar; apenas vivia ofuscada pela visão de um futuro reluzente de tanto ouro. "O Andarilho das Cinzas só vai atacar Lady Arilou, seus companheiros e quem mais entrar no caminho. Eu preciso que *você* descubra se ela anda falando demais por aí. Seguir o rastro do Andarilho das Cinzas não deve ser difícil... afinal de contas, ele é *azul*... e vai levar você até o grupo."

"Quer que eu dê aquela boa 'esfregada' neles?" Era impressionante a rapidez com que Jimboly recuperava o bom humor quando tinha uma chance de causar o caos.

"Sim, se for preciso. Mas, Jimboly, tente não destruir muitas cidades. Eu gostaria de manter algumas no mapa, para o caso de precisarmos delas mais tarde."

18
Caçadores

Na manhã seguinte, Hathin e os outros vindicantes perceberam, ao acordar, que a umidade da floresta havia se infiltrado em seus músculos. Um grupo rijo, empapado e deprimente se juntou aos outros que cruzavam a Trilha da Obsidiana.

Era cada vez maior o número de mensageiros a pássaro que passavam por eles; Hathin observava, nervosa, imaginando que mensagens estariam levando à próxima cidade. Imagens de Arilou, talvez? Mandados de prisão contra as duas? Notícias da batalha na Velaria do Herbolário?

Hathin viu até um dos raros cavalos da Ilha Gullstruck descendo carregado, um pangaré de canelas finas e rodeado de moscas. Ao pousar o olho nos arreios, recordou o nome no diário de Skein. Bridão. *Bridão crê que Lorde P retornará ao fim das chuvas ou logo depois.* Bridão era um nome Cavalcaste. Se eles o encontrassem, o homem se provaria amigo ou inimigo?

Quando o sol começava a secar os vindicantes, Therrot se plantou ao lado de Hathin.

"Andei pensando sobre o seu problema", disse baixinho. Jaze, Arilou e Tomki estavam mais à frente e não podiam escutá-los. "A questão de você não conseguir matar. Fiquei pensando... a gente não sabe se vai ser um problema. Afinal de contas, aquele sapo não fez nada para você, não é? Pode ser que a diferença esteja na sua vingança, só isso. Você pode descobrir que tem mais facilidade com os humanos. Irmãzinha, o sacerdote que me tatuou é a única pessoa que sabe como eu concluí a minha borboleta. Mas eu posso contar, se você quiser."

Ela o encarou com os olhinhos miúdos, percebendo o tremor contínuo em sua bochecha. Irmãzinha, irmãozão. Além de Arilou, ele agora era o único integrante de sua aldeia, e talvez ainda assim não passasse de um estranho.

"Você deve se lembrar da minha irmã Fawless. Ela era..." Ele abriu um sorrisinho sentido. "Ela me deixava louco, vivia correndo sozinha por todo canto. Um dia ela subiu a montanha atrás de besouros bazófios."

Therrot olhou Hathin e percebeu seu olhar de espanto.

"Não, você não é mergulhadora, não tem como saber disso." Houve uma pausa, e Hathin sentiu que Therrot se preparava para romper mais um tabu. Era difícil quebrar o hábito do silêncio, por mais que eles soubessem que não havia nenhum Perdido para ouvir, além de muito pouco a perder. "Os peixes-videntes são capturados da seguinte forma", sussurrou ele depois de uns instantes. "A pessoa prende um besouro bazófio numa casca de coco vazia, sela a casca com piche, cera e resina, para não entrar água, e larga no mar, amarrada a um barbante bem grande. Os peixes-videntes mandam a própria mente vasculhar tudo antes de se aproximar, você sabe... eles conseguem detectar tubarões, mergulhadores, iscas nos anzóis, redes balançando... só que, ao mandarem a mente até o coco para examinar, ouvem o besouro bazófio e caem no sono, com as guelras abertas. Daí um bom mergulhador desce e o captura, antes que algum animal do mar faça isso.

"Pois bem, um dono de terras Portadentro estava sentado numa encosta, de mosquete na mão, de olho nos Rendeiros invasores. Viu uma menina de 14 anos, com roupas de Rendeira, e gritou para que ela fosse embora, mas Fawless não ouviu, pois estava de ouvidos tapados para se proteger dos besouros. Daí ele a matou."

Therrot narrava tudo com firmeza. Hathin sabia que esse tipo de relato precisava ser assim.

"Ninguém prendeu o proprietário de terras", prosseguiu ele. "Afinal de contas, ele havia atirado numa 'invasora', e ela *era* só uma Rendeira. Daí eu fiz a tatuagem de vindicante. Fui até a casa do sujeito, em Tempodoce, e tirei satisfação com a ponta de uma faca. Mas nenhum órgão vital foi atingido, e ele sobreviveu."

Hathin assentiu. Já tinha ouvido aquela história na aldeia.

"Quando eu saí da prisão", prosseguiu Therrot, "fiquei sabendo que o homem tinha ido para o norte. Percebi que precisava de conselhos e fui procurar Jaze.

"O dono de terras sabia que havia uma asa de borboleta batendo para ele. Quando consegui encontrar o sujeito, ele tinha gastado um ano e metade da sua fortuna para transformar a casa onde morava numa fortaleza. Ele plantava frutas e vegetais no próprio jardim, tinha um poço, criava vacas e cabras, cultivava até uma colmeia de abelhas. Só recebia permissão para entrar quem fosse de sua inteira confiança.

"Um dia, ele contratou um grupo de homens para podar as vinhas e os arbustos que cresciam nos muros, temendo que fossem escalados por assassinos. Eu ainda recordo o terror no rosto dele quando olhou pela janela protegida por barras e me viu entre os trabalhadores. Eu fui capturado, e a palavra do proprietário de terras foi suficiente para me mandar para cadeia. Na semana seguinte ele começou a definhar e enfraquecer, até que por fim entregou o próprio nome.

"Eles queriam me enforcar, mas não podiam provar nada contra mim. Me largaram numa cela durante seis meses, e, quando sobrevivi à malária, eles me expulsaram, na esperança de que eu morresse de fome. Mas a Vindícia cuidou de mim."

"Foi veneno?" Hathin olhou para Therrot de esguelha. "Como você teve acesso à comida dele?"

"Eu não tive." Therrot abriu um sorrisinho meio tímido, porém revelador, com um traço de orgulho. "Foram as minhas pequenas ajudantes. Eu sabia que jamais conseguiria cruzar o muro, então levei uma erva de sorriso de serpente comigo e plantei numa margem próxima. Uns dias depois as flores se abriram, e as abelhas transportaram o néctar do veneno até a colmeia do homem. Ele sempre foi doido por doce."

Hathin sentiu a palidez no próprio rosto.

"Sabe", acrescentou Therrot, numa tentativa de confortá-la, "a vingança não precisa sempre acontecer frente a frente. Talvez você não tenha o ímpeto de cravar uma faca em outra pessoa, mas será que sentiria o mesmo desconforto plantando um punhadinho de folhas e raízes?"

Hathin tentou se imaginar de enxada na mão, abrindo espaço na terra para um assassino lento e ardiloso. A sensação *de fato* era diferente, mas ela não sabia muito bem se era melhor.

"Parece frio e calculista, não é?" Therrot respondeu a seu olhar silencioso com um taciturno sorriso de irmão mais velho e deu-lhe um leve tapinha no ombro, como se ela de fato fosse seu irmão menor. "Mas não vai ser essa a sensação quando chegar a hora. Quer dizer, se você estiver com muita raiva, vai só ficar furiosa. Uma espécie de fúria calma e contida. Daí tudo vai ficar fácil."

Talvez ela devesse tentar se enfurecer por seu novo irmão mais velho. Viraria uma pessoa implacável, cruel e impiedosa. Então viraria...

O Andarilho das Cinzas.

"O que foi?", perguntou Therrot ao sentir um aperto da mão de Hathin.

"Nada... eu só pensei..." Hathin perscrutou a colina baixa, mas só viu a inocente grama dourada e ondulante. O lampejo de azul em meio às árvores devia ter sido só um reflexo do sol. "Sei que a Mágoa derrotou o Andarilho das Cinzas, mas acabei de achar que tinha visto..."

Ela abriu um sorriso constrangido para Therrot, que retribuiu, mas dali a pouco trocou de lado com ela, passando a caminhar entre Hathin e a colina. Logo à frente, Arilou balançava o bracinho frágil, soltando balbucios em direção ao céu.

Durante o resto do dia, Hathin ficou de olho atento a tudo, mas não houve sinal do Andarilho das Cinzas.

Depois de vários dias de árdua caminhada, a Trilha da Obsidiana começou a rumar para o leste, em direção ao distante cume pintalgado de Jocoso, o Louco.

Segundo as lendas, Jocoso fora mandado para longe dos outros vulcões por conta do som de sua risada. Seus arroubos de gargalhadas, de tão intensos, o faziam arremessar no ar seus sonhos e histórias endoidecidos. Os outros vulcões não conseguiam ouvir sem começar a tremer de raiva, medo, algo muito mais terrível que risadas. Então Jocoso foi expulso, com seus lamaçais coloridos, mas sempre havia a preocupação de que risse alto demais, e as outras montanhas ouvissem e começassem a tremedeira involuntária.

Esse afastamento, no entanto, era exatamente o que tornava Jocoso ideal para abrigar a Escola do Farol. Uma torre havia sido erigida a meio caminho do cume, tal e qual um farol; todas as noites o farol era aceso, podendo ser visto por quase toda a extensão da ilha.

Os arrozais haviam ficado para trás com a Via Uivante, e as planícies eram um grande retalho de fazendinhas repletas de pés de feijão recém-colhido e cercadas de bananeiras atrofiadas, intercaladas por Terras Cinzentas silenciosas e cada vez mais extensas. Vez ou outra, a estrada cruzava lagos de orquídeas fumacentos, onde uma lama verde, dourada e avermelhada subia à superfície, formando borbulhantes anéis coloridos.

Quanto mais longe da costa oeste, mais escassas ficavam as aldeias da Renda. Na trilha em direção a Jocoso, porém, havia estranhos assentamentos à beira da estrada, onde os amigos de Hathin imaginaram que seria possível se abrigar e colher novas informações. Ao se aproximarem da primeira aldeia, porém, algo os fez parar.

Em princípio, Hathin viu apenas um grupo de homens armados, caminhando da aldeia até a estrada. Então percebeu no meio deles um pequeno conjunto de figuras machucadas e assustadas. Eram Rendeiros, alguns amarrados por cordas na cintura.

"Não tem nada que a gente possa fazer aqui e agora", murmurou Jaze. Hathin percebeu que ele apertava com força o braço de Therrot. Therrot assistiu à passagem da procissão de Rendeiros cativos, o rosto trêmulo feito uma poça na chuva, mas não parou de caminhar.

Logo surgiram outras gangues de homens armados, cada uma com seus prisioneiros Rendeiros. Eles logo descobriram que eram grupos de criminosos ou trabalhadores desempregados que haviam se tornado caçadores de recompensas, seduzidos pela promessa de uma gratificação por cada Rendeiro entregue a um acampamento próximo à Cinca do Herbolário. Os não Rendeiros que cruzavam esses comboios paravam para espiar com gélida satisfação os capturados.

As poucas aldeias Rendeiras que os vindicantes encontravam agora estavam assustadoramente desertas.

Hathin se recordou de Minchard Prox franzindo o cenho para o mapa e riscando aldeias da Renda com um lápis. Essas últimas, no entanto, eram distantes demais para assustar a Cinca do Herbolário. O ódio ensandecido aos Rendeiros que tomara conta de Tempodoce começava a se espalhar por toda a ilha mais depressa que o passo de Hathin e seus companheiros.

Por fim, até as aldeias Rendeiras abandonadas ficaram para trás. Os Rendeiros não costumavam montar assentamentos tão a leste, tão longe de suas áreas pesqueiras e do conforto de seus pares. Os pouquíssimos que de fato se aventuravam por aquelas bandas costumavam disfarçar suas origens. Mesmo assim, circulavam por ali os grupos de caçadores de recompensas, tal e qual bandidos, interceptando os viajantes para analisá-los. Um desses grupos havia claramente capturado uma Rendeira disfarçada, uma mulher de aspecto cansado, vestida em trajes de citadina. Quando o grupo de vindicantes passou do outro lado, ela cravou neles os olhos arregalados. Fez contato visual com Therrot e deu uma cutucada nos próprios dentes, antes de desviar o olhar.

Quando eles se afastaram, Therrot soltou um xingamento.

"Se começaram a conferir os dentes, estamos fritos. Daqui para frente, se toparmos com esses bloqueios nas estradas, vamos ter que desviar."

Foi nessa hora que eles ouviram pela primeira vez a expressão "Estado de Achaque". Ninguém parecia saber o que significava, mas as palavras ecoaram nos ouvidos de Hathin.

Outra notícia preocupante surgiu, vinda dos viajantes que chegavam das bandas opostas. Os ataques de Jocoso estavam ficando cada vez mais violentos, e ele agora dera para cuspir gêiseres escaldantes sob os pés dos peregrinos. Era um consenso que o melhor a fazer era manter distância, pelo menos até que ele se acalmasse.

"O que vamos fazer se Lorde Jocoso não estiver recebendo visitas?", sussurrou Hathin. A subida "segura" até a Escola do Farol era bem pouco conhecida, mas decerto também seria perigosa se Jocoso estava tão temperamental.

"Nos escondemos em Zelo, no sopé de Jocoso", respondeu Therrot. "Quem sabe lá seja possível encontrar o tal Bridão, que Skein mencionou no diário, e perguntar a ele sobre o 'Lorde P'. Mas vai ficar tudo bem... Jocoso já vai estar mais sossegado quando a gente chegar lá."

Mas Jocoso, o Lorde dos Loucos, não se acalmou. Quando os vindicantes chegaram a Zelo, descobriram que junto à cidade havia se formado um pequeno acampamento. A trilha mais popular até os portos do leste cruzava dois lagos de orquídeas borbulhantes e hostis, e muitos viajantes decidiram acampar nas cercanias de Zelo até que Jocoso recuperasse o humor. Os Perdidos, que poderiam buscar rotas mais seguras, haviam ido embora.

"Não é tão ruim", insistiu Therrot. "Tem muita gente nos arredores da cidade... Podemos nos esconder no meio de um grupo grande e nos misturar à confusão."

Ao contrário da pragmática e circunspecta Cinca do Herbolário, a cidade de Zelo havia nascido para exibir às comunidades ignorantes da Ilha Gullstruck todas as glórias das tradições Cavalcaste, para impressionar os nativos chucros com seus magníficos estábulos, as torres revestidas de mosaicos de azulejos, o palácio régio do governador. E eles de fato se impressionaram, como se estivessem diante de um leopardo-das-neves tentando cruzar as cálidas marés do oceano. Para a alegria dos fundadores da cidade, nem *todos* os projetos haviam sido destroçados. Uma das torres havia resistido aos terremotos de Jocoso, e parte do palácio ainda estava de pé. Quase todas as casas das ruas eram muito baixas, de modo que também resistiram, mesmo que balaustradas tivessem sido carcomidas pelo clima.

O nome oficial da cidade, no complexo Portadentro, significava "Reflexão Acerca de uma Grande Glória Distante". O nandestete, mais prático e direto, não tinha tempo para essas fantasias e traduziu o nome como "Zelo". Como era costumeiro na batalha dos nomes, o nandestete venceu.

Não era sábio da parte dos vindicantes passar muito tempo no mesmo acampamento, para que não houvesse tempo de que alguém desvendasse sua história, por isso a cada noite eles se uniam a uma fogueira diferente. Logo acima, reluzia Jocoso, mas não havia sinal do brilho do farol convocando as crianças Perdidas à escola.

A ajuda de Tomki acabou se revelando incalculável. Com seu jeito de cachorrinho saltitante, ele ia cumprimentar todo mundo como se fosse um velho conhecido, e quando as pessoas percebiam que nunca o haviam visto, ele já tinha colado nelas feito um ímã, contando-lhes causos. Havia um clima de camaradagem entre os viajantes, e muitos lhes forneciam comida, por pena da aparente "condição" de Arilou.

Nos acampamentos, todos ainda comentavam sobre o extermínio dos Perdidos por uma liga secreta comandada pela fugitiva Lady Arilou. Agora, no entanto, também parecia estar "na boca do povo" que a Vindícia fazia parte da conspiração e era constantemente ajudada e acobertada pelos Rendeiros.

Hathin escutava tudo enojada. Seria culpa dela? Se ela e Arilou não tivessem fugido, será que tudo aquilo teria acontecido? Talvez a verdadeira conspiração contra os Perdidos manipulasse cada passo dos governadores, enchendo seus ouvidos com histórias de Rendeiros assassinos. O que a assustava, porém, era a rapidez com que a lei e os cidadãos comuns da Ilha Gullstruck acreditavam nas mentiras.

Em vez de os quatro se arriscarem pelas ruas de Zelo, Jaze se ofereceu para adentrar a cidade sozinho. Mas não poderia descobrir nada sobre o misterioso Bridão, nem sobre o tal Lorde P. Enquanto isso, o grupo ficava atento a qualquer menção à Escola do Farol ou à presença de qualquer pessoa que pudesse guiá-los por entre os perigosos lagos de orquídeas.

"Ninguém parece saber o caminho", disse Tomki aos companheiros na primeira noite. "Até onde eu sei, ninguém nunca subiu lá, e ninguém nunca desceu. A própria escola se mantém totalmente isolada."

"Então imagino que os diretores devessem comer pedras e manter o farol aceso com lenha feita de palavras", retrucou Jaze num tom seco. "*Alguém* devia levar comida e lenha para eles."

Logo na manhã seguinte, esse mistério recebeu uma resposta, porém não muito útil.

Hathin acordou cedo e avistou um grupo de rapazes que havia parado para descansar não muito longe da estrada. Estavam vestidos à moda de Fumo Dançante, com a diferença de que a tintura índigo de suas roupas era mais fraca; em vez de azul-escuro, os tecidos tinham um colorido verde e amarelo-ovo. Ao lado deles, havia grandes trouxas de gravetos, que eles certamente estavam transportando nas costas.

Hathin se aproximou, recordando o que Jaze dissera sobre lenha de fogueira.

"Amizade", disse ela.

Um dos rapazes se levantou, mas não respondeu à saudação em nandestete. Apontou para um grupo de gravetos e disparou um olhar indagativo.

"Você... leva lenha caminho Escola do Farol?", indagou Hathin.

Ele a encarou, deslizando o maxilar para o lado; apanhou uma das trouxas, deu um tapinha nela e ergueu cinco dedos. Ela levou um instante para perceber que ele estava fazendo uma oferta. Os dois ficaram alguns segundos em silêncio, sustentando um olhar de frustração, então o jovem soltou uma risada rascante e deu meia-volta. Chamou um dos companheiros num idioma bem suave. Ao ouvi-lo, Hathin se lembrou da enseada das Feras Falsas; sentiu uma onda de nostalgia, recordando o aroma aveludado das orquídeas no alto do penhasco, o estalar das algas secas sob seus pés. Aquele idioma era melífluo como a língua da Renda, mas bem menos melodioso e sibilante, e Hathin não conseguia compreender muito bem a sensação de familiaridade.

Não foi difícil descobrir mais sobre os homens de verde. Eram notórios por não saber falar nandestete. Haviam chegado ali à época da inauguração da Escola do Farol, talvez vindos das bandas mais distantes de Jocoso, junto à costa. A maioria do povo acreditava que a própria Escola do Farol tinha organizado a chegada dos homens e o transporte de suas provisões, exatamente porque eles não seriam capazes de contar a ninguém sobre a rota secreta até a escola.

O povo local se referia a eles como Azedos. Os trajes verdes, em parte, eram a razão da alcunha, já que "azedo" era um termo para se referir aos frutos ainda não maduros, mas o nome também fazia referência à sua rabugenta autonomia.

Enquanto outros fazendeiros haviam fugido dos sopés de Jocoso, os Azedos, ao que parecia, ainda viviam em sua aldeia na encosta da montanha, descendo apenas para vender lenha ou tecidos verdes.

"Será que *alguém* lá sabe falar nandestete?"

"Bom, se alguém sabe, não admite."

Na terceira noite, o grupo de Hathin baixou num dos acampamentos menores e se juntou a um grande grupo de homens. Os viajantes falavam nandestete, com o sotaque da Cinca do Herbolário, e ficou bem claro que eram recém-chegados e já tinham se desentendido com uma gangue de caçadores de recompensas de Zelo. "Invasor", repetia um dos homens. "Gosta roubar coelho." Ele parecia achar muito engraçado. "Dizem se coelho correr terra é-deles, então coelho é-deles. Nós chama pirata-moedeiro, invasor."

"Que coelho você caça?", perguntou Jaze.

"Rendeiros", respondeu o homem, finalizando com um sibilo e um sorriso. O coração de Hathin disparou. "Levo Rendeiros trilha Cinca do Herbolário, vivo, morto, não importa. Gangue *Zelo* ali..." Ele assentiu para as luzes de um acampamento maior, mais afastado. "Procura Rendeiros para levar Superior. Mas não encontra Rendeiro, nós encontra tudo Rendeiros antes." Ele riu outra vez enquanto encarava o outro acampamento com um toque de desconforto.

"Por que Superior quer Rendeiro?", perguntou Therrot, a mão agarrada à de Hathin. "Superior" era o título do governador de Zelo.

"Ninguém num sabe. Superior quer Rendeiro vivo. Ninguém num sabe."

Apesar da alegria aparente, era inegável a agitação dos homens do grupo. A sensação geral era de que os caçadores de recompensas dos arredores haviam perdido o senso de humor em relação à escassez de Rendeiros. Um diminuto ruído vindo do outro acampamento os pôs de facas em riste, os ouvidos atentos para escutar.

Naquela quietude, Arilou entoou um gemidinho.

"Pesadelo", Jaze apressou-se em dizer, abraçando-a. Arilou tinha a boca e os olhos escancarados, como se por medo ou esforço.

"Ath...", disse ela.

Therrot deitou a mão sobre o braço de Hathin, para contê-la, e ela percebeu que Arilou estava tentando se levantar. *Mas ela quer alguma coisa, está incomodada, ela precisa de alguma coisa...*

"Athm", disse Arilou. "Ath... Athern..."

Não era um balbucio desconexo; Arilou tentava forçar uma palavra pela língua rebelde. Era uma palavra tão familiar que Hathin não reconheceu de primeira, como não saberia reconhecer o sabor do ar. De repente, ela entendeu, e por um instante perdeu completamente o fôlego.

Hathin.

"*Haathh...*" Um som agudo. Premente. Sem poder evitar, Hathin se levantou num salto. No mesmo instante, o vento mudou.

De súbito, a fumaça dos acampamentos parou de chegar ao nariz de Hathin. Em seu lugar, entrou um cheiro estranho e úmido, de fogueiras extintas havia muito, e um fedor pungente misturado à fetidez de carne podre.

O tempo saiu do eixo por um instante suficiente para que os vindicantes enxergassem a ciência nos olhos de seus companheiros. Então, na mesma rapidez, o mundo se recuperou do choque, e tudo aconteceu simultaneamente.

A flecha de uma besta acertou o tronco de onde Hathin acabara de se levantar.

Jaze saiu correndo, carregando Arilou nos ombros.

Tomki largou uma manta sobre o fogo, mergulhando o cenário na escuridão.

Therrot agarrou o braço de Hathin, e os dois deixaram o acampamento às pressas. Ela deu uma olhadela rápida para trás, bem a tempo de ver uma figura magra e escura invadir a área.

Estava escuro demais para que Hathin visse a pele e as roupas azuis, mas ela sabia que era o Andarilho das Cinzas. Mágoa o havia devorado, mas fora incapaz de detê-lo. Nada o deteria.

Atrás deles soaram gritos e tiros. Hathin e Therrot correram, correram, até que o chão cedeu e eles caíram em uma vala. Jaze, Tomki e Arilou já estavam agachados ali. Tomki puxava com toda a força a corrente do pássaro-elefante, tentando impedir que ele espichasse a cabeça pela beirada. Jaze deu uma olhada, de besta na mão.

"Está um caos lá", sussurrou ele. "Metade não percebeu que o sujeito era um Andarilho das Cinzas, e atacaram... psiu!" Ele apurou os ouvidos. "Parece mais calmo agora. Estão tentando negociar com ele, tentando descobrir se tem alguma recompensa em jogo, se conseguem uma porcentagem por ajudarem a nos expulsar..."

Uma voz calma respondia aos caçadores de recompensas. Um tom leve, murmurante. Hathin não conseguia imaginar o Andarilho das Cinzas falando.

"Ele está dizendo que só quer as cinzas", sussurrou Jaze. "Que eles podem levar nossas roupas e as joias dos nossos dentes para a Cinca do Herbolário e ficar com a recompensa." Ele olhou o grupo, então encarou Therrot. "Acha que consegue levar as duas até a cidade?"

"Eu posso ganhar tempo para vocês", disse Tomki num tom ligeiro, ao mesmo tempo receoso e entusiasmado.

"Não, Tomki. É um Andarilho das Cinzas. Nem Therrot conseguiria atrasá-lo o suficiente para ajudar. Mas ele vai dar uma segurada para mim." Não havia petulância nem ostentação no tom de Jaze. Em silêncio, ele entregou a Therrot os monóculos de âmbar, sua faca reserva, todos os pertences mais valiosos. Havia dissecado a situação feito um relógio e sabia que não precisaria mais daquelas coisas.

"Não", disse Hathin. "Jaze..."

Os campistas foram deixando o acampamento escuro em grupos de dois e três, caminhando agachados, às vezes parando e correndo as espadas em arbustos sinistros.

"Therrot, cuide da segurança de Hathin", pediu Jaze, começando a subir a vala. "Tomki, ponha Arilou nas costas do pássaro e corra o mais rápido que puder."

"Jaze!", chamou Hathin num sussurro alto; ele se virou, espantado. "Nós... *precisamos* de você. Pelo menos para carregar Arilou... Ela nunca vai ficar parada em cima daquele pássaro, você *sabe* disso."

"Eu posso carregar", disse Therrot.

"Não!", retrucou Jaze. "Trate de manter Hathin segura." Ele se virou para Hathin. "Não dá para falar isso de maneira delicada. Você cresceu acreditando que Arilou é a pessoa mais importante do mundo. Bom, a sua aldeia está toda morta, e o que eles disseram para você não conta mais como verdade. Eu não sei nem se a personalidade de Arilou existe fora da sua imaginação. Agora é *você* que importa. Esta é a *sua* busca."

"Sim, é a *minha* busca..." Hathin cerrou os punhos e respirou fundo, "e você não vai fazer isso, Jaze, porque *eu não vou deixar*." Ela estava trêmula, mas assumira, quase sem perceber, o tom frio e confiante que passara anos usando para entoar as falas de Arilou. "A sua função é me ajudar, mas *eu* decido de que forma, não você."

Antes que desfalecesse sob o olhar atônito de Jaze, ela se virou.

"Tomki, você consegue ir bem depressa no pássaro, não consegue? Tem uma coisa que eu preciso que você faça. Mas... é muito perigoso."

Um deleite quase incontido penetrou o olhar de Tomki.

"Quero que você vá àquele acampamento principal, onde estão os caçadores de recompensas *locais*, e diga a eles que tem uma família de Rendeiros aqui, prestes a ser capturada pelos homens da Cinca do Herbolário. Não fale nada sobre o Andarilho das Cinzas, e tome..."

O pássaro deu uma guinada para cima, e Tomki pulou em suas costas. Um segundo depois, eles já estavam longe, deixando marcas de patas na terra e soltando um par de penas.

"... cuidado", concluiu Hathin.

Jaze a encarou por alguns instantes, removeu com cuidado a flecha do arco e agachou, com um suspiro, ao lado de Arilou.

"Quando eles chegarem...", murmurou.

"Vai ser um caos", disse Hathin. "E nós vamos fugir para a cidade. Todos nós."

De repente, eles ouviram gritos e o estalo de galhos se quebrando ao serem pisoteados. Evidentemente, Tomki havia sido visto. O zunido de fundas. Uma longa pausa e então, muito ao longe, uma voz estridente, sibilante, empolgada.

"É o Tomki", sussurrou Therrot. "Acho que ele chegou aos homens de Zelo."

Da fogueira do acampamento distante, subitamente brotaram várias luzinhas menores. Tochas, erguidas por duas dúzias de figuras escuras. Uma gritaria de sotaques diferentes. Então as tochas começaram a saltar, em meio a um caos de gritos, pedras e tiros na escuridão.

"Agora", sussurrou Jaze, num misto de instrução e dúvida.

Hathin assentiu.

Ninguém pareceu notar o grupo saindo às pressas da vala, Therrot à direita de Hathin, Jaze à esquerda, com Arilou nos braços. Enquanto disparavam pelo matagal, Hathin ouviu Therrot arquejar, e de repente não havia mais ninguém correndo à sua direita.

Ela parou e se virou. Therrot estava caído, de cara no chão. Ela correu até ele, sacudiu-o, sentiu algo molhado atrás de sua cabeça. Tentava em vão arrastá-lo até os arbustos mais próximos, quando foi rodeada por tochas que despontaram na escuridão.

Tochas. Eram os locais que estavam carregando tochas. E se pensassem que ela estava com os homens da Cinca do Herbolário?

"Eu Rendeira!", gritou Hathin em nandestete. "Olha!" Hathin arrancou a boina e despenteou os cabelos curtos e macios, revelando a testa raspada. "Olha!" Ergueu o lábio superior e esfregou o polegar nos dentes. "Homens Cinca tentam matar, fazem nós inútil vocês! Favor, leve nós cidade-tua, ou homens Cinca encontra e mata!" Aflita, levou as mãos protetoras às costas de Therrot. "Nós Rendeiros..."

19
O sabão do Superior

Arrastada pelas ruas de Zelo com Therrot inconsciente, Hathin só conseguia recordar as palavras de Jaze.

Você tem o dever de não ser capturada nem morta...

O que aconteceria quando o Andarilho das Cinzas descobrisse quem eram seus captores e então rumasse para a casa do Superior, de licença na mão? Estaria ela conduzindo Therrot a uma armadilha inescapável? Ela olhou em volta, nervosa, enquanto os captores paravam para examiná-lo.

Dois homens ergueram Therrot pelos braços e o levaram embora. Hathin se viu escoltada pelo restante da procissão de tochas, com uma mão pesada em cada ombro. Ao cruzar o olhar com um dos guardas, sentiu os cantos da boca se repuxarem num sorriso. Estava exaurida demais para evitar. Os homens desviaram os olhos, com um calafrio, como se algo pegajoso lhes tivesse roçado a pele.

Ela passou por um portão pesado e um pátio quadrado, de grama escura, onde dormiam algumas fêmeas de pavão.

Ao ser arrastada por um corredor cheio de velas, Hathin percebeu que o lugar não parecia muito uma prisão.

Ela cruzou uma área com piso de mosaicos, duas armaduras douradas, então adentrou um cômodo de teto alto, com mapas pintados em todas as paredes. Um desenho da Ilha Gullstruck nos contornos do Pássaro Captor, seus vulcões vermelho-cereja e o vívido azul do mar, aparentemente povoado por décadas de insetos e besouros que haviam sido esmagados ali.

Abaixo dos mapas havia um homenzinho careca, com um belo e comprido bigode castanho, enroscado num fio de metal. Usava um paletó muito maior que seu tamanho. Ao ver os guardas chegando com Hathin, ergueu o olhar, com uma expressão de cansaço e sofrimento.

Então um dos guardas sussurrou algo no ouvido do homem, e Hathin viu brotar nele um olhar de esperança, mas cheio de dor e cautela. "Ah! Pois bem. Ah, sim! Sim, muito bom. Você poderia esperar do lado de fora?" Ele falava um portadentro com sotaque acentuado, rascante e ligeiro.

Enquanto os guardas deixavam o recinto, Hathin, nervosa, sentiu os hematomas no alto do braço. Imaginava inúmeras razões pelas quais o homenzinho estivesse satisfeito em vê-la, e nenhuma era boa.

"Vamos ver seus dentes, meu jovem."

Hathin levou um instante para recordar seu disfarce de menino e perceber que o sujeito falava com ela. Obediente, arreganhou os dentes, que o homem analisou por detrás dos óculos de aro metálico antes de voltar a se sentar, com uma bufada de alívio.

"Você é *mesmo* Rendeiro, não é?"

Ela assentiu.

"Pois muito bem." O homenzinho deslocou um peso de papel de jade, e o pergaminho sob o peso se enroscou e lhe acertou o nariz. Os dois fingiram que nada havia acontecido. "Você sabe quem eu sou, presumo?"

"O senhor é o Superior?" Ela foi recompensada por um sorrisinho frágil.

"Exatamente, meu jovem. Superior Pedron Sol-Sedrollo. Você provavelmente já ouviu falar nos Duques de Sedrollo." Ele acenou em direção à parede, e Hathin percebeu que havia centenas de pequeninos camafeus emoldurados, exibindo homens de golas franjadas e barbas bifurcadas e algumas mulheres de frondosas cabeleiras para cima, presas por redes de lantejoulas. "Você também deve ter ouvido falar nos Condes do Sol." A parede oposta exibia um grupo de imagens similares.

Hathin começou a compreender por que o homenzinho era tão pequeno. Qualquer pessoa se encolheria sob aquela centena de olhares tão penetrantes.

"Você deve estar se perguntando por que foi trazido até aqui." Ele encarou Hathin, parecendo se tranquilizar com algo que via em seu rosto. "Você pode ser jovem para compreender, mas eu preciso cuidar de duas grandes cidades. Temos aqui o vigoroso distrito de Zelo, que você já deve conhecer, com cerca de quatrocentas almas. Mas, lá no sopé de Jocoso, além dos lagos de orquídeas, existe uma cidade *inteira*, com quatro mil almas... uma cidade invisível, cuja população cresce cada dia mais."

Hathin recordou a Terra Cinzenta próxima à sua aldeia, com a floresta de casas de espíritos.

"Senhor Superior, seriam essas almas todos os Duques de Sedrollo e todos os Condes do Sol?"

"Isso mesmo", entoou o Superior, com uma nota de vazia desolação. "Todos eles. E seus primos, suas esposas, os primos de suas esposas, os primos das esposas dos primos de suas esposas, e muito mais gente. Suas cinzas foram todas trazidas para cá nos primeiros carregamentos." Ele abriu um sorriso envergonhado. "*Naquela* época, claro, as Terras Cinzentas não ocupavam a parte ruim dos lagos de orquídeas. Os meus predecessores escolheram as maiores e mais verdejantes áreas, bem pertinho da cidade, mas você conhece Jocoso. A cada cinquenta anos, mais ou menos, bang! Bum! Terremoto! Aí vemos fazendas incendiadas no sopé das montanhas, os velhos lagos se transformando em vales lamacentos e esburacados, novos lagos escaldantes brotando em pontos *totalmente diferentes*." Ele suspirou.

"Enfim, devo meu posto aqui à presença dos meus ancestrais. Quem governaria isto aqui além do único herdeiro dessa nobre prole? E onde eu poderia trabalhar senão aqui, para poder cuidar das tumbas dos meus antepassados?"

"Mas..." Hathin hesitou. "Imagino que a sua família ajude nas reverências, senhor... seus filhos, seus irmãos e irmãs..."

"Eu não tenho ninguém!" O pobre Superior Sol-Sedrollo gesticulou para os rostos nas paredes. "Como é que eu vou arrumar tempo de me casar, de ter filhos? Como é que vou arrumar tempo para irmãos e irmãs? Me surpreende eu ter tido tempo de nascer!" A mente cansada de Hathin pelejou para entender aquela lógica, mas desistiu. "Claro, muito mais gente em Zelo tem ancestrais lá em cima e homenageia todos eles, mas parece que ninguém pensa *direito* nas coisas.

"Quando eu assumi o cargo de Superior, substituindo o meu pai, descobri que durante incontáveis anos muita comida havia sido incendiada, em oferenda aos ancestrais... Só que ninguém jamais pensou em *talheres*." Ele balançou a cabeça, desesperado. "Você faz ideia? Os Duques de Sedrollo e os Condes do Sol passaram mais de um século sendo obrigados a comer *com a mão*."

Ficou óbvio para Hathin que ela nunca havia pensado em nada daquilo, e ao mesmo tempo ela teve a forte sensação de que o Superior havia pensado até demais.

"Claro, tudo piorou muito nos últimos vinte anos", prosseguiu o Superior, "agora que todo mundo queima as 'promissórias dos mortos' nas pedras em vez de ao menos tentar compreender as necessidades de seus ancestrais."

"Mas... isso não quer dizer que eles podem comprar o que quiserem no além-vida?" Hathin havia visto algumas das tais "promissórias", com validade garantida de cem mil moedas de ouro no além-vida e pintadas com vívidas imagens de renomados espíritos ancestrais.

"Como é que pode? Pense só. O povo da cidade deve estar cheio desses títulos no bolso, nada mais. Vão trocar isso com quem? Vão comprar o quê, se todo mundo só tiver dinheiro?

"Bom, pelo menos agora temos registros abrangentes de cada tributo oferecido, então podemos avaliar o tamanho da cidade e entender suas necessidades. Mas não passo um ano sem encontrar algo importantíssimo do qual me esqueci. O que nos traz ao assunto em questão e ao tormento da minha vida." O Superior ajeitou os óculos e encarou Hathin por um longo tempo. "Sabão", disse ele, por fim.

"Sabão?"

"Sabão. Eu mesmo passei quatro anos sem pensar nisso depois que me tornei Superior... Quatro anos! Imagine, umas quatro mil almas, vivendo tão perto umas das outras durante cem anos, sem sabão! Imagine só os carrapatos! A imundície! O suor no colarinho!"

O homem esmurrou com força os pesos de papel sobre a mesa, absorto. "E pior... *eu* não tenho a menor condição de fornecer isso a eles. Dar sabão de presente, mesmo que seja a um amado irmão, é confessar a sensação de que lhe falta asseio. Como é que eu vou dar uma saca de sabão para o primeiro Duque Antod Sedrollo, ex-comandante da Marinha Imperial?"

Ao ver o problema, Hathin assentiu.

"É onde entram você e o seu amigo. Há muito tempo, um guarda-costas Rendeiro morreu para salvar seu Superior e foi recompensado com uma sepultura nas Terras Cinzentas dos meus ancestrais. A solução óbvia é entregar o sabão em sacrifício a ele, para que ele possa vender aos outros. Pois bem, nós quase nunca vemos Rendeiros circulando por aqui, mas no ano passado encontrei dois irmãos dispostos a levar o sabão até a sepultura do homem. Só que... é... certa manhã, enquanto faziam a oferenda, eles foram surpreendidos por uma Maré Branca."

Hathin empalideceu diante da menção das ondas mortais de pó branco e fumaça quente, capazes de varrer cidades inteiras do mapa em questão de segundos.

"E, ah... eu acabei ficando com o mesmo problema de antes e desde então ando procurando outros Rendeiros."

Ainda atordoada com a menção à Maré Branca, Hathin levou alguns segundos para perceber que o Superior a encarava com um leve brilho nos olhos.

"Folgo em ver que você é um rapaz vigoroso", disse ele. "Lamento não podermos lhe fornecer imagens de sabão... mas quem é que sabe desenhar sabão? Nós já tentamos, e não dá para dizer se é sebo, se é batata. Mas você tem um metro e vinte de coragem, e isso é o mais importante."

Hathin se sentia com um metro e vinte de exaustão, bolhas, hematomas e lama de vala. Pretendera se aventurar pelo território de Jocoso, mas não esperava acabar tendo que arrastar o estoque de um século de sabão pelas encostas de um vulcão hiperativo.

"Pois bem, eu mandaria alguém com você, mas já me afundei em problemas para arrumar *qualquer pessoa* que suba Jocoso desde que ele começou a atirar pedras quentes por aí. Duas semanas atrás um grupo de rapazes veio brincar com os meus sentimentos, prometendo levar qualquer coisa que eu desejasse à encosta da montanha se eu lhes indicasse o caminho até a Escola do Farol, onde tinham algum negócio a fazer. Claro que eu não pude ajudar, então imagino que tenham se aventurado sozinhos... e nunca voltaram. Foi uma grande decepção."

O Superior parou para observar Hathin outra vez e meneou de leve a cabeça, como se visse algo satisfatório.

"Mas percebo que você precisa de mais do que isso para se assustar. Então... você e seu amigo me façam esse pequeno favor... e eu verei o que posso fazer para proteger vocês dois desses caçadores de Rendeiros." O Superior se acomodou na poltrona novamente e dispensou Hathin, sorridente, com um piparote na pena.

Enquanto rumava até a porta, ela ouviu o homem murmurar sozinho.

"Menino encantador... tão esperto, cooperativo. Nada do que se espera *deles*..."

Como ela podia ter causado uma impressão tão boa? E como tinha se voluntariado, sem perceber, para uma missão tão perigosa? Só havia uma resposta. Hathin concluiu que devia estar sorrindo durante a conversa.

Ela já ia saindo da sala quando outro guarda chegou, a passos leves, porém prementes. Uma carta, marcada por digitais azuis, foi entregue ao Superior. Durante a leitura, o rosto do homenzinho foi revelando um sem-número de expressões, do choque à dor de dente.

"Guardas, fora! Quero falar com a criança outra vez, em particular."

A porta se fechou atrás dos guardas, e Hathin enrubesceu sob o olhar do homenzinho.

"Tem um Andarilho das Cinzas no portão", disse ele, observando Hathin com cautela. "Diga, rapazinho, você é uma mocinha?"

Hathin hesitou, então assentiu.

"Foi o que o Andarilho das Cinzas deu a entender aos meus homens. A questão do sujeito é a seguinte: ele está com uma licença para caçar a fugitiva conhecida como Lady Arilou e seus companheiros, suspeitos de cumplicidade na morte dos Perdidos. Eu realmente não estou entendendo quanta graça você está vendo nisso, minha jovem."

Hathin mordeu os lábios e encarou as mãos do Superior, numa tentativa desesperada de abafar o sorriso de pânico. Devia ter surtido efeito, pois ele suavizou o tom de voz.

"Então... você é essa... essa Arilou?"

"Não... ela... eu estava viajando com ela. Mas eu... a perdi." Mesmo sem querer, Hathin sentiu lágrimas de exaustão e desespero brotarem nos próprios olhos. "Eu a *perdi*. Não sei onde ela está. Senhor, eu sei o que todo mundo está dizendo, mas a gente não matou ninguém, eu juro..."

O Superior encarou os soluços silenciosos de Hathin com todos os sinais de irritação, constrangimento e dúvida. "Típico. Os primeiros Rendeiros que me aparecem depois de meses... *meses*... e são fugitivos da justiça. É muita desconsideração. Será que vocês não veem a posição em que isso me coloca?"

Ele permaneceu uns instantes ali sentado, indeciso, repuxando a carta manchada de azul, então soltou um suspiro longo e contrariado. "Bom... você não se encaixa exatamente na imagem que eu tenho de um assassino perigoso. E eu não gosto muito de gente azul e fedorenta que vem bater à minha porta exigindo os meus prisioneiros. Você é capaz de jurar por... por seja lá o que o seu povo valorize... que você e o outro rapaz não tiveram nada a ver com esse extermínio?"

Um pouco trêmula, Hathin fez que sim.

"Pois muito bem. Veja, *eu* não posso me envolver nessa história, naturalmente, mas digamos por ora que os meus homens foram enganados pelo seu disfarce. O Andarilho das

Cinzas está procurando uma garotinha... A gente pode dizer a ele que nenhuma garotinha foi capturada. A bem da verdade, podemos até dizer que uma suspeita com essa descrição foi vista rumando... para o norte, digamos? Para as bandas da Ladeira dos Espinhos?"

Hathin foi levada a um quartinho, com uma cama muito macia e uma parede cheia de bordados que ela não conseguia ler.

Passou um tempo agachada junto a uma janelinha gradeada, as mãos em concha sobre a boca, entoando o crocito de coruja que ecoava o nome de Arilou. *Arilou, Arilou, me encontre aqui*. Só parou de chamar quando olhou pela janela e viu, mais adiante dos portões da cidade, uma silhueta sentada numa pedra. Era um borrão azul-escuro.

Quando ela reuniu coragem para olhar outra vez, uma hora depois, ele havia desaparecido.

20
O pano azul

No dia seguinte, dois Rendeiros cansados e feridos foram vistos arrastando um carrinho de mão cheio de sabão pela trilha de pedras que conduzia às Terras Cinzentas de Jocoso.

Eles haviam deixado Zelo no fim da manhã, depois que Therrot recuperou os sentidos e conseguiu caminhar. Já tinham subido e descido tantas encostas que já não viam a cidade. De cada lado da trilha, os lagos de orquídeas fervilhavam em borbulhas peroladas, cheios até a borda pelas chuvas recentes. O único ponto de orientação eram os contornos enrugados de Jocoso, que de tempos em tempos despontavam por sobre o precipício.

Hathin e Therrot não eram os únicos a usar aquela trilha, mas percebiam que todos os outros peregrinos pareciam rumar na direção oposta. Fazendeiros abandonavam suas propriedades no sopé de Jocoso e corriam para se esconder em Zelo até que o vulcão se acalmasse.

“Então por que é que não estamos fugindo mesmo?”, indagou Therrot, meio grogue.

"Para onde a gente fugiria?", retrucou Hathin com a voz fraca. "A estrada que vai de Jocoso até os portos está bloqueada, e a de trás está cheia de caçadores de recompensas procurando a gente. Se vamos retornar a Zelo, precisamos da proteção do Superior... E nós *temos* que retornar a Zelo... é para onde os outros estão indo... Nós estávamos fugindo para a cidade... eles vão estar lá em algum lugar..."

Fez-se um instante de silêncio, mas era um silêncio Rendeiro, compreendido por todos.

"Muito bem", disse Therrot por fim. "Pare um pouquinho; pare de andar como se estivesse tentando esmagar a montanha até virar pó."

Hathin parou e deu meia-volta, relutante.

"O seu plano ontem à noite foi muito bom", prosseguiu Therrot num tom gentil. "Mesmo que os outros acabem..."

"Eles vão nos encontrar", afirmou Hathin, firme para convencê-lo. "Arilou vai encontrar a gente. Ela é uma Perdida, lembra?"

Therrot mordeu o lábio, estendeu a mão e bagunçou os cabelos curtos que despontavam na testa de Hathin. O gesto era familiar, e Hathin percebeu que ela o vira bagunçando os cabelos de Lohan do mesmo jeito. *Será que ele me enxerga de verdade, ou está falando com seu irmãozinho ou irmãzinha?*

Com dificuldade, os dois levaram o carrinho até uma encosta baixa e encararam, incrédulos, uma espécie de miragem provocada pelo vapor. Não havia mais trilha. Em vez disso, o chão ia descendo até uma planície de pedras esbranquiçadas, cobertas por uma camada fina de água corrente. Rugas e repuxos cruzavam a superfície, cuspindo bolhas e manchando a rocha com borrões coloridíssimos: dourados, verdes, vermelhos, cor de rosa. Vez ou outra, imensos precipícios irrompiam feito pedregulhos na praia.

De ambos os lados, a planície cedeu lugar a lagos fumegantes. O único caminho parecia que era cruzar a planície esburacada.

"Olha ali." Therrot apontou, de cenho franzido. Havia um buraco na superfície, através do qual se viam as borbulhas de uma água azul-acinzentada. "Não é rocha sólida, tem no máximo um palmo de espessura. Se alguém colocar o peso ali, aposto que não volta para contar história." A largura do buraco, de fato, permitia a passagem de exatamente uma pessoa. "Já chega." Therrot deitou o carrinho de mão. "Os parentes do Superior podem passar mais um tempinho sem se lavar... Ninguém vai ficar sabendo."

Com cuidado, Therrot enfiou a mão debaixo da lona estendida sobre o carrinho como proteção contra as súbitas chuvas de monção e pegou um pedaço de sabão escorregadio. Agachou-se junto a uma pequena cratera cheia d'água, à sombra de um arbusto.

"Presente para o senhor, Lorde Jocoso", murmurou. "O senhor não se incomoda, sim?"

Quando ele jogou o sabão, a água na cratera borbulhou. Enquanto Therrot voltava para o carrinho e se abaixava para pegar mais, Hathin viu a espuma crescer e a água começar a formar uma fonte.

"Therrot!"

Ele se virou bem a tempo de ver a fonte se transformar numa enlouquecida pluma branca, abraçando seu rosto enquanto o vento mudava, fustigando-o com um jato fumoso e um vapor escaldante. Os dois vindicantes pegaram o carrinho e dispararam pela encosta, às cambalhotas, para escapar da fúria do gêiser, até pararem junto à traiçoeira planície.

"Ele se incomodou", sussurrou Hathin.

Eles haviam concordado em entregar o sabão e obviamente cumpririam a promessa. Lorde Jocoso, em sua loucura, garantiria isso.

"Mas como?", indagou Therrot, tossindo com o vapor ácido que lhe arranhava a garganta. "Como?"

Enquanto eles encaravam a planície, horrorizados, a resposta se ergueu num penhasco, repentina como um gêiser, e abanou os braços brancos. Uma figura solitária, os cabelos despenteados pelo vento, o enchimento da gravidez falsa deslizando pela lateral do quadril...

"Não acredito!" Uma segunda figura se uniu a Arilou no topo do desfiladeiro e acenou loucamente para Hathin e Therrot. O tom de voz de Tomki, agudo e negligente, era inconfundível. "Jaze! Sobe aqui para ver! São eles! Ela conseguiu. A Arilou encontrou eles!"

Passados cinco minutos, depois de um frenesi de abraços apressados e tapinhas nas costas, os Rendeiros reunidos começaram a recuperar o fôlego. Quase enjoada de tanto alívio, Hathin tirava os espinhos das roupas de Arilou e limpava o pó dos cantos de seus olhos.

Segundo o relato, tanto Jaze quanto Tomki haviam passado a noite em claro tentando encontrar o restante do grupo. Jaze conseguira chegar à fronteira da cidade com Arilou antes de descobrir que nenhum de seus aliados havia conseguido manter o ritmo. Tomki fora encurralado pelos caçadores de recompensas locais, que o encheram de bebidas em agradecimento por lhes ter entregado dois Rendeiros...

"Eu só encontrei o Tomki porque ele resolveu jogar cera de vela no pé do maior criminoso do bando", explicou Jaze. "Fui atrás da gritaria, e como era de se esperar... lá estava o Tomki."

"Você sabe muito bem que não precisava ter apartado a briga", observou Tomki num tom suave.

"Sim, Tomki, eu precisava. Bom, quando amanheceu, a Arilou acordou e começou a resmungar, por isso tivemos que nos afastar da multidão. Percebemos que ela parava de gritar se a gente seguisse em uma certa direção; se nos afastássemos, ela recomeçava. No fim das contas, resolvemos confiar nela. Passamos horas percorrendo o trajeto que ela indicava, na esperança de que houvesse algum método... mesmo quando ela começou a nos trazer para cá, para o centro do parque de diversões de Jocoso."

"Ela me encontrou." Hathin fechou os dedos molengos e compridos de Arilou em suas mãos. "Eu falei para vocês que ela é uma Perdida..."

"Sim." Jaze se agachou ao lado dela.

"Sim, Doutora Hathin, você disse."

Hathin e Therrot relataram as próprias aventuras, bem como o acordo firmado acerca do sabão do Superior.

"Então vocês acham que Lady Arilou pode nos conduzir por essa mina vaporosa?", concluiu Therrot.

Sem sombra de dúvida, Lady Arilou pretendia levar o grupo a algum lugar. Tinha o olhar fixo na montanha, e qualquer tentativa de guiá-la em outra direção era recebida com ganidos roucos e frustrados. Meio hesitante, Hathin tomou a irmã pela mão e se deixou ser conduzida pela planície ominosa e multicolorida. Atrás delas vinham os outros, com o pássaro-elefante e o carrinho de mão, todos seguindo a trilha de Arilou, estremecendo a cada estalo das pedras sob a roda do carrinho como se fosse o barulho da crosta da rocha cedendo.

Por todos os cantos do vale, havia grandes respingos de pedra amarela e esbranquiçada, muito borbulhantes, como se Jocoso tivesse resolvido fritar imensos ovos nas pedras quentes, mas os tivesse esquecido, deixando todos ali para endurecer e apodrecer.

Depois de um tempo, para o alívio dos vindicantes, a frágil planície deu lugar a um solo firme, e eles seguiram arrastando o carrinho por entre ancestrais esculpidos em pedra, já deformados de tanto musgo, os chapéus altos invadidos por trepadeiras. Só podiam ser as Terras Cinzentas de Jocoso. Não havia ali nenhuma casa de madeira que abrigasse espíritos. Elas teriam desaparecido sob as Marés Brancas de Jocoso, feito teias de aranha sob uma ventania.

As Terras Cinzentas se mostraram amplas, tal e qual o Superior advertira, muito maiores que a própria cidade de Zelo. O grupo levou um tempo até encontrar uma diminuta figura de pedra, afastada dos outros monumentos ancestrais. Havia pequenos círculos entalhados em seus dentes; sem sombra de dúvida, era o guarda-costas Rendeiro que o Superior havia descrito.

Os vindicantes descarregaram o carrinho de mão cheio de lenha e sabão, empilharam tudo sobre uma laje e tocaram fogo. Uma fumaça oleosa, com cheiro de suor de carneiro, invadiu o ar.

Jaze levou Therrot para um canto, e os dois entabularam uma conversa silenciosa. Então retornaram à lápide dos Rendeiros e começaram a cavar. Só depois de desenterrarem a urna de cremação dos Rendeiros, Hathin entendeu o que estavam fazendo.

"Nenhum Rendeiro vai ser enterrado num pote", foi só o que Therrot disse, enquanto espalhava as cinzas úmidas ao vento.

Hathin encarou o rosto de Arilou, pálido, porém sereno, e sentiu uma onda de orgulho. Arilou a *encontrara*. Arilou conduzira o grupo em segurança às Terras Cinzentas. Ao estender a mão para tocar a irmã, porém, Arilou se levantou, desajeitada, virou o rosto na direção da montanha e recomeçou a subir a encosta, cambaleante.

Hathin, como de costume, sentiu certo sufocamento pelo impacto da vontade de Arilou. Como se estivesse num quarto escuro, aparentemente vazio, e esbarrasse num estranho.

Tomki deu as costas para a chama e viu Hathin partindo atrás de Arilou. "*De novo*, não! A gente desvia os olhos da nossa Lady Perdida um instante, e ela dispara que nem um estilingue!"

No entanto, Hathin só conseguia pensar num lugar para onde uma jovem Perdida pudesse rumar com tanta fúria e determinação. A Escola do Farol. O que mais poderia haver naquela encosta desolada e perigosa? A urgência de Arilou contagiou Hathin. Aquela paisagem *de fato* significava algo para ela. Talvez essa aventura pudesse abrir alguma fresta na rígida casca de estranheza de Arilou, o vislumbre de algo.

Enfim, à medida que o sol foi se pondo, o caminho escolhido por Arilou adentrou uma trilha demarcada, onde pegadas recentes sulcavam aqui e ali a terra molhada pela chuva. O coração de Hathin subiu à boca. A esperança de Dança, no fim das contas, não era infundada: *ainda* havia gente na Escola do Farol, gente que talvez pudesse ajudá-los.

Um trechinho em zigue-zague, a subida de um pedregulho... e de repente Hathin avistou o brilho âmbar de uma fogueira, um pouco adiante. Ouviu a melodia de uma flauta e um murmúrio de vozes. Vasos de barro flanqueavam a trilha à frente, expelindo fracas chamas amarelas e grandes flores de fumaça preta e fuligem. No alto de uma espécie de marco feito de pedras, uma imensa bandeira azul-escura tremulou sob o vento, então desabou no mastro com um barulhinho fraco.

Hathin se virou para os companheiros, toda contente, mas viu em Jaze um sorriso acanhado e triste.

"Aqui." Jaze tomou Hathin pelos ombros com delicadeza e a posicionou a seu lado. "Está vendo aquilo? Aquela silhueta contra a lua?"

Obediente, Hathin olhou para onde o dedo de Jaze apontava, um pouco mais acima do ponto de onde eles haviam vindo. Sob o luar, claramente visível, havia uma forma afilada, muito comprida e destacada para ser uma árvore.

"A torre do farol da escola", disse Jaze.

"Mas... está tão longe!"

"Pois é", respondeu Jaze, entredentes, "muito longe. Seja lá o que tenhamos achado, não creio que seja a escola."

Já parou para pensar que uma pessoa pode ser Perdida e imbecil ao mesmo tempo? Ao recordar as palavras de Therrot, Hathin mordeu o lábio com força.

Ela se virou na direção de Arilou bem a tempo de vê-la disparar, cambaleante, pela trilha. Foi atrás, com os outros a tiracolo. De cada lado da trilha, as aberturas nas pedras ficavam cada vez mais largas, transformando-se em portas de entrada. Um cachorrinho surgiu correndo, abocanhando o ar rubro da noite com seus latidos comunicativos. Um pessoal surgiu pelos montes de pedras. Suas roupas verdes estavam desbotadas pela luz do fogaréu, mas Hathin ouviu o discurso ansioso, nervoso, e soube que eram Azedos.

Alheia aos murmúrios de perigo à sua volta, Arilou cruzou uma pequena família reunida junto à fogueira central da aldeia. Havia um pai com a expressão cansada e mal-encarada, sua esposa, um casal de filhos adultos e duas crianças pequenas.

Arilou soltou um garganteio alegre e avançou em direção a eles, o rosto radiante, os braços estendidos. Como se os reconhecesse. Seus passinhos cambaleantes a levaram direto até a mãe da família.

Ela ergueu a mãozinha, sem muita coordenação, e deu uma batidinha no rosto da mulher. A mulher recuou diante do aparente ataque. Arilou se ajoelhou, tomou a menina menor pelo bracinho e a abraçou, desajeitada. A mãe avançou para recuperar a filha e foi se esconder atrás do marido, o rosto sombrio de medo e hostilidade. A família se agitou, elevando a voz, e Hathin enfim compreendeu por que o idioma dos Azedos lhe parecia tão familiar. Ela ouvira aquelas palavras melífluas milhares de vezes, saindo da boca de Arilou.

Ao ver a família se afastar, Arilou estendeu os braços trêmulos, elevando os gritinhos a um ganido de completa desolação. Hathin observou, com uma tristeza que parecia pertencer a alguém muito mais velho.

Você não veio até os lagos de orquídeas para me encontrar, não foi, Arilou? Nem estava tentando levar a gente às Terras Cinzentas, nem à Escola do Farol. Não, você estava vindo para cá.

A luz da Escola do Farol atraiu a sua mente, bem como a de todas as outras crianças Perdidas, não foi? E os professores tentaram ensinar você e os outros a praticar o retorno para casa. Mas, quando a sua mente saía da escola, você não voltava para a costa, não é? Não, você ficava ali por perto. Encontrou uma pequena aldeia no sopé de Jocoso e ficou observando uma família, até sentir que era a sua família. Por isso quase nunca voltava para nós. Por isso falava um idioma que ninguém compreendia. Você estava tentando falar a língua deles.

Você nunca foi retardada. Só estava ocupada em outro lugar, todos esses anos... com esta *família.*

"Mas eles não te conhecem", disse Hathin em voz alta. "Você os amou, e eles nunca a notaram... Como você mesma nunca me notou."

O rosto de Arilou era o retrato da dor, da incompreensão e da traição, e Hathin só conseguiu sentir pena.

Os ganidos de Arilou e os latidos dos cachorros atraíram o povo da aldeia para fora de suas casas de pedra, preenchendo a escuridão com rostos hostis e indecisos. Hathin e os outros intrusos se agacharam ao lado de Arilou, percebendo que seu destino estava sendo debatido.

"Será que a gente tenta falar com eles?", sussurrou Hathin. "Quer dizer, se pelo menos *um* deles souber falar nandestete, talvez a gente consiga convencer alguém a nos indicar o caminho até a Escola do Farol, e daí podemos sair daqui antes..."

"Antes que eles resolvam nos expulsar a pedradas", concluiu Therrot entredentes. O rosto de Tomki se iluminou de maneira imensurável, mas Jaze balançou lentamente a cabeça.

"É pior que isso. Neste exato momento acho que eles estão decidindo se podem nos *deixar* sair. Olhem em volta. Olhem esses vasos com a gordura queimada."

Os vasos eram de barro; quando Hathin encarou, os bojos se transformaram em rostos borbulhantes...

"Ah, não! Eles não fizeram isso!"

Jaze assentiu, taciturno. "Urnas crematórias. Estão usando como suporte para velas."

"Mas então..." Hathin ainda enfrentava o próprio horror diante daquela blasfêmia, "o que aconteceu com as cinzas do... ai."

Os olhos de todos foram pairando, relutantes, até a grande bandeira azul, que se encolhia apática sob a brisa.

"Eles *não podem* ter feito isso!", arquejou Therrot.

Jaze deu de ombros. "Eu vi panos verdes pendurados na soleira para afastar os demônios, panos amarelos para afastar a bruxaria da Renda... e os Andarilhos das Cinzas afirmam que ficam invisíveis aos vulcões ao tingirem as roupas com as cinzas humanas apropriadas. Então, talvez, se você quiser tornar uma *aldeia inteira* invisível ao vulcão..."

"Então é necessário um tecido *bem* grande, ou seja, um monte de cinzas. Nesse caso, imagino, um monte de Condes do Sol e Duques de Sedrollo", Hathin concluiu baixinho.

"Podemos fingir que não percebemos a bandeira nem as urnas", sussurrou Tomki. Com dificuldade, o grupo de Rendeiros desviou os olhos das provas incriminadoras. "Posso tentar falar com os Azedos", prosseguiu Tomki num tom assustado e esperançoso. "Posso fazer mímica."

"Arilou pode conseguir falar com eles", disse Hathin baixinho.

"O quê?"

"Eu... eu acho que sim, sei lá. Mas ela está um pouco aborrecida agora."

"Então trate de animá-la, depressa!", soltou Therrot num sibilo. "Eles estão segurando pedras!"

"Arilou." Hathin afagou o rosto de Arilou para lhe chamar a atenção. Arilou soltou um ganido baixo e desconsolado.

Tomki se levantou com as mãos erguidas num gesto de rendição.

"Amizade!", exclamou ele em nandestete. Ilustrou as palavras com um sorriso, mas o pânico se alastrou a uma dimensão alarmante. Duas criancinhas choramingaram e correram para se esconder atrás de um tonel de tinta índigo.

"Amizade, Arilou..." *Vamos lá, Arilou, você passou um tempinho com a gente, você voltou para o seu corpo, deve saber algumas palavras na língua da Renda. Por favor, diga que às vezes nos escutava, por favor, diga que a gente significa alguma coisa para você.* "Diga 'amizade' para eles."

Um velho agachou ao lado deles e cuspiu uma pergunta. Arilou escancarou a boca, em silêncio, os olhos arregalados, e conseguiu emitir uns barulhinhos baixos. O homem olhou para trás, para os amigos, e deu de ombros.

Involuntariamente, Hathin sentiu uma pontada. *Ele fez uma pergunta para Arilou, e ela tentou responder. Para ele, não significou nada.*

A boca de Arilou, no entanto, começou a amolecer, adquirindo um formato redondo e molengo. Por detrás de seus olhos cinzentos, um sonho cristalino havia sido destruído, suavemente.

O que eu estava esperando? Ela nunca teve uma conversa na vida. Talvez tenha aprendido a entender as palavras dos Azedos, talvez tenha praticado fazer os mesmos movimentos com a boca, os mesmos sons. Mas as palavras são como tijolinhos de brinquedo, que ao longo dos anos a gente aprende a pegar e juntar. Eu estava achando que ela ia aprender de primeira?

Pobre Arilou. Nunca passou pela sua *cabeça que você não fosse conseguir, não é?*

"Tem alguma coisa feia aqui nesta aldeia", murmurou Therrot. "O clima aqui está perigoso."

"Claro que tem", disse Hathin com tristeza. "*Eles são iguais a nós.* Estão tão habituados a proteger a si mesmos e seu segredo se afastando do mundo que não conseguem enxergar o perigo de viverem tão sozinhos."

Enquanto falava, Hathin enxergou a realidade daquela aldeia, de um lugar que abrigava gente de verdade. Percebeu de repente a magreza nos rostos dos aldeões, as cestas vazias onde deveria haver feijões secos, a escassez de porcos e galinhas.

"Eles vivem sozinhos aqui em cima e estão ficando sem comida", disse. "Não sei por quê... Talvez tenha algo a ver com o farol da escola estar apagado, mas é verdade. Olhem em volta! Ah, se pelo menos Arilou pudesse nos dizer por quê... Tomki, você acha que consegue negociar com eles? Convencer esse povo a nos levar à Escola do Farol? O carrinho do Superior está lá nas Terras Cinzentas... Será que a gente não pode dar para eles venderem?"

"Posso tentar." Tomki esticou os dedos no alto da cabeça, imitando uma torre, então apontou para a distante torre do farol. "*Nós...*" apontou outra vez em direção à escola, então fingiu caminhar.

O teatrinho não pareceu melhorar em nada o ambiente. Muitos Azedos trocavam olhares sombrios.

"Nós pagamos!" Tomki revirou a bolsa do cinto e apanhou uma única moeda. "Pagamos! Bom, mais ou menos. Pagamos para virem conosco." Ele tomou, como um cavalheiro, o braço de uma mulher Azeda, que rapidamente se desvencilhou. "Nos proteger dos gêiseres." Agachou-se, então deu um pinote, balançando os braços. "Vush! Gêiseres!"

O povo riu, meio confuso. Várias crianças se aproximaram, talvez esperando que Tomki repetisse o gesto. Quando ele repetiu, a tensão se dissipou, ainda que de forma branda.

"Vuuuuuuush! Isso! Protejam a gente dos gêiseres! E da avalanche de pedras!"

Infelizmente, Tomki resolveu encenar a "avalanche de pedras" arremessando duas pedrinhas no peito de um homem parrudo. Um baque surdo, e Tomki desabou no chão, agarrando a mandíbula.

"Vocês viram isso?" Seu ganido de satisfação foi interrompido por um chute ligeiro nas costelas, depois outro na cabeça. "Olhem! Olhem! Estou sofrendo um malfeito!"

"Que beleza", resmungou Therrot, enquanto Tomki se levantava. "Agora vamos todos vingar um bom malfeito."

Sem olhar, Jaze deu uns petelecos no cabo da adaga presa à bainha de seu cinto, e as tiras de couro se soltaram. De repente, o cabo surgiu em sua mão, com a lâmina colada no antebraço, fazendo Hathin pensar num escorpião com o ferrão dobrado debaixo da cauda.

Ao ver o avanço da multidão, Hathin sentiu-se tonta e enjoada. Conseguia falar com pessoas, mas aquilo era uma Turba. E Turba não era gente. Esmagavam os outros feito papel, deixando marcas profundas de raiva e medo que não lhes pertenciam.

Então, sem avisar, uma onda retumbante invadiu o ar, e a Turba ficou parada, estupefata. Arilou estava falando, e de súbito os estranhos vestidos de verde à volta deles escutavam, voltando a ser gente.

"Eu não sei o que a sua irmã acabou de falar", murmurou Therrot, mexendo o canto da boca, "mas estou muito feliz com o que ela disse."

Fosse lá o que tivesse sido, pareceu bastar. Tomki parou de ser esmurrado, e a expressão do velho que parecia ser o líder dos Azedos se encheu de afeto e humanidade. Os Azedos haviam passado décadas usando sua linguagem para reconhecer os seus e manter distância dos outros. Ao usar as palavras deles, por menos habilidade que tivesse, Arilou havia penetrado sua armadura e se tornado um deles.

Com cuidado, Hathin rascunhou na terra o desenho grosseiro de um carrinho, e desta vez o povo se reuniu para observar. Pelo menos agora os Azedos pareciam interessados em tentar compreender.

"Carrinho." Hathin apontou em direção às Terras Cinzentas. "Carrinho *lá* embaixo." Para deixar claro o que era o carrinho, Hathin acrescentou umas bolotas dentro, então fez como se agarrasse os dois cabos. "*Damos* a vocês." Ela apanhou um naco de ar e ofereceu, com muita reverência, ao chefe dos Azedos.

O velho lançou um olhar inquisitivo a Arilou, que entoou uma única palavra. Sobrancelhas se ergueram, e a palavra foi repetida com expressões de revelação. Os Azedos pareciam contentes e muitos menearam a cabeça em aprovação.

O velho fez um teatrinho bobo de enfiar algo na boca e morder. Imaginando que o grupo estivesse sendo convidado para jantar, Hathin apontou para o caldeirão de sopa de feijão sobre o fogo com um olhar indagativo e recebeu em resposta um aceno de cabeça.

"Acho que é melhor a gente aceitar", sussurrou ela.

E assim prosseguiu a dolorosa conversa, mesmo depois que o céu escureceu e a sopa foi servida a todos em cascas de abóbora. Usar Arilou como tradutora era como tentar costurar usando pinha em vez de agulha, forçando expressões rombudas pelo pequenino orifício que era a capacidade comunicativa de Arilou. Hathin distinguia uma palavra repetida em meio à torrente de frases no idioma azedo. Tinha um som de "jeljerr"; a última consoante era um arranhado suave no fundo da garganta, como o "rr" em "lorr".

Por fim, o líder dos Azedos estendeu a mão e cumprimentou Arilou. Negócio fechado.

"Que bom", murmurou Jaze ao se levantar. "Agora vamos sair daqui..."

Um coro de protestos. Mãos delicadas, porém insistentes, empurravam Jaze de volta. O povo apontou para uma das cabanas de pedras empilhadas, onde esteiras de dormir limpas eram desenroladas. Uma maré de palavras no idioma azedo... *blá-blá-blá jeljerr...*

"... ou talvez não", Jaze concluiu taciturno. "Parece que não vamos a lugar nenhum."

Hathin se inquietou, pensando no Superior à espera de notícias de seus entregadores de sabão. O que o homem faria quando a noite chegasse e eles ainda não tivessem retornado? Será que mudaria de ideia e enviaria o Andarilho das Cinzas, afinal?

FRANCES HARDINGE

21
Fim da lição

Na manhã seguinte, os visitantes Rendeiros foram acordados pela misteriosa "Jeljerr", que provou ser uma garota Azeda de seus 17 anos, com olhos fundos e ar atento e controlado. Ela os acordou com um susto pouco depois do amanhecer, enfiando a cabeça pela porta da cabana de pedras onde eles haviam sido acomodados, entregando tigelas de algo quente e com aroma de ervas.

"Amizade." Era o "amizade" mais grosseiro e hostil que Hathin já tinha ouvido, mas era um alívio enfim ouvir nandestete. "Quer... ir... caminho torre?" Logo ficou claro que o nandestete da garota não era bom e que a carranca em seu rosto era em parte por conta da concentração e da insegurança.

Jeljerr, evidentemente, fora a guia designada para levá-los à Escola do Farol. Suas calças verdes e justas já estavam salpicadas de lama, e Hathin imaginou que ela tivesse retornado à aldeia naquela mesma manhã. Estava óbvio que os Azedos haviam decidido adiar os planos até o regresso de sua única falante de nandestete.

Enquanto os Rendeiros se preparavam para deixar a aldeia, duas coisas ficaram muito claras. A primeira foi que Arilou não tinha nenhuma intenção de sair dali. As tentativas de levá-la até as cercanias da aldeia eram recebidas com um guincho áspero e tão similar a uma ave de rapina que vários aldeões se abaixaram e olharam em volta, procurando a grande águia que presumiam estar prestes a dar um bote. A segunda foi que os Azedos não tinham nenhuma intenção de deixar Arilou partir.

Jeljerr se apressou para traduzir.

"*Ela* ficar aqui. *Nós* ir torre. *Vocês* ir cidade. Vocês voltar aldeia." Ela apontou com o pé para o desenho tosco do carrinho. "Comida. Vocês voltar aqui. *Todos* vocês ir *atrás*."

"Aquela conversa de ontem não foi bem o que a gente estava pensando, foi?" Apesar do inchaço no olho esquerdo, Tomki conseguiu abrir um sorriso torto.

Até onde os Azedos sabiam, seus visitantes haviam concordado em levar a eles um carrinho cheio de comida e outras provisões em troca de uma condução até a Escola do Farol. Para garantir que os Rendeiros cumprissem sua parte no acordo, Arilou teria que ficar com eles. Os Azedos eram inflexíveis em afirmar que ela havia concordado com eles.

"Mas... nós não podemos deixar ela para trás!", soltou Hathin, numa explosão de pânico. "Ela não sabe se defender! E os Azedos não sabem cuidar dela!"

"Eu fico com a Arilou", declarou Jaze. "E o Tomki fica aqui comigo... Se houver qualquer problema ou traição, ele leva Arilou embora em segurança, e eu faço um estrago na vida desse povo aqui. Therrot, você cuida da Hathin."

Ainda muito ansiosa e relutante, Hathin por fim aceitou se juntar a Therrot, seguindo Jeljerr por uma trilha serpeante e esburacada. Aquele caminho não fazia o menor sentido para ela. Às vezes, os três pareciam rumar na direção oposta à da torre do farol, e por duas vezes se espremeram por cavernas estreitas e rastejaram por buracos diminutos. Depois de uma hora nesse zigue-zague, a torre do farol surgiu, subitamente, atrás da montanha que se avultava, tão perto que dava para ver as cinzas subindo da pira inativa no topo.

Jeljerr se sentou, abruptamente, recusando-se a seguir adiante, o rosto tenso e desconfiado. Não disse mais nada, mas abanou as mãos na direção da torre além da montanha e começou a se distrair arrancando e rasgando as folhas dos arbustos. Hathin e Therrot entenderam o recado e seguiram sem ela.

Mais adiante, adentraram um trecho de terra amplo, coberto de grama e pontilhado de madeira escura da pira. Por toda a volta, havia pequenas cabanas de pedra empoleiradas em pedestais altos de granito, decerto para proteger seus moradores dos ataques súbitos de lava e lama quente.

Therrot fez um biquinho e assobiou. Não houve resposta. O único som, percebeu Hathin de repente, era o gorgolejo dos gêiseres ao longe.

"Devia haver barulho de insetos", sussurrou ela. "Devia haver pássaros..."

De repente, Therrot se agachou e espiou os próprios pés.

"Mas há", murmurou ele entredentes. O pássaro que jazia à frente deles não parecia ferido, mas sem dúvida estava morto.

Os dois avançaram com cuidado até a base do pedestal mais próximo, onde alguns círculos vermelho-amarronzados despontavam da grama, feito cabeçorras de cogumelo. Therrot virou um deles com o pé.

"Recipientes de barro", disse ele aturdido. "Olha, as rolhas de cortiça estão no chão, bem pertinho." Ele se aprumou e encarou, mais à frente, algumas saliências similares de terracota espalhadas em volta dos outros pedestais. "Tem dezenas. Estão por toda parte." Ele ergueu uma, virou de cabeça para baixo e chacoalhou. "Parecem vazias."

"Therrot, você pode me ajudar com isso aqui?" Havia uma pesada escada de madeira caída sobre a grama. Therrot ajudou Hathin a apoiá-la no pedestal, então segurou-a para que ela subisse. Ela escalou até o "peitoril" de pedra defronte à cabana e enfiou a cabeça pela porta aberta.

"Parece um depósito", gritou Hathin lá de cima.

Ela pegou um boneco de madeira, de cujo umbigo saía uma imensa corda. Havia um anel nas costas; quando ela puxou o anel, a corda entrou pela barriga do boneco, aproximando uma conchinha brilhante unida à outra ponta da corda. A brincadeira de boneco. A antiga forma de ensinar as crianças Perdidas a se reencontrar.

Havia blocos de madeira pintados de cores diferentes, alguns com símbolos em alto-relevo. Havia velas empilhadas junto a montinhos de varetas de incensos cor-de-rosa e amarelos. Perto das paredes, havia pinturas de rostos com diferentes formatos de bocas e instrumentos musicais. Tudo aquilo devia ter sido usado para as aulas das crianças Perdidas, para ajudá-las a controlar os diferentes sentidos.

Uma rápida contagem revelou que havia pelo menos dezessete cabanas suspensas. Algumas eram depósitos, outras, pequenos gabinetes, outras pareciam alojamentos. Numa delas havia um conjunto de tigelas de madeira sobre uma tábua, e a seu lado um caldeirão de sopa vazio e intocado. Em outra cabaninha, aparentemente organizada, havia duas garrafas de vidro verde quebradas e largadas.

"Todo mundo foi embora...", disse Hathin, apanhando um brinco solitário do chão, na verdade, uma argola de marfim. "Parece que... fugiram."

"Fugiram, foi?" Therrot se abaixou para espiar a cinza úmida que cobria o chão ao redor da torre. "Se fugiram, não creio que tenha sido de livre e espontânea vontade. Alguém andou arrastando algo pesado sobre essas cinzas... lá praquele lado, pras bandas dos lagos de orquídeas. Sim, tem mais pegadas. E... espera." Ele se agachou e apanhou algo pequenino de metal. "Uma flecha de besta."

"Você acha que as pessoas foram atacadas? Então..."

Nenhum dos dois precisou concluir a frase. Hathin sabia que, como ela, Therrot visualizava cerca de uma dúzia de corpos sendo arrastados colina abaixo e largados num dos lagos borbulhantes e multicoloridos de Jocoso.

Enquanto ela pensava, uma gota lhe acertou a sobrancelha e escorreu para dentro do olho, causando uma queimação. Ela olhou para cima, protegendo o rosto, a tempo de ver outra gota reluzente se formar por entre uma fresta do teto e despencar. Ela limpou a gota na testa; ao examinar os dedos molhados, viu que estavam tingidos de vermelho.

As paredes do lado de fora eram de granito bruto e ofereciam muitos apoios para os pés de Hathin, que escalou até o teto.

"Therrot..." Hathin engatinhou com cuidado por sobre as lajes amplas e frágeis. "Alguém derramou um troço aqui no telhado. Um troço vermelho."

"É...?"

"Não é sangue. Não. É um tipo de pó esfarelento. A chuva lavou muita coisa, mas ainda tem uns traços. Alguém espalhou isto aqui de propósito. Parece que desenharam um círculo grande ou algo assim. Não... uma lua crescente."

Hathin sentou-se no teto, com a mesma sensação de quando tentava desvendar as palavras escritas em portadentro no diário de Skein. Tentou imaginar as pessoas que haviam vivido no alto daquelas cabanas, o dia inteiro empilhando lenha para a pira ou pintando estranhos brinquedos para as aulas.

Pensou neles vivendo em meio aos anéis de fumaça de incenso, entoando as lições em voz alta, doando a vida à vaporosa congregação de crianças Perdidas que pairavam ali, invisíveis. Será que aquele povo era como a estranha velha da tenda de notícias? Será que sentiam o toque frio dos olhos de centenas de jovens — castanhos, pretos, verdes, cinza —, ou apenas entoavam suas falas para o céu vazio e a estranha encosta cuspideira?

O que Hathin esperava encontrar ali? Alguém com respostas. Mas a escola não passava de mais um amontoado de mistérios abandonados.

Ela desceu. Encontrou Therrot sentado no chão, encarando a palma da mão.

"Achei alguém a quem perguntar. Olha... é um dos nossos amiguinhos." Ele ergueu na palma da mão algo amarelo, pequenino e brilhante, e Hathin viu que era um sapo, igual ao que ela havia escondido no gorro. Depois de um instante, percebeu que o sapo era de madeira. Therrot exibia no rosto um sorrisinho irônico. Empurrou um bastão de madeira pelas arestas salientes das costas do sapo, que fez um som de *crrrrk*, semelhante a um coaxo de verdade. "Bom, é mais do que a gente já recebeu em resposta de qualquer um."

"Por que é que ele tem luazinhas crescentes nas costas?", perguntou ela.

"Você ouviu a moça. O que significam essas luas crescentes?" Uma passada da vareta, e o sapo soltou outro enigmático *crrrrrrk*. "Ouviu?"

"Aonde foi todo mundo, sapo?", perguntou Hathin, encarando-o com firmeza.

Crrrrrk.

"Quem arrastou o povo pela colina?"

Crrrrrk.

"Por que a gente sempre chega nos lugares tarde demais?"

"Por que os Perdidos morreram?"

"Por que todo mundo quer nos matar ou mandar vulcões para cima da gente?"

Therrot e Hathin se entreolharam, e a seriedade zombeteira subitamente deu lugar a risadas de alegria, impotência e desespero. Tudo era *muito* sombrio, *muito* terrível. Eles desviaram os olhares, mas era tarde demais. Pelo canto do olho, Hathin via Therrot sacolejando de tanto gargalhar.

"Sabão!", cuspiu Therrot num tom baixo e agudo, diferente do costumeiro. "Eles nos mandaram até aqui com um carregamento de *sabão*..."

"Um homem azul quer me transformar numa meia!", gritou Hathin, esganiçada. Os dois se olharam, se jogaram no chão e gargalharam.

Foi maravilhoso deixar a mente vagar. Uma leveza invadiu a cabeça de Hathin, uma pulsação quente atrás do osso esterno. Todas as preocupações costumeiras se dissiparam. Uma única vez, ela quase foi capaz de ignorar a partezinha tirânica de seu cérebro que dominava as rédeas da preocupação, tentando acalmá-la, passar alguma mensagem...

Fez-se um som crescente, meio precipitado, como um caldeirão começando a ferver, mas ela mal percebeu, e o ribombo que ecoou a pegou totalmente de surpresa. Por um reflexo, levou depressa as mãos aos ouvidos e observou, sem entender nada, um pedregulho do tamanho de sua cabeça descer a encosta, quicando em sua direção. No instante seguinte, seu rosto começou a pinicar; ela respirou em grandes golfadas arquejantes, percebendo o desespero de seus pulmões para sorver o ar. Desespero, porque instantes antes ela não estava respirando, completamente esquecida dessa necessidade.

Por fim, Hathin conseguiu lembrar o que significava a pulsação quente atrás de seu osso esterno.

“Therrot! Tapa os ouvidos!” Desesperada, ela se levantou e lhe deu um chute na costela; ele soltou uma risadinha. “Therrot! Você não está sentindo? No peito? *Tem besouros bazófios aqui!*”

A seriedade foi voltando à expressão de Therrot. Mais que depressa, ele tapou os ouvidos e arquejou em busca de ar. Enquanto ele se levantava, cambaleante, Hathin percebeu que a terra e o céu pulsavam e tremulavam a cada batida de seu coração.

Os dois saíram em disparada pela montanha torta, aos tropeços. Cruzaram uma pilha de galhos de árvore, saltaram córregos fumegantes e por fim perderam o equilíbrio e desabaram num montinho no chão duro. Ali ficaram, arquejantes, até o sangue acalmar. Hathin se sentia enjoada e exaurida.

“Pobre sapo”, disse, depois de um longo tempo. “Ele contou para gente tudo que sabia... a gente só não compreendeu. Ele tinha a resposta: uma lua crescente. É tão óbvio o que significa uma lua crescente... é a lua. Os Perdidos em treinamento vão atrás da luz, de modo que uma das primeiras coisas que eles aprendem é a não seguir em direção à lua, sob o risco de ficarem para sempre vagando na escuridão. Pros Perdidos, a lua é *perigosa*.”

“Então o sapo era marcado com luas crescentes porque era venenoso. Mas a lua crescente no telhado...”

“Acho que alguém conseguiu se esconder quando a escola foi atacada, viu o que ia acontecer e teve tempo de ir até a cabana e desenhar o símbolo, na esperança de que ficasse visível à luz do farol. Mas acho que não ficou.” Hathin hesitou e abraçou Therrot. Sentiu novamente uma tristeza que parecia pertencer a alguém muito mais velho. “A mente das crianças Perdidas teria vindo pairando de lá de cima... o símbolo era para ser um *aviso*.” Ela suspirou e apoiou a cabeça na manga áspera de Therrot.

"O inimigo deve ter mandado os besouros bazófios para cá naqueles jarros de barro, vindos lá da Costa da Renda, e então os soltaram aqui. Os Perdidos... eles morrem que nem peixes-videntes. Não dá para ir atrás de todos, nem é preciso. Basta saber onde as mentes vão estar.

"Na noite do extermínio, todo mundo sabia que os adultos estariam conferindo as tendas de notícias para saber das novidades. Bastava encher uma das tendas com besouros, e a ilha inteira..." Milady Page caindo da rede. Skein se deitando, sorrindo. "Mas ainda havia as crianças."

Por toda Ilha Gullstruck, as crianças receberam beijos de boa-noite de seus pais, se deitaram na cama ou se sentaram de pernas cruzadas sobre esteiras de palha e mandaram as mentes até a Escola do Farol...

"Mas e a Arilou... Por que isso não aconteceu com ela?"

"Ela pode não ter ido à escola. Não é de se surpreender. Na escola havia um bando de gente dando ordens, passando lição de casa, e acho que ela não gostava muito disso. Ela deve ter parado de ir e resolveu ficar com os Azedos... Não sei, não sei. Eu devia chorar, na verdade é isso que eu queria fazer, mas, acima de tudo, só queria dormir e esquecer tudo. É tão terrível me sentir assim?"

"Não, não. Vá dormir, irmãzinha." Therrot encarou o céu com um olhar ao mesmo tempo distante e perigoso, como se o mandasse não incomodar Hathin.

"Therrot? Quem quer que tenha feito isso... é muito mais inteligente que nós."

"Talvez. Mas nós ainda estamos vivos, respirando."

"Só porque o Jocoso jogou uma pedra em cima da gente para nos tirar do transe dos besouros."

"Pois é." Therrot quase sorriu, então bagunçou o tufo de cabelos na testa de Hathin. "Lorde Jocoso tem carinho por gente de mente fraca."

Ela caiu no sono, mas a respiração de Lorde Jocoso pareceu drogar e enlouquecer seus sonhos. Ela tentou se afastar dele descendo a colina, cambaleante, em meio ao rosnado de jaguar das pedras sob seus pés, marcadas com luas crescentes.

Bem abaixo, Hathin viu o povo de sua aldeia, em silêncio e de cabeça baixa, adentrando uma gruta. Ela os chamou várias vezes, mas eles não responderam. *Não se preocupe*, disse a mulher gigante a seu lado. *Eu vou atrás deles para você.* Então Dança foi seguindo a encosta em direção à gruta da Morte, alheia aos gritos desesperados de Hathin atrás de si...

Hathin acordou com um tranco, quase batendo a cabeça na de Therrot.

"Therrot, precisamos saber de Dança! Ela está indo para a tenda de notícias de Pequeno Mastro! É a cabana onde Skein procurava mensagens quando morreu... *por isso* ele morreu antes dos outros Perdidos adultos! Ela está rumando para um poço de besouros bazófios!"

22
Criaturas perigosas

Quando Therrot e Hathin cambalearam para se juntar a Jeljerr, ela se levantou toda trôpega. Hathin percebeu um toque de defesa e cautela em seu rosto. A menina não pareceu surpresa com o estado abalado e desgrenhado dos dois, mas era inegável que havia um tom indagativo em seus olhos duros e desafiadores.

"Jeljerr? Vamos aldeia é-tua. Benligeiro."

Ao chegarem à aldeia, os Azedos que acolheram os vindicantes exibiam a mesma expressão de Jeljerr. Inquisitivos, cautelosos, meio furtivos. Em retribuição, receberam dois sorrisos Rendeiros, ferozes, porém inabaláveis.

"Falamos amigos é-nossos. Sim?"

Quando todo o contingente de Rendeiros, exceto Arilou, estava reunido à beira da aldeia, Therrot e Hathin contaram, baixinho, a notícia dos besouros bazófios assassinos. Fez-se um horrorizado silêncio.

"É imenso demais", disse Tomki, por fim. "É tão imenso que estou de pé bem no alto, mas não consigo ver as bordas. Não consigo nem olhar direito para ele."

“Dança”, disse Jaze. Era a primeira vez que Hathin via Jaze parecer quase assustado. Dança era seu ídolo, sua estrela-guia.

“Sim”, concordou Hathin. “Precisamos avisar Dança, mas primeiro temos que avisar os Azedos.” Ela tentou não olhar os aldeões, que estavam quase ao alcance de sua voz. “Eles claramente sabem de *algo,* mas não que estão dividindo a montanha com uma horda de besouros bazófios. Se soubessem, jamais teriam deixado Jeljerr ir com a gente até a escola. Pensando bem, também não *nos* teriam deixado ir até lá, se realmente queriam o carrinho de comida.”

“Tem razão.” Tomki parecia horrorizado. “A gente não pode deixar eles morrerem, agora que eu finalmente consegui o meu malfeito.” Ele tocou o olho roxo, orgulhoso. “O que eu ia fazer se voltasse com a tatuagem e eles estivessem todos embesourados? Eu... ai!”

Hathin estava cada vez mais treinada em detectar os sinais de perigo dados por Therrot. Naquele momento, porém, não houve tempo de reagir antes que Therrot agarrasse Tomki pelas axilas e o jogasse para o lado feito um montinho de palha. Tomki o encarou com os olhos arregalados, mas ainda não temerosos.

“Malfeito?”, soltou Therrot. “Você jogou pedras em cima deles, quase acabou matando a gente!”

“Jaze!” Hathin encarou Therrot, mas Jaze se conteve. Era evidente que não via motivo para se plantar no caminho de Therrot.

“Você quer mesmo sofrer, Tomki? Quer um malfeito que impeça você de dormir à noite?” Hathin quase ouvia o autocontrole escapando de Therrot, como grãos numa saca furada.

Hathin correu para se plantar entre Therrot e Tomki, que se levantou com cuidado. Antes que Therrot pudesse se mexer ou dizer outra palavra, ela virou as costas para ele.

Tomki recuou tarde demais, e o tapa de Hathin o acertou bem no nariz e no alto da bochecha. Ele se sentou numa pedra, com a mão no olho, encarando-a como um cachorrinho ferido.

"Isso não é brincadeira!" Todos os outros se encolheram, ouvindo a voz de Hathin ecoar, gélida e límpida, pelos penhascos ao redor. "Não se usa a tatuagem para impressionar as meninas, como se ela fosse um... um... um chapéu! Está vendo isto aqui?" Hathin puxou a atadura do antebraço. "Está vendo isto? E isto?" Ela puxou as mangas de Jaze, depois as de Therrot, revelando suas tatuagens. "A gente não *quis* isto, Tomki. Elas significam que estamos... *destruídos*. Tão destruídos que não há como recuperar... e... só o que nos resta é destruir outra coisa.

"Você quer ficar com Dança? Então *vá*. Vá encontrá-la e avise do perigo. Daí vai poder mostrar os hematomas ao seu sacerdote, pedir a sua tatuagem e fazer o que quiser. Só não se dê ao trabalho de voltar aqui. Se a única coisa que interessa a você é fazer a tatuagem, seu lugar não é com a gente. E nunca vai ser."

Depois que Tomki, tomado de choque, partiu em seu pássaro-elefante, os Azedos levaram alguns minutos para superar o pânico em ver os visitantes gritando e se estapeando ao mesmo tempo que exibiam seus largos sorrisos. Jeljerr e Arilou, no entanto, foram outra vez trazidas para fora, e com esforço e paciência os perigos dos besouros bazófios foram ficando claros.

Os Azedos se chocaram com a notícia; fecharam a cara e discutiram entre si, num tom amargo. Por fim, pareceram chegar a uma conclusão, e, depois de uma constrangedora pausa, Jeljerr começou um relato lento e defensivo da noite em que os fogos da Escola do Farol esfriaram para sempre.

Um grupo de homens armados havia surgido de surpresa na aldeia dos Azedos, seguindo uma Azeda mais velha cuja perna torta a incapacitava de correr muito depressa. Esses homens traziam consigo um mapa, mas não havia nenhum traçado do caminho entre Zelo e a Escola do Farol. Eles estenderam uma pena, convidando os Azedos a preencher o espaço em branco. Quando os aldeões balançaram a cabeça e fingiram ignorância, os estrangeiros apontaram para a bandeira, então para as Terras Cinzentas, para mostrar que sabiam de onde haviam vindo as cinzas.

A ameaça implícita ficou bem clara, então dois dos aldeões mostraram aos homens o caminho até a Escola do Farol. Aquela noite o farol estava aceso, como de costume, mas no dia seguinte, quando os Azedos foram levar lenha até a escola, encontraram-na vazia. Seu principal meio de sustento havia literalmente desaparecido da noite para o dia, deixando apenas sinistros resquícios. Então eles bateram em retirada, feito caranguejos-ermitãos, receosos e certos de que levariam a culpa por qualquer coisa que tivesse acontecido.

Os homens que vocês levaram até a Escola... estavam transportando alguma coisa?

Sim, foi a resposta. Mochilas cheias de jarros tampados. Alguns levavam tantos jarros que parecia que suas pernas iam sucumbir.

“Os jarros provavelmente estavam selados só com ar e os besouros dentro”, murmurou Jaze. “Não admira que estivessem tão leves. Daí, ao chegarem à escola, os homens devem ter tapado os ouvidos e puxado as rolhas dos jarros...”

“Espera!” Hathin foi subitamente atingida por uma recordação. “Acabei de lembrar... O Superior contou que alguns homens foram pedir ajuda para chegar à Escola do Farol. Talvez ele saiba alguma coisa sobre eles.”

Havia outra pessoa que talvez soubesse, percebeu Hathin, e era Arilou.

Pobre Arilou. Hathin já não guardava muitas esperanças de que Arilou pudesse jogar alguma luz sobre o destino do Conselho dos Perdidos ou o fim da Escola do Farol. Estava muito claro que ela, com seu jeito voluntarioso, não se interessara nem pelos estudos, nem pelos colegas Perdidos. No entanto, parecia ter passado a vida inteira vigiando religiosamente a aldeia dos Azedos. Havia uma ínfima possibilidade de que Arilou tivesse visto aqueles sinistros visitantes armados, e que sua estranha perspectiva de Perdida lhe tivesse permitido saber mais do que os Azedos.

Hathin tentou relembrar o dia da tempestade, da morte de Skein, por mais que sua alma desejasse fugir dessa tarefa. Os homens haviam visitado os Azedos no fim da tarde, na hora em que Skein tentava testar Arilou. Ela recordou, um tanto empolgada, que o comportamento de Arilou *de fato* estava mais estranho que de costume. Durante o teste da audição, ela não entoou os indistinguíveis balbucios costumeiros, mas uma frase em particular, repetida sem cessar.

"Jeljerr, o que é 'kaiethemin'?", perguntou Hathin. Precisou repetir algumas vezes para que a menina Azeda compreendesse. Jeljerr, por fim, enganchou os polegares e abanou os outros dedos das mãos, feito asas.

"Pássaro. Muito pássaro voa."

A empolgação de Hathin se transformou numa suave e amarga decepção. A infame Lady Arilou, perseguida por toda Ilha Gullstruck por uma liga de assassinos, temerosos do que ela pudesse ter visto ou ouvido. E o que ela fazia enquanto uma armadilha mortal era estendida para os Perdidos? Observava os pássaros e seu voo, como uma criancinha fascinada.

"Não acredito que os Azedos *ainda* não querem devolver a nossa Perdida", resmungou Therrot, soturno, arrastando o carrinho sacolejante pela trilha em direção a Zelo.

"Ela vai estar segura lá", disse Hathin baixinho. Ao sair da aldeia, avistara as duas moças da "outra família" removendo cascas de semente dos cabelos de Arilou e sentira uma pontada de algo que parecia ciúme. "Além do mais", acrescentou com tristeza, "é lá que ela quer ficar."

"Os Azedos concluíram que ela é parente deles", resumiu Jaze muito calmo. "Quanto ao resto de nós, eles *querem* gostar da gente, *quase* confiam na gente, mas sabemos muita coisa perigosa a respeito deles. Ficar com Arilou é a maior garantia que eles têm de que vamos voltar com a comida."

"Sim, a comida." Therrot suspirou. "*Como* é que a gente vai arrumar isso?"

"É... Acho que vou ter que voltar e conversar com o Superior", sugeriu Hathin timidamente.

Therrot permaneceu em silêncio, mas seu rosto empalideceu.

"Eu *preciso*, Therrot. É a nossa única chance de manter o Andarilho das Cinzas afastado. E descobrir mais sobre os homens que trouxeram os besouros. O Superior os encontrou, pode ser que tenha alguma lembrança a respeito, ou até que outras pessoas tenham conversado com eles... Eu... eu *preciso* descobrir mais. É a minha busca... é por isso que estamos aqui... então eu acho... acho que vou ter que dizer ao Superior que me disponho a continuar levando os sacrifícios dele para os mortos."

Therrot não olhou para ela, mas pegou sua mão. *Se você fizer isso, não vai ser sozinha.*

"Isso é muito arriscado." Jaze parecia meditativo, mas não descartou a ideia de primeira. "Os Azedos não vão ficar satisfeitos se a gente aparecer com sabão para eles comerem."

"Não, mas a gente pode dar o sabão para eles venderem, entendeu?"

"E se eles não conseguirem vender? E se ninguém em Zelo quiser comprar um carrinho cheio de sabão?"

"É..." Hathin o encarou com o mais sutil dos sorrisos. "Bom, eu pensei nisso, e *tem* uma pessoa. Tem o Superior."

"Espera." Jaze arqueou de leve as sobrancelhas aveludadas. "Então você está propondo que a gente *suba* a montanha com o sabão do Superior e entregue aos Azedos. Daí eles *descem* de volta a montanha até Zelo. E nós compramos o sabão com o dinheiro do Superior para que os Azedos possam comprar comida. E *subimos* de volta a montanha, e eles *descem* com tudo de volta..."

Fez-se uma longa pausa, e os três Rendeiros começaram a bufar e rir baixinho, entredentes.

"Pode dar certo", disse Therrot, pensativo. "Quer dizer, contanto que Lorde Jocoso não decida nos cozinhar vivos por desacato."

"Dizem que Lorde Jocoso ama os doidos e os transgressores. Se for verdade, não temos nada a temer." Jaze esfregou os olhos e escancarou um sorriso cortante. "Você é uma criatura perigosa, Doutora Hathin."

Hathin e Therrot chegaram aos portões do palácio do Superior pouco antes do meio-dia. Foram recebidos, apesar do pó nas roupas e dos tufos de folhagem nos cabelos. Hathin, talvez por já ter agido como porta-voz, foi mais uma vez levada à presença do Superior.

"Você está viva!", exclamou o homenzinho, surpreso e exultante. "Os fazendeiros das montanhas andam fugindo dos sopés e espalhando os mais hediondos rumores! Deslizamentos de terra, pedras desabando das gretas, gente cozida no vapor feito lagostas. Você estava demorando tanto que comecei a temer o pior..."

Hathin apressou-se em garantir ao homem que o sabão sacrificial havia sido entregue em segurança a seus ancestrais. Contudo, a notícia dos besouros bazófios nas montanhas foram um severo golpe para o Superior. Refletido em seus olhos lacrimejantes, Hathin enxergou um calamitoso futuro no qual pilhas e mais pilhas de subalternos vivos soterravam os carrinhos de oferendas ritualísticas e se uniam às fileiras de mortos imundos e clamorosos.

"Mas você e o seu... amigo... irmão... sobreviveram?"

"Pela graça de Lorde Jocoso", respondeu Hathin, com certo grau de honestidade. "Eu... acho que conquistamos o afeto do Lorde. Talvez fizesse tempo que ele não tinha uma conversa, uma conversa na língua da Renda. De todo modo, foi por isso que demoramos tanto a voltar... Lorde Jocoso não queria deixar a gente ir embora."

O rosto do Superior assumiu uma expressão de surpresa, além de certa cobiça.

"Vocês conversam com vulcões! Eu já tinha ouvido falar isso a respeito dos Rendeiros, claro, mas achei que fosse puro folclore. Justo quando preciso de alguém que tenha jeito com vulcões... O que Lorde Jocoso disse?"

Therrot foi forçado a passar três horas esperando em seu quartinho. Quando Hathin voltou, ele andava de um lado a outro feito um jaguar enjaulado.

"O que houve com você?" Ele deu um passo atrás e a olhou de cima a baixo. "*O que* houve com você?" Admirado, encarou as novas botas de couro, o chapéu vermelho de aba larga e trançada, a mochila nos ombros, o colete e a bata masculinos.

"Eu conversei com o Superior e ganhei um disfarce novo. Ele tem um para você também. Agora que estamos trabalhando para ele, não podemos 'circular por aí parecendo vagabundos', foi isso o que ele disse." Hathin enrubesceu. "Eu... sou um diplomata."

"Estou vendo", murmurou Therrot.

Hathin não era apenas o novo enviado diplomático do Superior a Lorde Jocoso. Visto que as terras em torno de Jocoso eram perigosas demais para a entrada do povo, ela teria que organizar missões relâmpago até os lagos de orquídeas para abastecer a comunidade de mortos agora abandonada. Em troca, o Superior os abrigaria e preservaria sua identidade.

Therrot também ganhou roupas novas. Parecia mais jovem e hostil, agora que o queixo estreito já não ostentava o abominável toquinho de barba. Foi caminhando, carrancudo, atrás de Hathin e do Superior, que percorreu o palácio de cômodo em cômodo, tentando decidir o que mais enviar aos mortos.

"Então vocês acham que, se bem equipado, o guarda-costas Rendeiro pode liderar uma expedição de negócios até outra cidade de mortos? O que seria necessário?"

"Boas botas e roupas de viagem", respondeu Hathin, mais que depressa. "Talvez pássaros-elefantes carregadores. Tendas. E comida, muita comida." Quem saberia quando ela e seus amigos precisariam fugir outra vez?

"E armaduras, talvez? Para o caso de encontrarem bandoleiros mortos lá no alto? Quem sabe..." O Superior hesitou defronte a uma armadura que parecia projetada para um pássaro-elefante, com proteção até para o bico. Logo acima, uma tapeçaria exibia um duque de semblante revoltado liderando uma cavalaria armada de sabres, todos montados em pássaros blindados. "Licença artística", murmurou ele. "Infelizmente os pássaros jamais poderiam correr nessa vestimenta. Nem andar, sejamos sinceros. A bem da verdade, qualquer coisa além de ficar deitado tilintando a armadura já seria uma vitória."

Quando o Superior entregou a Hathin um de seus anéis de sinete e mandou que ela fosse ao mercado providenciar mais reservas emergenciais para os ancestrais, ela imaginou, pelo sorriso do homenzinho, que fosse uma grande honra. Talvez todas as "honras", tal e qual a armadura dos pássaros-elefantes, parecessem mais honrosas quando vistas de fora.

Hathin pigarreou. Não havia um caminho óbvio que levasse às perguntas que ela queria fazer.

"Senhor, eu andei pensando. Aqueles homens que vieram perguntar sobre a Escola do Farol. O senhor... o senhor por acaso não recorda as feições deles, senhor?"

"Feições?" O Superior franziu o cenho, perplexo. "Como é que eu ia ter tempo de reparar nas feições de alguém? Eram só... camaradas... dois braços, duas pernas, vestimentas rudes... mas falavam um bom portadentro, graças aos céus. Mandei que falassem com Bridão, claro, mas não creio que ele tenha ajudado."

Bridão. Em meio aos tantos perigos e revelações dos últimos dois dias, Hathin quase havia esquecido a misteriosa anotação no diário de Skein. Como era? *Bridão crê que Lorde P retornará ao fim das chuvas...* Outra pista do mistério sobre a morte dos Perdidos. Uma pista nas mãos de um homem chamado Bridão.

"Quem é Bridão, senhor?"

"O melhor desenhista de mapas da cidade de Zelo." O Superior estava estranhamente irritado, mas não com Hathin, ao que parecia.

"O senhor pode... O senhor pode me dizer onde ele mora?"

"Mora? Aquele maldito, ele não é disso. Bridão era um Perdido... Acha que eu contrataria um desenhista de mapas que não fosse? Com certeza ele não ajudou aqueles homens. Os Perdidos sempre foram tão misteriosos em relação à sua preciosa escola... só que agora ele não pode ajudar ninguém." O Superior fez uma breve pausa para remexer o bigode. "Mapas. Minha jovem, você acha que o nosso Rendeiro morto vai precisar de mapas para sua expedição de negócios?"

"É, vai! Claro, senhor. Sim, tenho certeza de que vai. Talvez... talvez eu e o meu amigo possamos ir até a casa do sr. Bridão para ver os mapas que ele tem lá."

Cinco minutos depois, Hathin e Therrot caminhavam pelas ruas, disfarçando os sorrisos, com o caminho aberto pelo novo casaco militar de Therrot.

"Pelo menos agora estamos seguros", murmurou Hathin para tranquilizar tanto Therrot quanto a si mesma. "Bom, na medida do possível, nesse sobe e desce de vulcão dia sim, dia não."

O Superior havia informado que a casa e a loja de Bridão ficavam no distrito dos artesãos, então para lá rumaram os dois vindicantes, com Therrot empurrando o carrinho. Logo ficou bem claro que encontrar a casa de Bridão não seria tarefa fácil.

O distrito dos artesãos era imenso, maior que toda a cidade de Tempodoce. Embora Hathin e Therrot não soubessem, Zelo um dia abrigara os melhores artífices e artesãos da ilha. Graças à obsessão do Superior por seus exigentes ancestrais, era próspero o mercado de delicadas oferendas para os mortos. Não apenas "promissórias dos mortos" em diferentes valores, com pinturas intrincadas, como toda sorte de extravagâncias reproduzidas em miniatura. Pequeninas liteiras esculpidas em osso, lindas cortesãs feitas de jade, suntuosos banquetes pintados em folhas de bananeira.

"A gente devia comprar umas coisas no caminho", sussurrou Therrot, "só para ficar mais natural."

E assim eles fizeram, sem muitos exageros, apesar da novidade que era ter dinheiro na mão. Afinal de contas, mesmo não tendo que pagar pelas compras, sabiam que teriam de subir a montanha com elas.

Por fim, os dois encontraram uma rua repleta de mapas, drapejando feito bandeiras. A casa de Bridão era a maior, facilmente identificada pelo escudo no alto da porta. Nele, havia a cara de um cavalo freado. Therrot destrancou e abriu a pesada porta de madeira, e os dois vindicantes encararam a loja.

Estava muito claro que Bridão havia sido um homem ocupado. Por outro lado, não era nada organizado. Havia mapas por todos os cantos. Cada superfície abrigava um amontoado de mapas incompletos, pilões e almofarizes nos mais diversos tons, pincéis, bastões de giz, frascos de tinta e folhas de bananeira. Nos fundos do recinto, havia maços e maços de papel, empilhados como fardos de feno.

Os mapas exibiam a acurácia de alguém capaz de flutuar sobre a terra e observá-la em toda a sua extensão. As pinturas possuíam um refinamento incomum para um Perdido, sugerindo que Bridão tivera excelente controle sobre o próprio corpo. Um dos mapas trazia até o desenho do dorso e das asas de uma águia no céu, com a terra bem abaixo, como se o observador voasse acima da ave. Hathin sentiu vertigem.

Havia uma cadeira defronte a um suporte baixo. Hathin correu a ponta dos dedos pela madeira gasta, imaginando se Bridão havia se sentado ali, com a visão nas alturas, rascunhando o que via sem de fato olhar o papel.

Therrot pegou um dos maços empilhados junto à parede dos fundos.

"São imagens de Jocoso visto de cima... todas iguais. Por que pintar tantos mapas idênticos?"

"Será que esse em especial tinha muita saída?"

"Talvez... espera." Fez-se uma longa pausa, interrompida por um e outro farfalhar do pergaminho. "Espera. Não são todos iguais. Vem cá ver." Enquanto Hathin se aproximava, Therrot apontou para o canto inferior direito do primeiro mapa da pilha. “Está vendo esses rabiscos? São números. E este símbolo na frente significa que os números representam uma data. Havia um símbolo assim nos papéis que eu recebi quando saí da prisão. Cada um desses mapas tem uma data, e são todas diferentes. Agora, olha isso aqui.”

Therrot virou a pilha de mapas, exibindo o verso, então fez o mesmo com o primeiro desenho. Uma imagem de Jocoso em meio aos lagos iridescentes, a comprida fileira de crateras enrugada como a boca entreaberta de um molusco. Com seus dedos ágeis, Therrot virou o mapa seguinte, e o outro, e o outro, e mais, e mais, e mais. Diante dos olhos de Hathin, o molusco foi escancarando a bocarra, abrindo pequeninas rachaduras e sulcos pelas laterais das montanhas.

“Para!” Era sempre assoberbante ver um vulcão mudar de forma diante de seus olhos. “Therrot, o que isso quer dizer?”

“Não sei.”

As outras pilhas também exibiam sequências de mapas, que descreviam os outros vulcões. Como antes, o mesmo cenário havia sido pintado repetidas vezes, em sequência, revelando mudanças quase imperceptíveis na silhueta dos vulcões. Mágoa parecia inalterável em dezenas de mapas, então sua cratera subitamente se alargava. Novos pontinhos surgiam nos flancos do Rei dos Leques. E, o mais perturbador, Mãe Dente desenvolvia estranhas manchas e borrões, como machucados numa fruta, muitas num formato estranhamente retangular.

As imagens de Ponta de Lança eram quase todas indistintas, sem dúvida por conta da nuvem que lhe coroava a cabeça. Espiando as manchas de carvão, porém, Hathin teve certeza de que o suave padrão de luz e sombra do interior da cratera ia sutilmente se alterando. Em alguns desenhos, ela pensou ver uma leve saliência, como um grande fungo dentro da cratera.

"Talvez não signifique nada", sugeriu Therrot. "Afinal de contas, é tão estranho assim os vulcões se movimentarem durante o sono?"

Aquilo, no entanto, não convenceu nenhum dos dois; apesar de não terem compreendido muito bem a visita, eles se alegraram em sair daquela casa.

Hathin e Therrot haviam acabado de fechar a porta quando aconteceu. Dois homens que circulavam junto à tenda de um artesão de resina avançaram no meio da multidão. Houve um grito, e eles capturaram uma mulher magra que se contorcia e se debatia. Seu chapéu de contas caiu da cabeça e revelou uma área raspada em sua testa. A multidão recuou com murmúrios assustados ao perceber que ela era Rendeira.

Por um instante, o olho de Hathin embaciou com a lembrança de uma praia escura, as investidas assassinas das tochas, mas a multidão se manteve afastada, em respeito aos dois homens que prendiam a mulher ao chão. Hathin os reconheceu como caçadores de recompensas da Cinca do Herbolário. Claro, agora que o Superior tinha sua Rendeira de estimação, decerto havia pagado e dispensado seus próprios caçadores de recompensas, permitindo que os visitantes caçassem livremente os Rendeiros da cidade.

Um dos homens pressionou o joelho às costas da mulher, para imobilizá-la, e amarrou suas mãos atrás do corpo. Então, para a própria surpresa, ele voou para trás e desabou no chão, agarrando o nariz. O outro homem tentou dar um salto, mas foi em vão. Um osso de carneiro o atingiu na lateral da cabeça e o jogou no chão de terra. Era quase possível sentir o ar do mercado se adensando e crepitando; todos tinham o olhar fixo em Therrot, agora em cima da mulher amarrada, o osso de carneiro ainda na mão.

Havia uma estranha expressão no rosto de Therrot, quase um olhar de alívio. *Estou desabando*, dizia a expressão. *Chega de decisões. Agora só consigo desabar.*

"Parem!"

Enquanto Hathin disparava, ela sentiu os olhares se cristalizando feito sal em sua pele. Enrubescida e desesperada, estendeu a mão que segurava o anel do Superior diante dos caçadores de recompensas. Eles pararam, segurando o cabo das facas. Hathin deu um giro devagar e estendeu o anel para que todos à sua volta vissem o sinete.

"Nós exigimos esta mulher." Hathin pigarreou para se livrar da rouquidão de nervoso. "Ela... é uma ferramenta necessária. Estamos armazenando todos os Rendeiros que conseguimos encontrar."

A mulher, que tentava cuspir um punhado de terra e o próprio cabelo, virou a cabeça e olhou para cima. Ao encarar Hathin, perdeu um pouco da hostilidade. Atrás daqueles dois pares de olhos castanhos, milhares de ancestrais Rendeiros ergueram escudos em cumprimento e entoaram uma silenciosa saudação.

Se cada um na multidão tivesse olhado com atenção a menina que se postava diante de si, também teria detectado em suas feições o sopro do mar, o brilho de séculos de sorrisos. Mas estavam todos hipnotizados pelo anel, e Hathin mais uma vez se fez invisível.

Um segundo carrinho foi apanhado; enquanto a multidão recuava, Hathin e Therrot seguiram caminho rumo ao palácio do Superior. Atrás deles vinha um homem de meia-idade e sua filha adulta, que silenciosamente assumiram a tarefa de empurrar o carrinho cheio de Rendeiros capturados. Therrot deu uma olhadela para trás, então dispensou um olhar profundo para Hathin. Ela assentiu de leve. Também havia notado o corte de coral no queixo do pai, a expressão de desprezo e aspereza dos dois.

Diante dos portões do governador, o pequeno séquito parou, e agradecimentos foram murmurados na língua da Renda.

"É melhor vocês voltarem antes que alguém pergunte por que estão nos ajudando", sussurrou Hathin.

"A pergunta já está no ar. Nos mudamos para cá faz quinze anos, em busca de trabalho, e desde então moramos aqui, mas acho que ninguém nunca acreditou que fôssemos de uma aldeia pesqueira na costa leste. Desde a morte dos Perdidos, nossos vizinhos estão em ebulição. Nosso tempo está acabando.

"Se vocês nos aceitarem, gostaríamos de nos unir à sua Reserva."

23
Uma pequena luz

Na manhã seguinte, Hathin precisou revelar ao Superior que estava armazenando Rendeiros. A princípio, uma ruga de ansiedade se formou na testa do homem.

"Mas, senhor, sempre existe a chance de sermos mortos pelos besouros bazófios, e eu não queria que o senhor acabasse ficando sem nenhuma... *reserva*. E mais gente rumando para as Terras Cinzentas significa que podemos pegar mais carrinhos."

As palavras surtiram o efeito desejado. Cinco minutos depois, o Superior estava muito satisfeito por ter tido a ideia de criar a Reserva, além de disposto a ceder uma pequena construção para abrigá-la. Passadas duas horas, Hathin precisou voltar e pedir um abrigo maior, já que a Reserva havia crescido em três pessoas: duas crianças, que viviam nas valas de irrigação e se alimentavam de ovos de pássaros selvagens, vieram à cidade se entregar; e um jovem maltrapilho queimado por gêiseres cruzou os portões, cambaleante, trazendo nos ombros um caçador de recompensas ferido e reivindicando o direito de se juntar à Reserva. Ao que parecia, a notícia havia corrido depressa.

Hathin só rezava para que a Reserva de fato fosse o refúgio que seus integrantes pareciam imaginar.

"Therrot", perguntou ela, caminhando pelo palácio com seu "irmão mais velho", "será que eu fiz uma coisa terrível? E se eu estiver atraindo as pessoas para uma armadilha, fazendo elas pensarem que estão seguras aqui?"

"Ninguém está seguro", disse Therrot, "e todo mundo sabe. Se o Superior mudar de ideia, morreremos todos. Essa gente sabe que está correndo risco, mas pelo menos assim eles têm o que comer."

Mais tarde, no entanto, quando eles se encontraram às escondidas com Jaze junto aos portões da cidade e contaram sobre a Reserva, Jaze não pareceu totalmente convencido.

"Bom, *eu* não vou me juntar. Acho que fico mais bem posicionado na aldeia dos Azedos, de olho na nossa Lady Perdida." Ele encarou Hathin de um jeito especulativo por alguns instantes. "Só quero ter certeza de que você sabe por que está fazendo isso, Doutora Hathin", disse baixinho. "O que é que você quer? Está organizando uma nova aldeia, na esperança de conseguir protegê-la desta vez? Ou acha que talvez, se esperar tempo suficiente, alguns de sua própria aldeia vão aparecer para ser 'armazenados'?"

"E que mal teria se aparecessem?", retrucou Therrot com um olhar de desacato.

Jaze suspirou. "Besouros bazófios foram usados para matar os Perdidos", disse ele em voz baixa. "Você sabe o que isso significa, não sabe?"

"Sei." Therrot abriu um buraquinho nervoso na terra com o calcanhar. "Significa que vamos ter que matar gente muito inteligente."

"Pior", disse Jaze no mesmo tom frio. "Pelo menos uma pessoa que teremos que matar provavelmente é Rendeira. Eu suspeitei quando Hathin nos contou que Jimboly sabia sobre a Senda do Gongo. A Doutora Hathin tem razão... os Perdidos foram mortos da mesma forma que os peixes-videntes, e a pesca de peixe-vidente sempre foi um segredo dos Rendeiros.

"Não venha desembainhar a faca, Therrot. Não estou insultando a memória dos seus entes amados. Mas, se alguém da sua aldeia de repente aparecer vivo e bem, é melhor não sair correndo para abraçar."

Um silêncio chocante se seguiu. Talvez uma Fera Falsa *tivesse* de fato participado do massacre dos Rendeiros. Hathin recordou seu sonho, a fileira de Feras Falsas adentrando a caverna rumo à morte. Desta vez, imaginou uma figura lançando um olhar furtivo e perverso sobre ela e escapando da fila, mas seu rosto não tinha feições, apenas uma expressão e nada mais.

Os dois dias seguintes foram tensos e frustrantes para Hathin e Therrot, apesar do luxo das refeições regulares e um teto sobre a cabeça. Os dois passavam a manhã no palácio e a tarde no mercado, bastante cientes dos olhares curiosos do povo da cidade. Em vão, esperavam notícias de Dança, alguma pista de que ela tinha recebido o aviso de Tomki a tempo. Além disso, Hathin estava desesperada para fazer uma visita à aldeia dos Azedos e saber como estava Arilou. Mas o Superior queria, primeiro, finalizar todos os preparativos para a "expedição de negócios dos mortos", e seu desejo era lei.

No terceiro dia, Hathin e Therrot enfim receberam permissão para subir até Jocoso com seus carrinhos de oferendas. No ponto onde a trilha acabava, encontraram Jeljerr sentada num pedregulho, esperando para levá-los à aldeia dos Azedos.

No caminho, Hathin soterrou Jeljerr de perguntas. Como estava Arilou? Ela estava comendo? *O que* estava comendo? Alguém estava cuidando de sua higiene? Ela tinha dito alguma coisa?

"Laderilou bem", respondeu Jeljerr, sem cessar. "Laderilou", uma distorção de "Lady Arilou", ao que parecia era agora o nome que os Azedos usavam. "Laderilou quer vinho de abelha." "Vinho de abelha" era o termo nandestete para mel. Aquele pedido, pelo menos, tinha muito a ver com Arilou.

Desta vez, a recepção na aldeia foi mais afável.

Arilou foi encontrada em uma das cabanas, de pálpebras caídas, quase dormindo, envolta numa pele de carneiro. Hathin sentou-se a seu lado; em silêncio, analisou os braços e pernas da irmã, então enroscou a mão na de Arilou, maior que a sua. Sentia-se em casa, feito um ratinho na toca.

"Jeljerr", disse Hathin, por fim. "Homens vêm aqui armados, querem ir escola. Amigos é-teus lembram homens, lembram cor cabelo? Olho?" Ela cutucou a gola da própria roupa. "Usam isso?"

Jeljerr inflou as bochechas, desconfiada, virou-se para uma das outras meninas Azedas e desfiou uma torrente de palavras interrogativas em sua própria língua. No meio do caminho, a atenção de Hathin foi abruptamente desviada por uma frase familiar.

"Pare! É... calma!" Ao ver Jeljerr se virar para ela, Hathin corou. "Jeljerr, diga essa palavra! Diga... kaiethemin?" Hathin quase jurava ter ouvido a peculiar frase que Arilou repetira na praia, pouco antes da morte de Skein. "Quer dizer... muito pássaro voa, sim?"

Jeljerr parecia perplexa. Entabulou uma conferência com a outra menina Azeda, aos cochichos, então ambas desfizeram a carranca.

"Kaithem ano." Jeljerr pronunciou as palavras lenta e cuidadosamente para que Hathin entendesse. "Quer dizer pássaro... não." Ela fechou os olhos com força, trêmula de concentração, então os abriu. "Quer dizer pombo... homem-pombo. Muito homem-pombo."

As duas se encararam, e mais uma vez a conversa desabou no abismo entre as línguas.

"Pombo?"

"Pombo." A garota Azeda estufou o peito, balançou os cotovelos e emitiu um arrulho forte. "Homem-pombo destrói escola, sim?" Não havia dúvidas. Jeljerr falava dos misteriosos carregadores de besouros. Mas pombos? Seria alguma gíria esquisita?

A garota Azeda abafou uma risadinha diante da expressão de Hathin, então deu de ombros. "Ninguém num sabe. Laderilou chama gangue homem-pombo. Agora toda gente chama gangue homem-pombo."

Então *Arilou* dera aquele estranho nome aos carregadores de besouros, e os Azedos adotaram a alcunha.

Arilou olhava os homens. Arilou olhava os pássaros. Havia uma conexão, no fim das contas. O que era? O brilho de uma possibilidade se formou na mente de Hathin, arrebatando-a de tal maneira por um instante que ela mal conseguiu pensar em nandestete.

"Jeljerr, por favor pergunta Laderilou *por que* chama homem-pombo." Ela se contorcia de impaciência enquanto Jeljerr afagava a testa de Arilou e traduzia a pergunta. Arilou soltou um gemido sonolento, então uma sequência de palavras soltas. Jeljerr escutou, com uma carranca de crescente confusão, e por fim se virou e traduziu para Hathin.

"Laderilou diz nós que ela aqui. Em cima..." Ela apontou para o céu e imitou o voo de um beija-flor. "Ela olha, vê tudo homem estranho descer montanha. Homem tem pombo casaco." Ela bateu no próprio peito. "Homem." Fingiu escrever num papel invisível e dobrou-o com cuidado. Levou a outra mão às costas, então a trouxe de volta segurando algo invisível, do tamanho de uma xícara. Ergueu-o para que Hathin inspecionasse com o olho da mente. "Pombo." O papel dobrado foi colocado dentro do pombo, ou sobre ele, e ela largou o pássaro imaginário no ar.

"Laderilou segue pombo!" Hathin mal pôde conter a empolgação. "Laderilou segue pombo aonde?"

Mais perguntas de Jeljerr no idioma do povo Azedo. Mais respostas sonolentas de Arilou.

"Pombo vai, Laderilou segue, segue alto montanha..." Jeljerr abanou as mãos para cima e para fora, feito um pássaro decolando e voando para longe. "Pombo encontra outro homem. Homem bota escrito mesa, muitos outro escrito. Outro homem faz escrito, joga outro pombo. Laderilou segue pombo, encontra homem três."

Hathin se agachou junto a Jeljerr, que agora se abaixava para mover algumas pedras à sua frente. "Muitos homem", explicou, apontando para elas, então começou a traçar linhas no meio das pedras, na terra do chão. "Pombo... pombo... pombo..." murmurava. "Pombo... pombo... pombo... pombo..." Por fim, ergueu o olhar para Hathin, com um sorriso corado, mas triunfante. "Muito muito homem-pombo", resumiu ela e deu de ombros.

Hathin cobriu a boca com as mãos e encarou a rede que havia sido desenhada na lama. Então era verdade. Sua vaga e recém-formada suspeita estava certa. *Você já notou que os seus inimigos andam descobrindo as coisas antes do que deveriam?* A pergunta passara a última semana espreitando os recônditos da mente de Hathin, deixando sua imaginação formular teorias de amigos demoníacos e estranhos poderes.

Não. A resposta era simples e estivera à vista o tempo todo. Mensagens enviadas por meio de pombos. Ela ouvira histórias de que os pombos haviam sido usados com esse fim nas antigas terras Cavalcaste.

Havia uma imensa rede secreta, espalhada pela ilha, que se comunicava por meio de pombos. Mensageiros comuns demorariam muito tempo para cruzar as trilhas da montanha, e qualquer mensagem enviada pelas tendas de notícias seria lida pelos Perdidos. Um sistema de mensagens que não fosse afetado pela morte dos Perdidos. Os pombinhos engaiolados que Jimboly sempre carregava decerto eram entregues a seus contatos para servir de mensageiros.

Enquanto isso, os assassinos dos Perdidos haviam temido o que Arilou pudesse ter visto ou descoberto. A morte do Conselho dos Perdidos, talvez, ou o extermínio na Escola do Farol. Enquanto tudo isso acontecia, porém, Arilou estava ocupada caçando pombos.

Ela vira "sua" aldeia oprimida por estranhos homens armados. Enviara a mente atrás dos asquerosos. Então vira um sujeito engraçado tirar um pombo do casaco e mandá-lo para longe. Seguiu o pombo para ver aonde ia. Talvez tivesse esquecido a preocupação inicial e embarcado numa brincadeira, indo atrás dos pombos-mensageiros de um contato a outro, percorrendo toda a rede secreta.

Isso não era o que Hathin originalmente esperava ou queria ouvir. Era muito diferente, e *melhor*. Arilou podia espionar a rede secreta. Havia espionado sem perceber. Podia dizer à Vindícia onde seus integrantes moravam, como eram, onde escondiam seus papéis secretos.

Resfolegante de empolgação, Hathin correu até Therrot e relatou a descoberta. "Therrot, a gente pode rastrear os assassinos usando os próprios mensageiros deles! Vamos descobrir quem matou os Perdidos, quem mandou Jimboly à nossa aldeia e por quê! Vamos atrás *deles*, para variar!" Por um mero instante, ela sentiu uma coceira entusiasmada no antebraço direito, como se a tatuagem de borboleta escondida sentisse o passo à frente no caminho da vingança.

Therrot apertou sua mão com a mesma empolgação, mas a encarou com um sorriso desconfortável, como se visse algo preocupante.

No dia seguinte, um grupo de Azedos apareceu no mercado de Zelo. Therrot e Hathin os encontraram, aparentemente por acaso, e por meio de mímica negociaram o sabão, as bugigangas, as cabras de madeira e o rum de coco do carrinho dos Azedos. Os dois lados tinham a cara fechada, como se nunca tivessem se visto antes.

Entre os itens entregues pelos Azedos, havia um mapa da Ilha Gullstruck, pintado com esmero, porém maculado por cinco buraquinhos. A maioria estava nas províncias, mas o maior estava na Cinca do Herbolário.

"Homem-pombo", murmurou Jeljerr baixinho. Não havia ninguém além de Hathin para entreouvir, então Jeljerr foi apontando cada um dos buracos, e para cada um deu uma descrição curta do "homem-pombo" que representavam. Um era "sem cabelo, nariz bicudo, camisa preta", outro era "canta sempre, perna lenta". Por último, Jeljerr cravou o dedo em Cinca do Herbolário. "*Essequi* muito muito pombo."

Hathin encarou o último buraco. Se o "homem-pombo" da Cinca do Herbolário estava enviando tantas mensagens, seria ele o ponto central da conspiração, o líder?

"Homem-pombo aqui que rosto?", perguntou ela com o dedo sobre a Cinca do Herbolário, como Jeljerr havia feito. Se pelo menos conseguisse uma descrição de seu maior inimigo!

"Sem rosto." Jeljerr deu de ombros. "Laderilou diz ele sem rosto."

Dali a menos de uma hora, Jaze saiu com o mapa marcado em busca da Vindícia.

"Eu tenho mais condições de encontrá-los do que vocês dois", explicou ele, estocando as mercadorias compradas para os ancestrais do Superior. "Vocês podem deixar para Vindícia a tarefa de rastrear esses 'homens-pombo' subalternos. A gente pode não conseguir atacar a Cinca do Herbolário, que mais parece uma fortaleza, mas vamos ver se o polvo continua assim tão forte depois de ter alguns tentáculos cortados." Ele pendurou a mochila nas costas e se preparou para enfrentar a chuva vespertina. "Therrot, cuide de Hathin. E vocês dois tentem manter a discrição daqui para a frente."

Hathin tinha que concordar que, em termos de discrição, montar um abrigo para fugitivos da lei decerto não havia sido um bom começo.

Pelo menos é pouco provável que outros Rendeiros venham se juntar à Reserva, confirmou a si mesma. *Não tem tantos por estas bandas mais ao leste.*

Mas ela estava errada. Durante os três dias seguintes, mais duas famílias Rendeiras chegaram. Antes do fim da semana, a Reserva havia mais uma vez dobrado de tamanho. Os recém-chegados traziam notícias das terras de onde haviam fugido.

Poço das Pérolas, Rabo Nodoso, Esgar do Mar, Jogo da Enguia, Berço do Louco e dezenas de outras aldeias da Costa da Renda haviam desaparecido, as casas destruídas, a maioria dos habitantes acorrentados e arrastados para campos como os da Cinca do Herbolário. Muitos criminosos tinham se tornado caçadores de recompensas, agora que vender Rendeiros dava mais dinheiro que roubar aguardente e assaltar armazéns. Os poucos Rendeiros que haviam escapado dos caçadores de recompensas tinham fugido para o leste. Uma vez bem longe, no interior, os mais sortudos ouviram rumores de um santuário em Zelo e passaram dias caminhando até a Reserva, o único lugar na Ilha Gullstruck onde os Rendeiros ainda poderiam estar a salvo.

Ao contarem sobre a perseguição aos Rendeiros, um nome foi repetido muitas vezes, sempre num tom venenoso.

Minchard Prox, Oficial de Controle de Achaques. Um homem sem rosto.

24
Estratagemas e surpresas

Prox jamais conhecera a felicidade dessa maneira.

Era uma espécie de febre, no sentido de que ele não conseguia pensar *fora* dela. Relógios rodopiavam suas mãos fulgurantes até virarem borrões dourados. Prox comia e bebia o que encontrava a seu lado, mas não sentia o gosto de nada.

Somente depois de passar catorze horas seguidas trabalhando em sua escrivaninha, ele às vezes percebia as câimbras nas costas, o rígido aperto atrás dos olhos. Levantava e caminhava, parando diante do espelho. Corria os dedos pelo couro insensível de seu rosto, mas já não via a si mesmo, nem lembrava o que deveria ver. Afastando o olhar, via que alguém tinha espalhado estrelas a esmo feito milho do outro lado da janela e sentia vontade de organizá-las.

Isso o esperara por toda a vida, esse desafio. Não havia um segundo a perder com dúvidas. Os pergaminhos em sua mesa eram varinhas que ele podia empunhar para arrastar cidades por entre vales, derrubar florestas, erigir pontes.

Não era o poder que o estonteava. Era a estatura dos problemas e da desordem à sua frente que o preenchia com o fulgor de um campo de batalha.

Resolvia-se um problema para descobrir que havia outro atrelado a ele. Agora que os Perdidos estavam mortos, era tão *demorado* organizar as coisas. As notícias levavam tanto tempo para alcançar todos. Camber era a exceção mágica, claro. Com seu jeito calmo e ordeiro, de alguma forma as informações sempre pareciam chegar a ele primeiro.

O extermínio dos Perdidos mergulhara os comerciantes em um caos. Ninguém sabia como negociar com outras cidades. Celeiros repletos de alimentos apodreciam em certos pontos, enquanto em outros as pessoas morriam de fome. Olhando para isso, Prox começou a perceber como de fato havia pouca comida na Ilha Gullstruck.

“Estamos diante de um inverno rigoroso.” Ele falava sozinho, mas não se surpreendeu ao receber uma resposta.

“Parecia pior antes de os Perdidos morrerem.”

Prox já não estranhava encontrar Camber parado a seu lado. Camber parecia ter se mudado para dentro da mente de Prox; aquela voz agora ecoava como se fossem seus próprios pensamentos.

“O novo acampamento dos Rendeiros vai ser o primeiríssimo diabo a alimentar”, Prox continuou. Era sua última ideia genial, um acampamento imenso e permanente para substituir as diversas prisões temporárias onde atualmente eram mantidos os Rendeiros capturados.

“Não necessariamente.” O mapa do acampamento deslizou por sob os dedos de Prox, substituído por outro, um mapa de Ponta de Lança. “Depende de onde for construído.”

E o insistente problema que Prox enfrentava na própria mente voltou para o lugar, com um estalido, e tudo ficou bem. As encostas lisas, frondosas e exuberantes que subiam até Ponta de

Lança o encararam de volta, convidativas. Se limpasse a mata ali, teria terras prontas para o cultivo, uma plantação em curso. Em Ponta de Lança não havia as águias de Rei dos Leques, os deslizamentos e a aridez de Mágoa, nem os terremotos e gêiseres de Jocoso. Ainda assim, essa terra jazia completamente inexplorada... Por quê? Ah, claro, as antigas superstições de que o vulcão voltaria para executar sua vingança. Era um crime desperdiçar aquela terra, e se a única opção dos trabalhadores fosse o seu cultivo...

"É o único meio de alimentar o acampamento dos Rendeiros", disse Prox entredentes. "Não podemos deixar esse povo passando fome."

"É o único meio de alimentar todo mundo", disse a outra voz, embrenhando-se por seus pensamentos. "Nós somos muitos, vivos e mortos. E são os mortos e os vulcões que ocupam as melhores terras. Não podemos roubar os mortos, então sobram os vulcões. Alguns fazendeiros já começaram a lavrar as colinas mais baixas, e, com a ajuda dos Rendeiros, vamos poder cultivar as mais altas."

"Mas não são *todos* que podem trabalhar na lavoura. E os velhos, os aleijados, os muito jovens?"

"Podemos achar outros trabalhos mais suaves para eles." A ponta de um dedo longo e delicado tocou o alto da montanha, um amplo trecho sombreado com os dizeres "Terras Cinzentas". "As casas dos espíritos precisam ser limpas, as oferendas têm que ser feitas, as velas, acesas. Se as famílias forem divididas, os adultos mais fortes terão menos probabilidade de se rebelar, por medo do que possa acontecer a seus pais e filhos. Haverá menos mortes. Isso é mais humano."

"Sim, sim", murmurou Prox sem saber o que dizia. Sua imaginação já esboçava prisões, arquivos, listas.

Ele trabalhou até que as estrelas desistissem de esperar pela organização e fossem embora, uma a uma. Trabalhou até o sol raiar, até chegar ao topo do céu e começar a descer. Quando foi distraído pela invasão do sol em seu quarto, caminhou até a janela e encarou, aturdido, a procissão de pequeninas figuras que subiam com dificuldade a encosta da montanha, em direção ao distante Ponta de Lança.

Piscou com força, até que conseguiu distinguir seus braços e pernas, as cestas pesadas de velas, os incensos nas costas, as vassouras, enxadas e pás em suas pequeninas mãos.

"Sr. Camber, por que tem crianças naquela colina? Eu mandei vir alguma criança?"

Ele precisava dormir, percebeu. Sabia pelas cores que dançavam em seus olhos pestanejantes e pelos movimentos vaporosos do rosto de Camber, que na verdade não se movia. O constante arrulhar dos pombos no celeiro vizinho chegava distorcido a seus ouvidos, e ele quase pensou escutar vozes no meio deles.

"São apenas parte do projeto Renda, sr. Prox. O senhor se lembra? Em tempos de emergência é muito importante ter o apoio dos ancestrais, de modo que as devidas homenagens devem ser dispensadas aos mortos. As vantagens de uma força de trabalho que possa estar o tempo todo nas tumbas..."

"Ah, sim, era isso. Sr. Camber, os meus olhos parecem vermelhos? Vejo tudo meio manchado e estou achando essas crianças muito... pequenas."

"As crianças Rendeiras em geral parecem pequenas", comentou Camber, calmamente, observando Prox se olhar no espelho. Camber fechou as persianas; a visão das crianças foi se embotando até desaparecer.

"O senhor precisa descansar, sr. Prox. Vá dormir o sono dos justos."

Ainda assim, enquanto Minchard Prox dormia, coisas aconteciam pela ilha, coisas das quais ele não suspeitara ao reformar o mundo com seu pincel.

Com que ele sonhou? Não foi com um Rendeiro de sorriso frio e sobrancelhas pretas aveludadas caminhando por trilhas escondidas na mata, com um mapa marcado no bolso. Não viu esse homem mostrando a tatuagem por uma nesga de luz vinda da soleira iluminada da porta e sendo levado até um cômodo nos fundos, onde uma mulher gigantesca com tranças no cabelo e ataduras de bruxa nos braços o aguardava, maior que a própria vida e muitíssimo desperta. Não viu os dois fazendo planos até o amanhecer, as vozes baixas e os olhos afiados feito facas.

Não viu os mensageiros a pássaro que cruzavam a floresta e o pântano, a silhueta das pernas compridas sob o luar, levando notícias aos vindicantes espalhados.

Nas noites que se seguiram, haveria consequências. Comparadas ao grande projeto que obcecava Minchard Prox, no entanto, eram acontecimentos pequenos, que passariam despercebidos.

Camber, no entanto, percebeu tudo.

Houvera um incêndio repentino no fórum de Porto Carrasco, o que supostamente ocasionou a morte do secretário-chefe.

O magistrado de Soltoforte, que sempre insistia em caçar perus-selvagens nas florestas antes da alvorada, parecia ter sido devorado por um jaguar, a julgar pelo estado esfarrapado de sua capa abandonada.

Em um rompante de ousadia, um grupo de ladrões havia invadido a casa de um comerciante de Pedra Quente e roubado todos os seus pertences. O próprio comerciante estava desaparecido, e o povo temia o pior.

O Grão-tutor das Terras Cinzentas de Queda do Vaufrio aparentemente fugira às escondidas com os cofres que guardavam os fundos para a manutenção das Terras Cinzentas.

Quatro desaparecimentos em quatro noites. Quatro contatos de Camber. Ele não acreditava que fosse coincidência.

O pior de tudo havia sido o testemunho da filha da criada do comerciante desaparecido, uma menina de 7 anos.

... aí eu ouvi um barulho de porta abrindo então fui fechar pros ratos não entrarem e vi uma mulher gigante com cabelo de cobra e um porrete enorme na mão, mas ela falou que era só pesadelo e era para eu voltar para cama e esperar acordar...

As autoridades locais não deram importância à história, parecendo crer que havia *mesmo* sido um sonho. Mas Camber não era tão bobo assim.

Dança. Isso era coisa de Dança, ou seja, coisa da Vindícia. Mas como a Vindícia sabia onde atacar?

Alguém, em algum lugar, reparou em mim. De alguma forma, o meu dedo deixou uma marca, o meu pé deixou uma pegada.

Eu fui visto.

Ao mesmo tempo que vinha à mente de Camber, o pensamento trazia uma sensação de reconhecimento, de inevitabilidade.

Era a mesma sensação que ele experimentara ao descobrir que Lady Arilou, a tal Perdida de "miolo mole" de Jimboly, tinha fugido do vale das Feras Falsas. A mesma sensação que tivera ao descobrir que ela não havia subido a Costa da Renda, mas enfrentado os vulcões e acabado inesperadamente em Cinca do Herbolário. A sensação de um golpe rutilante contra mais um de seus propósitos.

Camber se esforçara muito para aterrorizar a Ilha Gullstruck com a ideia de uma conspiração mortal de Rendeiros. Pintara Lady Arilou como uma líder calculista, e a temida Vindícia como o ferrão do escorpião, capaz de atacar sem aviso no meio da noite. Agora enfrentava a alarmante possibilidade de que tudo isso, de fato, fosse verdade.

Havia, além do mais, outros relatos preocupantes. Aldeias inteiras de Rendeiros começavam a desaparecer da noite para o dia, antes que os caçadores de recompensas pudessem encontrá-las. Havia rumores sobre uma trilha secreta, cruzada por Rendeiros dispostos a desafiar os perigos de um vulcão e uma floresta, saindo da Costa da Renda e rumando para o leste. Se isso fosse verdade, talvez os Rendeiros tivessem encontrado uma fortaleza, um lugar onde Lady Arilou pudesse reunir seus apoiadores.

Rendeiros. Era mais fácil capturar enguias. Escorregadios, impenetráveis, absurdamente esquivos. Nem seus nomes se prendiam ao papel, pois eram imitações de sons naturais, para que jamais fossem escritos, para que jamais sobrevivessem a quem os escutasse.

O que ele podia fazer? Contra-atacar. Reagir, e com força. Acabar para sempre com a terrível sensação de que talvez ele, até mesmo *ele*, estivesse sendo observado, sendo *visto*.

Mais que depressa, ele escreveu uma carta, e no dia seguinte um pombo bateu asas em seu celeiro com a resposta, em garranchos borrados e marcada com as pegadas de um pica-pau.

Senhor,

Atendi ao seu pedido e mandei o homem azul rastrear Rendeiros, segui-los ao leste até sua toca secreta. Encontrei uma família cruzando a mata; eram lentos e fáceis de seguir. Tudo muito simples, como engolir uma ostra. Eles nem perceberam que estávamos lá.

A família nos conduziu de volta a Zelo. Uma palavrinha, e eu e Chuvisco começamos a limpar. Me mande notícias na Ponta da Palmeira, na estrada de Zelo.

Ele ainda lia o bilhete quando um segundo pombo aterrissou no poleiro, junto ao primeiro. A segunda carta também não estava assinada, porém, mais uma vez, a caligrafia era conhecida.

Honradíssimo senhor,

O senhor me prometeu que nada mais seria exigido de mim e que todos os que me conhecem entregariam seus nomes. Agora percebo que foram duas mentiras. O senhor me pede para agir como espiã outra vez, procurando sinais de Rendeiros em Zelo, e ao fazer isso vejo que um homem de minha própria aldeia está vivo, e muito bem, circulando pelo distrito dos artesãos, trabalhando com um garoto que porta o anel de sinete do próprio Superior.

Ouvi rumores de que os dois foram vistos caminhando por Jocoso e falando com os Azedos. Além do mais, de uma hora para outra todos passaram a saber que há besouros bazófios na Escola do Farol.

E, pior ainda, o falatório geral afirma que o Superior está recolhendo Rendeiros. Dizem, inclusive, que está organizando um exército particular de Rendeiros. Se alguém descobrir a minha ancestralidade, certamente serei arrastada até essa Reserva. O senhor precisa me transferir para outro local. Peço que cumpra sua promessa.

Era Zelo, então, a nova base de poder secreta dos Rendeiros. E, pior ainda, parecia que o Superior e a cidade de Zelo estavam se bandeando para o lado dos Rendeiros. Aquele era um golpe terrível.

Como isso havia acontecido? O que teria sido dito ao Superior para que ele apoiasse a causa dos Rendeiros? Camber poderia denunciar o Superior por obstruir um Andarilho das Cinzas e ignorar os decretos oficiais emitidos por Minchard Prox, mas, se Lady Arilou *de fato* tinha dito algo incriminador ao Superior, ele também poderia responder às acusações oficiais com denúncias devastadoras.

Com um suspiro, Camber pegou algumas folhas de papel de Prox e escreveu uma resposta à primeira carta.

Voltou ao mapa da Ilha Gullstruck e o observou por alguns instantes. Então tapou a cidade de Zelo com o polegar, só para ver como o mapa ficava sem ela.

Tudo que é feito precisa ser feito, lembrou a si mesmo, *pelo bem da ilha*. Por força do hábito, Camber limpou as penas e devolveu o papel, exatamente onde Prox os havia deixado, apagando o mais ínfimo traço da própria presença.

Talvez ele mesmo pudesse, no fim das contas, aprender algo com os Rendeiros. Será que eles também não se esforçavam para não deixar rastros, para não ficar para a posteridade? Certos feitos heroicos perduravam pela história, mas os nomes dos heróis eram esquecidos. Camber acreditava que, em seu devido tempo, todos aqueles ocorridos passariam a ser relatados como histórias do Pássaro Captor. O Pássaro Captor não era ninguém, era mil homens, era o lugar para onde iam as histórias perdidas. Camber percebeu, contudo, que estava fazendo algo muito similar.

A Ilha Gullstruck iria mudar — estava mudando —, e Camber já tinha decidido que Minchard Prox receberia todas as glórias. Ele havia sido surpreendido por uma real afeição pelo homem mais jovem. Havia uma grandeza, pensava ele, que vinha apenas com certo tipo de cegueira. Prox tinha a mente ligada à ordem, a um mundo de guardanapos bem dobrados, livros de contabilidade, normas de conduta no trato com uma duquesa. Os papéis eram seus serviçais. E ele os manejava como bem entendesse.

Era um prazer manipular o cérebro de Prox; uma estranha mistura entre fogo e precisão, lógica e loucura.

A história não vai se lembrar de mim, refletiu Camber. O pensamento o preencheu de uma melancólica tranquilidade.

Aquela noite, o luar viu um único viajante a pássaro descendo, exausto, a estrada em direção a Zelo. Seu rosto redondo, naturalmente radiante, era marcado por hematomas fracos e traços de cansaço.

Tomki cruzava uma cabana caindo aos pedaços quando um coro de arrulhos lhe chamou a atenção. Havia uma congregação de pombos do lado de dentro, ele percebeu, bicando a treliça de madeira à sua frente. No instante em que pensou num belo pombo assado, ouviu um assobio longo e alto e percebeu que não estava sozinho. Uma mulher desengonçada, de roupas esfarrapadas, vinha descendo a encosta em direção a ele, com um pedaço de pergaminho na mão.

"Salve Irmão Pássaro Captor!", disse ela alegremente em nandestete. Ao encarar a própria sombra comprida, o viajante riu. A silhueta do homem unida à de sua montaria de fato lembrava muito um pássaro gigante, de braços humanos, tal e qual o lendário Pássaro Captor. "Porumfavor empresta estrela iluminar lanterna é-minha? Estopa molhada."

Tomki escancarou um sorriso, encontrou a estopa e acendeu a vela na lanterna da mulher. A luz da vela revelou sua bandana vermelha, além de um pedacinho da noite escura voejando sobre sua cabeça, o diminuto rabinho abrindo e fechando feito um leque.

"Grata-muito, Irmão Pássaro Captor." Um sorriso de latão e granada. "Viaja onde?"

"Zelo." Um suspiro.

"Ah, viajo Zelo também. Mas Irmão Pássaro Captor não chega Zelo antes estação seca se arrasta tanto." A mulher baixou a cabeça e imitou o andar lento do pássaro-elefante. "Por que tão passo-lesma? Enforcamento espera lá?"

"Quase." Tomki abriu um sorriso pesaroso. "Uma garota. Preciso pedir desculpa. Última vez vi garota, me deu tapa adeus."

"Ah..." A lanterna foi erguida para iluminar o rosto machucado de Tomki. "Pretoeazul você, não garota boazinha. Escuta, esquece amor, pássaro é-teu baixa e cai. Então para. Descansa pássaro. Sentaqui conversa um pouco. Essaqui estrada solitária, companhia melhor."

"Viaja sozinha?" Tomki desceu do pássaro e conduziu a criatura esmorecida até a lateral da estrada.

"Num sozinha, mas solitária." A mulher ergueu a cabeça. "Outro dorme aquicima. Acompanhante, num companhia. Num fala, num sorri, num ri."

Então as duas figuras estranhas se sentaram junto à estrada de pernas cruzadas, sob o céu estrelado, e conversaram como se fossem os mais velhos amigos. Quando o garoto se levantou e foi embora, a mulher magrela desdobrou sua nova carta e releu atentamente o último parágrafo, à luz da lanterna.

"Encaminho uma mensagem de nosso amigo Rendeiro, que ficou assustado. Gente assustada às vezes comete erros. Impeça, como puder, nosso amigo de cometer erros. Enquanto isso... Zelo é nossa."

O sorriso de Jimboly se escancarou feito uma ravina.

25

Ladrão de tramas

Até receber aquela mensagem, Jimboly havia tido uma semana bastante enfadonha. Para começar, seu companheiro de viagem azulão não era muito bom de conversa, e como Jimboly não tinha intenção de deixar a chiadeira para os passarinhos, fora obrigada a falar pelos dois. Tentara forçá-lo a responder por meio da irritação, entoando suas falas com uma voz estridente. Na maioria das tentativas, ele a ignorara. Vez ou outra olhara para ela sem malícia, como se avaliasse a melhor forma de usar seu couro para cobrir um tambor.

"Estou me coçando para não deixar você participar da brincadeira, meu querido." O sorriso de Jimboly cintilava como uma conferência de libélulas. Era muito óbvio que as Feras Falsas sobreviventes estavam escondidas em Zelo. Ela já não precisava do Andarilho das Cinzas para localizá-las. No instante seguinte, contudo, ela assumiu uma expressão pensativa. "O que é que você acha, Chuvisco? A gente precisa do azulão?"

Ao sentir as cócegas de Chuvisco, Jimboly sorriu.

"*Você* bicaria ele, não é? Vale a pena brincar com esse fiozinho. Muito bem, Chuvisquinho, vamos bicar."

A manhã trazia uma brisa forte, e Jimboly não teve dificuldade em seguir seu olfato e encontrar o vale que Brendril, o Andarilho das Cinzas, havia escolhido como dormitório improvisado.

Em geral, a brincadeira preferida de Jimboly era assustar os adormecidos, mas Brendril parecia ter o hábito de dormir de olhos abertos, o que lhe tirava bastante o prazer do sono. Jimboly não tinha medo de se aproximar dos vivos nem dos mortos, mas era injusto da parte dele deixá-la na dúvida.

Ela pegou um gravetinho e deu um piparote no rosto dele. "Acorda, o dia está lindo e azul como você."

O pedaço de madeira quicou sobre a têmpora de Brendril. Ele se sentou devagar, sem sinal de irritação, então se levantou e foi arrumar a bolsa de viagem. Como de costume, esforçou-se para garantir que Jimboly e Chuvisco ficassem do lado onde batia sol, para que o pica-pau não tivesse chance de puxar nenhum fio de sua sombra.

"Eu trouxe um petisco para você." Jimboly se aproximou, com seu caminhar descalço e desconjuntado. "Melhor que pão. Melhor que torta de rato. É uma fofoquinha... escuta só. O Superior te mandou para longe de Zelo. Quer saber por que ele fez isso?"

Brendril parou. Virou-se para olhar Jimboly. Havia farelos de terra em seu rosto e cílios, mas ele não parecia notar. Pela primeira vez em dois dias, dirigiu a palavra a ela.

"Sim."

Jimboly escancarou um sorriso. "Ele está escondendo a sua presa. É *por isso* que tem tantos Rendeiros desgrenhados indo para Zelo. Ele montou um pequeno acampamento para abrigar todos eles. Tem até uma dupla de Rendeiros circulando pela cidade, exibindo o anel de sinete dele. Rendeiros de Feras Falsas, é o que dizem."

Mais uma vez, Brendril começou a caminhar, em seu incansável galope, rumo a Zelo. Não olhou para Jimboly, mas ela sabia que ele ainda escutava.

"Estão circulando, insolentes que nem um farol. Nada a temer, como se fossem *protegidos*. É essa a minha impressão, mas eu não sei de nada, você que é o..." Jimboly começou a saltitar para acompanhar o Andarilho das Cinzas. "Você que é o caçador, *me diga você* o que parece."

Sem esforço aparente, Brendril trocou o galope por uma corrida, e logo Jimboly precisou se esforçar para acompanhá-lo.

"Comissão no seu bolso!", arquejou ela. "Isso dá o direito de acabar com qualquer um que se meta entre você e *ela*, não é?" Sem fôlego, Jimboly desistiu e agachou, com as mãos nos joelhos, enquanto uma nesga de céu noturno invadia a trilha pedregosa que levava à cidade.

"Ai, a gente fez ele rolar ravina abaixo que nem uma pedra. Agora ninguém segura."

Jimboly recomeçou a andar, desta vez a passos mais lentos, pois não tinha a energia incansável do Andarilho das Cinzas. Com seu alegre caminhar, levou horas para cumprir o trajeto. Quando a estrada ganhou um declive e Zelo surgiu no horizonte, ela começou a saltitar, como se também fosse um pica-pau. Ao adentrar os arredores da cidade, seus olhos atentos observavam de um canto a outro, procurando fios que ela pudesse puxar.

Um grupo de crianças brincando, na casa de seus 7 anos. Era um fio.

Um cata-vento dourado numa rua de casas de palha. Também um fio.

Um grupo de homens entediados, cheios de cicatrizes, que colavam os olhos nos passantes feito piche quente. Uma soparia Frutamarga. Um pequeno estande cheio de amuletos da sorte. Muitos fios.

O gingado alegre de Jimboly vacilou e mudou. Ela começou a saltar. Saltar de um lado a outro, da direita para a esquerda, de trás para a frente, sempre em frente, deixando um zigue-zague de pegadas atrás de si. Logo as crianças interromperam o jogo de damas na terra batida.

"Tornozelo quebrado?", gritou o mais ousado em nandestete.

"Não." Jimboly riu e apontou para as pegadas atrás de si. "Quero povo pense pessoa com dois pé esquerdo cruza estrada." Sua risada era uma doença que no mesmo instante infectou a pequena gangue. Dali a pouco, aquele trecho da rua estava vazio, exceto pelas pegadas de uma mulher com dois pés esquerdos, mais as de seis crianças afetadas pelo mesmo mal.

Em seu esconderijo secreto, no vão debaixo do celeiro suspenso, a gangue mostrou a Jimboly seu tesouro de pequenos itens achados e roubados, crânios de pássaros, alfinetes de corpetes e taças quebradas. Os dedos ágeis de Jimboly vasculharam também as outras bugigangas oferecidas: conversinhas entreouvidas, caquinhos de fofoca, retalhos apodrecidos de rumores.

Ela saiu do vão com palha no cabelo, prendendo alguns alfinetes de bronze novos no lenço. Pula-pula, pula-pula pela rua, com Chuvisco e seu rabinho agitado.

Então parou para dar uma olhada no estande dos amuletos da sorte. Correu os dedos por uma fileira de sinos de madeira, pintados com espirais e olhos, e assobiou com pesar ao ver as bolhas na pintura.

"É só o calor", disse a mulher do estande, mais que depressa. Jimboly sorriu ao ouvir o portadentro carregado, sinal claro de uma comerciante tentando passar um ar respeitável. "Olha, as bolhas não estouraram, ainda guardam boa sorte."

"Esse calor não é normal." Jimboly cutucou as bolhas. "Você usou tinta boa aqui... Tinta comum não formaria bolhas." A mulher abriu a boca e tornou a fechá-la, sem querer discordar. "Isso é *bafo de vulcão*, isso sim. Eu já vi antes, lá no oeste. Quando um vulcão se cansa de ficar só rufando e começa a se interessar por uma *cidade*, ele se aproxima e *dá uma baforada* nela. Os primeiros sinais são folhas com pontas amareladas, um par de galinhas botando ovos já cozidos, amuletos da sorte formando bolhas de calor. Mas, quando o vulcão resolve dar uma *boa* olhada na cidade..." Jimboly soltou uma risada soturna. "Daí *todo mundo* percebe, claro."

"Espera!", gritou a mulher, agoniada, enquanto Jimboly se afastava. "Você não vai comprar nada? Aonde está indo?"

"Você acha que eu vou ficar aqui nesta cidade com Lorde Jocoso bafejando em cima dela? Você vai embora também, se tiver o mínimo de bom senso, e depressa."

Enquanto Jimboly se afastava, percebeu a mulher encarando o vulcão com o olhar nervoso, então jogando umas mercadorias num balde com apoio para os ombros. Parecia se preparar para dar o fora da cidade ao mínimo movimento em falso da montanha.

Jimboly parou para cravar um de seus novos alfinetes na porta da casa com o cata-vento dourado, então seguiu em frente, afanando o sininho pintado de um vendedor ambulante aturdido demais para tentar recuperá-lo. Caminhou até o grupo de homens entediados e entoou uma saudação alegre, como se soubesse que eles a esperavam.

Levou cinco minutos para provar que eles lhe deviam uma bebida, então ganhou uma caneca de rum e abacaxis espremidos. Depois de meter a boca sorridente na caneca, meneou a cabeça na direção do estande de amuletos.

"Que faz agora sorte sai cidade?"

Do que ela estava falando?

"Fala mulher sortuda. Logoali loja. Moça tem *dom*. Tem *visão*. Sente coisarruim antes acontecer. Dona diz sai correndo, sai cidade. Diz vulcão nervoso com cidade."

"Nervoso? Por que montanha nervosa?" Cerca de sete olhares acusativos se ergueram na direção de Jocoso, seguidos de gestos de advertência, meio reverentes, meio desafiadores.

Jimboly deu de ombros, então apertou os olhos. "Lá oeste, montanha nervosa sinal cochicho Rendeiro, Rendeiro atiça montanha. Mas Zelo muito leste. Nada Rendeiro aqui, hein?"

Encarando os homens com os olhos esbugalhados, como se jamais tivesse ouvido aquilo antes, Jimboly ouviu uma hesitante descrição da Reserva.

"Superior protege Rendeiro aqui?" Ela soltou um assobio longo e baixo. "Não admira montanha nervosa. Se Rendeiro tem amigo poderoso, aposto fica aqui muito tempo. Aposto muito, muito Rendeiro cidade. Olha volta. Olha gente sotaque estranho. Olha gente mais dinheiro que devia. Olha casa alfinete porta... sinal abrigo seguro Renda. Encontreles fácil..."

E lá se foi Jimboly, com seu sorriso, bebendo da caneca emprestada e parando vez ou outra para enfiar um alfinete numa porta. Na soparia Frutamarga, parou e fechou o sorriso, com um olhar de dor e incerteza.

"Ouviu sobre a briga ali subindo a rua?", disse ela, no dialeto frutamargo, num tom rápido e urgente. "Uns caçadores de recompensas dizendo que tem Rendeiros disfarçados de Frutamargos. A coisa está descontrolada... Esses caçadores começaram a tirar o povo de suas casas e destruir suas estrebarias. Os vizinhos me enviaram para chamar a guarda, mas não sei onde encontrar..."

O dono da soparia empalideceu, largou a loja nas mãos dos filhos e saiu correndo pela rua. *Ah, então é* ali *que fica o posto da guarda*, pensou Jimboly enquanto seguia caminhando.

À porta de uma ferraria, encontrou um macaco preso por uma corda a um gancho na parede. Estendeu a mão cheia de abacaxis espremidos; o macaco se aproximou, apanhou a fruta e levou-a delicadamente à boca. Dopado pelo rum, nem percebeu quando Jimboly cortou a corda e passou um nó em seu rabo.

Ao ver uma bolota marrom percorrendo as lojas e os muros das casas, berrando e rosnando, chutando vasos, empurrando tigelas e assustando os patos, o povo foi ver o que era.

"Que passa? Que há macaco?"

"Macaco sino amarrado rabo, olha!"

Rapidamente, o macaco sumiu de vista, e Jimboly percorreu as ruas subitamente apinhadas, perguntando a todos qual era o motivo do alarido. Pelo canto do olho, percebeu que o vozerio atraía gente das outras ruas, aumentando ainda mais a confusão. Seus companheiros de bebida chegaram e logo tornaram-se o centro de um debate violento.

"... alfinetes nas portas... bafo de vulcão... Rendeiro... Rendeiro..."

Jimboly puxou a manga de um deles. "Acabei de chegar aqui, por que está todo mundo se reunindo? É verdade que vai ter uma marcha no palácio do Superior?"

"O quê?", respondeu a primeira dúzia de pessoas a quem ela indagou.

"Foi isso que eu ouvi", respondeu a dúzia seguinte.

"Sim, você não está sabendo?", vieram as respostas, por fim. "Você vem com a gente?"

"Eu sou só uma forasteira", disse Jimboly. "Mas posso ir se quiserem."

Ela foi vagando por entre a multidão, esfregando as mãos como se estivesse diante de uma vigorosa fogueira. *Ah*, pensou, ao ver a rua se alargar e uma casa caiada em forma de triângulo surgir à sua frente, *então é* aí *que mora o Superior.*

Jimboly olhou em volta, para as ruas e os telhados. Como era de se esperar, avistou uma silhueta conhecida, empoleirada em meio à palha coberta de pó.

"Já era hora de ele passar um tempo atrás *da gente*, não é mesmo, Chuvisco, meu glutão?" Jimboly se juntou novamente à multidão e subiu no pedestal de uma estátua do primeiro Duque de Sedrollo. Acomodou-se entre os enormes sapatos de pedra afivelados. Pelas ruas laterais brotavam os homens do Superior, tornando completa a confusão da marcha.

De seu telhado, Brendril viu Jimboly acenar para ele e apontar para o palácio do Superior. Ele não a via como mulher. Era um enorme e voraz pica-pau, com bico adornado de joias, puxando fios soltos e formando um emaranhado de almas. Ele guardava por ela o mesmo respeito que teria por um escorpião ou precipício.

A maior parte de seus pensamentos, porém, estava no gélido palácio, com seus pavões de mármore e sóis de estuque. Ele não sabia se Lady Arilou estava lá dentro. Mas sabia que em algum lugar daquele palácio havia um homem — um homem equivocado. Um homem que acreditava poder se plantar entre uma fugitiva e um Andarilho das Cinzas. Um homem que pensava ter o coração batendo. Um homem que não entendia que não passava de um monte de cinzas.

26
A firmeza do Superior

Foi durante o almoço que Hathin ouviu a Turba ladrando defronte aos portões do palácio, e de súbito sentiu as finas rachaduras no marfim amarelado de seu santuário. No início era uma voz, mas logo se seguiu o estrondo de uma multidão, feito um deslizamento de terras alavancado por uma pedra solitária.

De uma hora para outra, o palácio se encheu de pés apressados. Um criado correu para dentro e sussurrou, cheio de fúria, para o Superior.

"O quê? Nos portões?" O rosto do Superior assumiu um ar de desamparo. O que ele poderia fazer se até os vivos estavam determinados a acabar com seu almoço? "Não. Sim. Espere. Vou falar com eles." Ele tocou com cuidado os fios que firmavam seu elaborado bigode.

"Posso recomendar que faça isso da sacada, senhor?", sugeriu o criado.

Depois de trocar o camisolão por uma casaca excessivamente grande, de lapela de seda, e a touca de renda por uma peruca comprida, o Superior subiu ao primeiro andar. Quando as cortinas foram abertas, um barulho nervoso adentrou o recinto.

"Qual é o problema com você?" O Superior encarou Hathin, que estava acocorada e estremecia a cada tom de voz erguido. Nada podia deter a Turba. Ela não conseguia falar, mas em seus olhos arregalados o Superior enxergou uma parte do pânico ofuscante que dominava sua própria mente.

"Aqui." Ele afastou uma dobra da cortina. "Se esconda aqui, já que não tem jeito." Agradecida, ela se enfiou no meio do tecido, sendo encoberta por ele.

Pelos pontos puídos da cortina, Hathin viu o Superior avançar até a sacada. Fez-se um surpreendente silêncio, e no mesmo instante o som da rua tornou-se ensurdecedor.

"Cidadãos de Zelo... cidadãos de... isso é ridículo. O senhor, de colete branco, faça a gentileza de se postar a meu lado e entoar a gritaria por mim. Diga a eles que seu Superior está diante deles e que não vai gritar para uma multidão feito um peixeiro. E que eles elejam *um* porta-voz."

Enquanto as instruções eram repetidas, o Superior foi se empertigando, como se para provar sua Superioridade. Por mais estranho que fosse, Hathin sentiu o homem ainda menor e mais frágil. No entanto, suas palavras de fato pareceram causar certa confusão. Estava claro que o povo não sabia muito bem quem eram seus líderes. Então uma voz, vinda dos fundos, ressoou com grande clareza.

"Ei, Bewliss, fala portadentro, sim? Bewliss, pessoal! Tragam homem frente!"

Um jovem de ombros largos foi sendo empurrado com tapas nas costas; Hathin não cravou os olhos nele, mas na pessoa que o convocara, a pessoa que agora lhe cutucava o ombro com animação e sussurrava em seu ouvido. O veludo da cortina abafou o grasnido horrorizado de Hathin.

Uma bandana vermelha. Um esgar cravejado de estrelas coloridas. Um pássaro a tiracolo, de rabo pontudo e tremulante. Era Jimboly. De uma hora para outra, sua aparência guardava uma tenebrosa inevitabilidade.

"Queremos os Rendeiros!", gritou o homem, num portadentro ríspido, em meio a um coro aprovativo. "Queremos que eles deem um fim à querela com as montanhas e parem de fazer sopa das nossas crianças e exaurir as nossas cabras e secar os nossos poços. Queremos a Reserva."

O Superior cochichou no ouvido de seu porta-voz, que escutou, assentiu e repetiu suas palavras num tom mais alto.

"O Superior não tem intenção de entregar seus estoques a uma multidão insurreta. Na cidade de Zelo, os malfeitores serão punidos pela letra da lei, não nas ruas. Qualquer pessoa que tente fazer isso é um assassino."

"Não mexa no veludo, criança", murmurou o Superior, baixinho, enquanto o estrondo de protesto se elevava, e Hathin percebeu que agarrava com força as bordas da cortina. "Você está soltando o brasão do meu bisavô."

A multidão nas ruas sabia que era cinco vezes mais numerosa que o Superior e seus homens. O que eles não sabiam, por outro lado, era que nem de longe faziam frente aos milhares de ancestrais na retaguarda do Superior, de olhos atentos para ver se ele não desgraçaria a linhagem. Que ameaça havia em passar alguns momentos enfrentando uma turba armada com porretes, em comparação ao perigo de uma eternidade a sofrer o desprezo de milhares de parentes de berço nobre?

"Minha boa garota, por favor, pare de tremer. Vá ao alojamento dos Rendeiros e mande trazer todos os meus Rendeiros ao prédio principal. Ponha todos no salão dos troféus. Lá teremos mais condições de dar guarida a eles."

Hathin correu até a Reserva e encontrou os Rendeiros se aprontando para lutar ou fugir. Com os gritos do lado de fora, o pânico havia se instalado. Jaze, que chegara a Zelo uns dias antes, já disparava ordens num tom seco. A Reserva agora somava cerca de três dúzias de cabeças, incluindo famílias inteiras.

Hathin encarou, em silêncio, os sorrisos apavorados das crianças; os pipilos das gaivotas no céu mais pareciam as risadas de Jimboly. Hathin facilitara as coisas para Jimboly e seus amigos, reunindo todos os Rendeiros num só lugar, enquanto eles podiam ter sido espalhados ao vento...

Therrot e Jaze, empurrando as crianças pelos ombros e conduzindo o grupo assustado para fora da cabana, tinham o rosto tomado por uma amarga e desesperada determinação. Uns poucos rapazes de olhar atordoado haviam desembainhado suas facas, como se já enfrentassem brigas imaginárias. O grupo estava a meio caminho do pátio quando foram ouvidos gritos. Ao se virar, Hathin viu cabeças e ombros despontando pelo muro do pátio.

Os Rendeiros dispararam a correr, mas engarrafaram na porta do prédio principal. Os homens do Superior haviam sido atraídos para a frente do palácio, e não havia ninguém para chamar quando as figuras escalaram o muro e adentraram o jardim.

Todos os pensamentos foram devorados pelo puro terror. Tudo era animalesco: os gritos dos Rendeiros puxando facas e mostrando os dentes, com os jovens no meio, enquanto os agressores avançavam feito lobos. Em algum ponto da confusão, uma criancinha soltou um grito, um som claro, bruto e desnudo, feito um arranhão de giz. Therrot se virou para encarar os atacantes, empurrando Hathin para trás com violência.

Ela ficou presa num amontoado de corpos altos e não viu o primeiro golpe, mas sentiu a multidão recuar para um lado, então explodir para o outro, como águas turbulentas, quase erguendo--a do chão. Os gritos lhe açoitavam a mente e a confundiam, e ela levou um tempo para perceber que também estava gritando.

"Entrem!", berrava ela. Sentiu a multidão abrindo espaço enquanto a Reserva cogitava fugir pelo muro lateral do palácio, adentrando os arbustos em direção ao muro. "Não! Todo mundo para dentro!" Ela só conseguia ver os homens de Zelo atacando alguns Rendeiros e afastando-os do grupo, tentando quebrar a linha defensiva.

Ah, não, pensou Hathin. *Ah, não, não, não, Jimboly. De novo, não. Desta vez, não.*

Uma confusão de punhos, um corte, um berro, e de repente um espaço suspeito se abriu ao redor de Jaze e sua faca. Por um vão entre ombros, Hathin viu um cidadão local com pinta de ignorante desabar junto a Therrot, numa imagem ligeira feito um borrão.

"Todo mundo *para dentro*!" A voz de Hathin encontrou lugar em meio à barulheira e pareceu reanimar a multidão. De súbito, os Rendeiros, não mais cabos de guerra puxados de um lado a outro, empurraram a porta e invadiram o sombrio corredor.

"Me sigam! Por *aqui*!" Hathin se agachou para pegar uma criança que já não cabia nos braços dos pais, tomados de outras crianças, e disparou o mais rápido possível pelo piso de mosaicos. Os corredores abobadados não sabiam como reagir aos berros das crianças, ao ruído dos sapatos de palha, aos gritos assustados na língua da Renda, então devolviam os sons embaralhados.

Os fugitivos Rendeiros irromperam no grande salão dos troféus, vigiados por cervos e pavões empalhados e cabeças de jaguar empoadas. A porta do salão era pesada, de carvalho, com ferrolhos de aço preto. Mas quando fechá-la? Deveriam esperar a entrada de todos os Rendeiros, ou era melhor trancar a porta depois das crianças e dos velhos, deixando a retaguarda à mercê da turba crescente? O coração de Hathin pesou quando ela percebeu que não via Therrot em canto algum.

"Fechem a porta! Fechem a porta!", ecoou a voz de Jaze pelo corredor.

Tarde demais. Ao mesmo tempo que a Reserva tentava bater a porta à força, meia dúzia de ombros chegaram para empurrar do outro lado. O vão foi tomado de mãos, facas, pés, cotovelos. Impotente, Hathin observou a porta ser outra vez escancarada.

Então algo mudou no tom do combate do lado de fora. A Reserva sentiu a mudança e ficou nervosa, mas não conseguiu compreender. Cada um encarava as poças escuras nos olhos de seus companheiros e ouvia os sons de fora, subitamente pontuados por berros mais altos e agudos de surpresa e traição. Deu-se um tranco na porta, acertando os defensores, que recuaram diante das pancadas. Os Rendeiros mais próximos na mesma hora atiraram barras e dispararam dardos. A porta estremeceu algumas vezes, então houve o som de passos recuando, e os gritos se afastaram.

Um murro na porta. "Abre!" Hathin levou um instante para perceber que era a voz de Jaze. "Sou eu, abre a porta!"

Quando a porta se abriu, o coração de Hathin deu um salto quando adentrou uma maré de desconhecidos empunhando facas e porretes de osso. Em vez de atacar as famílias acuadas, porém, os recém-chegados vasculharam rapidamente o recinto, correndo até as janelas ou se postando junto à porta, feito guardas. Ela levou um instante para se acalmar e reconhecer Marmar, Louloss e os outros que conhecera na primeira noite no Ninho da Vespa.

"Algum deles conseguiu entrar?" Jaze correu para dentro, apertando o braço ensanguentado, com Therrot logo atrás.

A Reserva, despertando do torpor, balançou a cabeça. Duas mantas de urso arquearam, meio sinistras, e rostos assustados de criancinhas Rendeiras espiaram por debaixo.

Hathin encarou o corredor adiante da porta. Havia uma confusão de vasos quebrados, marcas de mãos ensanguentadas e porretes largados às pressas. Mas não havia um único insurgente.

Jaze abriu um sorrisinho. "Que curioso, eles perderam o gosto pela briga ao se verem presos num corredor estreito, entre uma porta trancada e a gente. Foi só verem uma brecha, que voltaram correndo para o muro."

Os berros no corredor cresceram outra vez.

"... ele não está no salão de baile. Vocês dois, algum sinal dele?"

"Nada na galeria dos menestréis... Alguém viu para que lado ele..."

Marmar captou o olhar indagativo de Hathin.

"Nós não fomos os únicos a seguir aquela turba pelo muro dos fundos", disse ele baixinho. "Eu vi um Andarilho das Cinzas pular para dentro e desaparecer por entre as figueiras. E agora não conseguimos encontrá-lo."

Enquanto a maioria dos vindicantes seguia na busca pelo Andarilho das Cinzas, para a grande confusão dos guardas do Superior, Hathin descobriu o motivo por que os vindicantes haviam chegado na hora certa. No fim das contas, o milagreiro havia sido Tomki.

"Ele nos deu a dica", explicou Louloss, a escultora de cabeças. "Passou uns dias com a gente, mas estava retornando a Zelo, por ordem de Dança. A meio dia de viagem da cidade, ele topou com uma mulher na estrada. Nunca tinha visto a figura, mas recordava a cabecinha de madeira que eu havia esculpido segundo a descrição da mulher, e quando viu o pica-pau em seu ombro percebeu que era Jimboly, a extratora de dentes, a grande bruxa.

"Daí ele ficou papeando e descobriu que ela rumava para Zelo, com um Andarilho das Cinzas, e que ela ouvira dizer que Zelo estava 'infestada de Rendeiros'. Ele cogitou voltar no mesmo instante e avisar vocês, mas o abrigo da Vindícia mais próximo estava bem perto, então ele disparou até lá para pedir ajuda. Chegou com o cérebro quase solto da cabeça, de tanto sacolejar. Seu pássaro desabou no chão, bebeu meio lago d'água, e desde então não permite ser montado."

Hathin sentiu uma ponta de remorso ao imaginar Tomki, exaurido, desabando de seu ressentido pássaro.

"O quê, em nome do..." O Superior acabava de aparecer na porta do salão dos troféus e permanecia parado, chocado com a cena diante de si. "Como? Quem? Quem é toda essa gente?"

"São... são *seus*, senhor." Hathin avançou com cautela, constrangida por falar em portadentro diante de tantos Rendeiros. "São a sua Reserva de Rendeiros."

"*O quê?*" O Superior tremeu o queixo por alguns segundos, feito uma rolha num riacho. "O que... *todos* eles? Como é que precisamos de tanta gente para transportar carrinhos pela montanha?" Hathin só esperava que ele não tivesse reparado nas armas escondidas, nem no suspeito número de pessoas com os antebraços cobertos. "Onde é que vocês *encontraram* toda essa gente? E por que estão todos com essa cara de alegria?"

Hathin desanimou diante da perspectiva de explicar o sorriso Rendeiro a alguém tão pouco atento a qualquer ser vivo. O Superior, no entanto, já se ocupava de enxotar um par de crianças que tentava montar suas gazelas empalhadas.

"Muito bem!", gritou ele. "Muito bem, por enquanto esses aí podem ficar, mas nenhum a mais, estão entendendo? Nem um único Rendeiro a mais!"

Então talvez tenha sido ótimo que o Superior e seus guardas não tivessem percebido quando Dança, da Vindícia, chegou com o crepúsculo e adentrou as cozinhas.

27
Dança da morte

Nada foi encontrado do Andarilho das Cinzas. Ele parecia ter se dissolvido dentro do palácio, como uma gota de tinta num copo d'água. Ao anoitecer, todos disseram que ele devia ter saído às escondidas, do mesmo jeito que entrara. Pairava, no entanto, uma incômoda atmosfera.

Hathin não tinha dúvida de que o Andarilho das Cinzas avistado era o mesmo que a perseguira desde a costa. Lá no fundo, sempre soube que ele retornaria. Seu único consolo era que, pelo menos, Arilou estava a salvo na aldeia Azeda. Ainda assim, Hathin guardava a sensação irracional de que Arilou jamais poderia de fato estar segura longe de seus cuidados.

Ao cruzar os corredores noturnos, as solas das botas barulhentas demais sobre o piso de mármore, Hathin sentiu medo de si mesma. Ela havia criado a Reserva, e agora o destino de dezenas de inocentes, até o de Dança e sua Vindícia, parecia se equilibrar precariamente sobre aquela brevíssima decisão, feito uma montanha invertida, empoleirada no próprio cume. Como aquilo havia acontecido? Sua busca por vingança parecia ter assumido um aspecto bastante estranho.

À medida que ela percorria as longas passagens, figuras se desprendiam das sombras para cumprimentá-la com acenos de mão curtos e indolentes, então se escondiam para que ela não se assustasse com a súbita aproximação. Apesar da corrida desenfreada até Zelo, muitos vindicantes haviam optado por se abster de dormir e vigiar o palácio durante a noite, de olho em qualquer problema.

Parecia melhor não aborrecer o Superior com esse plano. Ele já havia se espantado bastante ao descobrir que seu estoque pessoal de Rendeiros havia se transformado num exército de quase cinquenta almas. Se o homem soubesse que seus Rendeiros estavam deixando o salão dos troféus e se embrenhando, armados, pelos recônditos do palácio, Hathin sentia que ele ficaria muitíssimo aborrecido.

No salão de baile, Hathin encontrou Dança, mas apenas porque ela a aguardava. Dança permanecia sentada, solitária, paciente como uma montanha, e, apesar do tamanho, sua imobilidade a tornava discreta. No cenário do salão, bíceps de mármore sobressaíam, uma armadura reluzia e cavalos de tecido pinoteavam, enquanto os duques mortos desfilavam suas vitórias em paredes e pedestais.

Hathin tirou o chapéu e se sentou junto à Dança; sentia-se um pequenino bote a remo ao lado de um galeão fantasma.

"Eu espero", disse Dança, baixinho, depois de alguns instantes, "que a sua Reserva tenha lhe contado sobre a trilha secreta, sim? Ela percorre a costa, se embrenha pelas matas e segue o pântano até Zelo. Entre o nosso povo está se espalhando um boato de que a cidade de Zelo abriga um refúgio. Neste exato instante é possível que haja dezenas de Rendeiros nessa trilha, todos a caminho daqui."

Hathin engoliu em seco, sem dizer nada.

"Seja lá o que escolhamos fazer, é tarde demais para impedir que eles venham. Vão chegar em ondas." Dança mexeu os ombros de leve, soltando as câimbras. "O que o seu Superior prometeu? A proteção dele é segura?"

"Eu... não sei." Muito hesitante, Hathin explicou a natureza peculiar de seu acordo com o Superior. A narrativa pareceu frágil e ridícula.

"Nós temos duas opções", prosseguiu Dança. "A primeira é sairmos todos de Zelo e largarmos a cidade nas mãos da bruxa Jimboly. Nos espalharmos feito chispas para que não sejamos facilmente derrotados. Levamos o máximo de gente da Reserva conosco e deixamos todos na Trilha da Obsidiana, cada um cuidando de si. A outra opção... é ficarmos. Transformarmos este lugar no refúgio que todos desejam, reforçando a nossa busca e fundando aqui uma nova base da Vindícia. Arriscarmos tudo.

"Se escolhermos a segunda opção... a Vindícia não vai gostar muito. Somos como águias: a gente dá o rasante, ataca e voa. Não montamos guarda feito cães de caça. Sempre emprestamos a nossa força da luz do dia, emergimos da escuridão e depois retornamos a ela para que ninguém possa nos rastrear. Se escolhermos ficar aqui, seria o mesmo que nos plantarmos ao lado de uma imensa pira, como a Escola do Farol."

"É... se pudermos ficar mais um pouquinho aqui... talvez os Azedos consigam arrancar mais informações de Arilou. O que pode nos ajudar a descobrir quem são os nossos inimigos ou por que..."

Dança inclinou a cabeça de leve e olhou para Hathin.

"Aquelas criancinhas da sua Reserva, você sabe o nome delas?" Dança escutou Hathin listar alguns nomes, balbuciante, e a interrompeu, falando baixo. "Não tome conhecimento de mais nenhum. Eles estão se tornando muito reais para você, e a sua busca não é a proteção deles. Se a Vindícia partir amanhã, vamos te levar junto."

"Amanhã?! Mas..."

"Hathin, graças a você e a sua irmã, nós descobrimos como é que os nossos inimigos andam trocando mensagens com tanta agilidade. E tivemos conversas interessantes com quatro homens muito assustados, que jamais pensaram que seriam nossos convidados.

"São todos oficiais." Dança não soava surpresa, nem escandalizada. "Todos homens Portadentro, instruídos para dedurar os Rendeiros e a atividade dos Perdidos. Alegam que não sabiam da morte destes últimos, mas admitem que na noite do extermínio receberam ordens para ficar longe dos Perdidos locais e arrumar álibis. O mais impressionante é que eles parecem saber tão *pouco*. Não sabem nem a identidade de seu superior imediato. Mas todos parecem certos de uma coisa. Trata-se de um agente de Porto Ventossúbito.

"Até agora, pensávamos estar diante de dois grupos de inimigos. De um lado, os assassinos secretos dos Perdidos. De outro, as forças da lei e da ordem. Agora temos que enfrentar o fato de que talvez esses dois lados sejam um só. Pouco admira que essa Jimboly tenha chegado ao mesmo tempo que o Andarilho das Cinzas."

A pele de Hathin congelou. Seria possível? Se Porto Ventossúbito estava por trás do extermínio dos Perdidos, que esperança teriam ela e seus amigos? Inimigos poderosos. Homens com mandados na mão, com Andarilhos das Cinzas a seu dispor. Talvez até o tal "Lorde P" mencionado no diário de Skein fosse um deles. *Lorde P retornará ao fim das chuvas ou logo depois.* Por que ele retornaria? Seria mais um grande golpe? Outra onda de mortes? O que o pobre Bridão havia tentado avisar antes de morrer? Hathin alimentara a frágil esperança de que, tão logo fosse desvendado o mistério, ela e Arilou poderiam provar sua inocência às autoridades, impedir que os Rendeiros fossem usados como bodes expiatórios e concluir sua missão, levando os culpados à justiça. Se os verdadeiros assassinos eram homens da lei, tudo isso seria inútil. De uma hora para outra, a asa de borboleta em seu braço pareceu absurda. Como uma fugitiva Rendeira de 12 anos de idade poderia se vingar do próprio governo?

"Dança, os homens-pombo não contaram mais nada? Não sabiam nada sobre as listas no diário de Skein ou sobre quem poderia ser o tal 'C'?" Ao ver Dança balançar a cabeça, Hathin não pôde evitar o tom de desolação. "Bom, eles devem ter recebido ordens do líder, de tempos em tempos. O que ele pedia?"

"Eles receberam ordens, sim. Em especial, lhes foi pedido que reunissem carpinteiros, pedreiros e mineiros e os levassem às escondidas até o oeste. E também que arrumassem pólvora, enxadas, pás... tudo que uma mina requer. Mas esses suprimentos não foram entregues nos habituais postos avançados. Eles foram levados à Costa da Renda, depois a algum lugar ao norte. Era só isso o que sabiam."

Ainda não havia resposta.

"Um dos nossos prisioneiros contou mais uma coisa", prosseguiu Dança. "Ele parecia muito certo de que existe um espião Rendeiro trabalhando para a organização. Esse é o outro motivo pelo qual a sua Reserva me preocupa. São todos Rendeiros, e todos estranhos."

Hathin ficou em silêncio um instante. A sugestão de um espião mais uma vez evocou a imagem fantasmagórica de sua aldeia adentrando a gruta da morte, exceto por uma figura furtiva...

"Dança", disse Hathin, "o espião Rendeiro pode não ser um estranho. Jaze... Jaze acha que mais alguma Fera Falsa pode estar viva. Alguém que contou a Jimboly sobre a rota de fuga pelas grutas. Alguém que não morreu porque já sabia do ataque. Um traidor."

Fez-se um longo silêncio.

"Se essa pessoa existir", entoou Dança, por fim, "e for encontrada... ela é sua."

"Minha?" Os azulejos de mármore congelaram as panturrilhas nuas de Hathin.

"Sim, sua. Aconteça o que acontecer a Jimboly e seus mestres, é justo que seja você que descubra o nome do traidor."

Hathin sentiu-se como se tivesse prometido saltar uma ravina e naquele exato instante se encontrasse parada à beira do precipício, sem ar, sentindo o estômago despencar por sobre as rochas úmidas e gélidas.

"Dança..." Ela mal conseguia entoar um sussurro. Como poderia dizer àquela gigante que a Vindícia tinha arriscado tudo por nada, porque ela, Hathin, não conseguia matar nem uma barata? Seus únicos amigos eram os vindicantes. Como ela poderia ver em seus olhos a mesma frieza que vira nos de Eiven ao saber que Hathin não conseguira achar um meio de burlar os testes do Inspetor Perdido? Como poderia frustrar suas expectativas? "Eu... vou descobrir o nome do traidor."

Dança apoiou a mão na bota de Hathin. Por um momento, Hathin pensou ter sido um gesto de aceitação, de camaradagem. No instante seguinte, porém, percebeu a súbita tensão na postura da mulher, e ouviu o que Dança já havia ouvido, um diminuto rangido metálico no cômodo ao lado.

Os olhos de Dança eram duas luas de sangue escuro. Ela se levantou em completo silêncio, e Hathin percebeu que ela tinha os pés descalços. As veias pintadas em seus braços se entrelaçavam, escuras, feito riachos de sangue seco descendo desde os ombros.

A gigante se agachou, ergueu cuidadosamente a tampa de uma otomana e apontou para dentro. Hathin, obediente, entrou no buraco e aparou o peso da tampa com as mãos, para que não fizesse barulho ao fechar.

A tampa baixada lhe permitia uma nesga de visão, e através dela Hathin viu a Morte adentrar o quarto, na forma de um homem azul-escuro. A princípio, achou que ele estivesse atrás dela e de Arilou, então observou, estupefata, o homem cruzar o recinto rumo à porta que levava aos aposentos do Superior.

No meio do caminho, o Andarilho das Cinzas notou a presença de Dança. Hathin o viu virar a cabeça para encará-la. Atrás de si, a tapeçaria da parede tremulou quando Dança despontou de seu esconderijo.

Em uma das mãos, ela segurava um porrete de madeira. Ao circundar o Andarilho das Cinzas, girou de leve o porrete; a tira de couro que o envolvia se soltou e caiu no chão, numa espiral, revelando uma longa fileira de lâminas de obsidiana que despontava de cada lado do comprido cabo de madeira.

Com o coração acelerado, Hathin percebeu que assistia a algo que pouca gente vira desde o expurgo dos Rendeiros, quando seus sacerdotes foram executados, e seus templos, deixados à ruína. Muito antigamente, os Rendeiros possuíam grupos de elite que se enfeitavam com penas pretas e empunhavam aquelas armas. No meio da noite, atacavam os acampamentos dos estrangeiros e capturavam prisioneiros para seus sacrifícios. Suas lâminas de obsidiana eram como dentes de vulcão, e o sangue derramado por elas era tragado pela montanha.

Quando o Andarilho das Cinzas encarou a arma, aros brancos surgiram em torno de suas íris escuras. Ele era uma cabeça mais baixo que Dança, mas sua silhueta parecia sorver a luz do salão sombrio. Agora as figuras se encaravam, em círculos, uma musculosa e imponente, a outra esguia e letal feito um garrote de arame.

Com uma guinada, os dois começaram a lutar como folhas num redemoinho d'água, e Hathin de súbito entendeu por que Dança tinha esse nome e por que não possuía um título. Até sua ligeireza era meio imóvel, como a agilidade das criaturas subaquáticas. Ela *era* uma dança. A cada balanceio da arma, o ar zunia por entre as lâminas de obsidiana, entoando o sussurro de uma dúzia de pessoas.

O Andarilho das Cinzas também era um dançarino, porém cheio de investidas e recuos, tal qual um beija-flor, com uma lâmina de aço reluzindo em cada mão. Hathin prendeu a respiração e assistiu a uma valsa mais antiga que o salão de baile, mais antiga até que os duques glorificados ali.

A dupla desapareceu atrás de uma pilastra, e Hathin ouviu um rasgo, um baque, um sopro de ar. Quando eles reapareceram, do outro lado, uma das facas do Andarilho das Cinzas estava opaca, já não refletia a luz, e novos riachos de sangue desciam pelo braço de Dança. Então Hathin recordou que o Andarilho das Cinzas morto por Dança havia sido jogado no rio, tendo seus poderes lavados.

O Andarilho das Cinzas deu um breve bote, do qual Dança pareceu desviar, mas Hathin ouviu a mulher emitir um rosnado gutural e uma sombra escura se formou em sua coxa. Quando a lua começou a despontar por uma das janelas altas, Hathin percebeu que as pegadas dos combatentes deixavam marcas nos ladrilhos de mármore. As do Andarilho das Cinzas eram levemente azuladas, mas as de Dança eram vermelhas.

Quando o Andarilho das Cinzas atravessou uma faixa de luar, Hathin percebeu que Dança não havia errado por completo seus amplos golpes. Os dentes serrilhados de sua espada não haviam acertado a pele, mas as roupas do Andarilho, que agora exibiam rasgos e tufos. Por isso as marcas de índigo nos azulejos. Dança estava perdendo, mas pelo menos não estava sendo uma luta fácil para o Andarilho das Cinzas.

Uma imagem veio à mente de Hathin. Uma figura azul agachada debaixo de um para-sol encerado na encosta vulcânica, ao abrigo da chuva...

Na parede atrás dela havia uma galeria elevada, cerca de três metros acima do salão de baile. A galeria abrigava pequenos altares para os ancestrais, repletos de ofertas em vasilhas ornamentadas. Perfumes. Vinhos. Água.

Com os dentes cerrados em concentração, Hathin ergueu a tampa da otomana, estremecendo ao ouvi-la encostar na parede com um baque fraco. Saiu de seu esconderijo, sentindo-se dolorosamente exposta, e disparou pelo corredor rumo aos degraus de madeira que levavam à galeria. O rangido de cada passo lhe enviava uma agulhada gélida de pânico ao coração.

No andar de cima, afanou dois compridos frascos de peltre de um dos altares e se debruçou sobre a balaustrada da galeria. Onde estava o Andarilho das Cinzas? Será que ele a tinha ouvido? Estaria subindo a escada atrás dela?

Não. O balé de corpos seguia lá embaixo, com a música silenciosa ainda mais ligeira. Ainda assim, por mais louco que fosse, os dançarinos não se aproximavam da área sob a galeria, onde Hathin equilibrava os dois frascos com os punhos trêmulos.

Um salto, um bote, e um pedestal cambaleou, derrubando os cálices confiados a ele. O silêncio se estilhaçou e desabou no chão, com os fragmentos de vidro e porcelana.

Convocados pela barulheira, dois guardas dispararam pelo corredor. Com sua visão de águia, Hathin os viu correr até a mortífera fenda de luar, então se contorcerem e caírem, largando com um estalido as espadas empunhadas. O Andarilho das Cinzas matou os dois sem nem olhar. Guardava total atenção em Dança. E não notou que a fatídica investida dos guardas o empurrara uns críticos passos para trás, aproximando-o da galeria. Só percebeu os dois fios d'água perfumada desabando do alto quando foi atingido na cabeça e nas escápulas.

Um arrepio lhe percorreu o corpo, como se ele tivesse levado uma flechada nas costas. Dança deu mais um giro, com a energia renovada, e o Andarilho das Cinzas abriu espaço, porém agora com passadas mais inseguras e movimentos mais afobados. Ele piscava, vertendo lágrimas azuis; poças índigo marcavam seu rastro, como se ele estivesse derretendo.

A pesada porta dos aposentos do Superior se escancarou, e três guardas entraram a passos firmes, de espadas a postos. Logo atrás, veio coxeando o próprio Superior, de touca de dormir, o bigode desenrolado e caído sobre o peito, uma vela na mão.

No instante em que o Andarilho das Cinzas viu o Superior, foi como se ele tivesse sido disparado de um arco. Ele se desvencilhou da briga e correu até a diminuta figura de robe amarelo, mal reparando nos três guardas plantados no meio do caminho. Com um embrulho no estômago, Hathin viu os guardas hesitarem, então cada um deu um cuidadoso passo para o lado, feito uma cortina se abrindo, para permitir a passagem de seu mestre, não impedindo a Morte de seguir em frente. O Superior arregalou os olhos, horrorizado.

Então algo irrompeu junto ao Andarilho das Cinzas como uma onda, um pesadíssimo redemoinho de tranças aterrissando atrás dele. Uma lâmina de dentes pretos penetrou uma faixa de luar, enfim golpeando mais do que fragmentos de tecido.

O Superior encarou a faca do Andarilho das Cinzas, apontada para o bolso de seu camisolão, e viu o peso morto de seu dono arrastá-la para baixo, rasgando a própria vestimenta. Apenas quando a figura azul-escura desabou no chão todos voltaram a respirar. Mesmo assim, ninguém ousava falar, nem tirar os olhos do homem caído. O Superior correu as mãos trêmulas e impotentes pelo peito, conferindo se ele próprio não havia sido golpeado.

"O qu...?", disse, por fim. "O quê...? Quem...? Como isso...? Por que ninguém...?"

Ele deu um salto exagerado quando Hathin surgiu, cambaleante, descendo os degraus da galeria, as mãos erguidas para mostrar que era inocente. Os guardas, sentindo a óbvia necessidade de uma demonstração tardia de heroísmo, apontaram no mesmo instante as armas para ela.

"Ah, pelo sangue camuflado, abaixem isso! Como ousam? Qual é o problema com vocês, homens? Vocês abriram caminho, vocês iam deixar ele..." O Superior encarou Dança, que agora pressionava o corte profundo na coxa. "Senhores, vão chamar o meu barbeiro-cirurgião! Agora! Se esta mulher não estivesse aqui..." A voz dele foi morrendo. "Espere, *quem* é você, boa senhora, e *por que* está aqui?"

"Para!", gritou Dança em nandestete, quando um dos guardas se aproximou da porta. "Milorde, chama homem volta. Se sai quarto, dez segundos todo palácio sabe Andarilho das Cinzas morto aqui. Andarilho das Cinzas morto perigoso igual que vivo."

"Mas ele atacou a minha pessoa! Ele atacou um governador da Ilha Gullstruck!", exclamou o Superior. "E sem licença!" Ele encarou Hathin. "Ele devia estar atrás de você! E da sua amiga!"

"E de qualquer um com a coragem de nos proteger", explicou Hathin num tom baixo, porém firme. Todos os olhos se voltaram para a figura no chão. O rosto de Brendril era o retrato da paz. O Superior dispensou um aceno breve e impaciente, e os guardas fecharam a porta e retornaram ao centro do salão.

"Sangue do meu sangue!", prosseguiu o Superior, quase em um sussurro. "Imaginem só... E se ele tivesse entrado pela minha janela?"

"Eu não teria permitido isso, senhor", disse uma voz vinda dos fundos. O homenzinho se assustou, marchou de volta para a sua sala, seguido pelos outros, e afastou as cortinas. Jaze, que se equilibrava, agachado, no peitoril iluminado pelo luar, ergueu dois dedos à testa em saudação.

O Superior abriu a segunda cortina e estremeceu ao ver o sorriso deferente de Louloss.

"Ainda tem um casal no telhado, pro caso de alguém tentar entrar pelas chaminés", acrescentou Jaze, cooperativo.

O Superior olhou em volta, perplexo e estupefato com o brilho respeitoso dos sorrisos ornados de joias.

"Desde quando eu tenho guarda-costas Rendeiros?", balbuciou, por fim.

"Desde que o senhor decidiu não entregar uma menina de bandeja a um Andarilho das Cinzas", respondeu Jaze calmamente. "Nestes tempos tão malignos, a menor gentileza gera grandes consequências."

28

Caça à bruxa

Mesmo depois que Brendril foi coberto com uma manta, Hathin não conseguia tirar os olhos de sua silhueta no chão de mármore. Ele parecia ter encolhido, mas ela ainda sentia que a qualquer instante o Andarilho das Cinzas poderia sacudir o corpo, levantar-se e encarar o recinto com seus olhos contornados de branco. Ele passara tanto tempo existindo no limiar entre os vivos e os mortos que parecia ter o poder de cruzar essa fronteira sem nenhum esforço.

Dos três guardas que haviam decepcionado seu mestre de forma tão singular, dois agora estavam de quatro, limpando o chão de todas as evidências da mortífera dança; o terceiro e mais jovem, que acolhia a maior parte do falatório de seu empregador, parecia prestes a desmaiar ou cair no choro.

No fim das contas, foi Hathin quem rumou até o barbeiro-cirurgião, por ser a única pessoa de confiança a poder circular pelos corredores escuros do palácio despercebida, sem suscitar comentários. Bateu à porta do homem e explicou que o Superior necessitava de cuidados, o que àquela altura certamente era o caso. Ele estava dominado por tamanha histeria que se convencera de que apenas uma sangria lhe recuperaria as ideias.

O barbeiro-cirurgião pessoal do Superior era um jovem de rosto delicado com uma covinha no queixo. Ao ser acordado por Hathin, vestiu o casaco por cima da camisola com um ar cansado e bem-humorado, como se estivesse acostumado a tais interrupções.

"Me surpreende esse homem ainda ter sangue", foi seu único comentário, enquanto Hathin o conduzia depressa rumo ao salão de baile. Quando vislumbrou o cenário do salão, ele despertou e endureceu o semblante; ao se virar, percebeu que Jaze havia fechado a porta e se encostado nela. A passos firmes, o cirurgião caminhou até a figura nervosa do Superior, olhando de esguelha os Rendeiros armados à espreita. Ajoelhou-se junto à cadeira do Superior e começou a subir as mangas da túnica de seu mestre.

"O senhor está sendo mantido em cárcere privado, senhor?", perguntou ele num suave sussurro em portadentro.

"O quê? Não seja idiota, Leal. Essa gente é o único motivo pelo qual ainda estou vivo."

"E...", disse Hathin num sussurro quase inaudível, "alguns de nós falamos portadentro."

Como se para comprovar o fato, Jaze disparou uma olhadela para o barbeiro-cirurgião, que agora acomodava um potinho em forma de lua crescente junto ao braço do Superior para coletar o sangue da veia "respirante". "Podemos...?"

"Ah, sim. Faz dois anos que o sr. Leal encosta navalhas no meu pescoço... Se ele não fosse confiável, a essa altura eu já saberia."

"Bom. Milorde, a quem mais o senhor confiaria esse segredo?"

Muito pouca gente, foi o que pareceu depois que o Superior absorveu a gravidade da situação. Um Andarilho das Cinzas atrás de uma licença havia sido atacado no palácio. Essa brecha da lei já era bastante ruim, mas seria um desastre para todos se o homem fosse identificado como o Andarilho das Cinzas que estava atrás de Lady Arilou. Todos presumiriam que alguma pista o levara a procurar a garota no palácio do Superior e que, ao invadi-lo, havia topado com o grupo secreto de Arilou. O fato de o homem ter sido morto por uma arma ilegal havia duzentos anos também não ajudava muito.

O Superior, apesar de seus muitos anos de dedicação e prestimosos serviços à cidade de Zelo, possuía poucos amigos entre os vivos. Ao perceber isso, hesitante, mandou que Hathin chamasse seu secretário, o capitão da guarda e um conselheiro próximo. Dança ordenou que a Vindícia fosse informada do ocorrido. A Reserva e o restante dos funcionários e conselheiros do Superior não ficariam a par da situação. Os três guardas, que o grupo concluiu que não manteriam a discrição necessária, tiveram suas armas recolhidas e foram confinados numa das antigas adegas.

Por volta das duas da manhã, o salão de baile abrigava um conselho de guerra bastante peculiar. Cadeiras foram dispostas para o Superior e os seus, e para os Rendeiros foram oferecidas algumas esteiras.

Jaze foi o porta-voz da Vindícia. A seu lado, Dança permanecia sentada em silêncio, pesada, irresoluta e impenetrável, limitada pela língua. Dança não falava portadentro.

O Superior ouviu, em silêncio, Jaze relatar a história das Feras Falsas, a estranha morte de Skein e a destruição da aldeia pelas mãos de Jimboly. Lançou olhares perturbados a Hathin ao ouvir sobre sua iniciação à Vindícia. Diante do relato das descobertas dessa organização secreta, do uso de besouros bazófios no extermínio dos Perdidos e das pistas que ligavam os assassinatos a Porto Ventossúbito, foi gradualmente empalidecendo.

"Então", disse o Superior numa titubeante tentativa de falar ligeiro, "por que Porto Ventossúbito sancionaria a morte de todos os Perdidos? Por que o governo afundaria a ilha inteira em completo caos?"

Houve murmúrios e meneares de cabeça.

"Nós ainda não sabemos", respondeu Jaze. "Só conseguimos imaginar que o Conselho dos Perdidos tenha encontrado algo tão incriminador que todos tiveram que morrer, levando o resto dos Perdidos junto."

"E quem exatamente vocês acham que vem orquestrando tudo isso? Quem está dando ordens a esses 'homens-pombo'?"

Fez-se uma pausa, preenchida por suaves murmúrios e uma troca de olhares.

"Podemos arriscar um palpite", declarou Jaze após um instante. "Lady Arilou diz que o líder está na Cinca do Herbolário e que não tem rosto. E nós conhecemos um homem que corresponde a essa descrição. Minchard Prox. 'Oficial de Controle de Achaques'. O rosto dele é uma massa de cicatrizes, e ninguém na Ilha Gullstruck vem perseguindo o nosso povo de maneira tão incansável e impiedosa quanto ele."

Muitos Rendeiros se mostraram de acordo, em silêncio, virando a cabeça e fingindo cuspir no chão. Hathin não conseguiu fazer o mesmo. Sua primeira impressão a respeito de Prox estava sendo devorada, envenenada por tudo que ela ouvira desde então. As feições originais do homem estavam distorcidas em sua lembrança, marcadas pelas cicatrizes que ela vira em seu rosto aquele dia na estrada, nos arredores da Cinca do Herbolário, mas ela ainda se recordava de um par de olhos castanhos muito vivos, pensativos, exasperados, perturbados e nada cruéis.

"Oficial de Controle de Achaques... nomeado especialmente por Porto Ventossúbito, pelo que dizem. Bom." Fez-se um longo silêncio, e o Superior refletiu com seus próprios botões. "Bom, isso me deixa dividido entre duas histórias, não é? Uma contada por vocês, e outra, totalmente contrária, relatada por Porto Ventossúbito. Mas..." Ele soltou um suspiro trêmulo. "Botando na balança, me vejo inclinado a acreditar em quem *não* está de fato tentando me matar."

A tensão no recinto diminuiu consideravelmente, e Hathin imaginou que alguns integrantes da Vindícia estivessem preparados para fugir do palácio.

A prioridade, no momento, era descartar o corpo do Andarilho das Cinzas; embora todos concordassem com uma incineração, não conseguiam chegar a um consenso quanto ao local e a hora. Jimboly ainda estava em algum lugar de Zelo, e ninguém sabia se, ou quando, o palácio seria cercado por outra turba. Talvez fosse muito arriscado tentar sair às escondidas com o corpo do Andarilho das Cinzas.

"Se a gente incinerar o corpo aqui dentro, todo mundo vai sentir o cheiro da fumaça e saber que tem uma pessoa morta aqui", resmungou o Superior. "Além do mais, a única fornalha apropriada que temos é a que usamos para a nossa própria linhagem. De apropriado, isso não tem *nada*."

Jaze traduziu para Dança o teor do diálogo, ao que esta cochichou algo em seu ouvido. Hathin observou o rapaz escutar, erguendo e baixando de leve as sobrancelhas aveludadas.

"A bem da verdade", disse Jaze, parecendo conter uma empolgação pouco característica, "poderia ser bastante adequado. Milorde, ninguém fora deste salão sabe que o Andarilho das Cinzas está morto... *nem que o senhor está vivo*."

O Superior encarou Jaze e depois Dança, como se perguntasse a si mesmo se aqueles dois desejavam torná-lo menos vivo.

"Pense nisso", prosseguiu Jaze. "As pessoas só sabem que houve uma confusão pros lados dos aposentos do Superior. O cirurgião foi chamado e não retornou." Ele encarou o sr. Leal, que agora cuidava dos ferimentos de Dança. "Tem cinco guardas desaparecidos. E ninguém teve notícias do Superior."

"Está sugerindo que eu faça circular uma mentira?"

"Confie em mim, senhor, as circunstâncias já plantaram uma mentirinha na cabeça das pessoas", respondeu Jaze calmamente. "Estamos sugerindo apenas que o senhor não a sufoque antes de nascer. Escute, o senhor é um homem marcado. Sejam lá quem forem os seus inimigos, eles mataram todos os Perdidos, exceto uma menina, e temem que ela tenha visto algo incriminador. Agora que enxergam o senhor como protetor dela, vão presumir que sabe tudo que ela sabe. Eles não podem se dar ao luxo de deixar o senhor vivo. Outros assassinos e caçadores de recompensas virão. Mas, se acreditarem que o senhor está *morto*... aí a história é outra."

"Mas a cidade! Ela precisa de um líder forte! A cidade vai virar um caos!"

"Eu não creio, senhor. Os insurretos queriam linchar os Rendeiros, mas, se acreditarem que um deles matou o governador, esse fogo todo vai levar um balde de água fria. Eles vão recuar das frentes de batalha e procurar alguém para culpar."

Uma sensação quente e incômoda brotou no peito de Hathin. Ela se inclinou e sussurrou no ouvido do Superior. "Senhor, eu sei quem pode levar a culpa."

Na manhã seguinte, a pantomima começou. Logo ao acordar, a cidade de Zelo viu que a bandeira com o brasão do Superior havia desaparecido do mastro do palácio.

"Foi posta para lavar", foi a resposta oficial. Ninguém acreditou.

Às nove, Hathin comeu sozinha no comprido e escuro salão de café da manhã, com a cadeira do Superior vazia à cabeceira da mesa.

"O Superior vai tomar café da manhã no quarto hoje", explicou Hathin. A criada a encarou, desconfiada, e levou embora o prato do Superior.

Depois do café, uma porção de missivas e decretos foram despachados, todos assinados e selados por um assistente, em lugar da distinta rubrica e do selo do Superior.

"No momento, algumas tarefas do Superior estão sendo assumidas por seus assessores", explicou o emissário ao entregar as cartas. Os rumores logo começaram a percorrer a cidade.

Enquanto Hathin e Therrot encomendavam aos artesãos ornamentos para o mais ostensivo dos funerais, o capitão da guarda saiu em marcha com uma tropa de homens para prender Bewliss, o jovem "porta-voz" do motim da véspera.

"Digamos apenas que a rebelião liderada por você ocasionou uma morte", vociferou o capitão ao levar Bewliss sob custódia. Enfiado numa prisão, sem a força de seu grupo, o fogo de Bewliss de fato começou a se extinguir.

"Pois bem", prosseguiu o capitão, sentado diante do rapaz. "Você é cabeça-oca, meio trapalhão, mas é boa gente. O que faz você andar com assassinos? O que faz você trair seu mais honrado senhor? Ou, devo dizer, quem? Vamos lá, meu rapaz, não baixe a cabeça como se esperasse ser enforcado; nós sabemos que não foi culpa sua. Tem uma mulher circulando por aí com um pica-pau... O povo anda dizendo que viu ela tocar o seu braço e plantar um brilho estranho nos seus olhos.

"Então seja sincero, rapaz. Essa rebelião foi invenção sua ou ela deu um jeito de te enfeitiçar? Quando ela pôs a mão no seu ombro, você sentiu alguma coisa estranha nublando sua mente, te fazendo agir contra sua própria natureza?"

Embotado de lágrimas, Bewliss olhou em volta; como tantos animais acuados, partiu em direção à única fenda de luz.

"Sim", disse ele. "Sim, ela me enfeitiçou. Eu senti o meu braço formigar e o meu cérebro perder a força." Até ele próprio acreditou naquelas palavras.

Pouco depois do almoço, um rapazinho de sorriso aflito e boas botas de couro deixou o palácio, adentrou os jardins privativos do Superior e foi encontrar um adolescente, de rosto redondo e radiante, acompanhado de um enorme pássaro-elefante manco.

Hathin sentou-se ao lado de Tomki, bastante ciente de si, tornando a sentir nos dedos a mesma estranha fisgada que sentira ao estapeá-lo no rosto.

"Disseram que você só entraria no palácio quando tivesse permissão", começou ela timidamente.

Tomki percebeu que Hathin olhava seu antebraço, então o estendeu, com um sorriso vívido, porém sério. Nenhuma tatuagem lhe marcava a pele.

"Você tinha razão", disse ele. "Os Azedos não queriam fazer mal... estavam só assustados. Se eu tivesse feito a tatuagem por conta disso, não seria digno dela. Não seria digno *dela*."

"Você... ama Dança de verdade, do seu jeitinho, não é?"

"Amo", respondeu ele, sucinto. "Ela é... tão... *grande*." Ele se levantou e abriu os braços, olhando acima e adiante, como se abraçasse a vista à beira de um precipício. "Ela é tão grande que afasta os horizontes... o mundo fica menor sem ela."

Passados alguns instantes, Tomki suspirou, sentou-se e voltou a alimentar seu pássaro com algumas raízes, muito contente.

"Nós precisamos de você", murmurou Hathin. "Precisamos que você espalhe uns boatos pela cidade. Você não tem cara de Rendeiro e tem talento para conversar." Tomki escutou atentamente a explicação de Hathin.

"Então a Dança quer que eu faça isso?", indagou ele, esperançoso.

Hathin mordeu o lábio, querendo dizer que sim.

"Foi ideia minha", admitiu.

Já no dia seguinte, no lusco-fusco, Jimboly começou a perceber o clima da cidade mudar. Até então escutara uns estalidos e estouros e aquecera as mãos, atirando aqui e ali um pouco mais de lenha na fogueira. Agora, porém, a fogueira estrondeava, como se devorasse novos combustíveis ou aproveitasse uma lufada repentina de vento.

O primeiro indício de perigo veio quando ela se aproximou do esconderijo de seus novos amiguinhos e ouviu uns cochichos serem interrompidos subitamente. Ao se agachar para espiar debaixo da casa, ouviu um tumulto de discussão. Encontrou-se diante de uma vala vazia, a lama marcada por pequeninos pés descalços.

No trajeto até o mercado, ela soube que havia algo errado. Quase sentia os rumores passando de uma mente a outra, zunindo feito mosquitinhos. A cidade *devia* estar fervilhando de rumores, claro, mas espalhados por *ela*, não por aquele zum-zum que lhe invadia os ouvidos.

"... destruir muita cidade..."

"... pássaro criado, manda pássaro busca fofoca, segredos..."

"... chocalho morte mochila... mata com pensamento tanto com faca..."

"... ontem enfeitiça Bewliss..."

"... bruxa pica-pau... bruxa pica-pau..."

O quê? *O quê?* O sorriso de Jimboly morreu. A sonolenta cidade, de uma hora para outra, havia voltado contra ela seu olhar cheio de ódio. Por quê? Como? Aquilo era boataria de ilusões, manobra de turbas, o jogo *dela*... e alguém estava jogando no time adversário.

De repente, ela se sentiu exposta. O pica-pau a denunciava. Ela tentou esconder Chuvisco dentro do casaco, atraindo-o com um punhado de sementes, mas ele estava inquieto.

"Por favor, Chuvisquinho, eu não quero ter que torcer o seu lindo pescocinho. Não quero mesmo." Ela tornou a enfiá-lo na gola da roupa e enroscou a correia com força na mão.

"Ali bruxa!" Seus antigos companheiros de bebedeira avançavam a passos firmes, liderados por Bewliss, cruzando a lama revirada pela chuva. No mesmo instante, ela percebeu o furor dos homens, seu ar determinado.

"Sai fora! Assassino!", gritou ela. Melhor mantê-los na defensiva. Como era de se esperar, o grupo hesitou. "Me engana ontem, me faz seguir marcha! Não vou marcha sabendo plano Bewliss pular muro e matar Superior! Assassino!"

Os homens pararam, confusos, então começaram a gritar ao mesmo tempo, uns para Jimboly, outros para Bewliss, outros para o povo que saía de casa para ver o que estava havendo.

"Ei! Que sepassa?

O pobre Bewliss não estava entendendo nada. Numa hora liderava um bando de insurgentes derrotados, noutra se via rodeado de uma gritaria e olhares ameaçadores.

"Essa mulher bruxa!", gritou ele. "Posso provar! Povo diz chocalho morte bolsa, cheio dentes é-mortos. Pega bolsa! Olha imbolsa!"

"Não deixa Bewliss perto! Quer matar eu!" *Mais um pouquinho de confusão*, pensou Jimboly, *e eu consigo dar o fora.* Naquele exato instante, porém, Chuvisco se soltou da correia em seu pescoço e saiu voejando por entre sua cabeleira, de onde abanou o rabinho como um sinal para o mundo.

"Pica-pau! Olha! É ela! Todo mundo fala mulher pica-pau! Bruxa pica-pau! Bruxa pica-pau!" O grito foi absorvido pela multidão. "Pega bolsa! Olha imbolsa! Esvazia bolsa!" Jimboly foi agarrada e teve a mochila arrancada dos ombros. De lá saíram as duas gaiolas, e quatro pombos maltratados logo perceberam que estavam livres. E surgiram os brinquedos das crianças, as pedras com desenhos de sapos e peixes. As ferramentas de extração dentária de Jimboly caíram no chão com um estalido metálico. Suas repugnantes bonecas com dentes de verdade foram passadas de mão em mão, em meio ao horror.

"Olha! Aqui chocalho!" O chocalho amarelo foi erguido. "Não sacode chocalho! Põe chão devagar, abre quebra!"

Um homem com um facão se aproximou, ajoelhou-se junto ao chocalho e abriu-o com um golpe. Fez-se um breve silêncio, e todos espiaram o interior do casco aberto.

"Verdade! Tudo verdade! Chocalho cheio dentes! Pega bruxa pica-pau!"

"Não toca!", berrou Jimboly, pulando para longe, agarrada à correia de Chuvisco. "Pássaro é-meu pega fio muita alma, toda alma em Zelo, alma é-*todosvocês*. Dá um passo frente, pássaro solta, desata todumundo! Afasta!" Então, antes que algum deles pudesse recobrar a presença de espírito, Jimboly disparou por entre as casas. Só depois de se esconder nas ruínas de uma casa destruída dois dias antes, durante os motins, foi que parou para recuperar o fôlego.

Alguém tinha descoberto sobre seu chocalho da morte. Como? Por quê? Teria ela revelado isso a alguém? Ela ruminou o ar lentamente, tentando recordar, e um olhar de incredulidade e fúria venenosa lhe invadiu o rosto. Sim. Havia uma pessoa que sabia.

29

Uma nova irmã

Quase um dia após o boato de sua morte, o Superior convocou outra reunião de seu novo “conselho de guerra” secreto.

A morte transforma a todos, mas no caso do Superior a mudança se dera para muito melhor. Depois do choque inicial, ele se entusiasmara com o fato de estar morto.

No início, constrangera-se com a ideia de ser erigida uma tumba tal e qual as de seus predecessores, mas Hathin sugerira, com cautela, que o povo enlutado insistiria. Como se para provar que ela tinha razão, homenagens anônimas começaram a surgir nos portões do palácio. Ervas aromáticas, gravetos amarrados em forma de bonecos simbolizando serviçais, pedaços de obsidiana, miniaturas de carruagens. Assim, o Superior se dedicou com alegria à tarefa de bolar epitáfios, escolher estatuários e preparar uma interminável lista de requisitos para o além-vida. Pela primeira vez, parecia ter se tornado real a si mesmo.

Era um Superior novo, cheio de frescor, que confrontava o conselho de guerra com um rolo de pergaminho na mão e a voz erguida para competir com o ribombo da chuva no telhado.

"Gostaria de saber", começou ele sem preâmbulos, "o que se espera que eu, como um homem morto, faça em resposta a *isto*." Ele brandiu um papel espesso e amarelado, encarando o grupo à sua frente, antes de perceber que ninguém conhecia o conteúdo da mensagem. "Ãhã. Esta carta acabou de chegar da Cinca do Herbolário, vinda da parte de Minchard Prox, Oficial de Controle de Achaques, Agente com Poderes Especiais Relativos a Emergências da Renda e daí em diante. Sabem, eu gostaria *mesmo* que vocês tivessem escolhido melhor seus inimigos, talvez alguém *sem* a liberdade de criar e impingir leis emergenciais.

"Enfim, esta carta me recorda que, segundo os últimos decretos, todos os Rendeiros devem ser enviados, em caráter permanente, às novas 'Quintas Seguras', onde a maior parte da população estará a salvo deles e vice-versa. Todos aqueles Rendeiros abrigados ou armazenados podem ser presos e ter seus pertences confiscados." O Superior não pareceu notar os elementos Portadentro do "conselho" trocando olhares ligeiros e ansiosos. "Uma dessas Quintas Seguras já existe, perto da Cinca do Herbolário, e ele pede... não, ele exige que a minha reserva pessoal de Rendeiros seja entregue às autoridades dessa Quinta. Mandou até um mapa."

"Quintas Seguras..." Um dos assessores pigarreou e dirigiu um olhar suspeitosamente manso ao Superior, bem como a todos os Rendeiros reunidos. "Senhor, não me parece tão ruim. Talvez de fato seja melhor... em vez de arriscarmos mais motins... afinal de contas, temos crianças aqui que podem sair feridas... pode até ser mais humano..." A voz dele foi morrendo enquanto Jaze traduzia, e ele sentiu o olhar fixo de duas dúzias de Rendeiros.

"A gente pode ver o mapa?", perguntou Jaze de repente. Depois de um instante de hesitação, o Superior estendeu o desenho; Jaze colocou o monóculo e desenrolou o papel. Não disse nada, mas ergueu a cabeça levemente. Ainda em silêncio, passou o mapa a Dança. Ela não se mexeu, mas algo em seu semblante pareceu mudar, e Hathin pensou em montanhas escurecendo sob um súbito sopro de nuvens sombrias.

O pergaminho foi passando de mão em mão, feito faíscas num estopim, até chegar a Therrot, que era a pólvora. O assessor que havia se pronunciado estremeceu ante uma torrente de sibilantes palavrões na língua da Renda.

"*Seguro?*", balbuciou Therrot em nandestete, por fim. "Seguro? Quinta Segura *aqui*." Ele ergueu o papel no alto da cabeça. "Vê? Aqui. Ponta de Lança. Alto Ponta de Lança. Bem debaixo boca Ponta de Lança." Meio incrédula, Hathin levou o olhar à ponta do dedo do rapaz. Sim, lá estava, bem abaixo do borrão vermelho que marcava o centro da cratera de Ponta de Lança: um espaço verde, muito bem delimitado por linhas retas. Algo na austeridade daquelas linhas fez Hathin recordar os mapas pintados na oficina de Bridão, mas ela não conseguia entender por que a lembrança lhe deixava uma impressão tão ameaçadora.

"Mas", disse o assessor, tentando se recompor, "vocês sempre disseram que tinham uma relação especial com os vulcões..."

"E a nossa jovem amiga se preocupa com Sua Excelência, o Superior", disse Jaze, num tom gélido, apontando para Hathin, "mas não entra no quarto dele marchando e esmurrando um tambor. Nenhum lorde gosta de transgressores, e Lorde Ponta de Lança é impiedoso. *Isto...*" Ele apontou para o mapa. "Isto não é uma fazenda. É um forno. Cedo ou tarde vai cozinhar centenas de homens, mulheres e crianças até virarem cinza branca."

Fez-se um silêncio horrorizado.

"E as outras Quintas Seguras...", disse o Superior, quebrando o silêncio. "Também serão erguidas sobre vulcões, segundo essa definição altamente original de 'segurança'?" A pergunta não foi endereçada a ninguém em particular, e ninguém em particular respondeu.

"Se eu responder com uma recusa, teremos uma milícia na nossa porta em dois tempos", concluiu o Superior num tom áspero, "mas, já que estou atualmente morto, pelo bem de minha saúde, posso pelo menos ganhar tempo. O mensageiro de Prox será confortavelmente instalado e avisado de que estou 'indisposto'." O homenzinho se empertigou. "Estou vendo muito bem qual é o jogo. Eles querem me enfraquecer e me assustar botando a cidade contra mim, depois me coagir a entregar minhas reservas. Mas eu não sou covarde, nem bobo... Eu sou o Duque de Sedrollo." Ele pareceu perceber que a magnificência daquela declaração ficava bastante diluída pela maneira como as mangas compridas de seu centenário robe lhe engoliam as mãos.

"Pois bem. Todos temos assuntos mais urgentes a tratar, não temos? Essa mulher, essa baderneira... Jumbly... ela já foi encontrada?"

Os rumores de que Jimboly escapara de uma multidão enfurecida haviam chegado ao palácio, e Tomki relatou a história com visível deleite e um leve toque de orgulho.

"Saiu fugida, é?", disse o Superior. "Isso é bom, meu jovem, mas não é o suficiente. Ela ainda está à solta na minha cidade e precisa ser encontrada."

Houve um breve falatório sobre a dificuldade de revistar todas as casas, a facilidade com que uma única mulher podia se esconder e os perigos de incitar uma nova rebelião caso a guarda armada começasse a bater às portas.

“De que diabos vocês estão falando?” O Superior abanou loucamente a mão, que na mesma hora tornou a ser engolida pela gigantesca manga. “Bater às portas? Vocês enlouqueceram? O cerne da nossa questão, sem dúvida, a causa de todos os nossos dilemas, é o fato de que *temos uma Perdida*. Uma Perdida! Que pode mandar a própria mente para qualquer canto da cidade!” Ele encarou as fileiras de rostos boquiabertos à sua volta. “Não pode? Estou deixando algo escapar?”

“Não...” No rosto surpreso de Jaze se abriu de repente um largo sorriso Rendeiro. “Não. Acho que *nós* é que estávamos. Vale a tentativa, senhor.”

“Bom, ponha Lady Arilou para trabalhar agora. E... mande vir o meu alfaiate!” O Superior agarrou com impaciência as saias de seu robe ancestral, que se arrastavam no chão. “Eu já devia ter ajustado esse robe há muitos anos.”

Parecia pouco sábio enviar visitantes desconhecidos à aldeia dos Azedos; assim, uma hora depois, Hathin, Therrot e Jaze se encontravam, muito cautelosos, subindo a trilha.

Durante o trajeto, Hathin foi pensando em como as pessoas se acostumavam a certos tipos de perigo. Enquanto o povo da cidade se encolhia diante da empolgação de Jocoso, Hathin acabara aceitando o desafio. Jocoso poderia destruí-los, caso eles o enfastiassem, ou não. Ela havia se acostumado tanto com essa ideia quanto com o cheiro de enxofre.

“Quer ver Laderilou?” Jeljerr surgiu ao lado dela. Parecia ter se tornado membro honorário da “segunda família” de Arilou. Hathin assentiu, e a garota a tomou pelo braço e seguiu com ela, pela trilha, até uma pedra onde havia outra menina Azeda sentada, com as pernas penduradas na beirada e cerca de cinco crianças pequenas sentadas à sua volta.

Hathin concluiu que não devia ter entendido bem a pergunta de sua guia. Onde estava Arilou?

Ali. Ali, no paredão de pedra, vestida nos tons de verde e amarelo da aldeia Azeda, as pernas com aspecto masculino em calças justas de tecido grosso. Tinha uma expressão distante, porém vívida, concentrada e feliz. Um dos garotos menores estava de costas para Arilou, e Hathin viu quando ele uniu as pontas dos dedos. As outras crianças olharam Arilou, cheias de expectativa, e depois de alguns instantes de esforço, tremelicando o queixo, ela imitou o gesto com as mãozinhas desajeitadas para o deleite de sua plateia.

Hathin só conseguiu ficar parada, de queixo caído. Esperou a alegria e a surpresa, que não vieram. Em vez disso, veio a súbita vontade de se sentar ali mesmo e gritar até perder a voz. Aquilo era uma afronta a todos os anos que ela passara cuidando de Arilou, tentando arrancar dela as mais ínfimas respostas, as mais sutis demonstrações de reconhecimento de sua existência.

"Ela... vocês não estão cuidando dela direito!" Hathin se virou para a guia, espantada consigo mesma. "Ela não gosta de se sentar assim, não tem nada apoiando as costas dela, ela pode acabar caindo, e... a pedra é pontuda demais, ela vai se cortar!" A menina encarou Hathin com um olhar atordoado, e ela percebeu que estava balbuciando na língua da Renda. Com o rosto ardendo, ela baixou o olhar, respirou fundo e agradeceu por não ter sido compreendida.

"Está tudo bem?", perguntou Therrot, que vinha correndo, talvez atraído pela fala estridente de Hathin. Ela assentiu em silêncio.

"Ath'n", disse Arilou. A julgar por seu rosto, ela ainda encarava o horizonte, mas agora sorria. Não era um sorriso Rendeiro, nem Azedo; era um esgar solto, cativante e meio audacioso, semelhante ao de um macaco, com um toque de marotagem infantil. No instante seguinte, o sorriso se quebrou feito porcelana, então desapareceu. Mas foi suficiente. Hathin, quente dos pés à cabeça, perdoou Arilou por tudo, tudo.

As crianças menores abriram espaço, e Hathin se sentou ao lado de Arilou. Enquanto começava a reproduzir todos os pequenos gestos de cuidado que faziam parte de si da mesma forma que piscar ou respirar, sentiu a mente irrequieta ser tomada por uma sensação de calma e completude. Os cabelos de Arilou estavam livres de carrapichos, mas Hathin os penteou com os dedos mesmo assim.

Arilou. Naquela estranha paisagem, Hathin parecia encontrar pela primeira vez uma irmã que sempre soubera que existia. O movimento de pentear seus cabelos guardava uma dolorosa familiaridade, mas a presença da consciência de Arilou, aquele fiozinho de conexão, era novo. Teria começado a se formar durante a viagem? Ou será que uma pequenina trama sempre estivera presente?

Cinco minutos se passaram, até que Hathin ousou quebrar o silêncio.

"Arilou..." Ela hesitou. A sensação de conexão com Arilou tinha sido tão forte durante aqueles poucos minutos que ela esquecera o abismo da linguagem que pairava entre as duas. Olhou em volta e encontrou sua guia, que se remexia, inquieta, a uma distância respeitosa. "É... por favor diz Laderilou quero ela olha cidade. Procura Jimboly. Moça pássaro." Hathin revirou a bolsa e pegou a pequena escultura que Louloss havia feito da cabeça de Jimboly.

Arilou escutou a tradução da garota, mas, quando lhe foi entregue a cabeça de madeira, sua boca desabou, numa expressão infantil de agonia. Hathin recordou Jimboly, maliciosa, atirando uma pedra na cabeça de Arilou, e não se espantou com a reação da irmã.

"Diz Laderilou também não gosto Jimboly", acrescentou Hathin, apertando a mão comprida de Arilou. A expressão de Arilou mudou levemente, e Hathin sentiu que a mente da irmã havia voado para longe.

Enquanto Therrot e alguns outros Azedos se sentavam com Arilou, Jeljerr insistiu em levar Hathin a uma cabana, batendo nos cobertores sobre o colchão e mostrando a ela um pente de ossos e um jarro d'água de madeira em formato de pássaro. Hathin levou um tempo para entender que aquele era o alojamento de Arilou; a guia observava, nervosa, para ver se Hathin aprovava. Hathin assentiu, com o sorriso mais radiante possível, enfrentando a tentação de sentir ciúmes de Jeljerr em seu papel de nova "irmã" Azeda de Arilou. Talvez sentindo seu conflito, Jeljerr parecia fazer questão de mostrar submissão, apesar da diferença de idade.

"Laderilou treina falar..." A menina Azeda hesitou, então tentou outra vez. "Pratica dizer... Hhatphhin."

Os não Rendeiros costumavam ter dificuldade com os nomes da Renda. Os nomes não apenas tinham como base os sons naturais, mas procuravam ecoá-los, mesmo nas conversas corriqueiras. Os estrangeiros se aturdiam ao ouvir uma série de palavras entremeadas com piados de pássaros, estalidos de lenha na fogueira, águas correndo, ventos soprando. Ao tentar pronunciar o nome de Hathin, Jeljerr parecia sufocada por penas.

Hathin riu para disfarçar o erro, como faria com qualquer Rendeiro, mas se encolheu ao ver que Jeljerr parecia ofendida. A aldeia dos Azedos era tão parecida com a dela, sob alguns aspectos, que era fácil esbarrar nas diferenças encobertas.

"Sem problema." A garota deu de ombros, um pouco hostil. "Você tem novo nome. Nós damos nome."

Hathin mordeu o lábio enquanto a garota Azeda entoava, com prudência, uma frase em sua própria língua, tentando estimar se o "novo nome" seria um insulto velado. As alcunhas que os estrangeiros inventavam para os Rendeiros raramente eram delicadas.

"Nome quer dizer..." A tradutora dobrou os braços, as mãos espalmadas para a frente na altura dos ombros, e fingiu empurrar um pedregulho imaginário. "Quer dizer empurra... empurra..." Ela se aprumou, ergueu os braços, então foi baixando de volta, descrevendo ondulações para fora, feito declives simétricos. "Montanha. Empurra montanha."

Agora, foi a menina que riu da expressão de Hathin.

"Laderilou diz vocês duas disparam longe costa. Ela sem olho, sem ouvido. Você carrega Laderilou. Você empurra..." A garota franziu a testa e fez movimentos amplos com os braços, como se abrisse caminho por uma multidão de gigantes. "Empurra muita montanha para lado. Laderilou sente montanha tremer, rocha ceder."

Hathin abaixou a cabeça para disfarçar os olhos cheios d'água.

Aquela terrível perseguição pelo Rei dos Leques e Mágoa lhe havia sugado cada grama de coragem e força de vontade. Pensando bem, ela parecia mesmo ter enfrentado as próprias montanhas. E Arilou, o peso morto em seus braços, não estava alheia a tudo aquilo, no fim das contas. Ela tinha percebido, tinha dado importância.

As duas chegaram a um círculo. O paredão de pedra surgiu à vista. As crianças estavam agachadas na beirada, inclinando-se para cuspir. Não havia sinal de Arilou.

"Cadê Laderilou?"

Jeljerr repetiu a pergunta em Azedo. A resposta veio de um rapaz que Hathin vira sentado perto de Therrot ao sair.

"Ela vai com amigo é-teu."

"O quê?" Por que Therrot e Arilou deixariam a aldeia sem ela?

Jeljerr seguiu questionando o jovem. Veio à tona que Arilou, algum tempo depois de enviar a mente até a cidade, havia emitido um súbito e alegre som de reconhecimento. Só disse "amiga casa praia", repetidamente, na língua dos Azedos. Então entoou um barulho estranho, mas que pareceu bastante significativo para Therrot, pois ele se levantou de um salto, com os olhos vívidos, apontando repetidas vezes para baixo, em direção à cidade, e disse algo num tom feroz e questionador, mas naturalmente seus interlocutores não entenderam nenhuma palavra.

Então ele tomou Arilou pelo braço, levantou-a e desceu depressa com ela a trilha que levava até Zelo.

Hathin escutou, aterrorizada. Será que Therrot havia enlouquecido? Por que ele arrastaria Arilou em plena luz do dia até as agitadas ruas de Zelo, que estavam a ponto de explodir de tão tensas? Atordoada, ela escutou o jovem tentar reproduzir o som que havia deixado Therrot tão descompensado.

Era um som suave e rascante, um misto de suspiro e explosão. Desta vez, Hathin reconheceu de imediato. Saiu no mesmo instante em disparada pela aldeia, atrás de Jaze.

"Jaze! O Therrot sumiu! Ele levou Arilou para Zelo! Ela estava vasculhando mentalmente a cidade e não viu Jimboly, mas viu outra pessoa... uma Fera Falsa. Lá na cidade, bem viva, do jeitinho que você falou. Arilou tentou contar para todo mundo. Os Azedos a ouviram emitir um barulho estranho, como uma onda afagando a areia. Só o Therrot percebeu que era um nome.

"E agora eu sei quem é. Eu devia ter percebido antes, mas tinha *tanta* certeza de que ela estava morta! Agora que o Therrot sabe que ela está viva, está correndo para encontrá-la antes de nós, decerto por medo de que a gente a mate por traição. E ela *deve* ser a traidora, e ele está levando a Arilou *direto para ela*.

"É a mãe dele, Jaze. É a Whish."

30
O som das ondas

O jovem que testemunhara a conversa de Arilou com Therrot não ouvira muita coisa, mas o que se lembrava era útil. Ao tentar descrever o local onde vira a "amiga casa praia", Arilou falara de "casas vermelhas" e "bode preto roda-roda no alto".

"Eu sei o que é isso!", exclamou Hathin. "É o distrito dos artesãos. Um dos Duques de Sedrollo construiu o lugar para ser um estábulo, mas todos os cavalos morreram de praga de mosca, então agora são só lojas. Tem um cata-vento em forma de cavalo no alto."

Jaze dava petelecos impacientes na bainha da faca enquanto eles desciam a encosta da montanha, procurando os companheiros sumidos no caminho.

"Então..." Algo havia grudado ao rosto de Jaze, semelhante a uma lâmina recém-presa a um cabo. "Me fale dessa Whish."

Resfolegante, enfrentando as traiçoeiras pedras, Hathin contou a Jaze sobre a antiga rixa entre Whish e mãe Govrie, e com relutância relembrou o dia em que vira Whish quase empurrar Arilou da pedra da Rendaria.

"No dia em que os Perdidos morreram", disse Jaze, de forma delicada, porém fria, "uma pessoa tentou matar a única Perdida sobrevivente, e você não achou importante mencionar isso?"

"Eu achei que Whish tinha morrido! Quando eu vi aquela mão, lá na Senda do Gongo, usando as conchas dela... para mim foi o mesmo que ver o corpo dela. Só que eu não vi o corpo, claro. E tinha o Therrot... eu não podia destruir as lembranças que ele tinha da mãe. Eu não suportaria."

"Não", disse Jaze apenas. "Você é uma criança." Não havia maldade nem raiva em seu tom, mas Hathin soube que, para ele, ela já não era a Doutora Hathin. "Você não poupou o Therrot de nada com esse silêncio. Agora ele vai passar coisa muito pior."

"O quê...?" A garganta de Hathin apertou, e ela foi tomada por um novo medo. "Você não vai machucá-lo, vai?"

"Isso depende do que ele já tiver feito", respondeu Jaze, soturno, "e do que fizer quando nos encontrarmos."

As poças coloridas das encostas mais baixas do vulcão estavam secas e rachadas, e agora pareciam encará-los feito rostos de velhos assustados. O semblante de Jaze, em contraste, era suave e tranquilo. A juventude cindida guardava um tipo especial de crueldade, e, ao olhar para ele, Hathin compreendeu isso como nunca havia compreendido antes.

Therrot também guardava a mesma crueldade. Ele tentara ensinar essa arte a Hathin para que ela pudesse matar quem se colocasse em seu caminho. Agora, porém, quem estava em seu caminho era ele próprio.

Ele não pode me fazer mal, pensou Hathin, desesperada. *Eu sou a irmãzinha dele.* O vento rugiu rascante à volta dela, como se Jocoso gargalhasse.

A suposta morte do Superior havia reacendido as ruas do distrito dos artesãos. Na fachada de cada loja, foi estendido um cobertor com as oferendas apropriadas para sua tumba. Miniaturas de soldadinhos, pianinhos sem cauda, diminutos músicos pintados de verniz vermelho, pegajoso feito sangue. Hathin e Jaze tiveram que abrir caminho por entre a multidão, que disputava os modelos com sombria avidez.

E lá surgiram os "estábulos", uma construção comprida revestida de tijolos vermelhos e arredondados, com paredes que mais pareciam postas de carne borbulhante. Em um terremoto havia muito esquecido, a fachada da construção fora reduzida a escombros. Agora era possível ver o interior, onde cada baia havia sido transformada em uma lojinha. Naquele momento, as portas de madeira gasta estavam fechadas, pois o céu havia ganhado um tom cinza-violeta, e o temporal diário era esperado a qualquer momento.

Jaze avançou até a primeira porta e se agachou para espiar entre as ripas rachadas. Hathin temeu que alguém a escancarasse, mas Jaze passou à seguinte e espiou outra vez, então de novo, e de novo.

O vento soprava areia nos olhos de Hathin. Quando ela virou a cabeça para protegê-los, viu duas figuras junto à parede de um prédio adjacente, talvez outrora a valiosa casa de algum Mestre Cavalariço. Reconheceu no mesmo instante o casaco de Therrot, com os laços entrecruzados, e as roupas da aldeia Azeda que Arilou vestia, com o cinto verde solto que ganhava vida com o vento. Therrot tentava se embrenhar com Arilou quando ergueu o olhar e viu Hathin.

A expressão em seu rosto informou no mesmo instante que ela já não era sua "irmãzinha". Ela servira a Therrot como uma pequena tábua salvadora, na qual ele se apoiara depois que sua vida naufragara. Agora era apenas uma ameaça.

Havia, no entanto, uma ameaça maior a ser enfrentada. Therrot arregalou os olhos ao ver Jaze passar correndo por Hathin, então disparou pela lateral do prédio, arrastando Arilou. Hathin correu, tentando acompanhar Jaze, e dobrou a esquina a tempo de ver Therrot puxar Arilou por uma porta e tentar fechá-la. Antes que a porta se fechasse, Jaze meteu o pé no vão. Os dois homens gritavam, mas Therrot fazia uma barulheira impotente, enquanto as palavras de Jaze eram firmes e organizadas, feito fileiras de dentes.

"Me deixe entrar, Therrot! Você sabe que isso é necessário..."

"Deixe a gente sozinho, Jaze! Estou falando sério! Se você encostar nela, se encostar num fio de cabelo dela, está morto!"

"Morto! Sim, estou morto! Você está morto! Escute aqui, um homem morto não tem família, não tem mãe! Nós todos abrimos mão da nossa vida por algo maior, que precisa ser feito."

"O que você quer de mim? Eu posso abrir mão da minha família, mas não posso deixar de amar todos eles. Não posso abrir mão de matar ou morrer por eles! E se fosse a sua mãe?"

Quando Jaze tornou a falar, algo agudo havia despontado de sua aparente tranquilidade, como as garras de um gato irrompendo da pele morta e cinzenta que a sustentam.

"Eu enfiaria uma faca no pescoço da minha mãe se ela sobrevivesse misteriosamente a uma emboscada armada por um traidor. Se os braceletes dela fossem achados no corpo de outra mulher. Se eu soubesse que ela sempre odiou Arilou e a sua família. *Se eu soubesse que no exato dia do extermínio dos Perdidos, ela tinha atraído Arilou até a beira d'água e tentado esmagar a cabeça dela nas pedras...*"

A porta se abriu abruptamente, acertando o rosto de Jaze. Em seguida, Therrot avançou como uma onda. A surpresa do ataque fez Jaze recuar. Uma mancha de sangue em seu ombro propiciou a Hathin se lembrar de que Jaze já estava ferido.

No mesmo instante, o horror, a impotência e a sensação de sufocamento de Hathin foram aniquilados por um único pensamento.

Arilou. Whish sem dúvida estava em algum lugar daquela casa, e Arilou também.

Ela disparou por entre os dois vindicantes que se enfrentavam e cruzou a porta, que na mesma hora se fechou atrás dela, desconcertando-a e extinguindo a luz do dia. Piscou para absorver a escuridão e percebeu que Arilou não estava em nenhum lugar e que o recinto onde estava era o fundo do mar.

Diminutas janelas com vidraças de diamante tingidas de azul conferiam ao cenário o brilho de um sombrio oceano. Sobre as prateleiras das paredes reluziam elaboradas conchas cor-de-rosa e douradas. Diante dela espreitava uma enorme tartaruga cujo casco era um mosaico cintilante. Logo acima flutuavam cardumes de escamas iridescentes e peixes-trombetas bicudos, todos pairando, imóveis, como se buscassem se abrigar de uma forte correnteza.

Por um instante, Hathin, confusa, só foi capaz de imaginar que espécie de mágica comandava aquele lugar. Então viu os fios suspendendo os cardumes, os grânulos da madeira no casco da tartaruga. Mais bonecos, mais oferendas para o altar.

Sentiu um aperto no peito, enquanto suas mãos trêmulas soltavam a faca escondida na bainha. Não havia mais tempo de preparação. Era hora de se tornar a assassina que todos precisavam que ela fosse. Ela prometera descobrir o nome do traidor com as próprias mãos, e ali estava o traidor. Então, em algum lugar, estava Arilou.

Com muito cuidado, Hathin avançou pela oficina apinhada. Bancos escuros, bigornas... Whish, esguia e nervosa, devia estar à espreita em algum canto, talvez tapando a boca de Arilou.

Um leve barulho do outro lado, como o arrastar de sapatos de palha na pedra. Com a mão livre, Hathin agarrou um peixe-espada assustadoramente real e deu um rodopio para enfrentar o barulho.

Junto à parede oposta havia um imenso coral. Um rosto sombreado espiava através da treliça, encarando Hathin. Ao reconhecê-lo, foi imediatamente transportada à enseada das Feras Falsas.

Ela ouviu o som rascante das ondas. Vindo com um sussurro... *whish*... e retornando com outro som...

Larsh.

A pobre Arilou havia tentado. Abrira a boca inexperiente e entoara o barulho das ondas. Therrot ouviu o que queria, Hathin ouviu o que temia, e ambos pensaram no mesmo nome. Mas era Larsh, e não Whish, quem agora espreitava pela gruta de corais feito um peixe-leão, encarando Hathin com olhos muito abertos e hostis.

Fez-se uma pausa, e o traidor saiu de trás da proteção dos corais. Era agora o perfeito retrato do distinto comerciante, em seu paletó azul-escuro, os infelizes olhos de pálpebras rosadas escondidos atrás de óculos de aro metálico, o bigode juvenil de pontinhas curvadas e enceradas. Até as joias pareciam ter sido removidas dos dentes. Apesar disso tudo, porém, ainda era Larsh, o peixeiro, com quem ela compartilhara segredos na noite do nevoeiro.

Um lampejo de lembrança lhe veio à mente. Larsh parado na praia, sozinho, libertando um pombo da gaiola. Não por pena ou bondade. Não. Aqueles pássaros deviam ter transportado seus relatórios secretos aos líderes da destruição de todas as pessoas que ele conhecia.

Um ar de reconhecimento surgiu nos olhos de Larsh. Disfarçada de garoto ou não, agora ele a reconhecia.

"Onde a Arilou está?" A voz de Hathin saiu mais alta do que ela esperava, além de trêmula, feito as cordas tensionadas de um violino.

Ao vê-la abrir a boca, Larsh estremeceu. Quando os ecos foram morrendo, ele pareceu relaxar. Talvez esperasse que ela gritasse por ajuda. Talvez ela estivesse encolhendo diante de seus olhos, virando uma garotinha com uma poça de águas ondeantes na testa, uma menina que adentrara sua oficina sozinha.

"Por favor, abaixe isso", disse ele, calmamente, inclinando a cabeça para o peixe.

"Onde a Arilou está?"

"Eu nunca achei que fosse ouvir *você* gritar. Não combina. Te deixa feia."

Tristeza era feio. Raiva era feio. Medo era feio.

"*Você* me deixou feia, tio Larsh."

"Ah, eu nunca tive nenhum problema com *você*, Doutora Hathin." Ele soltou um suspiro curto, porém cansado. "Se as coisas fossem diferentes, eu estaria muito feliz em te ver viva."

Do lado de fora emergiu um som, feito uma ondulação agitada, que logo se transformou num ribombo. O céu declarava guerra contra a terra, arremessando um milhão de lanças de chuva. O barulho invadiu o cérebro de Hathin de tal forma que ela mal conseguiu ouvir as próprias palavras.

"O quê?" Larsh franziu o cenho. "O que foi que você disse?"

Trêmula, tentando ganhar força, Hathin sussurrava os nomes das Feras Falsas: mãe Govrie, Eiven, Lohan, a pobre e maldita Whish, cada nome um pouco mais alto que o anterior, até que a pele cinzenta de Larsh ficasse ainda mais pálida.

"O que torna esses nomes tão sagrados? Por que é que eu não devo sacrificá-los? Eles *me* sacrificaram. Sacrificaram *você*. Roubaram os melhores anos da nossa vida sem nos dar nada em troca, nem reconhecimento. Olhe em volta... eu faço olhos de peixe de madrepérola capazes de te encarar. Pinto na seda um bodião capaz de enganar as gaivotas, de tão perfeito.

Eu sempre fui o melhor artesão da costa, talvez o melhor de toda a Ilha Gullstruck, mas tive que fingir ser um pescador fracassado para proteger o segredo dos peixes-videntes. Eu gastei o brilho dos meus olhos trabalhando em cavernas escuras, quando deveria ter sido o rei dos mestres artesãos.

"Tudo que você está vendo à sua volta eu criei em segredo, precisei esconder. É tudo que eu tenho, fruto de quarenta anos perdidos. Eu sou um velho, Hathin, e a minha vida foi roubada de mim. Então, um dia, alguém me deu a chance de recuperar uma ínfima parte do que a minha vida deveria ter sido. Tudo que eu precisava fazer era trair a aldeia que havia me traído."

"Eu compreendo." Hathin reencontrou a própria voz. "Estou entendendo tudo agora. *Nós morremos por peixes.* Nem ao menos peixes de verdade, capazes de matar a fome de alguém. Peixes de madeira. Camarões feitos de barro." Ela encarou o esmalte prateado do peixe-espada em suas mãos. "Então quem morreu por este aqui? Eiven?"

Ela atirou o peixe-espada contra a bancada pesada, quebrando sua frágil lâmina. Larsh soltou um ganido, como um homem que acaba de ver o próprio filho eviscerado.

"E por isto aqui? A minha mãe?" Uma concha branca e lilás se estilhaçou contra a parede. "E por isto aqui? Lohan?" Uma delicada mariquita se espatifou em cacos vermelhos e brancos. "E a Whish? Foi por isto aqui?" Uma banqueta arremessada despedaçou uma pequenina tartaruga. "Pai Rackan?" *Tlim, caploft*. "E onde é que *eu* estou, tio Larsh? Qual foi o *meu* valor? Um pitu? Uma conchinha?"

"*Pare com isso!*" Toda a cor se esvaíra do rosto de Larsh, que agora segurava um martelo com cabeça de metal. Mesmo sabendo que ele tinha intenção de matar, Hathin não sentia a menor ponta de medo.

"Você nunca vai viver para desfrutar disso! Você não tem mais utilidade para eles e sabe demais... Eles vão te calar, mesmo depois de tudo que você fez por eles!"

Larsh partiu para cima de Hathin, mas ela desviou da martelada, disparando para trás de uma mesa. Ela agarrou uma imensa lagosta entalhada em marfim e pintada de vermelho. A lagosta, com articulações intricadamente esculpidas que estalavam como peças de dominó, descansava em seu braço.

"Volte! Nem mais um passo, ou eu..." Ela ergueu a lagosta, como se fosse esmagá-la, e Larsh parou. Ela tinha nas mãos alguns anos da vida dele.

"Então me diga, *onde a Arilou está*?"

"Eu não faço ideia", disse Larsh, agora cauteloso e submisso. "Por que você acha que ela está aqui? É melhor você se acalmar e..." Seu olhar pousava fixo no rosto de Hathin. Muito fixo.

Tarde demais, Hathin ouviu o som rascante de passos atrás dela. Dois braços compridos e escuros a envolveram, imobilizando-a.

"Cuidado! Cuidado com a..." O rosto de Larsh congelou num esgar contraído, os olhos cravados na lagosta.

"Dá uma martelada nela, seu idiota!" A voz de Jimboly era rouca, porém inconfundível. "Com a cabeça esmagada, esse peixinho já não vai ser tão escorregadio."

Hathin ainda segurava a faca na outra mão. Mirou um golpe no cotovelo de Jimboly, que gritou e a deixou escapar. Hathin se virou, mas foi agarrada pela gola da camisa e imprensada contra uma banqueta. Em resposta, largou a faca outra vez em Jimboly; sentiu uma breve resistência, mas muito ligeira. Ela havia errado. Será?

Um grito longo e desconsolado. As mãos da dentista já não a prendiam.

"Segura ele! Segura ele!"

Arrastando a correia solta, Chuvisco esvoaçou pelo recinto, abanando o rabo zombeteiro. A faca ensandecida de Hathin lhe havia cortado as amarras.

"Fechem todas as portas, as janelas!", berrou Jimboly.

Hathin aproveitou o momento e disparou rumo à porta dos fundos da oficina, abaixando-se para desviar de uma martelada de Larsh.

Arilou. Onde você está?

Hathin adentrou um pequenino salão Portadentro. Nada de Arilou atrás da penteadeira. Ainda segurando a lagosta, correu até o cômodo seguinte, um gabinete com um colchão de palha trançada estendido no chão. Nada de Arilou no baú de carvalho.

"Você revira o palheiro; eu vou olhar de novo no escritório!", disse a voz de Jimboly, urgente, porém distante.

Subindo uma escada, Hathin descobriu um quarto com sacada. Nada de Arilou dentro do armário. Nada de Arilou na cama dosselada, que cheirava a mofo. Nada de Arilou debaixo da cama.

De súbito, a porta se abriu e Hathin se levantou.

"Olha o que eu achei." O sorriso de Jimboly era um desfile de cores. "No escritório. Escondida debaixo de uma concha gigante. Isso faz dela uma pérola?" Ela tinha um dos braços enroscado em Arilou, num gesto quase protetor, mas a outra mão segurava um serrote afiado colado ao seu pescoço. Os olhos de Arilou estavam cheios de lágrimas, e sua boca se contorcia num esgar de pânico.

Hathin ergueu a lagosta.

"Eu vou... destruir..." Sua voz enfraqueceu enquanto ela falava. A força de sua fúria havia se exaurido. Ela se sentia pálida e frágil como papel diante do sorriso escancarado de Jimboly. Jimboly era uma imensa onda, um bico de abutre, um temporal febril. Não tinha nenhuma compaixão. Não havia como detê-la.

"Que bom", disse Jimboly. "Pode destruir. Destrua tudo nesta loja. Destrua tudo e todos nesta cidade. Eu ponho um freio em você quando começar a me importar."

"Pois devia começar agora mesmo."

Jimboly e Hathin pararam de se encarar, procurando de onde vinha a voz. Encontraram Larsh parado sob o batente da porta com uma corda na mão. Na outra ponta estava Chuvisco. Jimboly disparou na direção da correia, mas Larsh permaneceu afastado, tomado de cautela e hostilidade.

Por um longo instante, os três se entreolharam, Hathin ainda prestes a arremessar a lagosta, Jimboly com a faca no pescoço de Arilou, Larsh com a coleira do pica-pau na mão.

"Ora, isso está virando palhaçada", disse Jimboly, por fim.

31
Uma Perdida perdida

"O que foi que deu em você?", sussurrou Jimboly na língua da Renda. Hathin observou as rugas de Larsh se adensarem. Estava claro que a animosidade que ela sempre sentira entre Larsh e Jimboly não era um simples fingimento para encobrir o fato de que os dois trabalhavam juntos, em segredo. Não, eles genuinamente desprezavam um ao outro.

"Uma nuvenzinha de pó acabou de me contar que havia um plano para me silenciar", disse Larsh.

Hathin sentiu o olhar sombrio e odioso de Jimboly deslizar como uma lâmina por sua pele.

"Era sua amiga, essa nuvenzinha de pó?", disparou Jimboly. "Alguém da sua confiança? Alguém que te queira bem?" Sua voz, no entanto, estava trêmula. Ela não tirava os olhos de Chuvisco, estremecendo toda vez que ele voejava, como se sentisse um fio invisível fazendo puxa-puxa-puxa, soltando uma fileira de pontos de cada vez.

"E quem é Jimboly, aliás?", ecoou Hathin ao inimigo, num impulso. "Alguém da sua confiança? Alguém que te queira bem?"

"Essa garota e os amigos dela querem te ver morto, mago-dos-peixes. Só não te mataram ainda por minha causa."

"Errado." Hathin não pôde evitar de encarar Arilou, que tinha os braços rígidos de pânico. "Você serviu ao propósito dos seus pagadores. Agora não passa de uma ameaça para eles. Somos nós que precisamos de você vivo. Estamos atrás dos seus mestres, e você pode ajudar."

"Você nem lembra que dois minutos atrás ela estava esmagando o seu peixinho tropical, não é?" Sim, era inegável: as palavras de Jimboly haviam perdido um pouco da confiança, um pouco de seu poder astuto e malicioso.

"A Vindícia já está vindo", disse Hathin, rezando para que fosse verdade. "Mas eles vão fazer o que eu mandar." Com muito cuidado, puxou a atadura do braço. Tanto Larsh quanto Jimboly encararam a tatuagem, estarrecidos. "A busca é *minha*. Se eu exigir que você não seja morto, ninguém pode me contradizer. Você vai estar seguro. Só precisa manter o pássaro de Jimboly longe dela... e entregar ele para mim."

"Larsh?" A voz de Jimboly guardava um tom de advertência, enquanto Larsh avançava pelo quarto. Ele hesitou, então correu em direção a Hathin, largou a correia de Chuvisco em sua mão, apanhou a lagosta de seu braço estendido e se plantou atrás dela.

"Agora..." Hathin engoliu em seco, um tanto apreensiva por ter um inimigo do tamanho de Larsh atrás de si. "Agora *a gente* troca, Jimboly."

Os olhos trêmulos de Jimboly percorreram a sala, encararam a porta do quarto pela qual os três haviam entrado, olharam a sacada do lado oposto. Examinaram de cima a baixo a diminuta figura de Hathin, fazendo planos, avaliando.

"Não", disse Hathin quando Jimboly ensaiou um passo à frente. "Nós três vamos sair *por ali.*" Ela apontou para a porta do quarto. "Você deixa Arilou perto da porta e se afasta dela, daí eu amarro Chuvisco a esta perna da cama. Então você vai até a cama, e nós caminhamos para a porta."

Jimboly fez uma carranca, mas assentiu. Devagar, conduziu Arilou até a porta e deu dois passos atrás. Com o coração acelerado, Hathin amarrou a coleira de Chuvisco ao pilar da cama, com a faca a postos para soltá-la se Jimboly investisse contra ela.

"Agora..." O coração de Hathin quase soluçava de esperança e alívio. "A gente se cruza..."

Dentro da casa, fez-se uma barulheira repentina, como se móveis desabassem. No mesmo instante, a cara fechada de Jimboly foi substituída por um olhar de pânico. Ela pulou para a frente, agarrou Arilou pela cintura, colou a faca em sua barriga e a arrastou para a varanda.

"Não!", gritou Hathin, e Jaze disparou para dentro do quarto.

"O quê...?"

"Jaze, fica de olho nele! E... nisso aqui também!" Feito uma louca, Hathin apontou para o acovardado Larsh e o apreensivo Chuvisco, e disparou atrás de Jimboly. Saiu pela varanda, que estava vazia. Desceu os degraus de madeira que levavam à rua.

Mesmo com a proteção do chapéu, a chuva estava cegante e ensurdecedora, uma cortina de céu cinzento prestes a desabar. Mascates passavam correndo em busca de abrigo, com as mercadorias nas costas. A estrada era uma sopa leitosa, espumosa e avermelhada, revolvida pela água que caía.

Onde, no meio daquela baderna, estava Jimboly? Onde estava Arilou?

Pouco depois, desolada, Hathin se juntou novamente a Jaze para relatar que não havia encontrado Jimboly e Arilou. Ele escutou, sem interromper, tudo que ela lhe contou.

"Então para que manter este homem vivo?", indagou ele, por fim, encarando Larsh.

"A gente precisa dele por enquanto", respondeu Hathin, num tom cansado. *E eu prometi a ele que o pouparia*, acrescentou mentalmente. *Mas prometi à Dança que mataria o traidor... Ai, não consigo pensar nisso agora.*

Não, agora eles tinham outra tarefa. Therrot, que Jaze largara inconsciente no chão da oficina, precisou ser reanimado e contou que fora cruelmente enganado, na esperança de encontrar a mãe viva. Por insistência de Hathin, eles fizeram uma busca rápida, depois subiram ao palheiro para recuperar os quatro pombos que ainda estavam lá.

"Se a gente os pegar, Jimboly não vai poder se comunicar com os mestres, pelo menos por enquanto", explicou Hathin. "Segundo Tomki, os pombos *dela* escaparam quando a multidão lhe tomou a mochila e quebrou o chocalho."

O infeliz grupo caminhou de volta ao palácio do Superior. Therrot, ferido no corpo e na mente, não conseguia olhar para ninguém. Larsh estremecia a cada vez que um transeunte sorridente o cumprimentava com um "Mestre Artesão, senhor", vendo sua glória tão suada já escapar por entre os dedos. Hathin remexia as mãos, desamparada, com lágrimas nos olhos e um furioso pica-pau no bolso.

Por mais estranho que fosse, foi Jaze quem lhe ofereceu conforto.

"Logo, logo a gente vai ter notícias de Jimboly", murmurou ele. "Ela não vai ousar machucar Arilou, senão você solta o passarinho dela. E ela não pode ir muito longe ou vai começar a perder todos os fios. Isso quer dizer que Arilou também não vai muito longe."

No fim das contas, ele tinha razão apenas em parte. E as notícias de Jimboly e Arilou que chegaram na manhã seguinte foram muito piores do que Hathin havia temido.

Tomki, que parecia ter ouvidos em cada beco e acampamento, relatou toda a história à Vindícia.

Com Arilou ainda a tiracolo, Jimboly havia fugido para os arredores da cidade, onde os barracos se misturavam aos novos acampamentos dos peregrinos da Trilha da Obsidiana, à espera de que Jocoso se acalmasse. Então, inesperadamente, Jimboly dera de cara com um velho inimigo. Era Bewliss, o homem que ela havia ludibriado e convencido a assumir a liderança da rebelião contra o palácio.

Ele e seus dois amigos aguardavam, ansiosos, uma nova oportunidade de enfrentar a bruxa do pica-pau. Na esperança de arrebanhar aliados, Jimboly convocou o grupo mais próximo de rufiões ociosos, que por acaso eram caçadores de recompensas da Cinca. Eles não deram a menor importância, até que, desesperada, ela gritou que tinha ido buscar uma Rendeira para eles, momento no qual o bando recuperou, como por um milagre, o senso de bravura.

"Depois que Bewliss e seus amigos foram afugentados, parece que ela tentou recuar e dizer que Arilou não estava à venda", explicou Tomki, "mas os caçadores de recompensas não aceitaram. Ela recebeu um agradecimento e um dinheirinho, e eles deram no pé antes que alguém mandasse a Rendeira ser levada para a Reserva."

"'Uma Rendeira?' Foi só isso que Jimboly falou de Arilou?" Jaze franziu o cenho. "Bom, isso é uma vantagem. Ela pode estar com caçadores de recompensas, mas *eles não sabem o que têm na mão.*"

"Mas vão saber", retrucou Hathin, com uma deprimente sensação de pressa e impotência. "Mesmo que eles não percebam nada, quando chegarem à Cinca do Herbolário, Minchard Prox vai reconhecê-la. A gente precisa ir atrás deles e pegar ela de volta..."

"Segundo Tomki, esses caçadores de recompensas estão em mais de uma dúzia, e fortemente armados", disse Jaze num tom firme. "Nós precisaríamos de uma grande parte da Vindícia para enfrentá-los... grande demais para passar despercebida. Além do mais, os caçadores estão um dia de caminhada à nossa frente e têm a vantagem de poder caminhar à vista de todos. Com tantos novos bloqueios e revistas nas estradas, nós teríamos que fazer muitos desvios, viajar à noite, nos esgueirar pelas trincheiras."

Hathin baixou a cabeça, mas se comoveu com o "nós". Era evidente que Jaze presumia que tomaria parte naquela perigosa missão, caso ela acontecesse.

"Seria praticamente impossível alcançarmos o grupo antes que eles chegassem à Cinca do Herbolário", prosseguiu Jaze. "E todo mundo lá está confuso, esperando um ataque dos Rendeiros. Ninguém consegue dar um passo sem que venha alguém conferir seus dentes. Se não fosse isso..." Ele olhou em volta, com um toque de pesar. "Acho que metade de nós já estaria por lá, tentando remover o povo da 'Quinta Segura' ou caçando Minchard Prox, para ajudar Hathin a concluir a busca."

Hathin sentiu uma onda de enjoo. Era tudo verdade. Sua escolha era terrível. Ela podia patinar na indecisão enquanto Arilou era levada para ainda mais longe, e cada vez mais perto da Cinca do Herbolário, ou poderia mandar metade da Vindícia rumo à própria morte.

Então, subitamente, o rei dos ardis começou a nascer no cérebro de Hathin, feito um filhote de dragão.

Ela passou um tempo completamente parada, imóvel, analisando a ideia por todos os ângulos, batucando para testar a sonoridade. Por fim, plantou-se ao lado de Tomki.

"É... Tomki?" Hathin o encarou timidamente, sussurrou a ideia para ele e viu sua boca se escancarar.

"Dança!", declarou ele, revigorado. "A Hathin teve uma ideia."

Hathin engoliu em seco, a pele eriçada, e os vindicantes se viraram para encará-la.

"Se eu estiver certa...", começou ela devagar, "a Vindícia *pode* ir atrás dos caçadores de recompensas. *Toda* a Vindícia, o número que a gente quiser. Eles podem caminhar à luz do dia, podem cruzar a estrada. Sem que ninguém impeça. Sem que ninguém sequer tente impedir.

"Vamos fazer o seguinte: o Superior envia um de seus assessores até a Cinca do Herbolário para conversar com o tal homem que aguarda uma resposta à mensagem do sr. Prox. Daí..." Ela respirou fundo. "Daí o assessor promete cumprir direitinho a exigência do Prox: entregar a Reserva para a Quinta Segura. Então, se um grande grupo de homens armados do Superior for visto 'escoltando' um montão de Rendeiros, ninguém vai ficar surpreso.

"Só que os Rendeiros escoltados *não* serão da Reserva. Seremos nós."

32
Roubo de almas

No instante em que Hathin relatou a ideia em voz alta, ela assumiu vida própria, como se de fato fosse um bebê dragão. Dali a uma hora o dragão já estava crescido, e ela enxergava a labareda de empolgação refletida em todos os rostos ao ver o bicho se aprumar. Até o Superior, depois de oscilar entre o pânico e a bravata, declarou-se a favor do plano.

Hathin estava presente no grande salão de recepção quando o mensageiro de Minchard Prox recebeu a resposta.

"A cidade de Zelo se compraz em auxiliar nestes tempos de emergência", dizia a carta. "Nossos prisioneiros Rendeiros serão imediatamente conduzidos, sob escolta, à Quinta Segura de Ponta de Lança. Ficaremos gratos se nada nos impedir a passagem."

Quando o mensageiro guardou o bilhete, Hathin sentiu o estômago apertar. O Superior, a Vindícia, a Reserva... todos agora haviam elevado as apostas no plano de Hathin, e os dados estavam lançados.

Para ela, no entanto, nada acontecia rápido demais. Enquanto eram enviadas ordens para a coleta de suprimentos, a mente de Hathin não saía de Arilou, Arilou, Arilou. Ela parecia um dentinho na engrenagem de um imenso relógio, tentando girar duas vezes mais depressa no intuito de forçar todo o mecanismo a fazer o mesmo; ou seja, acabou não fazendo nada além de se descompensar e atrapalhar os demais.

Por fim, ela desistiu; foi com a gaiola de Chuvisco até o pátio externo para praticar arremesso de facas num tronco partido.

Louloss preparara a gaiola para ela, mas insistira em manter distância quando Hathin agarrou o pequenino Chuvisco e o enfiou lá dentro. Ela pedira que Hathin cuidasse do passarinho e balançara a cabeça diante da promessa de Hathin de manter sua sombra bem longe dele.

"Não é isso que estou dizendo", respondera ela. "Eu acho que ele gosta de você."

Hathin mirou o tronco, pensativa, atirou a faca, pegou de volta, atirou de novo.

"Está melhorando." Ela se virou e viu Therrot agachado à beira de uma fonte. Seu tom era esquisito, um misto de acusação e pedido de desculpas.

"É." Era verdade. Estava ficando tão mais fácil. Antes ela se imaginava enfrentando um inimigo, sob o olhar atento de seus companheiros, que aguardavam o golpe da vingança. Agora havia apenas uma faca e um alvo, e um movimento com o braço, e uma bolinha fria e escura em seu estômago, que a mandava pensar apenas nisso e em nada mais.

De onde viera essa gélida bolinha de obsidiana? De repente ela recordou a briga com Jimboly na oficina de Larsh, os golpes de faca às cegas em seu rosto e pescoço. Não tinha sido difícil. Ela não precisou nem pensar. Teria ela, naquele momento, se transformado numa verdadeira vindicante?

"Está na hora, não está?" Ela se virou e mirou mais uma vez.

"Irmãzinha..." Therrot se encolheu assim que as palavras escaparam de sua boca, parecendo preparado para uma explosão. Hathin se deu conta de que não haveria explosão. Com uma profunda sensação de perda, percebeu que a gélida bolinha não lhe permitia sentir raiva dele, nem afeição. Havia apenas exaustão e impaciência.

"Eu não sou sua irmãzinha", retrucou ela com a maior delicadeza possível. "A sua irmãzinha morreu." Ela ergueu o olhar e cravou a faca bem no centro dos anéis do tronco de árvore.

"Está parecendo o Jaze", disse Therrot meio confuso.

"Eu sei que você quer me dar uma explicação sobre a sua fuga com Arilou. Sei que quer conversar comigo e tirar esse peso imenso dos ombros... só que, se fizer isso, esse peso virá para *mim*. E eu vou ser esmagada. Já estou com muita coisa na cabeça, Therrot. Então, por favor, não faça isso." Ela podia ser calma, podia ser delicada. Mas como fazê-lo ir embora? "Eu preciso estar pronta para... para tanta coisa. Preciso ser tudo que você disse que um vindicante tem que ser."

Se você estiver com muita raiva, vai só ficar furiosa. Uma espécie de fúria calma e contida. Daí tudo vai ficar fácil.

"Eu preciso *melhorar*. Para quando a hora chegar."

"Não precisa, não", disse Therrot baixinho. "Você está ótima do jeito que é. Hathin, eu quero que você esqueça tudo que já tentei ensinar. Você não é uma assassina como nós... como eu."

Ela passou uns segundos encarando atentamente a faca, então arriscou uma olhadela de esguelha para Therrot. Era tarde; ele já havia ido embora. Por alguma razão, Hathin relembrou o momento em que tentara acenar para Lohan, pouco antes de ele partir, com um salto, rumo à própria ruína. Se não fosse a bolinha de mármore em sua barriga e o conforto dos olhinhos pretos de Chuvisco, Hathin teria desabado a chorar.

Era muita sorte que Zelo ficasse bem no colo de Jocoso. O povo de Zelo acreditava que a loucura se instalava, feito soluço, no corpo de quem inspirasse no instante de uma expiração de Jocoso. Quando alguém se comportava de maneira estranha, os outros só balançavam a cabeça e esperavam passar.

Então, quando os guardas do palácio receberam ordens de confiscar todos os pombos da cidade, o povo apenas aceitou. "Bafo de Jocoso", comentaram e seguiram cuidando da vida.

Se Jimboly não fosse encontrada, poderia ao menos ser impedida de contatar seus mestres e contar sobre a captura de Arilou e a deserção de Larsh. O pombal onde Tomki a conhecera havia sido limpo, mas ninguém sabia onde ela poderia esconder outro grupo de seus pequenos mensageiros, então os guardas vasculharam palheiros, barracões, até o campanário da pequena torre do relógio.

Os homens do Superior perguntaram por todos os cantos sobre a bruxa do pica-pau, mas Jimboly não estava em lugar algum.

Enquanto isso, escondida debaixo de uma cabana suspensa, uma mente fervilhante imaginava o bico grosso e sorridente de Chuvisco recebendo sementes de outras jovens mãos.

Jimboly imaginou Hathin e Chuvisco circulando alegremente pelo palácio e pela cidade, a trama invisível de sua alma se enroscando nas árvores, batendo nas portas, prendendo-se às longas pernas dos pássaros-elefantes, libertando a cada passo mais um fio de seu espírito.

Ela tinha a sensação de já estar se desatando. Deitou-se de barriga para baixo e espiou o palácio.

"Eu vou torcer o seu lindo pescocinho", murmurou ela. Quem escutasse não saberia se ela estava falando de Hathin ou de Chuvisco. "Já devia ter feito isso há muito tempo."

Ela vivia com medo de que os caçadores de recompensas descobrissem a identidade de Arilou. Se alguém machucasse a miolo mole, sua irmã, sua preciosa irmãzinha, ela libertaria Chuvisco sem pensar duas vezes. E Chuvisco se esqueceria por completo de Jimboly e voaria rumo à mata murmurante e fumegante de Mãe Dente, onde viviam somente os pássaros, onde ninguém brandia machados, onde as fundas não cantavam.

O que ela podia fazer? Não podia ir atrás dos caçadores de recompensas para recuperar Arilou. Quanto mais se afastasse de Chuvisco, mais fios sua alma perderia.

"Bom, é mesmo de torcer o pescoço", sussurrou Jimboly para si mesma. Rastejou para fora do esconderijo e foi contornando o muro, à procura de um lugar por onde subir. Suas mãos escuras e magras encontraram um ponto firme numa vinha que crescia, e logo Jimboly espiava do alto do muro, os olhos vívidos e tremulantes de malícia.

Ah... Mas havia guardas plantados na porta do palácio, que decerto a avistariam caso ela tentasse invadir o pátio. Ela já estava quase voltando para o lado de fora quando uma cortina foi puxada num andar mais alto da construção. Havia um homenzinho de braços estendidos, rodeado de alfaiates a alfinetar um requintado robe de viagem. Um deles claramente havia puxado a cortina para iluminar o ambiente.

"Ora, por que eu não deveria ir?" A voz do homenzinho flutuava pela janela, meio trêmula, mas com um toque de bravata. "Eu, em vida, nunca me afastei mais de trinta quilômetros de Zelo. Que utilidade tenho ficando aqui? Não consigo governar a cidade me fingindo de morto. Além do mais, e se outro assassino aparece e me encontra, sem meus seguranças Rendeiros e sem metade da minha guarda? Não, o único caminho seguro e prudente é liderar com heroísmo essa empreitada."

Jimboly escancarou um sorriso e desceu do muro.

"Ah, o pessoal por aqui sabe mesmo se divertir!", murmurou ela, retornando à segurança de seu abrigo. "Tem um fantasma tirando medidas para roupas novas, é isso? Seu velho sapão astuto! Mas *você* eu consigo impedir. Você é *fácil*. Você é um fio que me pode ser útil, velhote."

Parecendo perceber que a loucura estava à solta em Zelo, Jocoso resolveu acordar para dar uma boa olhada. Disparou seus gêiseres todos de uma vez, lançando pedrinhas tão longe que despencaram sobre a cidade, atingindo os telhados feito pássaros de madeira. Por fim, o vulcão gargalhou tanto que começou a destruir a aldeia dos Azedos; o povo desceu a encosta em debandada, com a preciosa bandeira enrolada sobre os ombros de três jovens robustos.

Os Azedos tinham certeza de que sua bandeira não havia perdido o poder da invisibilidade. Mas de que adiantava permanecerem invisíveis se Jocoso continuava nervoso? Não havia alternativa a não ser descer até o vale e juntar-se à sua Laderilou.

Therrot assumiu a tarefa de revelar aonde Arilou havia ido e por quê. Voltou de olho roxo, com Jeljerr a tiracolo. Agarrada à manga de sua camisa, como se para impedi-lo de sair correndo, ela exibia uma carranca mais furiosa que um trovão.

"Eu contei para Jeljerr o que aconteceu com a Arilou, e ela... me bateu com um pilão. Daí a aldeia toda se reuniu, e aparentemente concluiu que a Arilou pertence a eles, e eles querem recuperar sua Perdida. Agora a Jeljerr quer nos acompanhar no resgate da Arilou. Fica repetindo que não temos muito tempo, que as gargalhadas de Jocoso vão acordar as outras montanhas."

A tarde chegou ao fim, e o Superior inspecionou o grupo de "Reservas" falsificados. Não havia como disfarçar o assombroso corpanzil de Dança, mas ela estava vestida de homem, com ataduras imundas a lhe encobrir o rosto e as abundantes tranças. Outros membros da Vindícia também seriam facilmente reconhecidos, então foi decidido que ficariam em Zelo, com a "verdadeira" Reserva.

Apesar disso, os números da falsa Reserva impressionavam. A perseguição aos Rendeiros fizera crescer o contingente de vindicantes da noite para o dia. Para cada aldeia incendiada, um punhado de fugitivos partia em busca da tatuagem. Para cada criança ou pais perdidos, nascia um vindicante. Minchard Prox tremeria nas bases se soubesse o quanto seus decretos haviam nutrido a Vindícia de renovada força e disposição.

A "Reserva", de roupas surradas, praticava um semblante deprimido.

"Mas como é que vamos esconder armas debaixo de roupas tão finas?", perguntou o Superior, encarando-os de cima a baixo.

"Senhor, na verdade eles *já* estão armados." Fez-se uma melodia de cliques, estalidos e sibilos quando facas deslizaram de faixas nos punhos, braceletes se transformaram em garrotes, espadas e machetes brotaram de bainhas disfarçadas.

"Ah... ah, que bom", murmurou o Superior, consolando-se nas imagens de seus antepassados.

A noite chegou, e Hathin circulava, inquieta, em meio à verdadeira Reserva. Por mais que eles não tivessem sido informados dos planos da Vindícia, pareciam ter se rendido à agitação e tensão que pairavam no palácio; todos guardavam expressões curiosas e apreensivas.

O secretário do Superior, aparentemente por instruções do próprio, tentava preparar um inventário sobre o grupo, tarefa que o deixava muitíssimo nervoso.

"Meu bom rapaz, só preciso saber como se soletra o seu *nome*."

Um Rendeiro idoso franziu de leve o cenho e balançou a cabeça.

"Escute, pode ser um desenho. Uma marca. *Qualquer coisa.* Como é que você escreve o seu nome?"

"Ele não escreve." Jaze surgiu junto ao ombro do secretário. "Ninguém aqui escreve. Os nossos nomes não foram feitos para ser escritos. Foram feitos para ser esquecidos quando nenhuma alma viva puder se lembrar de nós, por isso jamais devem ser grafados. O papel tem uma memória muito longa, entendeu?"

"Mas como é que eu vou manter registros? Como é que vou registrar as informações e garantir que não tem ninguém faltando?"

Registros. Faltando.

Hathin ergueu a mão à boca, puxou timidamente a manga de Jaze e o levou para um canto.

"Ele tem razão", sussurrou ela. "É isso o que a gente faz. É isso o que os Rendeiros vivem fazendo. A gente *desaparece*. Jaze, você ainda tem aquelas folhas do diário do Inspetor Skein?"

Mais que depressa, Jaze apanhou os papéis em sua bolsa; a pedido de Hathin, consultou a lista e encontrou uma menção a sua própria aldeia.

"'Esgar do Mar... dois águias, três tormentas, um junta V, um contrabandistas.'" Jaze disparou um olhar indagativo a Hathin.

"E as palavras depois... as palavras que não são palavras. Você pode ler, por favor?"

Com esforço, Jaze entoou as sílabas nada familiares. Mesmo depois de ter pronunciado a palavra final, os dois precisaram de alguns instantes para compreender. Era uma versão deturpada do próprio nome dele.

"Não me admira você não ter conseguido ler", sussurrou Hathin. "Essas palavras não foram feitas para ser grafadas. São nomes. Nomes de *Rendeiros*. O Inspetor Skein estava tentando soletrar esses nomes em portadentro. Jaze, eu acho que você está na lista porque desapareceu para se unir à Vindícia. 'Um junta V'... é você.

"Levados por águias, afogados por tormentas, mortos por contrabandistas, unidos à Vindícia... foram todos motivos pelos quais alguém desapareceu da noite para o dia e nunca mais foi visto na aldeia. A carta do pobre Inspetor Skein ao Lorde Visor Fain falava de mortes e sumiços na Costa da Renda... e era isso que o Inspetor estava investigando. Rendeiros *mortos*. Rendeiros *desaparecidos*. Ele estava visitando todas as aldeias da Renda, listando todos os sumiços repentinos, anotando até por que a aldeia *acreditava* que essas pessoas tinham desaparecido."

"Então", disse Jaze baixinho, "você está dizendo que existe outro motivo para esses desaparecimentos? Que os nossos inimigos estavam por trás disso o tempo todo, e o Inspetor os estava investigando?"

"Acho que precisamos conversar com o tio Larsh", concluiu Hathin.

O Mestre Artesão Larsh era mantido preso numa adega, em parte para a própria segurança, pois havia muitos vindicantes enojados por ele ter sido poupado. Quando Jaze e Hathin entraram, ele ergueu os olhos velhos e abatidos.

"Sumiços", disse Jaze sem preâmbulos. "Sumiços na Costa da Renda, nesses últimos anos."

Larsh suspirou e encarou o chão.

"Eu nunca me envolvi muito nisso", respondeu ele num tom cansado. Remexeu o pão que tinha na mão, moldando um bonequinho. "Às vezes eles entravam à noite na enseada das Feras Falsas, comboios com prisioneiros Rendeiros. Às vezes eu os abrigava nas cavernas. Uma vez, durante uma forte tempestade, precisei subir a costa com um comboio, mas só até a altura de um cais no Cume Perifrio. Depois disso, não soube para onde eles foram."

Cume Perifrio, o local para onde os Perdidos enviavam a mente, a fim de observar os estandartes de vapor de Mãe Dente e estimar os ventos vindouros. O ponto mais próximo da costa de Mãe Dente...

"Eu sei para onde eles foram levados", sussurrou Hathin. "Para a ilha de Mãe Dente." Ela recordou o mapa de Mãe Dente feito por Bridão, com seus estranhos borrões retangulares. Não eram rochas, nem lagos... não, eram linhas traçadas por mãos humanas. Não admirava que os mapas das Quintas Seguras fossem tão semelhantes.

"Dança me contou que os homens-pombo estavam enviando mantimentos para a costa. Aqueles contornos no mapa de Mãe Dente... acho que são *minas*." Mãe Dente, até mais imprevisível e perigosa que Jocoso. Ninguém viveria lá, muito menos escavaria seus trêmulos rochedos por livre e espontânea vontade. Mas e se os mineiros não tivessem ido para lá por *opção*? E se tivessem sido recolhidos de suas aldeias, sozinhos ou em pares? E se fossem Rendeiros, cujo desaparecimento já era esperado e que jamais fariam a menor falta? Por quantos anos isso aconteceu até que um tal Inspetor Skein suspeitasse e começasse a tomar notas? Teria sido essa descoberta a razão da morte dos Perdidos?

O rosto de Jaze mais parecia uma lâmina exposta; Hathin se perguntou se ele estaria pensando o mesmo que ela. E se perguntou que expressão ela própria exibia.

Com uma sensação de dormência, ela encarou Larsh. Enxergava através dele; havia inimigos muito maiores a encontrar.

"Vocês não podem voltar pela trilha", disse o artesão com um suspiro. "Minhas ordens vieram de Porto Ventossúbito, e se tentarem rastrear qualquer coisa até lá é porque estão completamente malucos. Até o homem da Cinca do Herbolário a quem eu me reporto, ele não é ninguém. Ventossúbito é uma montanha de leis e decretos, cheia de gente sem rosto."

Gente sem rosto.

Sem rosto. Um homem sem rosto havia feito tudo aquilo.

Ao pensar em Minchard Prox, Hathin percebeu que só conseguia se recordar das suas cicatrizes, além do ruído de seu lápis rabiscando as aldeias da Renda. Ele já não tinha rosto. Enfim, ela sentiu algo em meio à dormência. Enfim conhecia a fúria contida dos vindicantes.

33
O rei dos truques

Na manhã seguinte, todos acordaram e descobriram que Lorde Jocoso havia parado de rir. O próprio ar parecia preso naquela fração de segundo entre uma respiração e o início de uma fala. Tudo parecia suspenso e atento, inclusive o vulcão.

As ruas matutinas foram silenciadas quando os portões do palácio se abriram, permitindo a saída de guardas abatidos, de queixos vermelhos e barbeados, com seus estranhos mosquetes. O Superior seguia numa pequena carruagem, que mais parecia um carrinho de bebê gigante, puxada por três pássaros-elefantes, cada um seguindo numa direção. Ele também parecia cansado e com dor de cabeça.

Hathin, ao contrário, estava irrequieta, incapaz de se acalmar. Os outros Rendeiros pareciam igualmente péssimos. Chuvisco também estava intranquilo em sua gaiola, e nas sebes e moitas a cantoria dos pássaros guardava um tom de advertência. O comboio de pássaros-elefantes seguia remexendo os ombros, balançando os flancos e sacolejando as cargas. Aquele era um dia em que a terra poderia se escancarar em completo silêncio, feito a boca de um peixe, e verter muitos mistérios.

À própria Hathin fora dado um novo disfarce, embora ainda masculino; ela seguia meio às escondidas junto à carruagem bamboleante do Superior. Uma capa grosseira com capuz lhe cobria o rosto, o corpo e a gaiola do pássaro em sua mão, para que Jimboly não os reconhecesse. Logo adiante, seguia Jeljerr, a mão ainda colada ao braço de Therrot, como se ele fosse seu prisioneiro, os trajes verdes de Azeda substituídos por roupas menos chamativas. Eles caminhavam com os outros integrantes da Reserva, flanqueados por guardas.

Da noite para o dia, a lama da trilha havia endurecido por completo, formando rachaduras, e os canais de irrigação estavam todos secos. Era estranho andar pela Trilha da Obsidiana e cruzar com inúmeras famílias assoladas pelo calor, com seus baldes abarrotados de vidro preto. Os bloqueios na trilha se dissolviam diante do grupo uniformizado e armado; os questionamentos evaporavam em face da petulante autoridade do Superior. Nas barreiras mais próximas a Zelo, naturalmente, a aparição de um Superior que não exibia nenhum sinal de estar morto acabava gerando certa consternação. No entanto, à medida que o comboio se afastava da cidade, os guardas com quem encontravam pouco a pouco deixavam de se surpreender. Estava claro que a notícia da "morte" do Superior não havia chegado a todos os cantos.

A tarde caiu, mas o calor e a opressão do ar permaneceram firmes, e o céu não tinha nuvens. Pela primeira vez em semanas, a chuva de monção não compareceu a seu compromisso diário.

Enquanto isso, a Vindícia ficava de olho atento a qualquer rastro dos caçadores de recompensas que haviam levado Arilou. Já quase à noite, eles encontraram os resquícios de um acampamento. Numa laje de pedra preta, Hathin avistou a marca branca de uma mão de dedos compridos. Reconheceu instintivamente o formato, percebendo o intencional cuidado com que o carimbo havia sido impresso, com tanta clareza, contra a pedra.

"É a Arilou!", exclamou Hathin com uma pontada de empolgação e orgulho. "Vejam, ela deve ter usado cinza de fogueira. Deixou isso aqui para mim. Ela sabe... sabe que estou indo buscá-la."

À noite, apesar do cansaço, Hathin passou horas sentada em frente à fogueira. A mente de Arilou viria à sua procura, ela tinha certeza, e para isso procuraria a luz. Ela executou os mesmos gestos incessantes vezes, encarando as estrelas no céu. Fez uma contagem de seus companheiros adormecidos, ergueu um graveto e gravou nele o mesmo número de entalhes com a unha. Por fim, adormeceu, a bochecha marcada pelo travesseiro improvisado com uma pilha dos mesmos gravetos.

O segundo dia foi mais quente que o primeiro. O ar tremulava, as sombras a tudo escureciam, e agora os habitantes invisíveis do mundo dos mistérios pareciam quase tão reais quanto os palpáveis.

Estaria Jimboly por ali também, fugindo pela estrada, com os demônios da imaginação de Hathin? Não, decerto que não; era provável que ela não soubesse da partida de Hathin e Chuvisco com o comboio. Hathin havia mudado de disfarce justamente por isso. Jimboly estaria à espreita em Zelo, vigiando o palácio, irrequieta com a desconfortável sensação de que a trama de sua alma estava sendo, fio a fio, arrancada de si.

Às vezes, Hathin quase pensava ver a fina trama escarlate da alma de Jimboly se soltando da gaiola de Chuvisco. Outras vezes, imaginava um fio mais grosso, num roxo turvo, preso a seu próprio coração, arrastando-a pela estrada. Na outra ponta, estava Arilou. Agora ela sabia que, por mais irritada, assustada, cansada ou desesperada que estivesse, a força daquele fio sempre anularia seu torpor, sempre a faria cruzar planícies, enfrentar montanhas e atravessar rios.

Poderiam as almas se entrelaçar? Será que ela havia, de alguma forma, cruzado a trama de sua alma com a de um homem chamado Minchard Prox, uma mulher chamada Dança, um irmão perdido chamado Therrot? Todos pareciam presos numa imensa teia, sentindo os movimentos dos outros como tremores em seu próprio espírito. O destino começava a puxar e organizar os fios, atraindo uns em direção aos outros.

Aquela noite, os vindicantes descobriram um novo acampamento de suas presas. Junto à fogueira, jazia um único caule verde, marcado com sete vincos meio desconjuntados. Arilou fizera as marcas que Hathin ensinara. Eram sete guardas.

A Vindícia montou acampamento, o sol se pôs, e Hathin passou horas ensaiando uma nova dança. Arrancava cabeças de semente de seus caules, então avançava, tomando o cuidado de largá-las no chão com a cabeça apontada para onde estava seguindo. Poderia ter passado a noite inteira repetindo os mesmos movimentos se Jaze não tivesse intervindo.

"Vá dormir, senão você não vai estar disposta para sua irmã quando a encontrar."

Ao amanhecer do terceiro dia, o banco de nuvens que deslizava em direção a eles se dividiu, revelando o cume sombrio e afiado de Ponta de Lança. Parecia rasgar o céu, feito uma garra num tecido transparente. Até aquele momento, apenas Dança havia conseguido intimidar Hathin daquela maneira, suscitando a mesma sensação de algo muito grave e impiedoso.

No início, a mata era um borrão verde-escuro, mas no meio da tarde a estrada já despontava pelo matagal. Os viajantes distinguiam vinhas trançadas e orquídeas murchas feito seda amarfanhada; aqui e ali, um macaco saltava de galho em galho, tão depressa que parecia voar. A floresta poderia facilmente oferecer guarida a uma dúzia de espiões e agressores, mas não era isso que mantinha todos em alerta, e sim a constante sensação de estranheza que circulava em suas veias.

Em dado momento, Hathin pensou ter visto uma figura sombreada à espreita logo à frente, uma criatura com cabeça de pássaro e compridos dedos pretos. Um quilômetro se tornou meio quilômetro, e à medida que ela se aproximava, a imagem ia se desmanchando feito uma nuvem. O corpo esguio se transformou numa estaca, os dedos e as plumas atrás da cabeça viraram folhagens trêmulas de samambaia, e o bico, as pontas de duas folhas encostadas. Ainda assim, ao passar, ela sentiu a pele se eriçar, como se o Pássaro Captor de fato estivesse ali parado, à luz do dia, arrojado demais para ser visto, observando-a com seus olhos azul-safira.

Quilômetros se passaram sem conversas. Nenhum Rendeiro ficava mais que alguns segundos sem virar a cabeça para eles, como se moscas lhe rodeassem as ideias.

"O que foi? O que é? Qual é o problema de vocês?", perguntou o Superior a certa hora, a voz esganiçada de tensão. Tinha o semblante vermelho e nauseado, por conta do sacolejo da pequena carruagem.

Jaze, justiça seja feita, realmente tentou explicar o que cada Rendeiro sentia, por mais que em sua língua quase não houvesse palavras para descrever.

"Este sol não é o nosso sol. Este céu não é o nosso céu. Por trás de todo azul e todo verde, jaz o preto retinto das cavernas mais profundas. Não conseguimos ver as criaturas ancestrais que caminham ao nosso lado, mas sentimos suas lambidas em nosso rosto."

O Superior não pediu mais nenhuma explicação.

Os bloqueios das estradas estavam mais frequentes e mais bem organizados. A cada parada, Hathin permanecia de bico calado. Estava ficando mais fácil conter o sorriso. As perguntas agora eram mais ostensivas, e havia momentos traiçoeiros em que um ou outro guarda parecia prestes a revistar os "prisioneiros". Hathin via os próprios homens do Superior engolindo em seco e trocando olhares, sem saber ao certo como haviam se metido naquela situação. Embora não estivessem a par do plano de resgate da infame Lady Arilou, sabiam muito bem que aqueles não eram prisioneiros de verdade e que, por alguma razão, desempenhavam um papel naquela estranha pantomima.

A presença do Superior era a salvação do grupo. Soldados que poderiam causar problemas se acovardavam ao ver a renda ancestral de suas mangas, o bordado empoeirado na seda de seu quepe de viagem, a bolorenta tenda de campanha enrolada no lombo dos pássaros de carga. Até o fato de ele ser tão pequeno e emburrado parecia contar pontos a seu favor. A pressão de sua herança era esmagadora, feito o peso frio de um antigo anel de sinete comprimindo uma bolha vermelha de cera quente.

Logo após o pôr do sol, eles encontraram os resquícios de um novo acampamento dos caçadores de recompensas, mas desta vez havia sinais de que eles tinham se unido a outro acampamento maior; os resíduos se espalhavam pela grama como um ovo de duas gemas. Hathin engoliu em seco, abaixando-se para apanhar um graveto verde. Tentou contar os traços marcados, mas eram muitos, e ela perdeu a conta.

Jaze se ajoelhou e cutucou um caule descascado, apenas com a ponta da semente intocada. A semente não apontava para a trilha demarcada, e sim para um caminho mais estreito.

"Parece que a levaram direto para a Quinta Segura, e não para a Cinca do Herbolário. Esse acampamento é de ontem à noite... A esta hora ela já está por lá." Jaze encarou Hathin, e a luz trêmula da noite revelou uma compaixão em seus olhos. "Pode ser que a sua irmã ganhe um pouco mais de tempo. Se Minchard Prox estiver na Cinca do Herbolário, talvez ninguém na Quinta descubra quem ela é..."

De repente, Hathin sentiu cada dor de sua jornada, cada bolha feita pelas botas novas, cada hora de sono perdida. Cambaleou até um rolo de tecido que havia sido descarregado da carruagem do Superior, largou-se sobre ele e cobriu o rosto com as mãos.

Só tornou a erguê-lo quando a fumaça da fogueira lhe ardeu os olhos. Olhou ao redor e descobriu que apenas um punhado de Rendeiros permanecia sentado junto ao fogo. O Superior havia se recolhido a sua tenda, e sua escolta vigiava o perímetro do acampamento. Jeljerr, ao que parecia, tinha adormecido no ombro de Therrot, de rosto carrancudo, ainda agarrada a seu braço.

"Muito bem", disse Therrot com delicadeza, quando Hathin se aproximou. "Você precisa comer. Vem para cá... Hathin, o que você está fazendo?"

Com o rosto cheio de lágrimas, Hathin juntou a terra do chão, formando um montinho.

"Ela está me vigiando, deve estar assustada, vai querer saber o que fazer, o que eu vou fazer, o que vai acontecer..." Com as mãos trêmulas, ela moldou uma pequena montanha, igual à que fizera quando ajudara Arilou a se encontrar. Deu ao pequenino vulcão uma cratera, um beiço curvado e um cume afiado, feito a ponta de uma lança.

Então se levantou e passou alguns segundos encarando a escultura. Era uma miniatura de Ponta de Lança, a montanha que havia levado Arilou. Depois de recuperar o fôlego, Hathin chutou a montanha com tanta força que cambaleou e caiu no chão. Levantou-se outra vez, desajeitada, pisoteou a boca da cratera, provocou avalanches de terra com o calcanhar, triturou penhascos até virarem pó. Só parou de chutar quando a terra da montanha se incorporou à vegetação rasteira.

Arilou, estou indo te buscar. Nem as montanhas vão me impedir.

Trêmula e coberta de lama, ela voltou e desabou onde antes estava sentada. Mesmo sem dizer palavra, percebeu que os outros Rendeiros haviam compreendido o significado de seus gestos, com a mesma clareza com que ela havia berrado em pensamento.

Com um olhar desafiador, ela se preparou para a onda de bom senso que viria de seus amigos. Mas a onda não arrebentou.

"Está na hora", disse Dança. Suas palavras foram recebidas com um silêncio de consentimento, e Hathin percebeu que uma conversa pairava no ar, à espera de acontecer. Todos os Rendeiros já sabiam. Mas Hathin, distraída demais, não havia percebido.

"Pois é", Jaze disse, cauteloso. "A gente nunca vai estar outra vez tão perto da Quinta... não num grupo tão numeroso, tão bem armado e com tantas provisões."

"Vamos olhar o mapa." Dança meteu a mão na bolsa e puxou um desenho bastante familiar de Ponta de Lança visto de cima. Ficou muito claro que ela havia recebido o aviso de Hathin e Jaze e invadira a loja de Bridão. Hathin viu também um mapa de Mãe Dente na mochila, completinho, com os intrigantes retângulos em toda a área da mina. Ficou pensando se Dança também estaria planejando uma incursão de resgate por aquelas áreas.

"Quantos estimamos?", sussurrou Louloss, encarando a massa escura e farpada em que Ponta de Lança havia se transformado. "Arilou, claro, mas quantos mais?"

"Quem é que merece continuar lá em cima?", indagou Therrot, cruzando os braços. Todos encararam a fogueira e assentiram devagar.

"Eles não são apenas prisioneiros de Minchard Prox", murmurou Dança. "O Lorde..." Ela meneou a cabeça em direção a Ponta de Lança. "Não vai gostar. Ele não gosta de intrusos, mas agora que estão todos lá, deve estar presumindo que são sua propriedade, que podem ser sacrificados ou punidos." Seu tom era hostil, mas com um toque de afeto, como se o vulcão fosse um tio esquentadinho.

"*Existe* uma forma de subirmos a montanha sem que o Lorde perceba", pontuou Therrot. "A bem da verdade, a Hathin está sentada bem em cima."

Com um salto, Hathin se ajoelhou e encarou a comprida salsicha de pano enrolado onde estava sentada. Pela primeira vez, sentiu um fraco odor de fumaça úmida. Suspendeu um canto da cobertura e encarou um tecido tingido, que deixou manchas azuis na ponta de seus dedos.

Ao olhar em volta, ela viu o próprio espanto espelhado em todos os rostos, menos em dois. Por sob as ataduras de Dança, um único olho escuro encarava Therrot, uma diminuta órbita agastada.

Com o semblante pesaroso, Therrot deu levemente de ombros. "Os Azedos insistiram... Acharam que isso aí poderia ser útil para recuperarmos a Perdida deles."

Com olhares tensos, meia dúzia de Rendeiros encararam a tenda do Superior ao longe. Todos tinham na mente a mesma imagem: o Superior avançando na pequenina carruagem, alheio ao fato de que seus estimados ancestrais sacolejavam acima dele num pedaço de tecido azul.

"É só uma *bandeira*, não é?", sibilou Therrot. "Não dá para saber como foi feita só de olhar, dá?"

"Therrot", disse Jaze, "quando você cruzar a Gruta das Grutas, pode acabar encontrando muita gente aflita, só esperando para conversar sobre isso."

"Muito bem." Dança puxou as ataduras, pensativa, e soltou as tranças. "Vamos usar a proteção da bandeira. Mas esta é uma tarefa apenas para os que concluíram suas buscas. Os outros ainda têm trabalho a fazer antes de cruzar as Grutas. Estes, por enquanto, permanecem com o Superior."

Um lento aceno de cabeça de Jaze, Therrot, Louloss e Marmar. Nada mais precisava ser dito para deixar claro que os que subissem a montanha provavelmente não retornariam.

"E eu?", indagou Hathin. Ninguém respondeu. Ninguém a olhou nos olhos.

Numa súbita inspiração, ela revirou a bolsa do cinto. Sim, a trouxinha de pano amarrada ainda estava lá. Ela apertou o embrulhinho grumoso, que cedeu um pouco entre seus dedos.

"Esperem, vocês não podem ir sem mim... o meu *destino* é ir. Mesmo que a bandeira esconda todos vocês do Lorde durante a subida, ele certamente vai perceber quando seus prisioneiros começarem a desaparecer pelo vale. Dança, acho que *eu* consigo distraí-lo. Tenho *isto aqui*. É um presente enviado por sua Lady."

Era o saquinho de Mágoa, a lembrança que a montanha branca mandara Hathin levar a Ponta de Lança. O Lorde era impiedoso, mas possuía uma fraqueza, como a fissura na borda de sua cratera. Ao contrário do Rei dos Leques, não escolhera esquecer o passado. Em lugar disso, ele ardia a cada recordação, e no cerne de suas memórias estava seu amor por Mágoa.

Foi Tomki quem quebrou o silêncio estarrecedor.

"Acho que Hathin consegue fazer isso. Vocês sabem como ela fica quando está possuída."

"Quando eu estou *o quê*?" Hathin o encarou, estupefata.

"Ah, desculpa." Tomki franziu o cenho de um jeito amoroso. "Eu não quis dizer possuída, mas, você sabe, quando aquele outro espírito assume o seu corpo e obriga todo mundo a te obedecer."

"Ah, *aquele* espírito." Therrot desfez a carranca. "O que assumiu o controle na trincheira na entrada de Zelo, e depois de novo, no mercado, quando Hathin exigiu aquela mulher para Reserva, e mais uma vez, quando o palácio estava sendo atacado, e..."

"E quando você me bateu." Tomki abriu um sorriso meio constrangido. "Você sabe, quando a sua voz muda, e a sua personalidade muda, e as ruguinhas de preocupação na sua testa desaparecem, e você vira uma gigante de dois metros de altura..."

"Eu nunca tive dois metros de altura..."

"Não *dois* metros, Tomki, claro que não", corrigiu Jaze delicadamente. "Enfim, deixa para lá. Se a Hathin não quer falar sobre o outro espírito, a gente tem que respeitar."

Ela estava prestes a protestar outra vez, mas Dança se inclinou para a frente. Em seus olhos pairavam labaredas vermelhas, como as tochas dos viajantes noturnos. "Você acredita mesmo que este seja o seu caminho?"

Hathin assentiu, sentindo uma tontura causada pela privação de sono.

"Então venha, Hathin." Dança se levantou. "Vamos falar com o Superior sobre nos separarmos. Os outros, vão dormir. Eu acordo vocês quando escurecer mais um pouco."

A tenda do Superior se empoleirava à beira da floresta, rodeada de vaga-lumes voejantes, feito as estrelas que despontavam na cabeça antes de um desmaio. À medida que elas se aproximavam, a mente entorpecida de Hathin percebeu que havia outras luzes, como velas e tições, erguidas por um grupo de sentinelas parados defronte à tenda do Superior, que pareciam enfeitiçados. Ela teria avançado até eles, meio sonâmbula, se a mão larga de Dança não tivesse lhe apertado o ombro com firmeza, mandando-a ficar quieta e em silêncio.

Branco feito uma vela, o Superior permanecia parado em meio aos guardas no mesmo estado de fascínio. Conversava com uma árvore. A árvore tinha rosto. A árvore respondia.

Era uma assustadora vinha trançada, o tipo de trepadeira que cobria cada milímetro de uma árvore, sufocando-a e arrancando-a de suas raízes, e depois permanecia ali, circundando o vazio. Como tantas crianças, ela às vezes a utilizava como esconderijo, galgando as heras retorcidas e adentrando seu interior.

O rosto da árvore era mais comprido que uma noite insone, mais amargo que um sonho estilhaçado. Seus olhos pretos cintilavam com gélida loucura. Nem o sorriso que despontava era de fato um sorriso, e sim um esgar de joias multicoloridas.

"Vocês só precisam", disse a árvore-Jimboly ao Superior, num grosseiro portadentro, "pegar o pássaro para mim. O passarinho na gaiola. Senão..."

Uma mão esguia e escura irrompeu por entre as vinhas, segurando um pote no formato de um dignitário barrigudo. Era uma das urnas crematórias das Terras Cinzentas onde estavam enterrados os ancestrais do Superior.

34

Dente por dente

Com um estalo, a mente de Hathin se libertou da aceitação onírica e compreendeu o que estava vendo. Jimboly devia estar seguindo o grupo a cada passo do caminho, ladeando-os pelas trincheiras, à espera de uma chance de falar com o Superior quando a Vindícia estivesse distraída. Jimboly poderia tê-los delatado a qualquer bloqueio de estrada por onde eles haviam passado, mas decerto temera que houvesse uma briga e Chuvisco se soltasse da gaiola.

Os guardas permaneciam empertigados e indecisos, encarando seu mestre. O Superior tinha uma mão levantada, como se a tivesse erguido para deter os homens, e se esquecera de baixá-la. Dança estava logo atrás, na escuridão, franzindo o cenho para o estranho confronto, e Hathin se lembrou de que ela não falava portadentro.

"Espero que vocês não inventem de me atacar aqui em cima", prosseguiu a árvore-Jimboly, com o rosto quase quatro metros acima do chão. "Acho que este aqui é...", disse ela, virando o potinho e franzindo a testa, "o décimo quinto Duque de Sedrollo?"

"... Glorioso-Victor-da-batalha-de-Polmannock-Ordem--das-Lebres-Prateadas-Vice-Almirante-dos-Expedicionários--da-Chuva-Sacra...", entoou o Superior, num ganido baixo e resfolegante.

"Sério? Bom, se os guardas derem um passo em direção a esta árvore, o Vice-Almirante vai aprender a voar. Vai partir para explorar o mundo, levado pelo vento e os cascos dos besouros. Será engolido por plantas carnívoras, pisoteado pelas botas dos soldados. Além disso, tem mais meia dúzia de ancestrais seus escondidos na floresta. Alguns potinhos estão destampados. Sem mim, você não tem a menor chance de encontrá-los antes que um macaco-aranha meta o dedo para tirar uma provinha."

"*Nhu-grm-nerp*", comentou o Superior com o rosto pálido.

"A garota deve estar dormindo. Mande alguém dar uma pancada na cabeça dela e venha me trazer a gaiola. Daí eu proporciono a reunião de família."

"Eu..." Muito trêmulo, o Superior encarava o potinho, cuja tampa deslizava de tanto que Jimboly o inclinava. "Eu dei a minha... a minha palavra à garota..."

O potinho se abriu. A tampa caiu no chão, seguida de uma lufada de pó fino, que cobriu as folhas e roçou as samambaias. O Superior soltou um uivo angustiado e disparou com as mãos em concha, tentando apanhá-lo. Desabou de joelhos, encarando os dedos sujos de cinza, o rosto tão lívido que também parecia prestes a se desintegrar.

"Pois bem." A mão magra e escura ressurgiu em meio às vinhas, segurando outro pote um pouco maior. "O *décimo sexto* Duque de Sedrollo..."

"Para!" Hathin não foi capaz de se conter. Com a gaiola de Chuvisco ainda na mão, adentrou o círculo iluminado pelas tochas. "Escuta! Senhor, os seus ancestrais não estão nessas urnas! Faz anos que não entra nenhuma cinza humana nesses potinhos!"

"Hein? O quê? Mas onde...?"

"Não dê atenção a ela!", gritou Jimboly. "Agarrem-na! Peguem o pássaro!"

"Ai, alguém vá pegar um jarro d'água! Ele está ficando empolado..." Hathin se ajoelhou junto ao Superior. "É verdade, senhor. Toda a cinza foi roubada já faz muitos anos e... usada para fazer tinta..." Tarde demais, Hathin se arrependeu por ter aberto as portas da verdade. "Daí alguém, é... preencheu as urnas com cinzas de animais. Ovelhas. E cabras."

O Superior soltou um uivo lamentoso e encarou o emaranhado de mata selvagem. Hathin se perguntou se ele estaria imaginando uma paisagem espectral encoberta por montes de valiosos veludos, palitos de dente, pentes de cabelo e cédulas de dinheiro, por onde circulavam espíritos de cabras e ovelhas desorientadas, balindo baixinho, chapinhando com os cascos em imensas cascatas de sabão feitas de banha de carneiro.

"Ovelhas?", indagou ele num tom baixo e sufocado. "Cabras?" O homem desabou de lado, sorvendo o ar em golfadas.

"Sua idiota!", berrou a árvore-Jimboly. "De que ele serve agora para mim ou para vocês? Pisoteiem o tambor de sua existência, por que não? Ora, espero que ele morra disso!"

"Por favor, senhor", disse Hathin, tocando de leve o ombro do Superior. "Não é..." Não é tão ruim?

"Todos esses anos eu estive... eu estou..." Ele ainda parecia sufocado. "Eu sou... um órfão. Eu estou... *sozinho*. Eu... eu... eu... estou *livre*." Ele apoiou o corpo no cotovelo, encarando as próprias mãos como se tomasse posse delas pela primeira vez. "Eu posso... posso fazer *qualquer coisa*. Posso sair de Zelo! Posso quebrar os meus óculos, e correr descalço, e virar um... um... sapateiro! Posso... posso me casar com a minha criada! Eu tenho uma criada? Nunca tive tempo de reparar! Mas agora posso ter uma criada! E me casar com ela!"

Ele se levantou e saiu cambaleando, de olhar entusiasmado, decerto à procura de uma criada.

Enquanto outros integrantes do acampamento se aproximavam, atraídos pelo vozerio, os guardas hipnotizados voltaram a si e começaram a golpear a pequena torre de vinhas entrelaçadas. O rosto de Jimboly desapareceu, e uma onda turbulenta desceu pelas folhas. Duas samambaias na base se separaram com violência, e a figura esguia de Jimboly saiu correndo pela mata.

“Agarrem ela!”, gritou Hathin na língua da Renda. “Ela sabe quem nós somos! Sabe quem é Arilou!”

Dança emergiu da escuridão e disparou atrás de Jimboly, passando pelos guardas atônitos. Todos tiveram a presença de espírito de sair de seu caminho.

Hathin apanhou um lampião e também mergulhou na mata, sem nem parar para pensar. Avançou, cambaleante, com o lampião numa mão e a gaiola de Chuvisco na outra, o rosto açoitado por imensas folhas. Outras lanternas balançavam em meio às árvores, feito vaga-lumes gigantes. Vez ou outra se aproximavam, iluminando uma dúzia de rostos soturnos. Ninguém havia encontrado Jimboly.

“Ela não deve estar muito longe”, disse Jaze. “Ela não pode.” Ele apontou para Chuvisco, que parecia prestes a arrebentar a gaiola e sair voando, tamanha a força com que debatia as asas. “Mas nossos olhos ainda estão afetados pela luz da fogueira. Precisam de tempo para se ajustar à escuridão, se quisermos ter esperança de encontrá-la.”

“Não dá tempo”, disse Therrot, ainda recuperando o fôlego. “Não temos tempo de vasculhar a mata inteira atrás de uma dentista.”

“Então eu vou ter que escalar Ponta de Lança *agora*, não é?”, balbuciou Hathin. “Se eu subir a encosta pela mata, desviando das estradas e da Quinta, ela vai vir atrás de mim, daí não vai poder sair correndo para contar a ninguém que estamos aqui, nem se meter no nosso caminho. Eu posso atraí-la para bem longe. Lá no topo, eu distraio Lorde Ponta de Lança como a gente tinha planejado."

"Eu posso ir no seu lugar", disse Therrot, mais que depressa. "Não precisa ser você. Posso levar o pica-pau e o presente pro Lorde..."

"Hathin é a mensageira escolhida de Mágoa", interrompeu Dança. "Mas você pode ir com ela, Therrot. Para garantir a segurança dela, depois voltar para nos informar se ela conseguiu se encontrar com Lorde Ponta de Lança."

Ponta de Lança não possuía a loucura grosseira de Jocoso, a beleza árida de Mágoa ou a glória pedregosa de Rei dos Leques. Ponta de Lança vestia sua própria mata feito um couro áspero de lobo. Era encrespado como uma fera machucada. Sua cabeça vivia coberta por uma nuvem de fúria, e ele não enxergava um palmo à frente.

Hathin ainda carregava sua lanterna, pois senão como Jimboly a enxergaria? A mata era alta e densa e bloqueava boa parte da luz. Therrot recebera a ordem de avançar sob a escolta das sombras para surpreender Jimboly, caso ela atacasse. Por mais que Hathin soubesse que ele devia estar logo atrás, caminhando no mesmo ritmo para abafar suas próprias passadas, era difícil não se sentir sozinha e resistir à tentação de olhar para trás em busca de segurança.

Segurança? Mas o que era Therrot? Ele não era seu irmão mais velho. Era apenas uma figura atrás dela na escuridão, um homem com sangue nas mãos, alguém que ela não conhecia de verdade.

Ela baixou o olhar para a gaiola de Chuvisco e abriu um sorriso involuntário. Sentia a pulsação de sua companhia toda vez que seu rabinho se balançava por entre as grades. Os olhinhos pretos cintilaram na escuridão que os envolvia, encontrando eco no olhinho preto dentro de sua barriga. Talvez agora Chuvisco fosse seu irmãozinho.

Algumas árvores pareciam se vergar e gotejar feito bolo cru, exibindo enormes buracos. Ao enfiar o pé num deles, ela encontrou um solo trêmulo como o flanco de um imenso animal. Vez ou outra, algo aterrorizante se remexia nas árvores acima: o balanço do trapézio de um macaco, um pássaro esbarrando na folhagem como um estilingue. Mas não pareciam fugir dela; a bem da verdade, tudo parecia ultrapassá-la e rumar para o subsolo.

Ela caminhou sem cessar, afligindo-se ao começar a ver uma ou outra árvore escurecida. Pareciam advertências às outras à sua volta, como cortesãos que haviam dito algo errado. Advertências às outras árvores e à própria Hathin.

O chão foi ficando cada vez mais íngreme, a subida, cada vez mais difícil, o ar, cada vez mais frio e irrespirável. O nevoeiro baixou ao seu encontro, penetrando delicadamente as árvores. Será que Therrot ainda estava atrás dela? Hathin não ousava olhar.

Uma ravina nebulosa surgiu repentinamente à direita; as árvores se debruçavam por sobre ela, com as raízes esticadas como se quisessem espiar o penhasco. De suas profundezas pairava um sussurro e subia um aroma úmido e pungente de folhagem queimada.

Ela começou a se esgueirar pela lateral da fenda, mas recuou e agachou-se ao sentir o chão se deslocar de leve sob seus pés. Fez-se um barulho ao longe; a seus ouvidos atordoados, parecia a tosse de uma imensa besta. Então as folhas ao redor começaram a tremer, como se algo, uma chuva, talvez, desabasse sobre elas. Diminutas pedras cinzentas do tamanho de ovinhos de pássaro começaram a despencar do céu e a quicar no chão, leves como nozes, fustigando-lhe o pescoço e as costas. Ela se agachou sob uma das árvores pontudas.

Com certeza havia sido vista por Lorde Ponta de Lança. Ele não a deixaria falar; nem sequer permitiria sua aproximação.

À direita, ao lado da ravina, uma floresta fantasma de samambaias e galhos cinzentos se contorcia e saltava com a avalanche de pedras. Foi dessa floresta espectral e agitada que Jimboly brotou num salto, a bandana vermelha tal e qual um estandarte de guerra.

Quando o peso da dentista a atingiu, Hathin perdeu o controle da lanterna, que desabou no chão e iluminou o mundo de cabeça para baixo. Ela só conseguiu abraçar a árvore mais próxima para não despencar no abismo. Entre ela e o sombrio despenhadeiro, agora havia apenas uma frágil rede de videiras secas, que já rangiam e começavam a ceder, à medida que o peso de Jimboly a empurrava. Jimboly cravou a mão forte e magra no rosto de Hathin, forçando-a a recuar, e com a outra agarrou a alça da gaiola de Chuvisco. Com uma força nascida do desespero, Hathin recuperou a gaiola e deu com ela no rosto de Jimboly, vendo os olhos de sua inimiga se enevoarem.

No instante em que Therrot irrompeu das samambaias atrás de Jimboly, as vinhas que sustentavam Hathin enfim cederam. Suas mãos foram soltando as árvores, as unhas cravando buracos no líquen e arranhando a madeira. A queda a saudava, estivera à sua espera, suas entranhas já se transformavam em ar... então ela sentiu uma vinha grossa e vertical lhe roçar o braço e se agarrou a ela, por um reflexo, esfolando as mãos e lutando para enganchar a perna na planta.

Logo abaixo, percebeu vagamente uma trepadeira verde e ondulada sibilando baixinho, definhando até morrer, como se o próprio tempo tivesse perdido a paciência. Ainda mais abaixo, pensou ter visto um brilho vermelho, embotado e faminto.

Ela ouvia sons de luta acima de sua cabeça, mas só conseguia ver estranhos tremores no mosaico de folhas ao alto, e mais adiante, a pálida barreira da árvore inclinada. Hathin cerrou os dentes, respirou fundo e bateu a gaiola de Chuvisco na muralha rochosa do abismo.

O barulho da madeira espatifada era quase uma música, um coro de *tlins* e *tlencs*. Um fragmento de sombra tresloucada saiu voando livremente, as asas ligeiras feito um açoite, a trajetória instável como o sorriso de um traidor. Lá se foi Chuvisco, até pousar numa árvore mais acima, onde abriu seu baralho de penas, então fechou, abriu e fechou. Jimboly soltou um berro.

No mesmo instante, os sons de combate cessaram. Hathin percebeu Jimboly escalando a árvore em busca da silhueta zombeteira e rodopiante de Chuvisco. Repetidas vezes, ele aguardava a aproximação de sua mão suplicante, então saltava para mais longe.

A vinha jamais pretendera sustentar o peso de Hathin. Com um embrulho no estômago, ela sentiu que a planta cedia, afastando-se da parede da ravina. *Therrot, Therrot.* Mas a mulher que havia matado sua família estava lá em cima, vulnerável, distraída. E Hathin não era, de fato, irmãzinha dele.

Uma lasca de madeira caiu no olho de Hathin. *Havia* algo descendo em direção a ela, deslizando, barulhento, largando uma cascata de folhas em seu rosto. Ela ergueu o olhar, e lá estava. Therrot, o semblante tomado de concentração, uma das pernas enganchadas num emaranhado de raízes, inclinando o corpo em direção à vinha que a sustentava.

A mão de Hathin deslizou um pouco; quando o caule seco raspou em seus dedos, a atenção de Jimboly foi despertada. Por um instante, a dentista virou a cabeça para olhá-la. Havia ódio em seus olhos escuros, e loucura, mas também um toque de incompreensão.

Você é pó, diziam seus olhos. *Você é poeira. Você não é nada. Por que se dá ao trabalho de sobreviver? Por que ainda está viva?*

Eu sou a poeira nos seus olhos, disse a resposta no rosto de Hathin. *Eu sou a terra da sua cova. Sou o vazio pronto para se abrir sob os seus pés. E consigo aguentar muito mais do que você.*

Hathin abriu a boca e gritou. Não foi um grito de dor ou de medo; foi a explosão do ovinho preto em suas entranhas, que aguardava o momento de eclodir. Quando o som estilhaçou o ar, Chuvisco disparou pelo céu e desapareceu em meio à névoa. Jimboly, com um grasnido que ecoou o grito de Hathin, tateou às cegas em busca dele, perdeu o equilíbrio e desabou no precipício.

Queda atrás de queda atrás de queda; então fez-se apenas silêncio, exceto por um sibilo longo e ávido. Nenhum outro som se ergueu da garganta de terra que havia tragado Jimboly por completo.

Sem dizer nada, Therrot foi descendo, cambaleante, a lateral da ravina, encontrando apoios para as mãos e os pés por entre as raízes esticadas. Por fim, chegou ao nível de Hathin e puxou a vinha onde ela estava para ajudá-la a escalar até o topo. Ele subiu atrás, e Hathin viu as marcas de unha em seu rosto. Não resistiu quando ele se agachou a seu lado e quase a esmagou com um abraço.

A cabeça de Hathin levou cerca de um minuto até parar de girar, então ela percebeu por que a floresta estava tão silenciosa.

"A chuva de pedras parou."

"Pois é. Acho que agora, pelo menos, o Lorde está disposto a falar com você." Therrot olhou por cima do ombro para a ravina de onde Jimboly havia desabado. "Ele compreende a vingança. E os vindicantes."

Hathin se levantou, bastante trêmula, e Therrot fez o mesmo. A névoa havia se dissipado um pouco no alto da montanha, e agora eles podiam ver que se aproximavam de uma encosta mais íngreme, onde a mata rareava. Haviam adentrado um pouco a floresta quando ambos pararam e se entreolharam.

"Você que sabe", Therrot disse, respondendo à pergunta não feita. "Vamos juntos até a boca da cratera e além, se eu puder te proteger. Mas, se a minha presença te colocar em perigo..."

O mesmo pensamento assomara a mente dos dois ao mesmo tempo. Se Ponta de Lança havia assistido à destruição de Jimboly, poderia aprovar Hathin como vindicante, mas com Therrot era outra história. A aldeia destruída pelas maquinações de Jimboly era de Therrot, bem como de Hathin. Ainda assim, quando teve a oportunidade de matar a assassina de sua família, ele fizera outra escolha. Abandonara a luta para salvar Hathin. Ele havia escolhido sua "irmãzinha".

Hathin o abraçou mais uma vez, com toda a força. Quando ergueu o olhar, a expressão de Therrot era hesitante e ansiosa.

"Pode ser que o Lorde não compreenda", sussurrou ela, vendo um olhar ansioso e desolado lhe invadir o rosto. "E alguém precisa voltar para contar aos outros que eu estou quase chegando. Mas você vai ficar de ouvido atento o tempo todo, não vai? E, se ele parecer nervoso, você volta para me buscar?"

Ela engoliu em seco, tentando tirar as folhas dos cabelos e esfregar a seiva de árvores das roupas. Depois de limpar as botas e fazer o possível para ficar mais apresentável, Hathin adentrou a nervosa floresta para conversar com Lorde Ponta de Lança a sós.

35
Lorde Ponta de Lança

À medida que a subida da encosta ia ficando mais íngreme, as árvores vivas cediam lugar às mortas. Árvores solitárias, brancas feito ossos, cujas cascas haviam sido arrancadas pelo tempo. A nuvem bafejada por Lorde Ponta de Lança era gélida e ofuscante, pois era a vingança que ele exalava.

Depois de uma eternidade, as árvores partidas foram ficando mais espaçadas, e ela já não precisava cambalear por sobre os troncos caídos. As raízes emaranhadas foram substituídas por uma encosta funda e imprevisível de pequeninas rochas, toda esburacada como uma esponja do mar. A cada passo Hathin afundava e deslizava na encosta; os seixos iam entrando pelos vãos de suas botas. Um passo em falso poderia fazê-la cair de costas, acionando uma torrente de pedrinhas que poderia enterrá-la por completo.

Ela estava num lugar muito alto. Sentia isso pela cantoria em sua cabeça, pela forma como seus pulmões se erguiam, impotentes, tentando sorver o ar rarefeito. Ponta de Lança era mais alto que todas as outras montanhas que ela havia escalado. Seu nevoeiro frio lhe penetrava as roupas finas, e o rosto dela ardia de tanto esforço.

Então, enfim, ela sentiu pedras sob as mãos, um precipício esfarelento. Lutou para escalar, içando o corpo para cima, procurando apoios para as mãos e os pés. Por fim, alcançou o topo do penhasco com tamanha determinação que quase perdeu o equilíbrio. Com um uivo interior, Hathin descobriu que não havia mais para onde subir, e que a única coisa à sua frente era a mais completa queda.

Ela fechou os olhos com força, até que sentiu um brilho atrás das pálpebras. Olhou em volta e percebeu que as nuvens por todos os lados haviam se adelgaçado, feito uma gaze, embebendo de luar tudo ao redor. Ela conseguia distinguir até o tom vermelho-vivo da pedra onde estava sentada, e as rochas escuras em forma de tulipa exalavam vapor junto a seus pés.

Abaixo e acima dela, havia uma paisagem de nuvens grossas e ondeantes, de onde despontava um grande grupo de pontas e cumes espalhados. Hathin estava empoleirada no mais alto. Ela se espantou ao perceber que devia ter escalado o topo da "lança" mais alta de Ponta de Lança, e agora se equilibrava bem à beira da cratera do Lorde.

O vapor abaixo rodopiou, e Hathin viu que havia um grande lago na bocarra da cratera, de bordas pontudas, que a lua transformara num espelho de madrepérola. Era como encontrar uma única e perfeita lágrima no olho de uma fera imponente e terrível, e por um instante Hathin só conseguiu encarar, extasiada, a beleza daquela cena. Em seguida, a terra estremeceu sob seu corpo, com um estrondo que ela sentiu ecoar no âmago de seus ossos.

Hathin foi a primeira a sentir o leve tremor, mas não foi a última. A onda se expandiu para a frente e para fora, traçando seu caminho escuro e secreto pela terra.

Enquanto a onda descia pela encosta e adentrava a floresta, grupos de pássaros irrompiam das árvores, feito pequenas bombas aladas, e os guinchos dos macacos preenchiam o ar. O abismo que engolira Jimboly se escancarou um pouco mais, e duas árvores ruíram, tragadas pela escuridão.

Estacas pularam de seus buracos. Lá embaixo, no acampamento do Superior, um serviçal que tentava secar a testa dele acabou enfiando o dedo no olho do patrão. Em Cinca do Herbolário, vidraças sacolejaram nas esquadrias, transformando em escamas de libélula o luar refletido nelas.

Trabalhando até tarde em seu gabinete no fórum, Prox precisou dar um bote para salvar o tinteiro, mas assistiu a uma rebelião de penas deslizando pela mesa. Olhou um frasco arrolhado no peitoril da janela e relaxou um pouco. O tremor do chão mal havia remexido o sedimento vermelho na base do frasco. O pêndulo na prateleira ao lado balançava de leve, num movimento lento e suave. Ponta de Lança se revirando durante o sono, só isso. Nada mais.

Em seu próprio gabinete, Camber ergueu a cabeça, como se alguém tivesse batido à porta, então seguiu olhando pela janela enluarada muito tempo depois que o tremor passou.

Nas encostas mais baixas de Ponta de Lança, nove vindicantes que espreitavam a escuridão se esparramaram no chão e aguardaram, de barriga para baixo, encobertos por uma mortalha azul-escura.

Hathin aguentou firme, sentindo o imenso penhasco abaixo se remexer, inclinando alguns centímetros. Então ocorreu apenas uma leve pulsação na rocha.

Teria sido um rosnado de advertência? Ela esperava que não. Esperava que Ponta de Lança, com sua voz de basalto, estivesse falando com ela.

Com o rosto viscoso de nuvens e a própria respiração fria, Hathin se ajoelhou e tentou remover a camada de pó das bochechas, com as mãos trêmulas e ensanguentadas.

"Lorde Ponta de Lança!" Era o tom que ela sempre usara para se passar por "Arilou", pois não conhecia outra forma de impostar a voz de modo a preencher a grande cratera. Desta vez, porém, falava na língua da Renda, pois essa era a língua que os vulcões compreendiam, e arrastava as palavras, pois os pensamentos dos vulcões eram lentos como lava. "Eu venho com uma mensagem e um presente... de Lady Mágoa."

"O Lorde viu a gente", sussurrou Louloss, com a boca enfiada num punhado de grama. "Ele sabe."

Dança respondeu com uma tomada de ar breve e sibilante, um comando de silêncio. Os vindicantes escondidos sob o estandarte se enrijeceram e pararam para escutar. A música da floresta havia cedido lugar a novos instrumentos. Os grilos já não trilavam feito serra na madeira, as cigarras não entoavam seus berros de maraca. Agora só se ouviam apitos de pássaros, rosnados de macacos.

"Não." Dança se apoiou de quatro. "Se ele lesse a nossa mente, o céu estaria berrando, e uma centena de pedregulhos partidos estariam descendo a encosta para nos encontrar. Os seus ossos viraram cinza, Louloss? Não? Então o Lorde não sabe o que pretendemos. Venham."

O grupo seguiu subindo, com uns poucos ao centro, levando o estandarte nas costas, e o restante encoberto pelas sombras. Logo acima, guardas da Cinca do Herbolário, iluminados por suas lanternas, vasculhavam o cenário escuro e hostil. Mais abaixo, a cidade dormia, sonhando com a Renda, como havia séculos acontecia. Rendeiros à espreita na escuridão, escondendo sorrisos e lâminas. Cinca do Herbolário dormia, sem saber que fazia morada nos próprios pesadelos.

O estrondo de Ponta de Lança havia deixado os guardas alertas e preocupados, de ouvidos atentos ao intrigante ruído das rochas acima, que poderia indicar um deslizamento de terra. Mas nada se ouviu além de rosnados de macacos e apitos de pássaros. Eles não estavam prontos para a investida de facas vindas de baixo. Não estavam prontos para ver uma mulher gigante dançando em suas fracas poças de luz, um tornado de calças justas, as longas tranças descendo pelas costas com um baque suave, como as batidas de um coração.

Dois deles mal tiveram tempo de sacolejar as estacas de onde pendiam suas lanternas para enviar um sinal à cidade. Mas as lanternas já balançavam por conta do tremor, de modo que quase não fez diferença. As espadas de Dança sabiam cruzar o ar como o bico de uma gaivota sabe cruzar a água em busca do peixe. Atrás dela, o silêncio se fechou como uma ferida.

A mata havia sido aberta para dar espaço à Quinta Segura, e a lenha cortada fora usada na construção de uma cerca em torno de seu perímetro. Os guardas se agitavam nas torres de madeira, e a parede de troncos lançava uma sombra comprida e denteada por sobre as encostas da Quinta, as pilhas de baldes surrados, o monte de enxadas sujas de lama, os sulcos grosseiros do solo seco e arado. Nas profundezas das sombras jaziam os próprios "quinteiros", homens, mulheres e crianças Rendeiros, a maioria de rosto no chão, como se tentassem escutar passos. Não ousavam falar, por medo de serem ouvidos pelo vulcão que despertava. Não ousavam se mover, por medo de chacoalharem as compridas correntes que os prendiam.

Apenas uma prisioneira se sentou, trêmula, os olhos cinzentos arregalados e tomados pelo estranho luar.

"Athh", murmurou ela. "Athn... Hatthhn..."

"Oi?" Um guarda veio caminhando. "O que foi isso?"

"Eu", respondeu uma mulher sentada junto à garota que havia falado. "Não fala. Espirra."

O guarda encarou o mosaico de rostos sonolentos, resolutos, machucados, os olhos bem separados refletindo a luz de sua lanterna, então se agachou e acenou para a garota de olhos cinzentos.

"Qual problema ela?", perguntou ele em nandestete. "Cabeça oca?"

"Sol", respondeu a mulher sem rodeios. Bateu no próprio cocuruto, revirou os olhos e inclinou a cabeça, simbolizando tontura. "Trabalha muito." Então ergueu uma das mãos da garota e a abriu como se fosse um livro, revelando as bolhas na palma.

"Ei!" Soou o chamado de um oficial na torre de guarda. "O que estão fazendo, socializando com os risonhos? Fiquem de olho na seteira." O guarda retornou ao seu posto sob o olhar de todos os prisioneiros. Estavam todos nervosos. Um batedor havia voltado correndo da Quinta, balbuciando sobre uma criatura azul sem cabeça, com uma dúzia de pernas e costas ondulantes feito o mar...

Enquanto isso, os Rendeiros seguravam a língua. Muito tempo antes de chegarem à Quinta Segura, os prisioneiros que acompanhavam a garota dos olhos cinzentos haviam notado seu olhar vagante e andar cambaleante, e concluíram que havia uma Perdida no grupo. Só existia uma Perdida: a procuradíssima Lady Arilou. Em silêncio, a notícia se espalhou pela Quinta Segura; os guardas nunca haviam percebido a maneira como uma das prisioneiras vivia escondida de suas vistas, sempre com o peso de seu balde de pedras aliviado por mãos furtivas, sempre com novos trapos a lhe envolver os pés feridos.

Lady Arilou estava na Quinta Segura, e isso só podia significar uma coisa: ela havia ido ao seu resgate. Então, em silêncio, eles a observavam, aguardando um sinal.

Ath, dizia Arilou, sem som, para si mesma. *Hathin.*

Engolindo em seco, Hathin ergueu a bolsinha de pó branco. Algum instinto lhe disse que era melhor não entregar de imediato, apesar da terrível impaciência da cratera escancarada. Afinal de contas, ela estava ali para fazer a montanha falar.

"Milorde... Lady Mágoa..." O bafo do vulcão pairava espesso no ar. Ela sentiu a própria voz morrer dentro do corpo, o estômago afundar de tanto pânico. "Lady..." Não conseguia formular as palavras.

Logo depois, sem saber ao certo se havia sido um pensamento positivo, ela sentiu um súbito ar frio no rosto, como o toque de seda na pele febril.

Olhos gélidos. Hathin recordou a velha da tenda de notícias que passara a vida inteira à espera do toque frio de certo olhar. Seria possível que um par familiar de olhos de pedra-da-lua a estivesse observando? Ela se agarrou à ideia e não largou mais.

Se fosse isso, ela não estava só. Arilou estava lá.

Hathin reuniu coragem, engoliu o nó de pânico que lhe obstruía a garganta e reencontrou as palavras. Falou dos olhos cor de esmeralda e safira de Lady Mágoa, do sussurro acetinado de suas avalanches, da perfeição pálida de suas encostas. E seguiu falando, mesmo ao sentir a gélida sensação da presença de Arilou desaparecer em meio às nuvens.

O vento se ergueu fracamente, como se Lorde Ponta de Lança tivesse suspirado de leve.

"Qual é o problema com eles?" O oficial percorreu a passos firmes as fileiras de Rendeiros acorrentados, ávido por chutá-los, só para forçá-los a erguer o olhar. Tinha certeza de ter ouvido uma cantoria sussurrada entre o grupo. Agora, porém, estavam todos de cabeça baixa, encarando o chão, observando uma garota de boca mole correr os dedos pela terra. "Qual é o problema com eles todos? Qual é o problema com...?"

Qual é o problema com a terra, por que ela treme feito um animal febril? Qual é o problema com o ar, por que ele aguilhoa os nossos pulmões? Que criatura ancestral sorri através desses sorrisos, e por que eu posso sentir sua respiração na minha nuca?

A menina molenga espalmou a mão sobre a terra e deu uma leve batidinha. Bateu outra vez, e mais uma, então inclinou a cabeça para trás, revelando os olhos, sonolentas e concentradas fendas cinzentas. Quando ela tornou a erguer a mão, devagar, o oficial percebeu uma pictografia na terra à sua frente. Um esboço desajeitado de um bote. O símbolo da salvação.

Tapa.

A mão dela acertou a terra batida, e a poeira subiu por entre seus dedos. Como um só corpo, todos os Rendeiros se levantaram e partiram para cima de seus captores. Correntes foram arremessadas nos guardas, prendendo-lhe as mãos antes que pegassem as armas. Outros foram derrubados pela mera força do grupo.

Os guardas nas torres não demoraram a apontar os mosquetes e arcos para o complexo. Antes de atirar, no entanto, ouviram um zumbido de fundas vindo das encostas próximas. Pedras rolaram pelas torres, arrebentando crânios e lanternas com a mesma facilidade. Na escuridão, um propulsor emitiu um ruído suave, fazendo um oficial desistir de atirar com seu mosquete nos prisioneiros e desabar lentamente do alto da torre com uma lança curta cravada no esterno.

Depois que o silêncio voltou, os guardas, tanto os vivos quantos os mortos, foram revistados. O oficial atingido com a lança portava uma argola cheia de chaves no cinto. Dali a um minuto, as chaves estavam fora da argola, e algemas jaziam descartadas no chão.

Um rosnado profundo cruzou a terra; todos encararam o topo de Ponta de Lança, quase perdido em meio às nuvens. Quando os ex-prisioneiros olharam seus salvadores, suas feições guardavam uma assustada pergunta.

Sussurros, sussurros. Gestos em direção à imensa flâmula azul. Acenos. Os prisioneiros começaram a tirar suas jaquetas, capas e casacos, preenchendo-os com palha, folhas, terra. Quando as nuvens começaram a partir, uma estranha comunidade de figurinhas gorduchas podia ser vista agachada junto ao muro do complexo. Corpos de tecido, barrigas de terra, cabeças feitas de baldes, pés feitos de pedras. Se Lorde Ponta de Lança olhasse com bastante atenção, veria que aqueles não eram seus prisioneiros. Mas os Lordes quase nunca olhavam com atenção para os que estavam abaixo deles.

Enquanto isso, um grande grupo de Rendeiros avançava pela colina, abaixado e muito assustado, todos bem colados à grande flâmula azul erguida sobre as costas dos que estavam no centro. Sua única esperança era chegar à segurança das planícies antes que Lorde Ponta de Lança percebesse que havia sido enganado.

As nuvens, mais uma vez, iam se dissipando. Ao espiar o interior da cratera, Hathin viu uma onda cruzar o lago, enquanto o vulcão rosnava baixinho.

Ela estava ficando rouca e não ousava mais testar a paciência do vulcão. Só esperava ter ganhado tempo suficiente para a tentativa de resgate. Ergueu outra vez a bolsinha no alto da cabeça.

"Lady Mágoa mandou esta lembrança para que o senhor saiba que não foi esquecido." Então hesitou e atirou a trouxinha dentro da cratera. A bolsinha foi caindo, ficando cada vez menor, até virar um pontinho, que então afundou, formando ondas.

Quase sem respirar, Hathin percebeu que via algo mais no interior da cratera, uma saliência escura e redonda, bem do lado oposto. Havia algo de assustador naquela silhueta; parecia um punho cerrado, ou a saliência de uma carranca. Então ela se deu conta de que o mais assustador, de fato, era a familiaridade daquele contorno. Ela já o havia visto nos soturnos mapas de Bridão, vira aquele contorno crescer, passando de um pontinho a uma mancha, depois a uma saliência. Mas jamais imaginara que cresceria tanto. Metade de Tempodoce caberia naquela gigantesca encurvadura da pedra.

Bridão crê que Lorde P retornará ao fim das chuvas...

Agora, enfim, Hathin sabia o que Bridão queria dizer. "Lorde P" não era um ser humano; era Lorde Ponta de Lança. E parecia que Bridão tinha razão. A montanha em que Hathin estava não entoava o costumeiro murmúrio sonolento dos vulcões. As chuvas estavam chegando ao fim, e Ponta de Lança havia acordado, pronto para retornar, pronto para se vingar.

Hahin umedeceu os lábios secos, deu uma olhadela para trás e quase caiu com a visão diante de si.

Agora, pelo vão das nuvens dissipadas, ela podia ver toda a encosta de Ponta de Lança, logo abaixo do corte irregular na borda de sua cratera, descendo até a comprida trincheira da Via Uivante.

Ela passou vários segundos hipnotizada, encarando a vista estonteante. Uma antiga lenda lhe veio à cabeça, agora dotada de um novo e aterrorizante viés.

Jamais ocupem a Via Uivante, pois ela é o rastro deixado por Ponta de Lança ao fugir, aos urros, da disputa contra o Rei dos Leques. Um dia, tomado de fúria e sede de vingança, ele retornará, pela mesma rota, para uma nova batalha contra o Rei...

Uma montanha em avançada, rumo à costa sudoeste, triturando tudo no caminho, arrastando o horizonte atrás de si. Não. Não fora esse o recado das antigas fábulas. A história era poética, mas escondia uma verdade, feito os contos que guardavam instruções secretas.

De onde estava sentada, Hathin via que a superfície do lago oculto tocava o fundo do talho que beirava a cratera. A partir daquele talho, séculos de água haviam aberto um imenso e sinuoso leito que descia pelo flanco de Ponta de Lança, cruzando uma dúzia de pequenos córregos e riachos. Era um canal perfeito; tudo que flutuasse pela cratera desceria direto até lá. Mais uma vez, Hathin vislumbrou as montanhas em miniatura que ela fizera para Arilou sendo preenchidas de água, a pequenina cratera de Ponta de Lança transbordando pelo leito em sua lateral, invadindo a trincheira que aguardava na base...

Jamais ocupem a Via Uivante.

Em breve, Ponta de Lança despertaria da lembrança de seu amor perdido. Em breve, pensaria em procurar seus prisioneiros. Então começaria a se perguntar o que teria acontecido à pequena mensageira que lhe entregara o presente.

Naquele instante, a mensageira descia a encosta de pedras, apressada, em meio a um farfalhar ensurdecedor, deslizando pela queda vertiginosa. Não havia tempo a perder.

FRANCES HARDINGE

36
Resgate

Descer pela encosta de pedras sem dúvida era mais fácil que *subir*, porém muito mais assustador. Era como correr em câmera lenta, mas não havia nada de lento na descida de Hathin. Seus pés afundavam por entre os seixos sem proteção, e ela deslizava cada vez mais depressa, debatendo os braços enquanto tentava não cair para a frente.

E assim ela rumou ao coração de sua avalanche particular, agradecendo com todas as forças ao Superior por tê-la forçado a usar botas.

Quando a encosta por fim se aplainou, ela comemorou se largando de costas e deslizando até uma suave parada. Arrastou-se para se levantar e correu até que as árvores mortas se erguessem para encontrá-la, seguidas das vivas.

Encontre Arilou. Encontre a Vindícia. Mande todos saírem da boca da cratera. Afaste todos eles do vale e da Cinca do Herbolário.

Durante um tempo tão longo que pareceram horas, ela se esforçou para descer pela mata apenas com esse pensamento na cabeça. Havia perdido por completo a referência espacial. *Descida* era a única direção que havia em sua bússola, então ela avançava às cegas.

No fim das contas, Therrot por pouco não atirou nela. Estava meio nervoso, de mosquete na mão, e lidou com o pânico apontando a arma para todos os lados ao mesmo tempo. O surgimento de uma cabecinha encapuzada no meio da vegetação agitada suscitou uma convulsão quase fatal do dedo no gatilho, que por muito pouco ele conseguiu evitar.

Assim que reconheceu Hathin, ele largou a arma num impulso, disparou em direção ao mato e abraçou-a com força. No mesmo instante Hathin se sentiu amolecer de cansaço, como se tivesse concluído uma longa jornada e desabado em frente à porta de casa.

"Arilou?", indagou ela.

Dois vindicantes haviam improvisado um assento, entrecruzando as mãos. Sentada nele vinha Arilou, apoiada em seus carregadores, o rosto mole de exaustão, as sobrancelhas erguidas num lamento. Sua expressão não se alterou quando Hathin partiu para abraçá-la, mas Hathin não se importou. Arilou estava viva, segura. Com os olhos cerrados, abraçou forte a irmã debilitada.

Ela quis criar confusão por conta das bolhas nos pés e mãos de Arilou, mas Therrot a pegou no colo, feito uma criancinha, e a levou para longe. Foi então, meio embalada, à revelia, pelo balanço dos passos de Jaze, que Hathin começou a desfiar tudo que havia visto e ouvido.

Ela não era a única que era carregada. Vários adultos levavam nos braços criancinhas de olhos arregalados, muitas fracas de fome e cansaço. Propositalmente ou não, os tremores de Ponta de Lança haviam feito um serviço a seus companheiros vindicantes. No primeiro urro do vulcão, quase todos os adultos que vigiavam as crianças Rendeiras nas Terras Cinzentas dos sopés e colinas mais baixas abandonaram seus postos, e o restante havia fugido ao se deparar com a Vindícia.

"A gente vai avançar pela mata", estrondeou Dança. "Vamos sair pelo lado leste da montanha. Precisamos chegar às planícies antes de amanhecer."

"*Muito* antes de amanhecer", completou Jaze. "Assim que o céu clarear, o Lorde vai perceber que seus prisioneiros têm baldes no lugar da cabeça. Quando isso acontecer, eu só sei que quero estar muito, muito longe."

"E quanto a...?" Hathin lutava contra a exaustão e o embotamento. "E quanto à Cinca do Herbolário?"

Sua voz soava fraca e distante, até para ela própria, e o barulho dos facões nas vinhas e da grama pisoteada se transformou numa suave melodia. Ela não conseguiu evitar fechar os olhos, e quando por fim a resposta veio, mal reconheceu a voz de Dança. Guardava a solenidade da profecia.

"É tarde demais para eles. Talvez tenha sido tarde demais no primeiro tijolo que assentaram na Via Uivante. O ódio aos Rendeiros nasceu na Cinca do Herbolário, e o ódio aos Rendeiros irá destruí-la. Fazia duzentos anos que a história estava fadada a terminar assim."

E Hathin pensou que estava nas ruas da Cinca do Herbolário, encarando Ponta de Lança. A montanha urrava com uma bocarra vermelha, feito um jaguar, e de seus lábios tortos jorrava uma maré de luz. À medida que ela se aproximava, percebia que não era uma mortalha de fogo, mas um ligeiro exército de silhuetas flamejantes, cada uma segurando uma tocha onde tremulava uma chama de escuridão. Ao redor, a grama ardia e murchava, paredes de madeira se transformavam em labaredas, janelas de vidro estouravam e estalavam. As pessoas fugiam do exército, mas os homens as alcançavam, e ao serem atacadas com a chama negra elas desapareciam no mesmo instante, com um chiado de papel sendo rasgado. Suas moedas, chaves e pulseiras de relógios despencavam no chão, deformadas, e se transformavam em poças reluzentes, feito manteiga derretida. Hathin estava imune. Os homens do fogo negro disparavam por todos os lados, mas Hathin sentia apenas uma brisa fresca. Perto dali, viu um homem esbarrar num dos estranhos e cair de joelhos, gritando e agarrando o rosto. Ela se aproximou, e o sujeito ergueu um par de familiares olhos castanhos, exibindo as terríveis queimaduras no rosto. Ele estendeu as mãos trêmulas e desesperadas para a grande concha d'água que ela levava...

"Hathin, para de se sacudir!", disse Therrot. "Vou acabar te derrubando."

"Eu não posso... eu tenho que..." O pequeno córrego de águas ondeantes havia retornado à testa de Hathin; ela tentava se desvencilhar dos braços de Therrot e de sua própria sentença. "O rosto dele... eu me lembrei da cara dele", ela gorjeou desconsolada, mas foi perdendo a força. Desolada, encarou a encosta rumo à Cinca do Herbolário. "Tem... uma cidade inteira... por favor, entenda."

Hathin sentia os olhos de Jaze em seu rosto; teve a sensação de que talvez ele *de fato* entendesse, mas não gostava do que entendia.

"Não temos tempo de voltar", disse ele num tom frio e decidido. "O Lorde não vai parar para te escutar pela segunda vez. Os citadinos, muito menos."

"Hathin, quantos citadinos você acha que atravessariam a rua para ajudar um Rendeiro em apuros?", indagou Dança.

"Eu não sei. Talvez nenhum. Talvez um ou dois. Mas um já basta. Me põe no chão, Therrot. *Por favor.*" Ele a botou no chão com um semblante de partir o coração. Parecia tê-la encontrado ensanguentada, à beira da morte, sem poder fazer nada a respeito. Hathin, que parecia ter gastado todas as suas palavras com o vulcão, deu as costas aos amigos e começou a avançar pela floresta.

Algo estrondeante surgiu atrás dela, empurrando os xaxins dos quais ela tinha desviado, pisoteando os troncos sob os quais ela havia rastejado.

"*Para.*" Aquela única e profunda palavra guardava tanta autoridade que as pernas fracas de Hathin pararam, contra sua vontade, e ela se virou.

"Dança", disse ela, "estou indo falar com o sr. Minchard Prox."

"Não", respondeu Dança com uma firmeza suave, porém absoluta.

"A gente o deixou à deriva num barquinho, Dança, e ele voltou diferente. Eu não sei... não entendo... mas quando eu o conheci ele era *gentil.*" Hathin pensou em seu rosto rosado, nos olhos vivos e aturdidos. "Gentil, porém perdido. Feito um coco à deriva no mar, jogado de um lado a outro, sem saber por quê. Espero que ele ainda seja assim, que talvez lá no fundo ainda seja um homem bom, que só esteja... perdido."

"Se alguém tem condições de falar com Minchard Prox, essa pessoa é você. Até as montanhas se abrem para escutar. É por isso que você não vai dar mais nenhum passo rumo à Cinca do Herbolário." Agora, a ameaça no tom de voz de Dança era inconfundível. Mais do que nunca ela fez Hathin pensar num vulcão, os movimentos lentos e impiedosos feito lava. Até então essa inexorável força servira de respaldo, apoio e proteção a Hathin. A situação havia mudado.

"Eu não posso evitar", sussurrou Hathin, sentindo-se implacável.

"Eu não vou ver você resgatar *essa gente*. Essas são as mesmas pessoas que enforcaram os nossos sacerdotes na Velaria duzentos anos atrás, que dizimaram a sua aldeia, que nos perseguiram pela ilha. Rostos diferentes, nomes diferentes, mas as mesmas almas. Não. Eles fecharam os olhos para o nosso destino; façamos o mesmo com o deles. Isso é *justiça*, Hathin. É esse o objetivo da nossa busca." A gigante se debruçou sob uma sacada de vinhas e se aproximou, com sombras de samambaias no rosto, como os dentes de um tubarão. Seus olhos eram retintos.

"Essa busca não é *nossa*, Dança", disse Hathin bem baixinho. "É minha. Eu não consigo ser uma guerreira como você. Essa busca será do *meu* jeito. A sua busca já se encerrou há muitos anos."

Mesmo antes de entoar aquelas palavras, Hathin sentiu um gosto estranho na boca. Então, quando Dança estendeu a mão sobre a atadura de viúva no braço esquerdo, Hathin soube o que veria sob a bandagem.

Estilhaços de luar brilharam sobre a pele imaculada do antebraço esquerdo de Dança. Não havia uma segunda tatuagem.

"Mas... você matou o Andarilho das Cinzas que assassinou o seu marido! E o governador!"

"Isso não bastou para mim. O meu marido teve duzentos assassinos. Todos que se recusaram a intervir em favor dele, a lhe dar abrigo. Todo o povo da Cinca do Herbolário. Uma gentinha assustada e cruel. Bom, eu dei a eles umas lições sobre o medo. Dei concretude a seus pesadelos sobre as emboscadas noturnas de Rendeiros assassinos. Esperei quinze anos por isso, Hathin. Esta é a minha noite, a noite de Ponta de Lança. Não fique no nosso caminho."

A bolinha preta no estômago de Hathin pareceu ter se despedaçado no grito que enviara Jimboly rumo à própria morte. As pernas de Hathin se firmavam no chão, mas também não cediam. Ela não conseguia dar um passo nem desabar. O que mais podia fazer além de ficar ali parada?

"De quantas mortes você precisa, Dança? Uma cidade inteira é suficiente? Vai aplacar a sua dor? Ou será que você ainda vai precisar da Vindícia para poder assistir à vingança dos outros? Não vai ter nada que 'baste'. Nada vai acabar hoje à noite. Se deixarmos Ponta de Lança devorar o povo da Cinca do Herbolário, a história não vai acabar, *ela vai continuar se repetindo*. A vingança deles, a nossa vingança, uma alimentando a outra, indefinidamente, feito briga de gato. E a minha aldeia vai morrer outra vez, e o seu marido também, e de novo, e de novo, e de novo. Nomes e rostos diferentes, mas pelas mesmas razões.

"Nenhuma vingança nunca vai ser suficiente para nós. Só podemos tentar impedir que outros morram como os que perdemos. Mesmo que isso signifique enfrentarmos o vulcão."

Era uma estranha disputa, um duelo entre uma montanha e uma papoula. A mata se revolvia ao redor delas, inquieta, mas nenhuma das duas se mexeu, nem quando uma cobra marrom passou rastejando pelo pé de uma, depois da outra.

Apenas as cigarras testemunharam quando uma das combatentes baixou os olhos e se curvou numa mesura aquiescente.

Na cornija da lareira de Prox sempre havia um relógio. Ele fragmentava seu tempo, e a cada hora o servia em pequenas porções de prata. Era seu único companheiro; por esse motivo Prox se sentiu tão traído quando, logo depois de abrir caminho à saudação das quatro horas, o relógio estremeceu, foi andando para o lado e se atirou no chão.

Por instinto, ele desviou os olhos dos papéis e encarou o frasco de sedimentos e o pêndulo, avaliando a severidade do terremoto. Olhou bem a tempo de ver os dois saltarem do peitoril.

Sua cadeira deu um pinote, como se ressentida com seu peso; ele se levantou, tentando se firmar na mesa, mas sentiu-a pinotear sob suas mãos. Quando pensou que o espasmo chegava ao fim, a casa inteira começou a tremer, as tábuas do chão trepidando feito as lâminas de um xilofone.

Um colossal ribombo estourou em seus ouvidos, como se sua cabeça tivesse afundado na água. Mas o som vinha de fora da casa. Ele cambaleou, caindo sobre a esquadria da janela, e pela vidraça viu a alvorada do fim do mundo.

Ponta de Lança estava vivo. Um de seus cumes arqueados havia desaparecido, e em seu lugar brotara uma orquídea com cores de fogo. No alto do vulcão uma nuvem sombria vinha se formando, iluminada de baixo para cima pela luz acobreada da montanha rasgada. De tempos em tempos, bolas chamejantes desabavam da nuvem e desciam quicando pelas encostas de Ponta de Lança.

"Não..."

Sob suas mãos havia mapas marcados com cuidadosas pinceladas paralelas. A Quinta Segura. Segura. O acampamento infantil nas Terras Cinzentas. Mais uma vez, ele vislumbrou a tropa de pequeninas silhuetas cruzando o alto da colina, levando baldes; agora, no entanto, tinham rostos.

"Controle-se!", vociferou ele para o próprio reflexo, que vociferou de volta, horrorizado, e se estilhaçou quando o castiçal desabou bem em cima do espelho. Ele só teve tempo de ver os fragmentos do que sobrara de sua imagem, antes que a cera entornada apagasse a vela e o deixasse na escuridão.

Prox foi tateando até a porta do gabinete. Do outro lado ficava a sala de audiências do fórum, que ele vinha usando como sala de recepção e reuniões. Também estava escura.

"Camber!", gritou ele, desolado. Camber passara meses dando respaldo à sua mente. Que outro nome ele poderia gritar, agora que o mundo havia desaparecido? Quem mais ele tinha?

Do outro lado do salão, Prox ouviu a grande porta da rua se abrir. Uma lanterna surgiu no batente e seguiu, trôpega, em direção a ele. Uma mão a segurava, e uma figura maleável e elegante vinha a reboque. Era Camber, com seu caminhar gingado, como se cruzasse o deque de um navio.

"Camber! As crianças..." Pela janela, Prox apontou para a montanha.

"Não dá mais tempo", respondeu Camber, de modo delicado, porém firme.

"Eu mandei... lá para cima..."

"E por bons motivos o senhor mandou. Vamos, precisamos ir." Camber puxou Prox em direção à porta, apoiando um pouco do seu peso. A vela imprimia interrogações douradas em seus olhos. "Como é que o senhor poderia ter tranquilizado os pais deles? Venha comigo, ficaremos mais seguros no antigo armazém."

Um estalo brotou do alto, como um tiro de canhão, e os dois foram envolvidos por plumas de pó de gesso. A janela ao lado se estilhaçou, espalhando metal e pó cristalino, e algo imenso e escuro como um touro irrompeu no quarto.

A enorme figura preencheu todo o espaço, feito um redemoinho de vento, jogando mesas contra paredes, arremessando Camber numa cadeira. A lanterna gotejante iluminou uma comprida espada de madeira, de ponta grossa, denteada nas laterais com estilhaços de vidro preto. Camber, que havia lutado para se levantar, agora permanecia paralisado diante da arma. Com cuidado, sentou-se na poltrona, as mãos uns dois centímetros sobre os apoios de braço, como se para acalmar o recém-chegado. Seu rosto era o próprio retrato da calma forçada.

Prox estava hipnotizado pela visão da espada dentada. Era uma antiga arma da Renda; ele já tinha visto algumas imagens. Prox havia mandado as crianças Rendeiras rumo à morte incandescente naquela montanha. O invasor não precisava de rosto. Era a vingança encarnada. Prox só conseguia encarar a espada, estupefato, tentando compreender aquele que poderia ser o último instante de sua vida. Como ele havia chegado até ali? E o que seria depois da morte, mártir ou monstro?

"Muito bem", disse ele à criatura sem rosto, incapaz de entoar mais que um sussurro. "Muito bem."

A figura escura, porém, não se moveu, e Prox percebeu que uma segunda pessoa, menorzinha, subia pela janela. Pegou o lampião e a estopa de Camber, e uma faísca reacendeu o pavio gasto. A chama fraca revelou a figura de um rapazinho, de mãos e joelhos arranhados, a pele quase cadavérica, cheia de pó incrustado. A criatura puxou o capuz para trás, revelando um rostinho pequeno, de olhos largos, bem separados e vidrados de cansaço. Os cantos da pequenina boca se curvavam para cima, num sorriso, uma covinha de ansiedade despontando na lateral. No centro da testa brotava uma leve ondulação, do tamanho de um polegar.

"Sr. Prox..." A voz era um sussurro, com o forte e familiar sotaque da Renda. "Sr. Prox, eu vim salvar o senhor."

37
O homem sem rosto

"Me salvar?", grasnou Prox.

Como ele poderia ser salvo?

Eu desisto desta vida. Onde está a próxima, para que eu possa tentar melhorar?

A criança diante dele tinha o rosto errado. Um rosto emprestado de outra pessoa, vinda de outro lugar.

"Eu conheço você", disse ele, "não é?"

"Criança", disse Camber com a voz tranquila e propositalmente insensível, "você fala portadentro, sim? A sua amiga grandona, não, a julgar pela expressão. Quanto estão recebendo para trabalhar para a Vindícia e quanto cobrariam para mudar de ideia?"

Em vez de responder, a criança se virou para a grande sombra a seu lado. As duas figuras trocaram murmúrios melodiosos na língua da Renda, feito um flautim e um violoncelo.

"Dança me mandou responder que eu não trabalho para a Vindícia", disse a criança, por fim, em portadentro. "Me mandou informar que é a Vindícia que trabalha para mim."

"Ah." Camber soltou um suspiro lento e revelador. Encarou Hathin com um novo e agudo interesse, então abriu um sorriso pesaroso. "Entendi. Lady Arilou. Lamento muito não ter compreendido antes. Você é... bem menor do que eu esperava."

"Eu conheço essa garota." Prox encarou Hathin, absorvendo cada detalhe de seu rosto. "Mas ela não é Arilou."

Surpreso, Camber encarou outra vez a pequena Rendeira à sua frente. Espremeu os olhos e balançou a cabeça devagar.

"Eu perdi alguma coisa importante, não foi?"

"Você é da enseada das Feras Falsas", disse Prox. "A garota na praia. Você me deu uma concha." A concha cheia d'água envenenada...

O eterno sorriso da Renda, até então exilado nas estreitas covinhas da menina, emergiu e iluminou seu rosto.

"O senhor se lembra de mim", disse ela. Não havia hesitação nem malícia em seus olhos; pela primeira vez em muito tempo, Prox foi tocado pela dúvida. Seria possível que ela não soubesse que a água estava envenenada, que realmente quisesse apenas ser gentil com ele? Ou... será que a água, no fim das contas, não estava envenenada, e que ele tivesse passado mal apenas por ter bebido mais depressa do que seu corpo maltratado pelo sol poderia aguentar?

"Isso", disse ela, "sou eu. Eu sou Hathin."

Do lado de fora soou um clangor, meio similar a chuva, mas uma chuva que estilhaçava azulejos e destruía janelas. Eles ouviram gritos, além dos contínuos estrondos cavernosos da montanha desperta. A imensa mulher de nome Dança murmurou alguma coisa com impaciência, e a garota assentiu.

"Nós não temos muito tempo", disse a menina num tom educado, porém premente. "O senhor vai morrer se não sair da Cinca do Herbolário. O senhor precisa sair da Via Uivante. Todos vocês."

"A gente vai morrer é se *sair*", argumentou Camber com a voz mansa. "Essa barulheira lá fora é uma avalanche de pedras. A nossa única esperança é permanecer em casa até isso acabar. Se o seu povo estiver pelas planícies, o melhor a fazer por eles é persuadi-los a se render. Eles estarão em segurança no posto de guarda. Circulando por aí, não têm a menor chance."

"Por favor, me escutem. Amanhã de manhã não vai mais haver posto de guarda. Nem Cinca do Herbolário. Vai haver só planícies e rochas pretas caindo que nem melado na cabeça de vocês."

As mesmas advertências de sempre, as mesmas velhas ameaças da Renda. E essa criança, disfarçada de amiga, com essa oferta maldosa. Mesmo assim, sem conseguir evitar, Prox ergueu a cabeça e a encarou com uma expressão apelativa.

"No alto da encosta... a fazenda... as Terras Cinzentas... você não teria vindo aqui primeiro se as crianças... tem crianças..."

Hathin assentiu. "Elas estão todas a salvo."

"Graças a..." Prox desmoronou, sentindo as entranhas derreterem. Encarou a lanterna na mão de Hathin, sem saber a quem agradecer. Meio grogue, tentou se levantar outra vez. "Escute, estou vendo que não vou sair desta casa vivo. Mas eu não vou trair o povo desta cidade. Não posso tirá-los da segurança de suas casas e levá-los para a floresta, para serem massacrados pela Vindícia. Se você precisa de um sacrifício, bom, cá estou. Vamos deixar assim. Espero que satisfaça a sua necessidade de vingança... ou a do seu vulcão, se preferir."

"Ah, não, o senhor não está entendendo!", retrucou Hathin, agitada. "Ponta de Lança *vai* destruir esta cidade, não por raiva dela, mas porque *as coisas vão rolar montanha abaixo*, sr. Prox, e as coisas rolam pelo caminho que encontram. Ninguém devia ter ocupado a Via Uivante, não por ela ser sagrada, mas porque aquele barranco lá, descendo a montanha, é um gargalo, e quando a cratera cuspir a lava, vai escoar tudo por ali. O meu povo um dia soube disso tudo, mas inventamos uma historinha a respeito e nos esquecemos, só nos lembramos da fábula."

"Você está pedindo ao sr. Prox que arrisque centenas de vidas por uma historinha vinda de uma fonte nada amigável", retrucou Camber com educação, como se tentasse apontar uma sujeira em sua roupa sem constrangê-la.

A garota olhou de um rosto a outro com o semblante aflito. Quando recomeçou a falar, foi num tom urgente e monocórdio, tropeçando no portadentro por conta da afobação.

"Sr. Prox, eu não posso ficar. O meu povo está rumando para um lugar seguro, e eu preciso me unir a eles. Mas primeiro tem algumas coisas que o senhor precisa saber.

"Nós não matamos o sr. Skein, nem os outros Perdidos. Quando o sr. Skein morreu, a minha aldeia entrou em pânico... Nós mentimos, ocultamos o corpo, e um garoto correu para cortar a corda do seu bote sem avisar a ninguém.

"Os verdadeiros assassinos dos Perdidos estão espalhados pela ilha. Se correspondem por meio de pombos adestrados. É assim que eles se inteiram dos acontecimentos, desde que as tendas de notícias deixaram de existir. Nós sabemos que o líder desse grupo tem alguma relação com Porto Ventossúbito, mas Arilou só conseguiu nos contar que ele mora aqui nesta cidade e que... não tem rosto.

"Todos os meus amigos acharam que era o senhor, sr. Prox. Mas *eu*, não. Eu não acredito, de maneira alguma, que o senhor faça parte desse grupo. Porque, se Skein tivesse morrido na hora marcada, com todos os outros Perdidos, o senhor estaria com ele na estalagem de Tempodoce e não teria nenhum álibi. Todos os membros da conspiração fizeram questão de estar bem longe das vítimas na hora da morte dos Perdidos."

"Como...?" Prox pigarreou enquanto os fatos iam se encaixando como a trava de uma pistola.

"Eles soltaram besouros bazófios numa das tendas de notícias e também na Escola do Farol. Nós já estivemos lá... o senhor mesmo pode ir conferir. A minha irmã Arilou só sobreviveu porque, bom... ela quase não ia à escola."

"E... e o líder?"

"Eu acho que o homem sem rosto não é um homem com o rosto deformado, nem cheio de cicatrizes; é só alguém com feições muito pouco marcadas, quase insignificante. O tipo de pessoa que a gente encontra e quase não repara; depois, parando para pensar, lembramos que havia alguém ali... mas a pessoa não tem rosto." Hathin fez uma pausa. Lançou uma olhadela cautelosa para Camber, subitamente impassível. "Acho que é o seu amigo aqui, sr. Prox."

Prox, que permanecia agarrado ao espaldar de uma poltrona, encarou o carpete.

"Prox...", começou Camber.

"Estou contando!", retorquiu Prox com rispidez. "Tem uma coisinha que sempre me incomodou. Eu só não dei a atenção merecida porque aconteceu durante os meus delírios febris. Nós chegamos aqui juntos, lembra? E você me contou tudo sobre o massacre na enseada das Feras Falsas. Talvez o sol tenha mesmo avariado o meu cérebro, mas eu ainda sei *contar*, Camber. Quando você me deu a notícia, fazia apenas doze horas. Nem o Andarilho das Cinzas, que pegou um atalho pelas montanhas, tinha nos encontrado. *Como* é que você ficou sabendo de tudo tão depressa? E como é que já tinha preparado toda a papelada da minha nomeação como Oficial de Controle de Achaques?"

Camber abriu a boca, muito sereno, como se fosse oferecer uma resposta confiante, mas algo no olhar de Prox o silenciou.

Camber. Hathin mal conseguia tirar os olhos da cara dele. C de Camber. Veio-lhe à mente a suspeita de que era o mesmíssimo "C" mencionado no diário de Skein. O traidor que havia marcado uma reunião com o Conselho dos Perdidos e orquestrado a morte de todos eles.

"E todos aqueles pombos", prosseguiu Prox, ainda sem tirar os olhos de Camber, "aqueles no seu celeiro, que vêm e vão o tempo todo. Eu ficava pensando por que é que aturávamos tantos pombos."

"O Inspetor Skein não foi à Costa da Renda para testar crianças Perdidas", disse Hathin mais que depressa, "nem para investigar os Rendeiros. Ele estava investigando mortes e sumiços de *Rendeiros* nos últimos anos. E foram *muitos*, sr. Prox."

Uma troca de murmúrios entre as Rendeiras, e a gigante com o porrete cheio de pregos puxou um mapa amarrotado.

"É para esse lugar que os Rendeiros vão quando desaparecem", explicou Hathin, apontando para os retângulos escuros no centro do mapa. "Minas. Minas secretas construídas em Mãe Dente. Os Rendeiros são levados até lá para trabalhar, nunca mais são vistos e ninguém dá pela falta deles... porque são Rendeiros. Isso vem acontecendo há anos.

"Só que um desenhista de mapas, um Perdido chamado Bridão, percebeu. Ele vinha observando os vulcões, sr. Prox, e toda semana pintava um mapa novo de cada vulcão, pois notou o início de uma movimentação, uma mudança de forma. Por isso ele avistou as construções em Mãe Dente. Acho que foi por *isso* que os Perdidos foram mortos. Eles descobriram que havia minas secretas de trabalho forçado nos vulcões... e os vulcões estavam acordando."

"Tem algumas coisas que o senhor precisa entender", disse Camber num tom baixo, porém apressado, enquanto Prox espiava o mapa.

“Sim”, disse Prox, perscrutando os retângulos borrados. “Sim, eu acho que tem mesmo, Camber.”

“Nunca houve nada de egoísta nisso.” Camber agora falava mais depressa, como se quisesse recuperar Prox, evitar que escapasse de suas mãos. “A perda dos Perdidos foi mais do que lamentável sob certos aspectos, foi cataclísmica. Mas não foi possível evitar. Eu teria contado tudo isso ao senhor, cedo ou tarde, mas o senhor não estava preparado. A maioria das pessoas jamais se prepara para as verdades mais desagradáveis; elas simplesmente não enxergam que *certas coisas precisam ser feitas*. É uma espécie de egoísmo, na verdade. Negar-se a algo sem oferecer alternativas. Foi exatamente assim que os Perdidos reagiram.”

“Campos de trabalho forçado...?” Prox virou-se para Camber. “Você *sabia* disso? Quantas pessoas sabiam disso?”

“Eu *não* estou entendendo muito bem por que o senhor está tão chocado, sr. Prox”, disse Camber com um ar de infinita paciência. “O senhor se esqueceu do motivo pelo qual organizou as Quintas Seguras? Lembra que nós dois debatemos a questão da alimentação da Ilha Gullstruck e de como salvar a ilha inteira da fome? E o senhor lembra qual foi a nossa... a *sua* decisão?”

“Sim”, disse Prox baixinho. “Sim... sim, eu lembro.”

“O senhor, assim como nós, compreendeu que era necessário explorar e cultivar a área dos vulcões”, continuou Camber rapidamente. “É possível nos condenar por termos visto isso anos antes do senhor e por termos constatado que haveria uma forma de resolver esse problema e ao mesmo tempo conter a infestação de Rendeiros na ilha? Só começamos a enxergar o *verdadeiro* potencial dessa situação, claro, depois que Lady Arilou sobreviveu ao extermínio dos Perdidos. Percebemos que, em vez de inventar alguma ‘moléstia’ que teria acometido os Perdidos, poderíamos culpar os Rendeiros e lidar com eles de maneira muito mais eficaz. Mas *o senhor*, sr. Prox... as suas Quintas Seguras atacaram a escassez de terras e a contenção dos Rendeiros de uma forma que jamais sonhamos que fosse possível. E, melhor ainda, pudemos nomear um Oficial de Controle de Achaques com total liberdade de atuação, sem as amarras de Porto Ventossúbito, para *fazer o que precisava ser feito*."

Prox se encolheu, encarando o mapa nas mãos trêmulas.

"Os nossos ancestrais jamais desejaram fazer da Ilha Gullstruck um lar para os vivos", prosseguiu Camber. "A ideia era que fosse um gigantesco cemitério, por isso as melhores terras cultiváveis foram entregues aos mortos." Ele suspirou. "Ano após ano, os novos mortos usurpavam um pouquinho mais, um pouquinho mais. Só que o número de vivos também foi aumentando.

"Todo mundo fala sobre as 'colheitas ruins' que tivemos nos últimos anos, como se um bom verão fosse resolver o problema. Não vai. O solo das nossas fazendas está exaurido, e os mortos estão nos empurrando para as áreas estéreis. Até as matas, quase todas já estão prometidas aos mortos. As pessoas estão passando fome. Se não cultivarmos o território dos vulcões, se não explorarmos seus tesouros, ano que vem, ou no próximo, todo mundo vai morrer de fome.

"Aos poucos, os fazendeiros da Ilha Gullstruck foram superando o medo dos vulcões e construindo fazendas nas encostas mais baixas. Mas foram *muito poucas, num ritmo muito lento*, e não foi suficiente para impedir que a ilha passasse fome.

"Então, sim, nós tivemos que tomar medidas drásticas. Um campo de trabalho em Mãe Dente para a extração de enxofre, que poderíamos trocar por comida para a ilha. E, sim, nós capturamos Rendeiros de suas aldeias para trabalhar lá, em prol de toda a Ilha Gullstruck, e também como pagamento de sua dívida ancestral. Afinal de contas, o pior que poderia acontecer caso Mãe entrasse em erupção seria uma redução temporária na infestação de Rendeiros da ilha. Ora, esse povo se reproduz mais depressa que coelhos.

"Só que o Conselho dos Perdidos percebeu os nossos... projetos. E se convenceram de que os vulcões estavam acordando. Então vieram nos procurar com um ultimato. Teríamos que destruir as nossas minas secretas, e pior ainda, teríamos que declarar que os vulcões não eram seguros e remover toda a população da área.

"O conflito foi causado por eles mesmos. No fim das contas, os meus superiores não tiveram escolha. Se os Perdidos tivessem revelado o que sabiam, as minas teriam sido fechadas, os fazendeiros teriam saído de perto dos vulcões e toda a ilha teria morrido de fome. Como eu disse, algumas coisas precisavam ser feitas."

"Foi isso o que os nossos sacerdotes pensaram duzentos anos atrás", disse Hathin baixinho. "E também estavam errados."

"Eu odeio ser o portador da má notícia", disse Prox, erguendo a voz para se fazer ouvir em meio à chuva estrondeante de pedras do lado de fora, "mas, no que diz respeito ao despertar dos vulcões, acho que já não é mais segredo para ninguém."

"Sr. Prox!" Um grito vindo da rua. "Tudo bem com o senhor?"

"Arrombem a porta!", gritou Camber antes que alguém pudesse impedir. A porta se escancarou, e Prox, Hathin e Dança deram um giro. Camber voltou rapidamente ao gabinete de Prox e fechou a porta atrás de si. Eles ouviram o barulho de um vidro estilhaçado, e quando abriram a porta o recinto estava vazio, e havia uma janela toda quebrada.

"O quê...?" Os dois homens que haviam entrado usavam camisolões chamuscados por sob o casaco, os cabelos cheios de pó branco. Encararam Dança e Hathin, estupefatos.

"Esquece, está tudo bem." Prox esfregou as mãos com força no rosto, tentando forçar a mente a trabalhar. "Essas pessoas são amigas. Aprontem todo mundo para sair da cidade. Todo mundo. Agora mesmo. E, se virem o sr. Camber, ele está preso. Não o deixem nem mesmo argumentar, senão ele vai fugir."

Em qualquer outra noite, o povo da Cinca do Herbolário não teria gostado de ser expulso de suas camas e receber a ordem de sair de casa. Teriam gostado menos ainda de saber que a ordem vinha de uma garotinha Rendeira e da líder da Vindícia. Aquela noite, porém, o mundo estava vindo abaixo, e todos queriam receber ordens.

O povo logo surgiu em suas portas, protegendo a cabeça com bandejas de chá, cadeiras viradas, cobertores grossos. Baldes de obsidiana faziam as vezes de capacetes. Por toda parte, pedrinhas cinza caíam do céu e saltitavam pela estrada, volúveis e estranhamente leves, feito pedacinhos de espuma.

Prox se esforçou para organizar tudo, não obstante a barulheira da chuva de pedras. Era preciso mandar o povo deixar seus pertences para trás; uma velha teve de ser carregada em sua própria cadeira de palha. Dança havia mencionado templos cobertos por heras, no sopé das matas, que poderiam abrigar o povo. Mas haveria mesmo lugar para tanta gente?

Já era quase hora de amanhecer, mas o céu escurecia em vez de clarear, e o vento mudava de direção.

"Parem! O que estão fazendo?"

Enquanto Prox seguia a passos firmes, feito um pequeno tornado, um ourives local e um supervisor de obsidiana olharam em volta, sem soltar o carrinho com que faziam cabo de guerra. Os dois gritavam explicações conflitantes a respeito da chuva de pedras. Ambos tentavam enfiar as urnas de seus ancestrais no carrinho, jogando os mortos do outro na estrada para abrir espaço. Mais adiante, Prox viu famílias lutando para remover imensos baús do coração da cidade morta, todos portando lacres funerários.

"Já chega! Os mortos ficam! Todos os mortos! Sem exceção!" Houve arquejos, então berros de protesto. Prox se agachou junto a uma garotinha caída no chão, com o tornozelo queimado, ergueu-a por sob as axilas e levou-a até o ourives. "Os seus ancestrais já não podem virar cinzas, mas *ela* pode. Larguem esse carrinho, senão quando amanhecer vocês estarão reduzidos a pó."

A garota começou a choramingar, e o ourives soltou o carrinho com relutância.

"Bom. Agora pegue a menina." Prox a empurrou nos braços do homem. Ela largou os bracinhos no pescoço dele. Em sua mente, parecia claro que ele a havia resgatado do moço feio com cara de cicatriz.

Em meio ao crepúsculo que se adensava, a multidão foi saindo da cidade. Prox gritou até ficar rouco com os que queriam trilhar a via mais fácil, seguindo a estrada que beirava o traiçoeiro vale. Estava vermelho e descabelado, mas ninguém tinha humor para fazer troça. Os fugitivos, tomados pelo pânico, começaram a subir a encosta protegida pelas árvores, deixando o vale.

Muito, muito acima, na cratera de Ponta de Lança, as cinzas haviam congelado tudo e transformado em mingau a superfície do lago fumegante. Vez ou outra, pedras do tamanho de carrinhos, arremessadas ao céu, despencavam de volta e aterrissavam no lago, esburacando a superfície pastosa, a água pura reluzindo feito cobre e refletindo as nuvens agitadas.

Meio submerso no lago despontava o pedregulho inflado que apavorara Hathin. A cada tremor da montanha, a saliência se deformava um pouco mais, até que uma fenda surgiu na pedra, feito a covinha de um queixo.

Então, em algum ponto das profundezas do lago, a gigantesca bolha de pedra fervilhante se rompeu.

Houve um segundo de silêncio, como um arquejo, a sensação de uma pequena porém grave mudança, de algo se quebrando silenciosamente como um coração. No instante seguinte, através dessa fenda insondável que se formou, a fumegante lava milenar encontrou a água escura e luminosa. Nesse encontro, água e fogo se entregaram a um amor devastador.

No momento do toque, algo nasceu. Algo urrante, que arremessou metade do lago às estrelas escondidas, abriu uma imensa fissura na borda da cratera, então se libertou, disparando pela estreita garganta que levava à Via Uivante.

Hathin sentiu a mudança antes de ouvi-la. Um instante flutuante, como se o mundo decidisse que o alto ficava embaixo, mas mudasse de ideia antes de tudo se mexer. Um crescendo, o lento balanço de um portal que se abria para um mundo estrondoso.

Hathin virou a cabeça para olhar a montanha. Não havia maré de fogo. Não, era muito pior. Uma onda vibrante e colossal de absoluto nada, uma escuridão mais densa que a sombra, explodia descendo a montanha com inconcebível rapidez. Foi varrendo cordilheira atrás de cordilheira, tragando tudo para sua escuridão. Enquanto ela olhava, paralisada, o vento mudou, e uma muralha de força abrasadora a empurrou para trás, derrubando-a no chão. Por todos os lados se ouvia o rugido das árvores desabando diante do mesmo choque com o invisível, fervilhantes de calor, libertando os próprios galhos.

Ela havia enfrentado a montanha, e a montanha revidara. Antes que reunisse fôlego, o mundo à sua volta foi sorvido por uma escuridão incandescente e opressiva, repleta de gritos e do sufocante gosto de cinza.

38
A Via Uivante

Por um ou dois segundos, Hathin pensou não haver Hathin, nem mundo para salvar, mas os gritos ao redor a trouxeram de volta a si. Algo bateu em seu ombro, que um instante depois começou a arder. Seus pulmões ardiam; cada vez mais sufocada, ela levou as mãos à boca e aos olhos latejantes. Tudo escureceu.

"Sigam em frente! Continuem seguindo em frente! Sigam a minha voz!" Prox. Ela achava que era Prox. A voz era aguda e firme, e era difícil ter certeza. "Continuem subindo!"

Com os olhos cerrados, Hathin avançou em direção à voz, enfrentando o invisível emaranhado de árvores caídas. Por toda parte outras pessoas gritavam, ameaçando abafar a voz de Prox.

"Por favor, alguém me ajuda... a minha perna, tem alguma coisa na minha perna..."

"Alyen, onde você está? Alyen! Eu soltei a mão dela, eu soltei..."

"Não consigo respirar..."

Em algum ponto, o grito rascante e desesperado de uma criancinha reverberou na alma de Hathin. Talvez Camber, o Fantasma, tivesse razão; talvez aquele povo estivesse mais seguro em suas casas...

"Silêncio!" O chamado de Prox era quase um urro. "Silêncio, todo mundo!" Hathin o ouviu respirar, arquejante, então recomeçar a gritar, a voz tão tensa que por vezes saía num ganido. "Eu vou chamar os nomes. Respondam para eu saber onde estão todos e quem precisa de ajuda. Família Jelwyn? Bom. Tololocos? Bom. Lamanegra? Está bem, está bem, tentem não sair do lugar, continuem falando, estou indo até vocês."

Agora, porém, novas vozes ecoavam pela escuridão sufocante, um assobio melodioso que parecia vir de todos os cantos ao mesmo tempo. As estranhas vozes exerciam nos refugiados o mesmo efeito que o fedor de uma raposa num galinheiro.

"Pais, nos protejam!", Hathin ouviu uma das mulheres gritar. "Estamos cercados! Estão vindo nos pegar! Rendeiros! Rendeiros na mata!"

A julgar pelo ruído de aço, muitos refugiados haviam desembainhado suas facas. Só sabiam que estavam rodeados pelo sibilo e pela cadência das vozes de Rendeiros. Hathin, no entanto, compreendia o teor dos sons que se aproximavam.

"Hathin! Dança! Vocês estão aí?" A voz de Therrot.

"Aqui, segura no meu cinto para gente não se perder." Tomki.

"Ouviu isso? Eles estão pegando facas." A voz de Jaze, um poço de frieza em meio ao extremo caos. "Se avançarem para cima da Hathin ou da Dança..."

"Está tudo bem!", gritou Hathin na língua da Renda, antes que Jaze empunhasse suas facas. "Estou aqui! Dança também! Estamos bem! Ninguém vai nos machucar!" Como se para contradizê-la, exclamações incoerentes de terror e hostilidade irromperam dos refugiados ao redor. Seria surpreendente, dado que alguém no meio deles começara a gritar na língua da Renda? "Sr. Prox!", disse Hathin em portadentro, mais que depressa. "Sr. Prox, por favor, peça a todos que guardem as armas, senão os meus amigos vão achar que estão sendo atacados! Eles podem nos ajudar a chegar aos templos... nós *precisamos* deles. O senhor precisa *confiar* em nós, sr. Prox."

"Muito bem." Prox entoou um murmúrio abafado. "Quietos, todos vocês!", prosseguiu num tom mais alto. "Baixem as armas! Esses Rendeiros são nossos guias! Estão nos conduzindo a um lugar seguro. Agora, qualquer um que estiver preso ou ferido demais para caminhar, levante a voz..."

Alguém havia sido esquecido e agradecia a todos os seus ancestrais sem nome. Dominara a arte de desaparecer da mente alheia, e enquanto os outros fugiam da cidade, ele quase podia sentir que saía do pensamento deles. Ele também havia visto o nada enfurecido explodir e correr pela cratera, mas tinha as paredes e o teto do armazém de pedras para se proteger das nuvens de pó e dos gases estranhos, da chuva de pedras e brasa. Estava seguro.

Nas casas abandonadas, ele havia pegado tudo de que precisaria para um cerco contra a natureza. Velas, estopas, água, cobertores para se proteger do frio, uma pá de cavar, para caso as pedrinhas formassem um monte do lado de fora de sua casa, até um par de pombos, para o caso de precisar convocar alguém para resgatá-lo. O armazém, naturalmente, guardava todos os suprimentos da cidade, potes e mais potes de azeitonas, passas, farinha, vinho.

Ele estava realmente triste por ter perdido Prox. Parecia ter passado meses trabalhando, pintando uma obra de arte, para alguém chegar, roubá-la com mãos inocentes e desajeitadas e bagunçar a paleta de cores antes que ele pudesse gritar: *Não, não toque aí! Não está pronto.* Dali a mais um ou dois meses, a mente de Prox já estaria firme para enfrentar essas verdades, por mais que fosse influenciado por elas feito uma criança ou um gatinho. Mas a frieza era a única forma de lidar com esses cataclismos. Prox havia sido estragado pela interferência prematura daquela estranha garotinha, e sua sobrevivência teria sido um perigo.

Ele limpou a mente de todo desconforto e resolveu pensar na montanha fazendo o mesmo do outro lado daquelas paredes. Uma grande mão removendo Prox, a garota Perdida, a Vindícia e qualquer um a quem eles pudessem contar, feito letras escritas em areia. Então poderia recomeçar seu trabalho.

Não é nada pessoal, disse ele à memória de todos. *Eu não sou uma pessoa pessoal.*

Entretanto, ele não estava só. Havia outra figura no recinto; alta, porém sem substância. Camber piscou e percebeu que a coluna espectral era uma corrente de cinzas nebulosas, desabando de algum buraco escondido no teto. Ele não estava seguro, no fim das contas. O vulcão podia entrar.

Ele arrastou algumas caixas, subiu nelas e encontrou o pequeno e corrediço painel de madeira que havia sido deixado aberto para que o feno respirasse. Enquanto se equilibrava, o rugido da montanha mudou. Ele não resistiu a colocar a cabeça para fora da porta do alçapão. Uma olhadela rápida, então se abaixaria e fecharia a porta.

Ele se empertigou, olhou por sobre os telhados e viu a Coisa vindo em sua direção. Não voltou para o armazém. Não procurou a tranca, não protegeu a cabeça com os braços. Não havia motivo. Ficou apenas olhando enquanto algo imenso, ensurdecedor e sombrio veio avançando com um grito de guerra, cruzando o falso crepúsculo de nuvens cinzentas. Uma muralha do tamanho de uma casa, feita de espuma cremosa, devorando a estrada da cidade tão depressa que sua mente clínica só teve tempo para um único pensamento antes que o dilúvio reduzisse as construções a pedacinhos.

Eu sou um homem morto.

Os mortos não piscam. A morte era apenas mais um cataclismo a ser enfrentado friamente, com contato visual, ao mesmo tempo que os ventos enlouqueciam à volta dele e preenchiam sua cabeça de sons.

A história não vai se lembrar de mim. Minha falta jamais foi sentida e jamais será.

As árvores foram as primeiras a ouvir o ribombo vindo do vale e começaram a tremer. Então o bramido tornou-se audível aos fugitivos e foi ficando cada vez mais alto até engolir todos os outros sons.

Os ventos voltaram a mudar, as nuvens cinzentas se encarquilharam e baixaram, e todos avistaram algo enorme se arrastando pelo vale e pela cidade abaixo. Algo lustroso, marrom-acinzentado e forte, como uma imensa serpente, as costas rajadas de madeira e árvores, que passavam despercebidas. Não era fogo, e sim água; um dragão de águas escaldantes, escuras e terríveis. Enquanto eles observavam, blocos da encosta abaixo desapareciam, como se triturados por uma moela gigante. Mordida após mordida, subindo a escarpa...

Hathin deu as costas para a destruição enquanto as nuvens tornavam a se fechar, então escorregou e desabou de joelhos. Tentou se levantar, mas o chão cedia sob seus pés, deslizando rumo ao desfiladeiro. Ela caiu de barriga para baixo, agarrando tufos de grama para não escorregar, as orelhas invadidas pelo estampido que engolia seus próprios berros.

Mãos agarraram seus braços, arrastaram-na de volta pela escarpa e a colocaram de pé. Ela mal conseguia se sustentar enquanto era tragada pela escuridão. As cinzas agora caíam, feito uma neve quente e insistente, cobrindo Hathin com um peso insidioso e sonolento que ameaçava levá-la ao chão.

Alguém a encostou numa parede de madeira. Ela se viu deslizando, envolta em cinzas. Mas agora recebia ajuda para cruzar uma porta, que balançou atrás dela, abafando o som, completando a escuridão. As cinzas já não desabavam do céu.

Uma pequenina chama ganhou vida, e então uma lanterna cintilou. A mão que a segurava estava trêmula. O rosto iluminado era o retrato da destruição, róseo e amarelo, e Hathin reconheceu Minchard Prox. Seu olhar absorveu os papéis curvados e enrugados pelo fogo, bem como as pictografias sujas de lama vermelha que cobriam as paredes à volta deles, e percebeu que estavam numa tenda de notícias.

Como se por um consenso não dito, ambos se jogaram no chão, Prox tateando um filete vermelho que descia por sua têmpora, Hathin sentindo o vômito subir para encontrar as cinzas em sua boca e garganta.

Os dois passaram um longo tempo sentados, em silêncio, até que a barulheira do lado de fora diminuísse e eles conseguissem ouvir os rangidos queixosos das vigas acima.

"A madeira não vai aguentar para sempre", disse Prox por fim, com esforço, a voz áspera feito serragem. "Não são as pedras, mas o peso das cinzas. Serão as cinzas."

Serão as cinzas que vão acabar com a gente, ele poderia ter completado. Fez-se uma pausa.

"Outros fica bem", disse Hathin, baixinho, em nandestete. Não parecia o momento para falar no idioma portadentro. "Outros chega templo. Escondeles na noite."

Prox olhou para ela, então assentiu.

“Nós vence”, disse Hathin. “Nós salva eles. Nós derrota montanha.”

Houve uma pausa, e Prox assentiu outra vez com um sorriso. Seu rosto suturado abrandou, tomado de verdade, e seus olhos se avivaram e retornaram ao corpo. Aquele sorrisinho foi a última coisa que Hathin viu, antes que o teto os engolisse, esmagando a lanterna.

39
Troca-troca

A alvorada chegou, rancorosa, muitas horas depois. O sol nervoso e embotado penetrou as nuvens cinzentas de vapor, talvez temendo o que encontraria.

Encontrou Ponta de Lança abocanhando o céu em novas dentadas irregulares. A lança na borda da cratera havia estourado, deixando um talho enrugado. O corte na beirada agora ostentava o formato de um "V" amarfanhado, através do qual o vapor ainda soprava. Ele havia cauterizado sua fúria e agora encarava com frieza os resultados de seus atos.

O que ele esperava? Teria pensado em ver o mundo assim, coberto de cinzas pastosas? Não havia nenhum pássaro no céu. As florestas tinham desaparecido, aplainadas pelos ventos, incendiadas por borralhos gigantes caídos do alto, afogadas em cinzas. Os sons de andança sobre a mata, os assobios e uivos dos macacos, o zunido dos insetos, tudo foi abafado num monótono silêncio.

Cinca do Herbolário havia desaparecido. O dragão barulhento de água e lama escaldante a havia varrido do mapa, deixando apenas aqui e ali o sino de uma torre, coberto de crosta azul, uma bigorna à deriva, a parede destruída de um antigo armazém. O resto era uma mancha de lama seca e fumegante, pontilhada de rochas pretas imundas, feito bolinhos queimados.

O silêncio imperava, exceto por um farfalhar nas profundezas do que antes fora a floresta. Pessoas de rosto branco ainda lutavam para sair dos templos de pedra esquecidos, abrindo caminho pela cortina de vinhas robustas e espiraladas que lhes salvara a vida. Agora não havia Rendeiros, não havia citadinos. As cinzas em seu rosto os tornavam uma só raça, todos irmãos cobertos de branco.

Então ouviu-se outro som. Um terrível lamento, um grito rouco, que guardava a verdadeira feiura da dor e já não se importava com o aspecto do próprio ruído.

Arilou jazia estirada sobre a terra, uivando, espancando o chão cinzento com a base das mãos. A Vindícia a rodeava, sem saber o que dizer.

Em seus corações todos tinham certeza de que Arilou lamentava a morte da irmã.

Na verdade, Arilou não estava fazendo nada disso.

Mergulha fundo. Dança feito uma mosquinha bem no alto da terra, cintila com a força de minha própria vontade. Estilhaços queimados de árvore, espirais de vapor branco, espessas dunas de cinzas mexidas pelo vento, mais mais mais perto, quase tocando. Sente a aspereza das pedras. Recuar não quer. Quer mandar olhos e ouvidos, mas não vai. Muito escuro. Tem que sentir o caminho.

Pedras cheias de buraquinhos espumosos. Empurra no chão, pelas pedras, sente cada uma varrendo minha mente quando entra na escuridão. Quer debater, quer gritar, quer não fazer. Mais fundo. Cacos e telhas, lascas e pregos, sente tudo passar. Como engolir brasa com a mente.

Cinza entra em meus pensamentos, esquece qual direção é para cima. Pânico! Pânico, mergulho! Em algum lugar corpo que eu não sinto mais está se debatendo. Mergulha mente, para a frente, escuridão, escuridão. Um fio quase me estrangula, corta em duas. Raiz de árvore. Segue raiz de árvore para baixo, mais para baixo, até lama, lama quente. Quente, quente, quente.

Luta de volta para o ar, machucando mente nas pedras. Não consegue repetir não consegue não consegue não.

Faz de novo.

Tem que encontrar Hathin.

Depois, quando o povo comentou sobre o dia seguinte à grande fúria de Ponta de Lança (ou Fronte Fendida, como passou a ser conhecido), o nome de Arilou foi entoado com reverência. Foi ela, a última Lady Perdida, quem vasculhou a terra com a mente e encontrou muitos que tentaram se abrigar em porões ou árvores ocas e foram soterrados. Não mais Arilou, a traiçoeira, Arilou, a assassina. Agora ela era Arilou, a heroína.

Ela não descansava nem dormia. Repetidas vezes se levantou, desajeitada feito um potrinho, e, cambaleante, com a boca entreaberta e esquecida, foi localizando novas vítimas soterradas. Toda vez que alguém era encontrado vivo, o povo comemorava; mesmo assim, a cada novo resgate, pairava uma pergunta. *Onde está Hathin?*

Ao fim do segundo dia, contudo, os poucos corpos localizados já não guardavam a centelha da vida, e estava cada vez mais claro que os salva-vidas já haviam recolhido todos que podiam ser salvos. Ninguém da Vindícia dizia em voz alta, mas todos compartilhavam um medo de que Hathin, filha do pó, tivesse, em silêncio, retornado a ele. Como se tivesse entrado em cena apenas pelo tempo necessário, para então voltar timidamente à invisibilidade, desta vez para sempre.

Ainda assim, ninguém estava disposto a abandonar as buscas. Rendeiros e citadinos se uniam para percorrer a grande planície, chamando, procurando pegadas, remexendo as árvores caídas, sulcando a espessa cinza do chão com suas pegadas.

Na segunda noite, quando Arilou se levantou, trôpega, de olhos vermelhos por conta das cinzas, Therrot tentou se levantar, mas descobriu que suas pernas se recusavam. Foi amparado por Jaze, que cuidadosamente o botou de volta no chão.

"Therrot...", disse Jaze num tom que teria sido delicado, caso partisse de outra pessoa.

"Eu sei o que você vai falar. Não me diga para me preparar. Eu não quero me preparar."

Jaze perscrutou o rosto de Therrot e soltou um longo e triste suspiro.

"O momento do abandono tem que acontecer. Você ainda não aprendeu a fazer isso, não é?"

"Não", disse Therrot sem rodeios. Tornou a se levantar, encaixou a mão sob o cotovelo de Arilou e a deixou conduzir, pela vigésima vez, o caminho pela planície descolorida. Jaze, apesar da conversa sobre abandono, foi atrás, com Tomki e Jeljerr.

Hathin não estava em lugar algum. Hathin estava em todo lugar. Tudo naquele cenário de morte guardava seu tom enigmático, sua brandura cuidadosa, sua quietude, sua teimosia. *Hathin*, sussurrava o pó nascido do vento que se assentava nas encostas. *Hathin*, sibilavam as cinzas, sob a chuva que caía na planície.

"Está ouvindo, Arilou?", murmurou Therrot, febril e intenso. "A sua irmã ainda deve estar viva. A montanha está falando com ela. Todas as montanhas conversam com ela."

Exaurida e cambaleante, Arilou conduziu o grupo pela rota de fuga da Cinca do Herbolário, subindo pela lateral do vale. Ali, desabou subitamente, como se tivesse desmaiado. Nada era capaz de fazê-la levantar, nem tirar o queixo de uma saliência que despontava das cinzas. O grupo passou um tempo frustrado e exaurido demais para compreender o que era a saliência. Era a estrutura angulosa de um telhado inclinado, meio soterrado.

Um instante depois, mãos determinadas começaram a remover as cinzas, erguendo estilhaços de madeira, afastando azulejos. Jaze gritou para a planície, e logo veio mais gente subindo a encosta inclinada para ajudar. Por fim, uma botinha surgiu à vista, então outra; todos aceleraram os trabalhos, até que uma figurinha foi revelada. Hathin estava lá embaixo, toda encolhida, como se quisesse ocupar o menor espaço possível para não atrapalhar ninguém.

Prox quase passou despercebido. Quando metade do telhado havia desabado, ele dera um empurrão em sua pequena companheira, para tirá-la do caminho, de modo que a maior parte dos escombros jazia por cima dele, soterrando-o por completo. Por acaso, Jaze notou uns dedos pálidos entre os destroços, bem perto de Hathin, e o grupo se empenhou na remoção do resto dos entulhos. Se algum integrante da Vindícia o reconheceu e cogitou deixá-lo ali, sob os escombros da cabana... talvez seja melhor que isso permaneça enterrado.

Hathin era o perfeito retrato de uma filha do pó, branca e paralisada, como se pudesse se esfarelar ao menor descuido. Pela primeira vez, guardava a estranheza serena e angelical de sua irmã Arilou, que usava o rosto coberto de pó de giz em ocasiões formais. Therrot, no entanto, esfregou seu rostinho empoado e encontrou uma pele rosada; jogou água em sua boca, que subiu para o nariz e resultou num espirro nada angelical. Therrot esparramou-se na colina e uivou para as montanhas. Tal e qual a verdadeira dor, a genuína alegria também não se importa com o próprio aspecto e som.

Algum tempo depois, alguém resolveu conferir o pulso de Minchard Prox, e ocorreu que ele também estava vivo.

Não era um bom momento para ser Minchard Prox. Metade da ilha queria culpá-lo por tudo, e a outra metade desejava receber ordens dele. Todos queriam respostas. E as respostas que ele tinha para dar, verdade fosse dita, não fizeram a alegria de ninguém.

Houve um erro terrível, colossal, e fui eu que cometi. Lady Arilou e os Rendeiros são inocentes. Todos os Rendeiros que morreram nas nossas mãos foram assassinados. Os assassinos das Feras Falsas e dos outros inocentes devem ser encontrados e levados a julgamento. Todos os Rendeiros que foram aprisionados nas Quintas Seguras e nos campos secretos de trabalho forçado devem ser libertados. A todos os aldeões Rendeiros removidos de suas casas devem ser construídas novas residências. E eu, que carrego a culpa maior, garantirei que tudo isso aconteça e serei submetido a julgamento.

Os verdadeiros assassinos dos Perdidos e captores dos Rendeiros devem ser procurados. Os Perdidos foram exterminados porque sabiam que os vulcões estavam despertando. Os assassinos temiam que todos passássemos fome se não aproveitássemos os territórios vulcânicos. Eles tinham razão. Nós passaremos fome. A menos que façamos o que deveria ter sido feito há muitos, muitos anos, e comecemos a recuperar as terras que servem aos mortos.

O alarido foi completo. Prox era um blasfemo, assassino, difamador, baderneiro. Mas o que poderia ser feito com ele? Afinal de contas, quem havia organizado redes de mensagens com pássaros para substituir as tendas de notícias? Prox. Quem estava criando um novo posto de pombos-correios e um sistema de distribuição de alimentos? Prox. Quem estava montando patrulhas para perseguir os bandidos, agora que os

Perdidos não podiam mais procurá-los? Prox. E quem estava trabalhando com a última Lady Perdida ainda viva? Prox. Não havia motivo para recorrer a Porto Ventossúbito.

Então ele permaneceu solto, porém abominado por muitos. Foi se acostumando com o súbito baque de uma pedrinha arremessada em seu rosto, aos cochichos à sua volta quando ele adentrava um recinto, a ter as próprias janelas estilhaçadas. Alguns atentados foram cometidos contra sua vida, mas de alguma forma nenhum surtiu efeito. Um atirador, agachado num telhado com uma pistola apontada para o coração de Prox, conseguira a proeza de cair de cabeça do alto de dois andares. Dois agressores que invadiram sua casa com machadinhas fugiram quase no mesmo instante, de cocuruto sangrando. Prox pensou, enquanto olhava pela janela, ter avistado uma terceira figura perseguindo a dupla, uma gigante, com tranças que desciam até as costas e um porrete cravejado de pregos na mão.

Dança havia desaparecido pouco antes do resgate de Hathin e Prox, levando Jaze e vários vindicantes encontrados com vida. Depois de pensar um pouco, Prox achou melhor registrá-los como "desaparecidos durante os eventos da erupção de Ponta de Lança". Não era exatamente uma mentira.

Prox encontrou apoio de uma fonte inesperada. O Superior de Zelo, ainda exultante com sua nova liberdade, declarou-se disposto a transferir as urnas de seus ancestrais e permitir o cultivo em suas Terras Cinzentas. Os outros governadores, no entanto, resistiram à ideia, e o próprio Superior, ocupado demais com os preparativos do casamento, não pôde oferecer a Prox nenhuma ajuda mais concreta. Ele descobrira, para seu próprio deleite, que *de fato* possuía uma criada. A senhora, que passara décadas cuidando com paciência e lealdade do irascível homenzinho sem que ele percebesse, havia ficado surpresa, porém muito satisfeita, com o pedido de casamento, o qual aceitara de imediato.

A única pessoa que sofria tanto quanto Prox era a pobre Arilou, heroína de todos. Já não podia se recolher em seu mundinho particular e mandar a mente aonde desejasse, feito uma borboleta. Todos a conheciam. Ela não era nenhuma imbecil, era a única Perdida viva, e de uma hora para outra todos os problemas da ilha foram jogados em suas mãos. Alguém tinha que ficar de olho nas tempestades, caçar os outros aliados de Camber...

E não havia Hathin para ajudá-la, visto que Hathin não fazia nada além de dormir. De tempos em tempos, acordava e erguia o olhar para ver a tenda onde estava, sem qualquer sensação especial. Não era desagradável, mas seu corpo parecia vazio, feito um chinelo descartado. Então ela fechava os olhos, voltava a dormir e acordava no dia seguinte.

Um dia, ela acordou e sentiu que devia levantar. Levantou-se, saiu cambaleante da tenda e se viu observando ondas de seda azul, lentas e cintilantes, roçando de leve os corais escondidos. Não foi preciso ver a areia com manchas escuras, nem os fragmentos pontudos de coral nas telhas. Um sopro de ar bastava para ela saber que estava na Costa da Renda.

E assim foi que, numa manhã reluzente, dois meses depois da destruição da Cinca do Herbolário, um jovem com cicatrizes no rosto e uma garotinha com feições astutas de Rendeira foram vistos, sentados no topo de um despenhadeiro, observando a suave arrebentação azul cobrir de espuma uma rocha calcária toda rendada, cheia de curvas, volteios e leões adormecidos disfarçados de pedras. Os dois pareciam cansados, pois dá muito trabalho devolver o mundo de volta ao seu lugar.

"Ele foi bem esperto", disse Prox. Passara muito tempo das últimas semanas com os Rendeiros e se habituara a seu cuidado em não dar nome aos mortos. Hathin, porém, com seu dom Rendeiro de ler as entrelinhas, reconheceu o misto de horror e admiração e soube que ele falava de Camber. "Ele se fez invisível. O governo não sabia de quase nada do que ele arquitetava em seu nome. Ele se sentava no meio da papelada feito uma aranha, despachando uma ordem aqui, uma petição ali, sempre dando a impressão de terem vindo de outro lugar. Alegava que era apenas um intermediário, mas todo esse intermédio era, na verdade, o *comando*. E ninguém percebeu nada. Muita gente sabia de parte dos acontecimentos, mas ninguém além dele conhecia o todo. Com a ajuda de Lady Arilou, ainda estamos descobrindo acordos que ele havia acertado."

Arilou conseguira rastrear quase todos os outros "homens-pombo", muitos dos quais continuavam a trocar mensagens desesperadas depois da morte de Camber.

"Ninguém mais vai vir atrás de você, vai?", perguntou ele pouco depois.

"Creio que não." Hathin soltou um leve suspiro. "O Andarilho das Cinzas morreu. A dentista que queria me ver morta não existe mais. Ela... o vulcão recolheu seu nome."

Se Prox notou estranheza na voz dela, não disse nada. *Sim*, pensou Hathin, *ele está quase se tornando um Rendeiro.*

"E o traidor? É verdade sobre o traidor?" Ele observou Hathin e viu a pocinha ondeante em sua testa, enquanto ela baixava a cabeça e prendia uns fios de cabelo que escapavam do chapéu. Ela virou o outro antebraço, com muito cuidado, encobrindo a recente tatuagem.

Observando a valsa das duas borboletas, Hathin imaginou se Prox abriria um sorriso tão terno se a tivesse visto duas semanas antes, parada na caverna escura na extremidade da Senda do Gongo.

Larsh ajoelhado a seus pés, os dois rodeados pelas pálidas estalactites, o brilho verde dos vaga-lumes, as figuras atentas da Vindícia. Larsh de olhos arregalados, alarmado, enquanto Hathin amarrava uma corda com um amuleto de madeira em seu pescoço. Antes que ele pudesse reagir, ela desembainhou a faca, e Larsh a observou cortar a corda. O amuleto desabou em sua mão. Hathin o ergueu à frente dele, que piscou, desnorteado, diante do emaranhado de letras em portadentro entalhadas na madeira.

"É o seu nome, tio. Eu cortei." O rosto dele, aturdido pela tristeza e pena na voz dela. "Prometi que ninguém ia matar você, mas também prometi a Dança que eu mesma recolheria o seu nome. Agora você não tem nome. Você não vai ser ninguém, até morrer e se juntar aos outros sem nome. Ninguém vai conhecer você, nem falar com você. Você será invisível para sempre."

"Sim." Hathin sussurrou a resposta por sobre o dorso da mão. "É verdade."

Prox observou o mar. "Então acho que é melhor a gente ter uma descrição dele. Para que, caso o encontremos... não o vejamos."

Hathin olhou Prox de soslaio, observando seus cabelos castanhos e joviais tremulando com a brisa, roçando a testa cheia de cicatrizes. As bolhas estavam melhorando, mas ele ainda parecia usar uma máscara.

"Será que...?" Hathin abanou a mão, hesitante, em direção ao rosto de Prox. "Será que um dia vai melhorar?"

"Isto?" Prox correu a ponta dos dedos pela bochecha enrugada. "Provavelmente não... ou, melhor dizendo, vou ficar com cicatrizes. Não tem problema. O mais importante é que agora, quando me olho no espelho, pelo menos me reconheço. São os olhos... pertencem a alguém que eu conheço. Durante um tempo, eu não os reconheci."

Ambos encararam a praia. Da última vez que estivera ali, Hathin vira o mundo morrendo em chamas. Agora, com sua delicada crueldade, o mar havia arrastado qualquer traço de sua aldeia e a tragédia que a invocara.

A praia, contudo, não estava vazia. Afinal de contas, havia boa pesca na enseada, apesar da corrente, pérolas a encontrar, cavernas oferecendo abrigo. O povo de Tempodoce evitara a praia por culpa e superstição; porém, como se por uma silenciosa convocação, famílias de Rendeiros haviam surgido durante a última semana, trazendo consigo suas casas suspensas. Se um buraco fora feito na Renda, ele tornava a ser preenchido, em silêncio, feito a lama que recuperava a forma depois de uma pisada.

Esses recém-chegados, no entanto, sabiam o que era devido aos vivos e aos mortos. Na praia, Arilou permanecia sentada, entronada numa liteira, o rosto empoado de giz e os cabelos adornados com penas cor de safira; com o cenho franzido, cheia de cansaço e calor, observava as danças em sua homenagem. À volta dela havia um grupo de Azedos perplexos, que tinham viajado com ela até a Costa da Renda, e depois a levariam de volta para viver com sua família Azeda na aldeia da montanha.

Os novos Rendeiros estavam executando a Dança da Troca. Cerca de uma dúzia de dançarinos de sorrisos sérios passavam entre si uma máscara de madeira, simbolizando um pássaro. O dançarino com a máscara se transformava no Pássaro Captor das lendas. Era uma dança imprevisível, pois quem usava a máscara do Pássaro Captor tinha o poder de bater palmas e mudar tudo.

Palmas! Troca-troca! Novo ritmo.

Palmas! Palmas! Troca-troca! Novo sentido.

Palmas! Palmas! Palmas! Troca-troca! Novos parceiros.

Era uma dança de alegres recomeços, mas também um tributo aos mortos, à aldeia das Feras Falsas.

Hathin pensou na antiga lenda sobre a perspicácia do Pássaro Captor, que afugentara os agressores com jaguares de grama no alto dos penhascos e conduziu seus aldeões à proteção das grutas. Imaginou uma figura com cabeça de pássaro e corpo humano, dançando na caverna do Rabo do Escorpião, com uma fileira de figuras familiares logo atrás, em plena escuridão. Desta vez, no entanto, ao chegarem à sombria abertura, cada um se virou e olhou Hathin por um segundo.

Mãe Govrie, reluzente, com seu familiar bico nos lábios carnudos, que indicava teimosia, cordialidade e verdadeiro afeto. O sorriso de Eiven, cortante como uma faca, o rosto anguloso perdendo um pouco da rigidez quando ela sentia uma pontada de orgulho da irmã. A pobre, triste e tola Whish, de rosto estreito e cheio de cicatrizes; até ela conseguiu abrir um sorriso genuíno, que Hathin recordava ter visto antes da perda da filha caçula, antes que o primogênito se afundasse na amargura. Um passo atrás da mãe vinha Lohan, que de tão afeiçoado a Hathin acabara ajudando a trazer a destruição a todos eles, Lohan, ainda com o olhar ferido e horrorizado. Hathin acenou e abriu um sorriso, o que não conseguira fazer aquela noite no penhasco, e viu seu rosto se abrandar diante do alívio do perdão.

Os dois caminharam pela escuridão, e algo que comprimia o peito de Hathin se libertou, trazendo uma sensação de fraqueza, frio e solidão. No mesmo instante ela desabou, vertendo lágrimas impotentes, sentindo o olhar preocupado de Prox.

"Acabou..." Ela tentou explicar. "Todos eles se foram... Eu acho que andava levando os mortos comigo para todo canto, e era um peso *tão grande*, um peso de tantas exigências. Mas acabou, eu consegui, e eles foram embora... e... eu... não sei mais o que fazer... quer dizer, a Arilou não... a Arilou não *precisa* mais de mim... o que é que eu faço, agora que ninguém mais precisa de mim?"

"O que é que você quer fazer?", indagou Prox baixinho.

Hathin abriu a boca, respirou fundo, mas só conseguiu emitir um gemido leve e indeciso. Não era uma boa resposta, mas ela não conseguiu dizer outra coisa.

"Hathin!" Therrot surgiu no desfiladeiro. "Você pode vir aqui tirar o Tomki da minha frente antes que ele ganhe uma pedrada como 'malfeito'? É toda hora: 'Cadê a Hathin? A gente vai encontrar a Hathin? Hathin, Hathin, Hathin.'" A expressão de Therrot mudou ao ver Hathin; ele foi se sentar ao lado dela.

"E aí, irmãzinha?"

Mas Therrot não era seu irmão e estava de partida para Jocoso com os outros. No início, ele havia pensado que desapareceria como Dança e Jaze, mas ganhou um safanão de Jeljerr duas vezes mais forte que aquele que recebera ao deixar Arilou cair nas mãos de Jimboly. Ela havia fugido, e ele foi atrás dela e ganhou outro tapa, só que mais fraco, e agora Therrot, que nunca tivera muito talento para morrer, provavelmente acabaria desistindo de vez da ideia. Partiria para a aldeia dos Azedos, vestiria verde e se entregaria à vida como havia se entregado à batalha, até que seus pesadelos começassem a se esvanecer.

"Estou bem", disse Hathin, sorrindo para os amigos, "mas eu vou até a praia... tudo bem?"

Ela se levantou com cautela e foi descendo a trilha. Os dois homens no topo do penhasco ficaram em silêncio até seu chapéu de aba larga desaparecer de vista.

"Ela diz que não é necessária", comentou Prox no tom levemente defensivo que costumava usar com Therrot e vários outros Rendeiros. O clima entre eles ainda era tenso, e Prox não culpava o Rendeiro por não gostar dele.

"Não é necessária?", retrucou Therrot, olhando Prox. "Você argumentou que ela é a única pessoa em quem *todo mundo* confia agora? Os Rendeiros, os citadinos que sabem o que ela fez na Cinca do Herbolário, o Superior de Zelo, os Azedos, sem falar nas montanhas... Como é que ela acha que todo mundo vai continuar se falando sem ela por perto?"

"Não. Não, eu não argumentei. Pensei em dar cinco minutos sem que alguém *precise* que ela faça alguma coisa, mesmo que essa ideia a amedronte."

A lenta alvorada começava a banhar o rosto de Therrot. Ele meneou de leve a cabeça.

"Ela não sabe quem é, sabe?", disse Prox.

Therrot fez que não, e os dois observaram o Pássaro Captor, lá embaixo, dançando de um rosto a outro.

Hathin passou um tempo abrigada na Rendaria, esperando Arilou e seu séquito saírem da praia. Por fim, a liteira foi deslocada até a cadeira suspensa, e Arilou recebeu ajuda para passar de uma à outra. Sua nova irmã Azeda ia sentada a seu lado, para que ela não caísse, como Hathin costumava fazer.

Arilou, a Lady Perdida, seguiu flutuando, o robe branco drapejando à sua volta, feito uma nuvem que retornava aos seus, após uma breve visita à terra. *Adeus, Arilou, adeus.* Arilou já não precisava de Hathin, e Hathin não suportava estar com ela e não ser mais necessária. Era justo que Arilou ocupasse seu lugar no mundo, que se tornasse tudo que deveria ser e assumisse o posto de Perdida da Ilha Gullstruck. Hathin não se agarraria a ela, não impediria sua ascensão.

"Athn", disse Arilou. Estava muito longe para que Hathin ouvisse, mas o movimento da boca era inconfundível.

Hathin sentiu uma breve e curiosa sensação, como seda fria deslizando na pele. O olhar dos Perdidos... por que eles tinham olhos tão gélidos? Seria por conta da solidão de seu espírito? Sabendo que Arilou a observava, Hathin ergueu a mão e acenou de leve.

Arilou estendeu uma mão, a palma para a frente, e estapeou o ar, como se afagasse um rosto invisível. E escancarou seu sorriso tão raro, o esgar astuto e maroto de um macaco.

A cadeira suspensa chegou ao topo do penhasco; Arilou recebeu ajuda para descer, então desapareceu com seu grupinho pela trilha do penhasco.

Hathin tornou a recostar o corpo na rocha que a abrigava. Agora, pelo menos, tinha a praia para si. Mas, não; ouviu duas vozes de crianças mais novas que ela, murmurando. Agachou atrás da pedra para não ser vista e ficou escutando.

"... heroína de Ponta de Lança", disse um deles. "Ela é linda, não é? Mas dá medo."

"É", concordou a outra criança. "Ela é descendente de pirata... Dá para ver direitinho só de olhar, não é?"

Hathin abriu um sorrisinho involuntário. Pobre Arilou... A lenda sempre se estendendo à sua frente, feito um eterno carpete.

"... caçou ela pela ilha inteira, mas ela foi muito esperta..."

"... enganou eles, fez todos irem até a Quinta Segura..."

"... liderando a Vindícia..."

"... salvou todo mundo..."

Era assim que as coisas seriam lembradas. O povo da ilha passaria séculos falando de Arilou. Arilou, que foi perseguida por toda a Ilha Gullstruck, mas liderou a Vindícia, venceu e salvou todo mundo. *Ora, o que é que eu queria? Reconhecimento? Não*, percebeu Hathin, *eu fiz tudo isso porque... bom, essa sou eu.*

Em silêncio, para não ser notada, ela se levantou e foi até a beirada da Rendaria, onde as águas rasas subiam e lhe tocavam de leve os pés. Ao olhar o próprio reflexo, ficou paralisada.

Uma pirata a encarava de volta.

A pirata usava um chapéu de aba larga, com a coroa desbotada pelo sol, boas botas e uma túnica surrada. Na cintura, o cinturão verde descolorido trazia uma faca embainhada. Duas tatuagens ameaçadoras marcavam seus antebraços, e os braços desnudos e as juntas dos dedos ostentavam um emaranhado de pequenas cicatrizes. Seu rosto era curtido, como o de um cigano, por conta dos longos dias sob o sol.

Hathin olhou para trás, bem a tempo de ver duas cabecinhas ligeiras se escondendo atrás de uma pedra. Eles a observavam. Com a mesma sensação flutuante da erupção de Ponta de Lança, Hathin percebeu que os dois a vinham observando desde o início. Não estavam falando de Arilou. Estavam falando dela.

Pela primeira vez, ficou pensando se seu ancestral pirata não teria tido as feições belas e delicadas de Arilou. Talvez tivesse se deitado naquela mesma praia, em meio aos fragmentos de seu navio, olhado em volta, com olhos bem afastados e uma pequena poça de águas ondeantes na testa, e pensado: *Bom, é assim que o mundo é. Que enfrentemos as situações da melhor maneira possível e comecemos a sobreviver por aqui, sim?*

As duas crianças pequenas, assombradas com a própria ousadia, dispararam pela praia, e Hathin deu as costas para o próprio reflexo.

Quem sou eu? A menina Rendeira vendedora de conchas, a acompanhante de Lady Arilou, a outra filha de mãe Govrie, a criatura do pó, a vítima, a vindicante, a diplomata, a bruxa do povo, a assassina, a salva-vidas, a pirata?

Eu sou tudo que desejar. O mundo não escolhe por mim. Não, sou eu quem decide o que o mundo deve ser.

Lentamente, observando seu sorriso refletido na água, Hathin ergueu as mãos e bateu palmas duas vezes.

"Troca-troca!", sussurrou ela.

Então, à sua volta, com um leve rugido, feito o despertar de um leão dourado, o mundo começou a mudar.

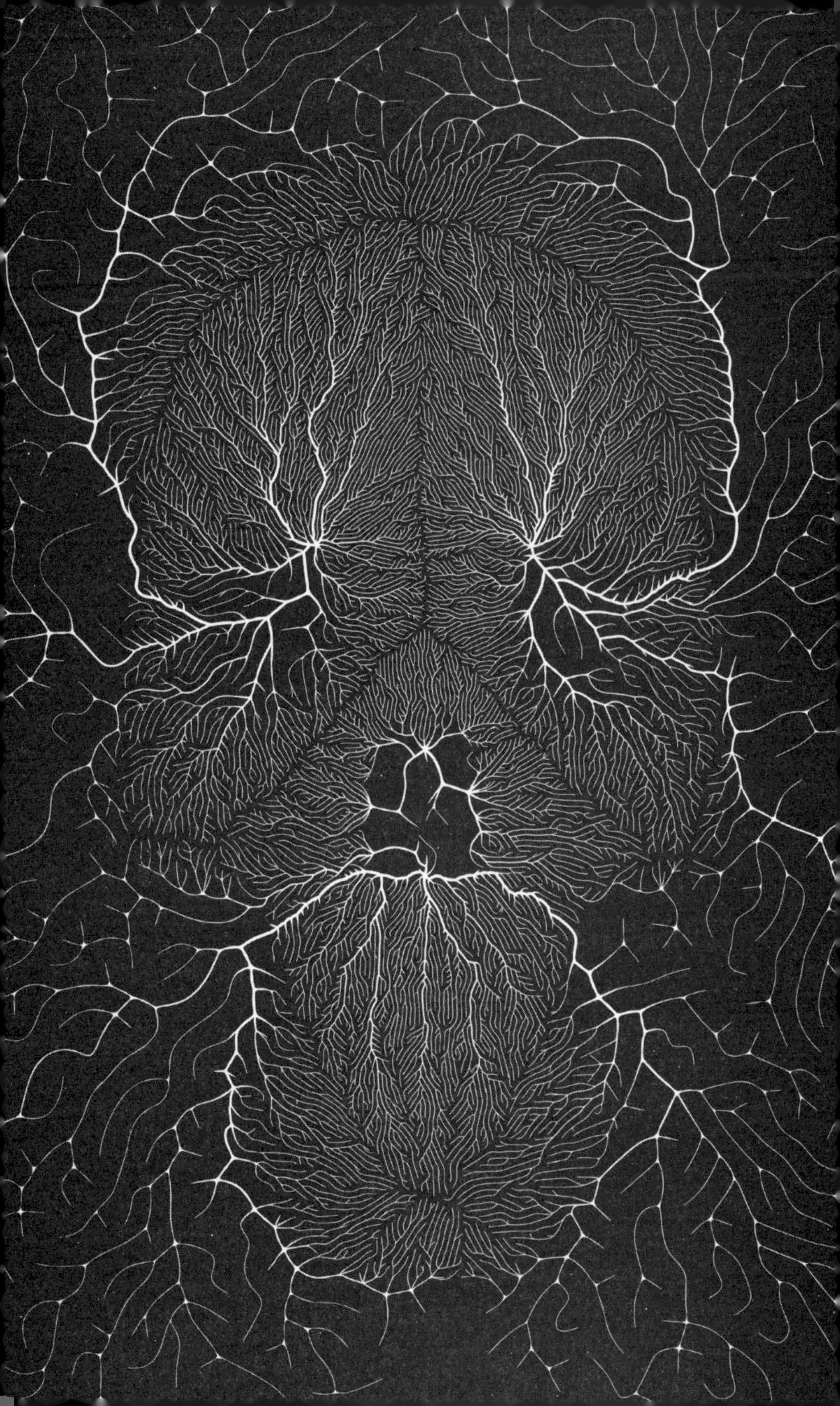

Glossário

ILHA GULLSTRUCK

A Ilha Gullstruck repousa em perfeito isolamento, sem nenhum território à vista num raio de centenas de quilômetros. Visto de cima, seu contorno muito se assemelha ao de um corcunda apressado, com os dedos das mãos e dos pés bem compridos e um bico de pássaro adunco e escancarado. Dizem que a Ilha Gullstruck foi desenhada pelo Pássaro Captor, um malandro saltitante em forma de homem-pássaro que moldou a ilha à sua própria imagem.

A maior parte do "pássaro" é ameaçadora: cabeça e ombros repletos de ravinas vertiginosas e sufocados por florestas nevoentas, barriga e pernas cobertas por um solo árido. Entre as pernas, porém, na região dos flancos, jaz uma faixa de terra verdejante, o parque de diversões dos vulcões.

Uma extensa cadeia de montanhas divide a costa oeste, franjada e furiosa, do restante da ilha; a maior e mais central dessas montanhas é o Rei dos Leques, imponente e envolto em nuvens. A seu lado, a nordeste, vive sua esposa, Mágoa, o vulcão branco. Trinta quilômetros a norte, jaz o irritado Ponta de Lança, com seu topo escarpado, guardando triste distância das outras montanhas. Bem ao longe, rumo a leste da ilha, se assenta Jocoso, o Louco, em meio a lagos multicoloridos. Mais adiante, entre os rinchos do mar escaldante da costa oeste, com seus vapores espiralados feito cachos selvagens, acocora-se Mãe Dente.

AS COMUNIDADES

Os habitantes originários da Ilha Gullstruck. Segundo as lendas, o Pássaro Captor ia moldando as comunidades originais da ilha a partir do que tivesse à mão. Usou frutinhas silvestres para fazer os Frutamargos, residentes das matas a norte; vapores de gêiser para os Fumos Dançantes, habitantes dos lagos e colinas nos entornos de Jocoso; resinas para os Âmbares, que viviam nas áridas terras do sul; e corais para o povo da Renda, que outrora vivia espalhado por toda a metade ocidental da ilha e agora tentava sobreviver na combalida costa oeste.

OS CAVALCASTE

Originalmente vindos de uma terra distante de planícies e neve, os Cavalcaste se lançaram ao mar a fim de encontrar novas terras para dedicar a seus ancestrais sagrados. Em pouco tempo, dominaram a Ilha Gullstruck, e embora a maioria dos habitantes agora seja de raças mistas, os governantes e homens do poder são, em sua maioria, de sangue Cavalcaste.

PORTO VENTOSSÚBITO

Primeiro ponto de atracagem da frota dos Cavalcaste, onde um "vento súbito" soprou seus navios até uma pequena baía, permitindo sua ancoragem. Corre à boca miúda, entre o povo local, que desde então nada súbito tornou a ocorrer na cidade. Porto Ventossúbito é hoje o lar do governo da Ilha Gullstruck, uma pilha opressiva e monolítica de leis inúteis que ninguém tem permissão de descartar.

OS PERDIDOS

Os Perdidos nascem com a habilidade de deslocar seus sentidos para fora do corpo e mandá-los para pontos distantes. Em pouco número e muito respeitados, eles fornecem às suas comunidades notícias, comunicação com o restante da ilha e avisos de tempestades e outros perigos, além de servir como uma guarda itinerante contra os bandidos. Liderados pelos Lordes Visores do Conselho Perdido, são, sob muitos aspectos, tão poderosos quanto os governantes da cidade que seguem as ordens de Porto Ventossúbito.

OS VULCÕES

A montanha mais alta e central da extensa cadeia a oeste da ilha é o Rei dos Leques, com seu cume e cratera sempre perdidos em meio a nuvens. A seu lado, a nordeste, jaz sua esposa, Mágoa, um cone perfeito e suave, doce e traiçoeira como a neve. Trinta quilômetros ao norte dos dois, encontra-se Ponta de Lança, com seu topo escarpado, guardando triste distância das outras montanhas. Numa antiga batalha com o Rei dos Leques, Ponta de Lança ganhou um talho na beirada de sua cratera e um extenso talho no flanco, por onde descem furiosos córregos. Na base do vulcão, os córregos se transformam num rio, que ao longo dos milênios formou um extenso vale em direção à fria e bela Mágoa e mais adiante, rumo ao sul. Bem longe da área leste da ilha, isolado por consenso universal, jaz Jocoso, o Louco, malhado de preto e verde, entre seus lagos de orquídeas multicoloridas. Um pouco à frente, entre os rinchos do mar escaldante da costa oeste, com seus vapores espiralados feito cachos selvagens, acocora-se Mãe Dente.

NOTA DA AUTORA

Nem as comunidades da Ilha Gullstruck nem os Cavalcaste foram criados à semelhança de qualquer raça específica do mundo real. Tomei como base alguns elementos de diferentes culturas, por se adaptarem à história, o que torna a Ilha Gullstruck e tudo que nela acontece uma obra de ficção.

Agradecimentos

Gostaria de agradecer imensamente à minha editora, Ruth, à minha agente, Nancy, e à minha companheira de casa, Liz, por me convencerem de que este livro não devia ser largado e esquecido num bico de lava; a Martin, por percorrer comigo os vulcões de cima a baixo; aos museus de Rotorua e Te Wairoa, pelos detalhes sobre as erupções Tarawera; a um cauda-de-leque da Nova Zelândia, que veio atrás de mim bicando minha sombra, e aos besouros que minhas pegadas perturbaram; às comunidades das montanhas de Sapa, que raspam a testa, penduram panos nas portas para afastar o mal e pintam os rostos e as mãos do Hmong Negro com a tinta índigo de suas roupas enfumaçadas; a Helen Walters, por relatar em primeira mão ter sido assada viva num barco à deriva; à Profound Decisions e ao superlativo Maelstrom; à Escuela Sevilla, em Antigua, Guatemala; à lenda Maori sobre a rivalidade entre Taranaki e Tongariro pela bela Pihanga; a Carol, pela bondade e hospitalidade; ao livro *The Maya*, de Michael D. Coe; a Taranaki, Tarawera, Tongariro, Ruapehu, Whakaari, Ngauruhoe, Baldera, Monte St. Helens, Arenal, Fuego, Pacaya e, por último, mas não menos importante, ao meu vulcão favorito, Felix Egmont Geiringer.

Não posso deixar de mencionar também uma menina que surgiu, de repente, no meio de um templo na selva do Camboja e me seguiu com silenciosa teimosia até que eu a notasse. Tinha os olhos bem separados, uma voz leve e sussurrante e uma criatura empoleirada no ombro, parecida com uma civeta. Queria que eu estourasse seu balão. Feito isso, sumiu outra vez por entre as árvores. Jamais saberei quem era.

FRANCES HARDINGE passou boa parte da infância em um imenso casarão antigo, que a inspirou desde muito cedo a escrever histórias estranhas. Ela cursou inglês na Universidade de Oxford e trabalhou em uma empresa de software. Poucos anos depois, seu primeiro romance infantil, *Fly By Night*, foi publicado pela Macmillan. O livro foi aclamadíssimo pela crítica e ganhou o Branford Boase Award. Ela foi indicada — e conquistou — muitos outros prêmios, incluindo a prestigiosa Medalha CILIP Carnegie por *Canção do Cuco* (2015) e o cobiçado do Prêmio Costa por *Árvore da Mentira* (2016). É autora de *As Crônicas das Sombras*, também publicado pela DarkSide® Books. Saiba mais em franceshardinge.com.

DARKLOVE.

Se é para a minha vida ter algum significado,
tenho de vivê-la eu mesma.
— RICK RIORDAN —

DARKSIDEBOOKS.COM